Les démons du passé

DÉJÀ PARUS DU MÊME AUTEUR

DANS LA SÉRIE KREWE OF HUNTERS

Le manoir du mystère
La demeure maudite
Un tueur dans la nuit
La demeure des ténèbres
Un cri dans l'ombre
Dangereux faux-semblants
Mystère en eaux profondes

DANS LA SÉRIE BONE ISLAND

L'île du mystère
L'île de la lune noire
Le secret de l'île maudite

DANS LA TRILOGIE DES FRÈRES FLYNN

L'héritage maudit
Les proies de l'ombre
L'île des ténèbres

Autres publications

L'île des disparues
Mortelle confidence
La nuit écarlate
Hantise
L'ombre du maléfice
Sombre présage
Prémonition
Passion immortelle
Apparences
Dangereuse vision
La crypte mystérieuse
Noires visions
Mortel Eden

HEATHER GRAHAM

Les démons du passé

BestSellers

Collection : BEST-SELLERS

Titre original : THE UNINVITED

Publié par MIRA®

Traduction française de JULIE ALBIZZI

HARLEQUIN®
est une marque déposée par le Groupe Harlequin

BEST-SELLERS®
est une marque déposée par Harlequin

HARLEQUIN
83-85, boulevard Vincent Auriol, 75646 PARIS CEDEX 13.

Service Lectrices — Tél. : 01 45 82 47 47

www.harlequin.fr

ISBN 978-2-2803-3164-7 — ISSN 1248-511X

En hommage à la merveilleuse cité de Philadelphie
et à mes Pennsylvaniens préférés :
Gail Spence Crosbie et Ann Spence,
sans oublier Jimmy, Megan,
Spener et Anthony Crosbie.

Prologue

Ç'avait été une merveilleuse journée d'un automne qui s'annonçait splendide, à Philadelphie. Le soleil commençait à décliner. La vieille demeure Tarleton-Dandridge, transformée en musée, se dressait en retrait de la rue, majestueuse sous les derniers rayons, témoignage émouvant d'une époque depuis longtemps révolue, mais dont le souvenir persistait.

Julian Mitchell se sentait un peu coupable. Enfin, rien qu'un petit peu… A vrai dire, il avait du mal à éprouver des remords. L'après-midi s'était si bien déroulé ! Il avait encore dans les oreilles le rythme endiablé de son instrument et débordait d'enthousiasme. Certes, il aurait dû être ici, à assumer ses obligations de guide-conférencier, au lieu de se rendre à une audition. Il aimait beaucoup son travail, mais c'était une audition très importante, car il comptait bien, un jour, devenir guitariste professionnel. Pour l'instant, il se contentait de jouer dans un orchestre en costumes d'époque, dans les bars de la vieille ville. C'était plutôt agréable, d'ailleurs. Seulement, son grand rêve, c'était de devenir une star du rock. Mais dans l'immédiat, il fallait se faufiler discrètement à l'intérieur du musée Tarleton-Dandridge. Ensuite, il irait quémander le pardon d'Allison Leigh. Elle faisait office de supérieur pour les quatre guides qu'employait l'établissement. Si elle lui pardonnait, les autres lui pardonneraient aussi !

De loin, il vit qu'un groupe de visiteurs venait d'entrer

et qu'un autre, le dernier de la journée, se réunissait devant la grille. Allison, chargée de cette ultime visite, accueillait les arrivants, debout sur une petite estrade. Elle était vêtue en costume du dix-huitième siècle, car c'était de cette manière qu'aurait été habillée Lucy Tarleton, morte tragiquement pendant la révolution américaine et dont la famille habitait alors la propriété. L'autre conférencière portait la même tenue. Les deux guides masculins (dont Julian lui-même) étaient pour leur part déguisés en lord Brian Bradley, surnommé « Bradley le Cruel », le général britannique qui, à la même époque, résidait sur place.

Ils avaient tous l'air assez chic, dans ces costumes. Mais Allison plus que les autres. Déjà, elle était très belle ; avec, en plus, ce petit côté intello… Elle donnait des cours à l'université, d'ailleurs. Et puis, elle ressemblait beaucoup à Lucy Tarleton, dont existaient plusieurs portraits, sur place et dans d'autres musées. Tout le monde remarquait cette ressemblance. Pourtant, Allison n'avait aucun lien de famille avec l'héroïne. Sinon, en tant qu'historienne, elle l'aurait su ! En tout cas, le costume renforçait considérablement l'illusion.

Profitant d'un moment où Allison ne regardait pas de son côté, Julian enjamba prestement le muret de briques.

Il portait toujours son propre déguisement, car il ne s'était éclipsé qu'après le déjeuner. Heureusement, ses camarades et lui avaient été auditionnés pour rejoindre un groupe de rock en pleine ascension, dont les membres portaient justement des costumes du dix-huitième siècle en souvenir de Patrick Henry, le célèbre révolutionnaire de Virginie. Sa tenue n'avait pas surpris.

Il n'avait pas demandé l'autorisation de s'absenter, bien sûr. Il avait compris depuis longtemps qu'il était généralement plus efficace de n'en faire *d'abord* qu'à sa tête et, *ensuite*, de présenter ses excuses. Cela valait mieux que de solliciter une permission pour se voir opposer un « non » ferme et sans appel. La seule chose qui lui donnait vaguement des remords, c'était qu'un de ses collègues avait dû se charger du groupe qu'il aurait dû piloter l'après-midi.

Mais il avait tout prévu. Il attendrait la toute fin de journée, pour être sûr de voir Allison seul à seule. Déjà, Annette n'était pas là : elle avait rendez-vous chez le dentiste, pour une dévitalisation. Jason, lui, partait toujours avant Allison, qui restait la dernière. Elle vérifiait la fermeture des portes, les alarmes, puis finissait régulièrement sa ronde par l'ancienne bibliothèque d'Angus Tarleton, pour s'assurer qu'aucun gamin ne s'était caché sous le vaste bureau avec l'espoir de passer la nuit « dans une maison hantée ». Il l'attendrait là, dans cette pièce où le malheureux Angus était mort plus de deux siècles auparavant, le cœur brisé. Ensuite, il se confondrait en excuses, expliquerait que l'audition avait vraiment bien marché, qu'ils avaient de bonnes chances d'être retenus… Il promettrait à Allison des places pour le premier concert. Il jurerait même qu'il ferait des heures supplémentaires pour se rattraper !

Il s'approcha à pas de loup de la porte d'entrée, l'oreille aux aguets. Quand il fut certain que Jason et son groupe s'étaient éloignés vers le fond, au rez-de-chaussée, il se précipita vers l'escalier. En arrivant au premier étage, cependant, il entendit des voix et un bruit de pas au-dessus de sa tête. Flûte ! Le conseil d'administration du musée avait une réunion, aujourd'hui. Il l'avait oublié ! Il eut juste le temps de se cacher dans la chambre de Lucy Tarleton.

Les quatre administrateurs descendaient l'escalier. Julian les entendit se chamailler, comme ils le faisaient toujours.

— Tes ancêtres avaient beau posséder cette demeure, Cherry, elle appartient à la Société historique du vieux Philadelphie, maintenant. Nous, nous sommes administrateurs et c'est tout !

C'était la voix d'Ethan Oxford. Cherry commença à répliquer, mais il l'interrompit :

— Je sais, c'est une fondation privée. Seulement, elle a des règles… Et la première, c'est la préservation du patrimoine.

Ethan Oxford était le membre le plus âgé du conseil d'administration. Cherry, elle, était la fille de la dernière descendante des Dandridge. Julian se doutait qu'elle aurait volontiers troqué le nom de son époux pour celui de sa mère, mais comme cet époux, le peintre George Addison, commençait à connaître une certaine célébrité, elle n'était pas mécontente de rester « Mme Addison ».

— Personne ne connaît cette maison aussi bien que moi ! protesta-t-elle.

— Es-tu sûre ? fit une autre voix. Tu n'y as jamais vécu. La donation remonte à bien avant ta naissance !

Julian eut un sourire. C'était la voix de Nathan Pierson, qui n'aimait rien autant qu'écouter Cherry d'un air suave avant de l'asticoter.

— Chut ! souffla le quatrième administrateur, une nommée Sarah Vining. La maison est pleine de visiteurs !

Leurs voix se firent moins audibles. Un moment plus tard, ils étaient sortis.

Julian fonça vers l'escalier pour gagner le grenier puis, brusquement, fit une pause. Il avait l'étrange impression qu'une force le poussait à retourner dans la chambre. Il le fit et regarda autour de lui, intrigué. Il n'y avait rien de particulier, ici. Rien, mis à part un autre portrait de « Bradley le Cruel », infiniment plus flatteur que l'autre.

— On dit que tout le monde te voyait comme un salaud, murmura Julian. Heureusement que ce peintre-là, au moins, a perçu ton côté sympathique !

Puis il s'ébroua et grimpa enfin jusqu'au grenier pour s'y cacher. La vaste pièce servait à l'administration. Il s'assit devant le bureau encombré d'un ordinateur, de boîtes d'archives, de piles de dossiers. La plupart concernaient les affaires courantes : programmes des manifestations à venir, projets de réceptions, factures… D'autres, cependant, concernaient les recherches historiques d'Allison.

— Quelle intello tu fais ! grommela Julian à voix haute.

Il avait deux ans de moins qu'Allison, mais il avait toujours eu le béguin pour elle, dès son embauche. Il savait pertinemment qu'elle n'était pas *entièrement* dévouée à son travail, d'ailleurs. Elle était sortie un bon moment avec un autre musicien qu'il connaissait de loin.

— Tu as beau être géniale, Allison, tu n'avais pas vraiment fait le bon choix ! s'exclama-t-il.

Des drogués, on en croisait souvent. Mais de là à choisir ses relations dans ce milieu… Allison avait mis fin à sa liaison avec le musicien quand elle s'était rendu compte qu'elle ne pourrait pas lutter contre la cocaïne.

Finalement, son seul grand amour, c'était bien l'étude du passé. Julian attrapa un dossier et l'ouvrit.

— Tiens ! remarqua-t-il, toujours à voix haute.

Apparemment, Allison avait trouvé de nouveaux éléments sur l'histoire de la demeure.

Il se mit à lire, soudain intéressé. Oui, elle tenait vraiment une piste sur cet épisode… Puis il reposa le dossier et tendit l'oreille. Il n'y avait plus aucun bruit au premier étage : Jason avait fini sa tournée. C'était le moment de redescendre.

Il regagna la chambre de Lucy Tarleton pour y patienter. Dès le moment propice, il filerait dans la bibliothèque du rez-de-chaussée pour y attendre Allison. Si elle le morigénait, il lui dirait qu'il avait parcouru ses notes sur Bradley et Lucy, et qu'il les trouvait passionnantes.

Sur l'un des murs était accroché un très beau portrait de la fameuse Lucy. Toute de blanc vêtue, elle avait le regard pétillant d'une femme amoureuse de la vie et confiante dans l'avenir. Le tableau avait été peint pour les dix-huit ans de l'héritière par un nommé Levy Perry, mort ensuite à la bataille de Brandywine. Le peintre et son modèle se doutaient sans doute fort peu, alors, des horreurs de la guerre qui allait suivre.

Julian se retourna pour observer de nouveau le portrait de Bradley.

— Et toi, tu te présentes comme un charmeur, hein ? fit-il remarquer en riant. Figure-toi que tu ne trompes plus personne, maintenant !

Il repensa au tableau accroché dans la bibliothèque. Jamais portraits d'une même personne n'avaient été aussi dissemblables. C'était très curieux.

Julian rit de nouveau. Il allait avoir tout le temps d'examiner le tableau de l'étage au-dessous, en tout cas ! Il projetait de s'installer confortablement dans le fauteuil d'Angus Tarleton, devant le bureau. Comme il était déguisé en « Bradley le Cruel », il serait amusant de jouer le rôle jusqu'au bout. Il supplierait Allison de lui pardonner... Ça lui prouverait qu'il tenait vraiment à son emploi. Au moins jusqu'à ce que sa carrière de musicien rock décolle, évidemment.

Il revint vers la porte de la chambre et, soudain, crut entendre un léger bruit au-dessus de sa tête. Il tendit l'oreille : il n'y avait plus rien. Il avait dû rêver.

A moins que ce vieux « Bradley le Cruel » ne soit sorti de sa tombe pour aller fouiller les papiers du grenier !

Julian descendit l'escalier à pas de loup, le sourire aux lèvres. Sur le palier, il ouvrit le placard où était rangé le mousquet à baïonnette — une reproduction moderne — qui allait avec son costume.

Il le prit puis, de nouveau, perçut un bruit. Il fronça les sourcils. Il savait pertinemment qu'il n'y avait personne dans le grenier, pourtant.

— Heureusement que je n'ai pas peur des fantômes ! marmonna-t-il.

Il attendit quelques instants, vaguement mal à l'aise.

A présent, il avait nettement l'impression qu'on l'épiait.

Et même qu'on le suivait.

1

— Etes-vous Dolley Madison[1] ? Ou Martha Washington[2] ? demanda un gamin, évoquant les épouses des célèbres hommes d'Etat.

Il faisait partie du groupe de touristes que venait de réunir Allison Leigh dans le jardin, devant la demeure. Il devait avoir neuf ou dix ans et, tout rougissant, avait pris son courage à deux mains pour ne pas perdre la face devant les adolescents plus âgés.

Un garçonnet un peu plus vieux — son frère, peut-être ? — lui donna un coup de coude.

— Idiot, ces deux dames sont mortes depuis longtemps et celle-là est vivante ! Et puis, elle est canon. Bien trop canon pour ressembler à ces vieilles, même dans cette tenue !

Avec son petit ton sagace, il faisait penser à l'humoriste Adam Sandler, en beaucoup plus jeune, songea Allison. Dans ce groupe de touristes, tous les âges étaient représentés. L'été s'achevait à peine, et beaucoup de familles étaient encore en vacances.

Derrière elle, sur le perron, elle entendit un rire étouffé. C'était Nathan Pierson, membre depuis des années du conseil d'administration de la fondation qui possédait la

1. Dolley Madison (1768-1849), épouse du président James Madison, président des Etats-Unis de 1809 à 1817.

2. Martha Dandridge Custis Washington (1731-1802), épouse de George Washington, premier président des Etats-Unis de 1789 à 1797.

demeure Tarleton-Dandridge. Le conseil venait juste de se réunir là-haut, dans le grenier transformé en bureau, se rappela-t-elle. Cherry Addison, dernière descendante de la famille Dandridge, descendait les marches dans un claquement de talons aiguilles. Ethan Oxford, le plus âgé, s'était poliment frayé un chemin à travers la foule. Nathan lui-même, accompagné de Sarah Vining, était le dernier à sortir.

Au passage, il sourit et lui adressa un petit clin d'œil. Sarah se hâtait derrière lui. C'était un petit bout de femme anxieux, toujours préoccupée des moindres décisions du conseil, tandis que Nathan était un incurable optimiste persuadé que tout s'arrangeait toujours. Agé d'une quarantaine d'années, il avait belle allure. Plus qu'un père, il évoquait un oncle. Un oncle à l'air débonnaire.

Allison lui jeta un regard d'avertissement, mais il passa devant elle sans cesser de sourire. Quand il se retourna, avec un nouveau clin d'œil, elle se força à sourire à son tour, puis ramena son attention vers son groupe.

— Eh bien, merci pour ta question..., dit-elle au petit garçon qui venait de parler.

Il était toujours délicat d'avoir des enfants pendant les visites. Ils ne s'intéressaient absolument pas à l'histoire de la vieille demeure, ni à celle des Etats-Unis, d'ailleurs. Ils finissaient par s'agiter, et elle avait intérêt à se montrer réactive si elle ne voulait pas être débordée.

En un sens, elle comprenait qu'ils s'ennuient, même si elle-même, à leur âge, était déjà passionnée d'histoire. Originaire de Philadelphie, elle avait fait ses études à Boston et passé sa thèse à New York. Elle était cependant revenue dans sa ville d'origine, qu'elle adorait comme un vieil ami avec lequel on a grandi. Toute petite, déjà, elle contemplait en béant d'admiration l'Independance Hall, où avait été signée la Déclaration d'indépendance en 1776. Il était si extraordinaire que le bâtiment soit toujours debout, après avoir accueilli les hommes les plus célèbres de l'histoire américaine !

Elle revint à l'instant présent. Elle connaissait la solution pour retenir l'attention des gamins : parler de fantômes. Les deux petits qui étaient intervenus étaient des frères, apparemment. Leurs parents, un beau couple, se tenaient juste derrière eux.

— En fait, poursuivit-elle, je m'appelle Allison Leigh et le costume que je porte reproduit celui de Lucy Tarleton.

Prenant un air taquin, elle ajouta :

— Or le fantôme de Lucy est censé hanter cette maison… Alors, si j'étais vous, je ferais attention !

Elle vint se planter devant le plus âgé et conclut :

— Lucy tient à ce que les enfants connaissent l'histoire de leur pays…

Le gamin pouffa. Il prit la pose comme s'il brandissait une épée.

— J'ai pas peur de croiser un fantôme ! Et puis, je sais déjà tout sur cette Lucy. On nous en a parlé pendant une visite guidée des fantômes de Philadelphie, hier. C'était une *espionne*, comme Marie Hata !

— Mata Hari, corrigea son père à voix basse.

Il secoua la tête, le sourire aux lèvres, et posa la main sur l'épaule de son fils.

— Excusez-les, murmura-t-il à Allison.

— Ne vous en faites pas.

Elle se tourna de nouveau vers le garçonnet.

— Alors, tu sais déjà beaucoup de choses, fit-elle remarquer d'un air grave, et tu croiseras peut-être Lucy, aujourd'hui. Ou bien le fantôme de « Bradley le Cruel », dont on dit qu'il a massacré de sang-froid plusieurs rebelles. Y compris Lucy Tarleton elle-même !

— Un autre fantôme ! Super, qu'il vienne ! s'écria le gamin.

— Todd, coupa son père, baisse le ton, s'il te plaît !

— Ce n'est pas grave. Tout le monde adore les histoires de fantômes, répliqua Allison.

Elle aimait bien les enfants, et comprenait qu'ils se comportent… comme des enfants. Mais elle souhaitait aussi leur faire comprendre tout ce que l'histoire, avec ses conflits et ses turbulences, pouvait leur enseigner.

Elle recula pour avoir une vue d'ensemble du groupe. Il était temps d'entamer vraiment la visite.

— Bonsoir à tous, dit-elle à voix haute, et bienvenue à la demeure Tarleton-Dandridge, dans le cœur historique de Philadelphie !

Devant eux, les arbres du parc oscillaient doucement sous la brise. Il faisait un peu plus frais, comme s'il allait pleuvoir, ou simplement parce qu'on entrait tout doucement dans l'automne. Un léger brouillard se levait avec le crépuscule. Les horaires d'été n'avaient pas encore été modifiés : il ferait sans doute encore un peu jour à la fin de la dernière visite.

Allison jeta un coup d'œil vers le ciel, sentant la brise sur sa peau. Les longues journées ne la dérangeaient pas, même si, ce soir, elle se sentait fatiguée. Bien sûr, elle connaissait par cœur sa présentation : elle aurait pu la réciter en dormant. Pour autant, elle ne s'ennuyait jamais. Elle adorait l'histoire, elle adorait cette ancienne demeure où elle travaillait comme guide quand elle n'enseignait pas à l'université. Et puis, elle aimait les gens, surtout les enfants et les jeunes adultes. Elle se félicitait de pouvoir leur faire découvrir des lieux où s'était décidé le destin de la nation, évoquer avec eux l'époque coloniale et la révolution américaine.

La plupart du temps, les visites de la journée étaient réparties entre les quatre guides du musée. Ce jour-là, cependant, Annette Fanning, collègue mais aussi amie d'Allison, était partie tôt pour se rendre chez le dentiste. Jason Lawrence, déguisé en « Bradley le Cruel », ce dandy britannique qui avait pris possession de la demeure après en avoir chassé les rebelles américains, était en train de terminer la visite précédente. Quant à Julian Mitchell, le dernier des quatre, il s'était éclipsé juste après le déjeuner. C'était un bon conférencier, mais il passait fréquemment des auditions avec son groupe de musiciens, et avait tendance à arriver tard ou à partir bien avant l'heure. En cette fin de grandes vacances où il y avait encore beaucoup de « scolaires » pendant les visites, c'était particulièrement irritant. Heureusement, ce groupe-là était le dernier. Après, elle pourrait fermer et rentrer chez elle. Ils aimaient tous beaucoup Julian, mais il les faisait tourner en bourrique !

— Ouvrez l'œil… Un fantôme va vous suivre jusque chez vous ! chuchota aux deux garçons un jeune homme de l'assistance.

Puis il échangea un sourire avec sa compagne, comme s'il se disait tout à coup qu'il aimerait bien, lui aussi, avoir des enfants.

— Je le crois pas, souffla le plus jeune des gamins à son frère, l'air intimidé. Je suis sûr que les fantômes peuvent pas suivre quelqu'un. En général, ils hantent *un seul endroit*, non ?

— Qui sait ? répliqua l'aîné, taquin. Ils passent bien à travers les murs, après tout !

— Arrête ! supplia le cadet.

Allison frappa dans ses mains pour ramener l'attention vers elle.

— Le musée Tarleton-Dandridge a été créé pour vous aider à comprendre les guerres révolutionnaires et l'occupation de Philadelphie par les Anglais, dit-elle, pas pour envoyer des fantômes suivre les visiteurs. Nous allons donc commencer par un bref rappel historique, même si, à mon avis, vous savez déjà l'essentiel. Philadelphie a été la première capitale des Etats-Unis. C'est ici qu'a été rédigée et signée la Déclaration d'indépendance. Au même moment, cependant, des coups de feu étaient tirés à Boston et la marine britannique s'était emparée de Staten Island, à New York. En fait, on ignore souvent que la toute première Assemblée du continent s'était déjà réunie avant même que les représentants des Etats n'aient choisi l'indépendance. Au départ, en effet, ils voulaient obtenir… Quelqu'un connaît-il la réponse ?

Bizarrement, ce fut l'aîné des deux gamins, qui aimait tant jouer les bravaches, qui leva la main pour répondre.

— Ils refusaient de payer des impôts s'ils ne pouvaient pas élire de députés !

— Exactement. Très bien ! dit Allison. En outre, ils savaient que la couronne britannique n'hésiterait pas à punir ces colonies qui exigeaient un parlement *avant* de payer leurs impôts. Ils risquaient tous d'être pendus, mais ils ont décidé de jouer leur va-tout… Cela dit, tous les habitants de Philadelphie ne souhaitaient pas la guerre, bien sûr. Ceux qui étaient restés de religion quaker, comme l'avait été le fondateur de la ville, William Penn, refusaient la violence. Seulement, au moment de la révolte, Philadelphie comptait déjà trente mille habitants. Beaucoup de gens n'étaient plus quakers…

— Oui, et ils voulaient se battre pour leur liberté ! lança l'aîné des garçons.

Allison hocha la tête.

— Les colonies ont alors réuni un deuxième congrès pour préparer la guerre d'indépendance. En tant que capitale, Philadelphie allait payer un lourd tribut. Les Anglais étaient en effet convaincus que s'ils s'emparaient d'abord de la capitale, les autres Etats révoltés allaient céder et se rendre. Ils se trompaient ! Le général George Washington avait beaucoup appris des guerres indiennes. Il mena les combats et finit par gagner, même s'il perdit de nombreuses batailles. Comme je l'ai dit, Philadelphie a payé le prix fort pour l'indépendance.

Les deux gamins, maintenant, étaient pendus à ses lèvres, l'air attentif.

— Messieurs, leur dit-elle, si vous voulez bien me suivre…

Elle les conduisit vers un angle de la maison. Ils obéirent, un peu nerveux. Elle prit deux reproductions de mousquets à baïonnette en plastique, dont on se servait pour distraire les jeunes visiteurs en attendant le départ des groupes, et les leur tendit. Ces jouets n'avaient rien à voir avec les vrais mousquets qu'arboraient les guides, bien sûr.

— A votre avis, reprit-elle, que se passerait-il si vous vous mettiez à cinq mètres d'écart pour vous tirer dessus ?

— Eh bien… on finirait sûrement par toucher l'autre, murmura l'aîné.

— C'est vrai ! acquiesça le plus jeune.

Allison hocha de nouveau la tête.

— Exactement, même si les mousquets de l'époque n'étaient pas très précis. Après chaque coup, il fallait recharger la poudre et bien la tasser, en espérant que l'ennemi n'allait pas tirer de son côté dans l'intervalle… Comment vous appelez-vous ?

Le plus jeune était Jimmy, apprit-elle, et l'aîné, Todd. Elle leur montra comment charger leur arme et mettre en joue en leur indiquant diverses positions, face à face ou avec l'un des deux caché derrière un arbre.

— Vous voyez que George Washington a été à bonne école ! conclut-elle. Comme il savait que les Anglais pouvaient lever des troupes nombreuses et disciplinées, il a décidé de guerroyer à partir de la campagne environnante. Il les a laissés occuper la ville et, quand des renforts sont arrivés de France, en 1778, les Anglais ont compris qu'ils étaient pris au piège et ont dû à leur tour abandonner Philadelphie.

Allison jeta un coup d'œil à la petite montre qu'elle portait à une chaîne autour de son cou. Jason avait largement eu le temps de faire faire le tour à son groupe.

— Maintenant, nous allons entrer ! déclara-t-elle.

— Oui, oui, on veut voir l'intérieur ! s'écria Todd.

Elle haussa les sourcils. Il se mit à rire, et elle lui sourit.

Tout en guidant sa petite troupe dans l'allée qui menait au perron, elle expliqua :

— Cette demeure a été construite en 1752, en briques et en pierre, dans un style dit « flamand », avec une alternance de briques longues et courtes. La construction avait été commandée par le père de Lucy Tarleton, un immigré irlandais qui avait amassé une fortune considérable et n'avait aucune affection pour le roi britannique, George III.

— Le roi fou ! s'écria Jimmy.

— Oui, c'est son surnom, répondit Allison en faisant une halte en haut des marches pour attendre les derniers visiteurs. George III lui-même, reprit-elle, n'est jamais venu ici, bien entendu. L'époque où les rois accompagnaient leurs armées à la guerre était finie depuis longtemps. Il avait confié son armée à deux frères, l'amiral Richard Howe pour la marine, et le général William Howe pour les troupes à terre. Evidemment, la monarchie espérait que de nombreux colons américains allaient se montrer loyaux envers la Couronne et les rejoindre…

— Il y en a eu, non ? demanda Jimmy.

— Oui ! Beaucoup de gens sont restés fidèles à la Grande-Bretagne, même si bon nombre de ces loyalistes sont partis se réfugier au Canada, une autre colonie britannique, quand la guerre a commencé. Cela dit, les Anglais ont eu bien plus de difficultés qu'ils ne croyaient pour s'emparer de Philadelphie…

— Les rivières étaient pas assez profondes pour leurs navires ! dit Todd. On nous a aussi expliqué ça, dans nos autres visites…

— C'est vrai, acquiesça Allison. En fin de compte, cependant, ils ont tout de même réussi à arriver jusqu'ici…

Elle reprit le fil de son récit.

— Philadelphie est restée aux mains des Anglais du 26 septembre 1777 au 18 juin 1778. Le général George

Washington, en déplaçant l'assemblée à New York, les avait cependant privés d'une véritable victoire. Les Anglais durent se contenter à Philadelphie d'un gouvernement fantoche qui ne dura que neuf mois. Durant cette période, les officiers anglais s'emparèrent des plus belles maisons de la ville. Ils y menèrent une vie confortable pendant que les troupes de Washington se gelaient à Valley Forge... C'est ainsi que la jeune et jolie Lucy Tarleton dut accueillir lord Brian Bradley dans cette demeure. Elle prétendit qu'elle restait fidèle à la Couronne, continua à donner des réceptions et feignit d'être amoureuse de Bradley. Quand ce dernier apprit que Lucy, en réalité fervente patriote américaine, livrait les plans secrets des Anglais à George Washington, il n'hésita pas à l'exécuter cruellement, sans procès et sans avoir reçu aucun ordre. Lucy paya de sa vie son dévouement à la cause américaine... Suivez-moi.

La porte d'entrée donnait sur une petite antichambre aux fenêtres en vitrail, qui ouvrait elle-même sur un vaste hall.

— A Philadelphie, poursuivit-elle, le rez-de-chaussée des demeures historiques abritait souvent des commerces, tandis que les étages étaient réservés à l'habitation. Ce n'était pas le cas ici. Les domestiques faisaient entrer les visiteurs dans le hall avant de les annoncer. Sur la droite se trouve la bibliothèque de M. Tarleton. A gauche, nous avons le grand salon...

Elle indiqua de la main les deux pièces, puis reprit :

— Et derrière, la salle à manger, pour faciliter le service des domestiques. La cuisine se situe en effet dans le jardin, dans une construction séparée afin d'éviter les incendies. La partie gauche du rez-de-chaussée, quand vous me faites face, servait donc à recevoir, tandis que la partie droite était réservée à la famille. On y trouve, après la bibliothèque, le salon privé des dames de la maison et, derrière, un salon de musique, dans lequel vous verrez un superbe clavecin qui a appartenu à Lucy Tarleton.

Le premier étage compte cinq chambres. Au second se trouvaient un grenier et les chambres des domestiques. A l'époque des Tarleton, cinq d'entre eux y logeaient, tandis que les jardiniers et les garçons d'écurie, eux, dormaient dans la remise des attelages, qui est toujours debout.

— Tant de domestiques ! Je les envie ! commenta la mère des garçonnets en ébouriffant les cheveux du plus jeune.

Allison lui sourit puis entreprit de décrire le mobilier. Elle conclut en expliquant que, comme les corridors étaient étroits, ils étaient invités à déambuler d'eux-mêmes dans les pièces, en respectant naturellement les cordons de velours.

— Vous avez quelques instants pour explorer le rez-de-chaussée, dit-elle. N'hésitez pas à venir me poser des questions. J'attire votre attention sur le monte-plats, dans la salle à manger, qui fonctionne encore parfaitement !

Elle resta debout dans le hall, à la disposition des visiteurs. A sa grande surprise, le jeune Todd revint sur ses pas, l'air troublé.

— Est-ce que vous pourriez venir avec moi une minute, mademoiselle ? demanda-t-il.

— Bien sûr, Todd.

Elle le suivit dans la bibliothèque. Sur le vaste bureau d'acajou trônaient des registres, des encriers, des plumes. Des bibliothèques vitrées couraient le long d'un mur. Deux grands tableaux étaient accrochés dans la pièce. Le premier représentait Angus Tarleton jeune, avec les cheveux noirs et les yeux bleu vif qu'il avait transmis à sa fille Lucy. C'était devant l'autre tableau, cependant, que Todd s'était immobilisé.

— Qui c'est ? murmura-t-il en tendant le doigt.

— Lui ? C'est « Bradley le Cruel », répondit Allison. Lord Brian Bradley. Tu te souviens ? Nous venons de parler de lui.

Elle dévisagea à son tour le portrait, celui d'un jeune

homme aux joues creuses, aux pommettes saillantes et au regard ténébreux. Allison se disait toujours que, même s'il était assez flatteur, on sentait que l'artiste n'avait eu aucune sympathie pour son modèle. On lisait dans ces traits osseux et ces yeux sombres toute la cruauté qui allait rendre Bradley tristement célèbre. Il était habillé à la mode du dix-huitième siècle, avec une grande élégance. Même s'il avait été général dans l'armée anglaise, Allison l'avait rarement vu peint en uniforme. Sans doute jugeait-il tout ce qui évoquait ses fonctions militaires, y compris les plus hautes décorations, comme inférieur à lui.

Todd, à côté d'elle, frissonna.

— Voilà le fantôme qui va nous suivre ! balbutia-t-il.

Il ne plaisantait pas. Il semblait visiblement effrayé.

— Voyons, Todd, c'était un déplaisant personnage, mais il a disparu depuis longtemps ! rétorqua Allison, surprise de voir le préadolescent, bravache en début de visite, aussi terrifié qu'un garçonnet.

— Il a pas disparu, riposta Todd. Il… il m'a regardé !

Allison sentit un frisson la parcourir aussi. Pour se rassurer, elle se dit que Todd jouait peut-être à lui faire peur, et la taquinait…

Mais non. Sa frayeur n'était pas feinte.

— C'est une illusion d'optique, répondit-elle, sans doute voulue par le peintre…

Tout en parlant, elle contemplait de nouveau le tableau. Il était rare qu'elle vienne seule dans cette pièce et, même lorsqu'elle faisait un dernier tour avant de partir, le soir, elle restait sur le seuil pour vérifier que personne n'était caché là. La demeure était équipée d'une alarme sophistiquée, mais mieux valait s'assurer qu'aucun visiteur ne tentait de passer la nuit dans une maison hantée.

D'après la légende, « Bradley le Cruel » avait tué Lucy Tarleton d'un coup de poignard en plein cœur, dans le grand salon, sous les yeux du père de Lucy qui l'implorait. D'après les témoins de l'époque, ce n'était pas parce qu'elle était une espionne à la solde des rebelles qu'il s'était ainsi vengé, mais parce qu'il s'était rendu compte qu'elle l'avait trompé et n'avait jamais été amoureuse de lui.

Avant l'arrivée de l'armée britannique, en effet, Lucy était sur le point de se fiancer à un patriote, Stewart Douglas, qui avait dû fuir la ville avec les troupes de Washington. C'était une histoire fort triste qu'Allison allait d'ailleurs raconter à ses visiteurs dans quelques minutes, quand elle les aurait de nouveau réunis.

— Todd, ce portrait souligne la cruauté d'un personnage qui, effectivement, a commis un crime, dit-elle à voix haute. Mais dans toutes les guerres il se commet des crimes et des massacres. Il ne faut pas en conclure pour autant que les Anglais étaient des monstres. Ils ne l'étaient pas plus que les colons américains. Certains commettaient des atrocités, certes, mais…

— Comment est-ce qu'il est mort ? l'interrompit Todd.

— En fait, on ne sait pas exactement, mais on suppose qu'il a été tué dans les combats, quand les Anglais ont quitté la ville. Le général Howe n'appréciait pas du tout ses manières brutales et les lui avait vivement reprochées avant la bataille de Saratoga. Ensuite, on perd sa trace. On a seulement conservé certaines lettres qui parlent de lui, et laissent d'ailleurs penser qu'il aurait pu être tué par ses propres hommes. Il y est décrit comme un chef assez brutal. Comme il descendait de la famille royale de Hanovre, même si cela remontait à des siècles, il semble en avoir conclu qu'il pouvait se conduire comme un monarque de droit divin. Pourtant, il n'était pas roi et n'avait aucune chance de le devenir un jour !

— En tout cas, il est toujours ici, souffla Todd. Dans cette pièce !

Allison glissa un bras sur ses épaules. Avec son mètre soixante-quinze, plus les quelques centimètres gagnés grâce à ses talons, elle était nettement plus grande que lui.

— Tout cela, c'est du passé, Todd. N'y pense plus. Tu

vas visiter le reste de la maison, apprendre des choses intéressantes, puis bien t'amuser ce soir avec ta famille. Les restaurants historiques ressemblent à des tavernes. On y sert de la nourriture coloniale, on y joue de la flûte, on y raconte des anecdotes… Ça te plaira.

Il secoua la tête sans pouvoir détacher son regard du tableau.

Allison dut l'entraîner fermement hors de la pièce.

— Qu'est-ce qui s'est passé après le départ des Anglais ? demanda-t-il.

— Angus Tarleton est mort un an après sa fille. La plus jeune de ses filles, Sophia, avait épousé un brave soldat américain, Tobias Dandridge. Ce sont eux qui ont hérité de la propriété. Elle est ensuite restée dans la famille puis, en 1930, le propriétaire d'alors a créé la Société historique du vieux Philadelphie et lui a transféré le domaine. Cela explique pourquoi la majeure partie du mobilier d'époque a été préservée. L'une des descendantes des Dandridge fait toujours partie du conseil d'administration.

Elle ramena Todd dans le hall et lui sourit en reprenant, à l'intention des autres, les explications qu'elle venait de donner à Todd.

— Maintenant, nous allons à l'étage ! dit-elle gaiement. Je vais vous accompagner et vous attendrai sur le palier pendant que vous visiterez les pièces. La chambre principale se trouve tout au fond, mais celle qui attire le plus les visiteurs est celle de Lucy, tout de suite sur la droite. Elle et sa sœur avaient chacune une immense chambre, précédée d'un boudoir. Il y a même encore, dans la chambre de Lucy, une baignoire d'époque !

Elle fit monter tout le monde puis se tint debout pour attendre, tout en guettant Todd du coin de l'œil. Il se dirigea tout droit dans la chambre de Lucy.

Quelques instants plus tard, il réapparut.

— Je viens de voir le portrait de Lucy… Vous lui ressemblez ! s'écria-t-il.

— C'est sûrement le cas de toutes les femmes costumées comme elle, répondit Allison.

— Peut-être, mais vous, c'est incroyable !

Il se tut un moment, en la regardant fixement, puis chuchota :

— Il y a eu d'autres morts, dans la bibliothèque, non ?

Elle ne fut pas vraiment surprise de sa remarque. La petite famille avait fait une grande visite du « Philadelphie hanté », la veille. La demeure Tarleton-Dandridge n'en faisait pas partie, mais ils étaient certainement passés devant, et avaient dû avoir droit à un récit largement enjolivé. Allison, elle, trouvait toujours la stricte vérité historique bien plus fascinante que ces embellissements.

— Oui, répondit-elle. Un soldat blessé pendant la guerre de 1812 s'est réfugié ici et s'y est éteint. Un autre soldat, pendant la guerre de Sécession, cette fois, est mort dans la bibliothèque. Et il est exact qu'une fille Dandridge s'y est suicidée dans sa chambre en prenant du poison, vers 1890.

— Il y a eu un guide, aussi, non ? demanda Todd, les yeux élargis. Il n'y a pas très longtemps de ça ?

— Je donnerai des détails là-dessus quand nous serons tous réunis, Todd.

— Mais c'est vrai, hein ? insista-t-il.

Elle se sentait très embarrassée. Toutes ces vieilles maisons avaient une si longue histoire qu'il était normal qu'on y trouve des tragédies et des drames.

— Oui, dit-elle enfin. C'était une guide, Angela Wilson. Elle a succombé à une crise cardiaque, un soir, alors qu'elle vérifiait les issues.

— Et on l'a retrouvée assise devant le bureau d'Angus Tarleton !

— C'est exact. Elle a dû se sentir mal et prendre un siège… Il s'agissait, comme je te l'ai dit, d'une crise cardiaque.

— Et ce n'est pas la dernière, conclut Todd. Il y a eu d'autres victimes !

Allison prit une profonde inspiration.

— C'est vrai, admit-elle. Une vraie tragédie, il y a deux ans. Un jeune étudiant qui a voulu s'amuser à trafiquer le système d'alarme, sans doute à la suite d'un pari idiot. Il s'y est mal pris et est mort électrocuté. Cela nous a tous consternés, mais…

— Ce n'est pas le seul, assena Todd. La conférencière nous l'a bien dit, hier. Un autre type s'est cassé le cou sur les marches…

— Oui, en 1977, reconnut Allison. Il a trébuché et s'est fracassé le crâne.

— Il a trébuché ou on l'a poussé ? Je vais vous dire… Je suis sûr que c'est Bradley qui l'a fait tomber !

— Oh ! Todd, voyons ! Bradley était mort depuis deux siècles. Il n'est pas resté tapi quelque part pour passer son temps à tuer des gens ! Il est normal qu'il y ait des accidents au fil du temps, tu sais…

Mais Todd fronça les sourcils.

— Moi, je suis sûr que le fantôme de Bradley a voulu rester à Philadelphie. Il était furieux que Lucy Tarleton l'ait repoussé, alors il l'a tuée, mais ensuite, quand il est mort, il est revenu ici. Il estimait être *chez lui*. Et maintenant, il continue à tuer !

L'insistance du gamin mettait Allison très mal à l'aise. Elle adorait ce musée et son travail de conférencière, même si elle aurait pu s'en passer : elle avait ses cours à l'université, écrivait des articles et était même en train de préparer un ouvrage. Seulement, ce mi-temps lui permettait de toucher du doigt la vie quotidienne des gens d'autrefois de façon vraiment concrète, mieux que dans les livres. En outre, comme elle avait elle-même grandi rue Chestnut, à quelques pas de là, elle en savait infiniment plus sur la demeure Tarleton-Dandridge que bien des guides. Pour autant, elle n'était jamais tentée d'en donner une vision sensationnaliste, à base de spectres et de revenants. Elle respectait ces lieux qui lui inspiraient la même admiration émue que l'Independance Hall avec sa « Liberty Bell », cette cloche symbole de l'indépendance américaine. Ou que n'importe quel autre lieu historique dans le monde, d'ailleurs, dès lors que des hommes s'y étaient battus avec passion pour tracer l'avenir des générations futures. A présent, les remarques de Todd l'emplissaient d'un sentiment de malaise… C'était inattendu et déconcertant.

— Comme je te l'ai dit, des drames se produisent tous les jours, Todd. Voilà pourquoi nous veillons tous à nous conduire correctement, à traverser quand le feu est vert et à nous soigner. L'être humain est fragile.

Elle eut un sourire, puis ajouta :

— Je travaille ici trois jours par semaine, parfois plus, et il ne m'est jamais rien arrivé. Même quand je suis seule le soir pour tout fermer. Et je n'ai jamais vu le moindre fantôme !

Todd lui jeta un regard étrange.

— Il vous aime bien, vous savez. Ça sera peut-être pas toujours le cas, mais pour l'instant, il vous aime bien… Il aime bien les femmes.

Sa remarque était troublante, mais sans doute caractéristique de son entrée dans l'adolescence, songea Allison. Les gamins de cet âge se montraient souvent maladroitement dragueurs.

La mère de Todd les rejoignit.

— Bonjour ! Je suis Haley Dixon, la maman de ces deux garçons, dit-elle. Je suis vraiment désolée s'ils vous ont importunée. Nous avons fait une visite de la « Philadelphie hantée », hier soir. Toutes ces histoires de fantômes, ça leur monte à la tête !

— Todd m'interrogeait sur l'histoire de cette maison, madame Dixon. Il m'a écoutée avec beaucoup d'attention.

Haley Dixon sourit à son fils.

— Je suis contente que cela t'intéresse, Todd. Maintenant,

nous devrions laisser Mlle Leigh tranquille, au cas où d'autres visiteurs voudraient l'interroger.

Elle était sympathique et prévenante, quoiqu'un peu débordée par ses deux garçons, de toute évidence. Son mari, qui était en train d'admirer des tableaux, se retourna, puis s'avança, le sourire aux lèvres. Il glissa un bras autour des épaules de son épouse.

— Je me présente : Artie Dixon. Nous apprécions énormément cette visite. Pardonnez mes fils s'ils vous harcèlent de questions !

— Il n'y a aucun problème, assura-t-elle tout en reculant d'un pas pour faire face au groupe. Mesdames et messieurs, si vous voulez approcher… Je vais raconter les épisodes les plus tragiques qu'ait connus cette demeure, puisqu'il semble que les conférenciers de la « Philadelphie hantée » nous battent sur notre terrain !

Elle évoqua les soldats morts sur place, puis ajouta :

— Quant aux femmes, il était fréquent, à une époque où on accouchait chez soi, qu'elles meurent en couches. C'est arrivé à plusieurs d'entre elles, dans cette maison. D'autres membres de la famille y sont morts de maladie, ou tout simplement de vieillesse. N'oublions pas que nous sommes tous mortels !

Elle prenait volontairement un ton léger et regardait Todd.

— Maintenant, poursuivit-elle, nous allons descendre les quelques marches qui mènent dehors et faire un tour du jardin de derrière.

Le petit groupe se retrouva à l'extérieur. Le jardin s'étendait sur un demi-hectare. La cuisine, reliée à la salle à manger par un passage couvert, se trouvait sur la gauche en sortant. C'était une vaste pièce, avec une énorme cheminée et des poutres auxquelles étaient accrochés d'innombrables ustensiles. Des placards aux vitres dépolies abritaient la vaisselle de porcelaine et l'argenterie. L'un des visiteurs murmura que c'était là

« le meilleur exemple de cuisine aristocratique coloniale qu'il ait jamais vu ».

Une large allée conduisait aux remises. On n'y trouvait plus de chevaux, mais elles abritaient encore des box, des selles, et trois carrioles du dix-huitième siècle. Tandis qu'Allison laissait le groupe les examiner, Haley Dixon s'approcha d'elle.

— Il paraît qu'il y a un fantôme de cheval, ici ? murmura-t-elle avec un petit rire gêné. C'est ce qu'on nous a dit hier soir, en tout cas !

— C'est vrai, soupira Allison. Il s'appelait Firewalker. C'est avec lui que Stewart Douglas était revenu en toute hâte ici après avoir appris que Bradley menaçait Lucy. Lucy aimait Stewart en secret. Un jour où il s'était faufilé en ville pour venir la voir, elle l'avait supplié de prendre Firewalker pour regagner le front, car c'était un cheval exceptionnel, capable de franchir les lignes ennemies. Elle-même le montait souvent pour aller porter ses messages aux troupes révolutionnaires pendant la nuit, en prenant de très grands risques. Firewalker a survécu et a vécu très vieux, ici, dans le domaine où il était né. Il est mort dans les bras de la sœur de Lucy. Voilà pourquoi nous avons un cheval fantôme ! Nous avons aussi un chien fantôme, d'ailleurs. Il s'appelait Robert, et appartenait à Lucy. Quand Bradley a poignardé Lucy, Robert a tenté de défendre sa maîtresse. Il est mort aussi… A vrai dire, je parie qu'il y a également des écureuils fantômes, dans ce jardin !

Haley Dixon se mit à rire.

— C'est bien possible ! Il s'est produit des choses si étranges, ici ! Je ne suis pas sûre que j'aurais envie d'y passer la nuit !

Allison haussa les épaules en souriant.

— Oh ! On s'y fait, vous savez !

Puis elle annonça au groupe qu'ils allaient visiter le petit cimetière de la famille, au fond du domaine.

L'endroit plaisait toujours beaucoup aux touristes. Lucy reposait dans le magnifique mausolée Tarleton, et son tombeau était admirablement sculpté. Les familles fortunées avaient très souvent leur propre cimetière, expliqua Allison. Tout en parlant, elle remarqua que Todd restait un peu à l'écart, l'air peu rassuré. Surprise, elle se rendit compte qu'elle-même avait hâte, ce jour-là, de terminer la visite.

Quand elle eut enfin ramené tous les visiteurs jusqu'à la grille, elle vit Todd revenir rapidement sur ses pas pour chuchoter :

— Vous êtes sûre qu'aucun fantôme ne va nous suivre à l'hôtel ?

— Franchement, j'en doute. S'il y a des fantômes, ici, ils resteront certainement sur place ! Allons, passe une bonne soirée. Trouve-toi donc une jolie serveuse dans la taverne où vous allez dîner, d'accord ? répondit-elle.

— Vous ne parlez pas sérieusement ! riposta-t-il en souriant.

— Non, surtout qu'elle se fâcherait ! Mais je te conseille de bien t'amuser, comme on doit le faire à ton âge.

Quand tout le monde fut enfin parti, elle regagna en hâte la maison en passant par l'arrière, où était situé le petit local réservé aux guides. Elle y trouva Jason Lawrence, qui avait troqué son déguisement contre un jean et un T-shirt siglé du nom de son groupe rock favori.

— Ça va, tu tiens le coup ? lui demanda-t-il.

— Oui, mais j'avoue que quand il y a autant de monde qu'aujourd'hui, il est plus facile d'être à quatre ! Julian nous aurait été bien utile, surtout qu'Annette était vraiment obligée d'aller chez le dentiste. Elle faisait peine à voir.

Jason était un jeune homme séduisant de vingt-quatre ans, trois ans de moins qu'elle. Ils étaient devenus tout de suite amis, sans que leur relation implique la moindre attirance sexuelle. Il poussa un grand soupir en levant les yeux au ciel.

— Nous aimons bien Julian et il nous fait beaucoup rire, mais il nous complique bien la vie, c'est vrai ! admit-il. Il s'est mis en tête qu'il allait devenir riche et célèbre et que nous serions très fiers de l'avoir connu à ses débuts… Il va tout de même falloir en toucher un mot à Sarah ou à un autre administrateur, un de ces jours. Ce n'est pas juste qu'il n'en fasse qu'à sa tête.

— Je parlerai d'abord à Julian, répondit-elle. Ensuite seulement, s'il ne se montre pas plus raisonnable, j'irai voir Sarah.

Jason hocha la tête.

— Je file. Ça ne t'ennuie pas ?

— Un rendez-vous galant ?

— J'espère.

— Alors, vas-y !

— Ça ne t'embête pas d'être seule pour fermer ?

— Je vais faire un tour rapide et mettre l'alarme. Je n'en ai pas pour longtemps.

— Entendu. Je verrouillerai la porte arrière derrière moi. La grille du fond est fermée aussi, n'est-ce pas ?

— Oui. Je sortirai par la rue.

Il l'embrassa sur la joue, puis elle entendit ses pas décroître sur le plancher. Au bout d'un moment, la porte de derrière claqua.

Elle se retrouvait seule dans la maison et, contrariée, se rendit compte qu'elle n'était pas rassurée. C'était ridicule ! Elle n'était pas une gamine, pourtant, comme le petit Todd qui jouait les bravaches mais que la moindre histoire de fantôme faisait frémir. Or elle n'avait qu'une envie : retirer sa robe et son bustier pour enfiler un jean confortable et filer. Elle allait se hâter de vérifier les issues et enclencher l'alarme.

Elle sortit du local, ferma la porte derrière elle et se dirigea vers la bibliothèque. Au passage, elle jeta un coup d'œil vers l'escalier, puis renonça à monter vérifier les étages. Aucun visiteur, même parmi les plus jeunes, n'était resté sur place. Elle s'en était assurée.

Elle frissonna de nouveau, comme si une sorte de pressentiment l'envahissait. Pour un peu, elle aurait demandé à Jason de revenir… Arrivée sur le seuil de la bibliothèque, elle s'arrêta brusquement.

On entendait un bruit. Une sorte de claquement, ou de craquement…

Cela venait de l'intérieur de la pièce.

Non seulement elle n'avait aucune envie d'entrer pour voir de quoi il s'agissait, mais elle faillit se précipiter vers le hall, mettre l'alarme et prendre ses jambes à son cou en criant.

Ne sois donc pas stupide !

Cela provenait peut-être de l'air conditionné. Ou, alors, d'un volet qui battait… Ou bien c'était une boiserie qui grinçait. Il pouvait y avoir des dizaines d'explications.

Elle ferma un instant les yeux en secouant la tête, furieuse de se laisser contaminer par les frayeurs d'un gamin. Elle était une femme adulte et responsable, non ? Historienne professionnelle, par-dessus le marché.

D'un pas résolu, elle entra dans la bibliothèque.

Cette fois, un cri strident et horrifié lui échappa vraiment.

Julian Mitchell était bel et bien revenu.

2

La première impression de Tyler Montague, quand il aperçut Allison Leigh à travers la vitre sans tain des locaux de la police de Philadelphie, ne fut pas très favorable.

Il est vrai qu'elle venait de passer plusieurs heures dans une maison où l'un de ses collègues avait été retrouvé mort, soit accidentellement, soit à la suite d'un meurtre extrêmement étrange. Vrai aussi qu'elle patientait depuis des heures, après avoir été longuement interrogée.

Elle n'avait pas été accusée du meurtre, du moins pas encore. Sans doute parce que ni les policiers ni les médecins légistes ne voyaient comment elle aurait pu s'y prendre. Une femme mince et frêle, face à un grand costaud comme Julian Mitchell ? Il semblait presque impossible qu'Allison ait pu manipuler *à la fois* l'arme et la victime.

Elle avait des cheveux d'un brun si foncé qu'ils paraissaient presque noirs. Sans doute les avait-elle tenus attachés pendant la journée ; à présent, ils pendaient librement sur ses épaules, sous une coiffe brodée de style ancien. Elle était toujours vêtue d'un costume du dix-huitième siècle, avec une robe « à l'anglaise », si c'était bien le terme exact. Surtout, elle paraissait épuisée. Assise à une table, une tasse de café devant elle, elle avait posé la tête sur son bras replié.

— Nous avons prévenu Mlle Leigh que vous souhaitiez

lui parler, dit d'une voix douce l'homme qui se tenait à côté de Tyler.

Tyler se tourna vers lui. C'était le célèbre Adam Harrison. A près de quatre-vingts ans, il se déplaçait toujours avec aisance et restait droit comme un I. Son regard d'un bleu pâle commençait à peine à se décolorer sous l'effet de l'âge. Il avait les cheveux d'un blanc de neige et arborait un costume bien coupé. C'était lui qui, alerté par un appel de son vieil ami Ethan Oxford, avait demandé aux « chasseurs de fantômes » auxquels appartenait Tyler d'intervenir. Ethan et Adam se connaissaient depuis longtemps. Ils avaient collaboré à d'innombrables œuvres philanthropiques.

C'était Adam, d'ailleurs, qui avait incité Tyler à abandonner les rangers texans pour rejoindre le service extrêmement particulier du FBI qu'il avait créé.

Tyler était loin de tout savoir à son sujet. Peu de gens connaissaient vraiment Adam Harrison, en fait, même s'il semblait avoir des amis absolument partout. Un simple coup de fil de sa part aplanissait les difficultés comme par miracle. Des années plus tôt, bien avant que Tyler et ses collègues n'entrent en contact avec lui, il avait déjà entrepris de confier certaines missions à des personnes de toute confiance. Maintenant, même si ses équipes de « chasseurs de fantômes » restaient isolées au sein du FBI, et pas toujours bien perçues par les autres services, elles n'en étaient pas moins très respectées. Jusque-là, les « chasseurs » n'avaient connu aucun échec.

— Est-ce qu'elle sait qui je suis ? demanda Tyler.

— Elle sait que vous appartenez au FBI, répondit Adam avec un petit haussement d'épaules.

— Elle doit être littéralement à bout de forces. Il m'a fallu trois heures de route pour arriver de Virginie du Nord, et la mort remontait déjà à une heure, au moins, quand nous avons reçu votre appel.

Tyler regarda sa montre et conclut :

— Il est plus de minuit !

Harrison se déplaça d'un pied sur l'autre en soupirant.

— Je sais, mais la police a bien été obligée de la garder sur place en vous attendant, car c'est elle qui a découvert le corps. Quand elle a appelé la police, les visiteurs et les autres guides étaient déjà partis. Elle était seule sur les lieux. A notre arrivée, elle était très secouée. Etant donné les circonstances du drame, nous devons soupçonner tout le monde, naturellement, mais je la crois totalement innocente. Elle est en état de choc, bien sûr. Elle vient de perdre un ami…

Tyler comprit qu'Adam ressentait une profonde sympathie pour la jeune femme.

— A-t-elle suggéré que l'auteur du crime était un fantôme ? demanda-t-il d'un air sceptique.

Harrison ne tourna pas la tête vers lui. Il fixait toujours Allison à travers la vitre sans tain.

— Non, répondit-il enfin. Mlle Leigh — je devrais même dire « le professeur Leigh » — est historienne et enseigne à l'université, sauf en ce moment, puisqu'on est en été. Elle écrit également des articles. En outre, elle pilote régulièrement des visites au musée Tarleton-Dandridge, mais elle ne croit pas aux fantômes.

Adam eut une petite moue. Il se pouvait fort que la jeune femme soit amenée à changer très vite d'avis…

— Je vais lui parler, puis la ramener chez elle avant de lire tous les rapports sur ce qui s'est passé, déclara Tyler. Elle n'est inculpée de rien pour l'instant, n'est-ce pas ?

— Non, mais ils ont bien fait de la faire venir. Venez, je vais vous présenter.

— Vous la connaissiez déjà ? Ou est-ce que ça date d'aujourd'hui ?

— Je me suis toujours fait un devoir, répondit Harrison avec un léger sourire, de demeurer en bons termes avec les hommes politiques et les représentants de l'autorité auxquels je porte assistance. Généralement, ils m'en restent très reconnaissants. J'ai eu l'occasion de participer à plusieurs dîners organisés dans ce musée par la municipalité, et Mlle Leigh s'est toujours montrée absolument charmante. C'est une remarquable organisatrice. Nous ne sommes pas amis intimes, mais, en effet, je peux dire que je la connais.

La porte s'ouvrit. Un homme d'âge moyen aux yeux vifs, à la mâchoire volontaire, entra dans la pièce. Tyler l'avait déjà croisé : c'était l'officier Jenson, qu'on venait de charger de l'enquête sur le « décès suspect » de Julian Mitchell.

— Nous en avons fini avec la paperasse, lança-t-il. Vous allez pouvoir vous entretenir avec Mlle Leigh. Souhaitez-vous vous rendre ensuite à la demeure Tarleton-Dandridge, agent Montague ?

— Oui, répondit Tyler. Autant voir les lieux tant qu'on n'a rien touché.

Quoi que Jenson pût penser de l'intervention d'une « unité spéciale » du FBI, il n'en laissa rien paraître.

— Les techniciens de scène de crime ont tout examiné, déclara-t-il. Ils ont relevé des empreintes, mais avec tous ces touristes qui visitent le musée, il y en a des centaines, évidemment. Je vais vous confier la clé de Mlle Leigh et le code de l'alarme. Merci de nous faire part de vos conclusions le plus vite possible.

— Bien sûr, assura Tyler. La coopération de la police m'est indispensable.

Jenson eut un bref sourire approbateur.

— Eh bien, vous pouvez passer à côté… Vous raccompagnerez Mlle Leigh chez elle, n'est-ce pas ? conclut-il avec un coup d'œil vers Adam.

Ce dernier le remercia et suivit Tyler dans la pièce voisine.

Allison se redressa, le dos raide. Elle fixa un regard méfiant sur Tyler, puis son regard s'adoucit quand elle vit Adam.

Harrison savait toujours s'attirer les bonnes grâces des gens, songea Tyler.

— Allison, lança Adam, je vous présente l'agent Tyler Montague. Il est venu enquêter sur ce qui se passe et sur la demeure Tarleton-Dandridge en général.

Allison dévisagea Tyler d'un air froid.

— Enquêter sur la *demeure* ? lança-t-elle. C'est elle qui a poussé Julian à s'enfoncer une baïonnette dans la gorge ?

— Cette maison a connu un bon nombre d'épisodes tragiques, mademoiselle Leigh, répliqua Tyler.

Allison se tourna vers Adam.

— M. Montague compte arrêter le fantôme d'un soldat de la révolution ? ironisa-t-elle.

Ce fut Tyler lui-même qui répondit :

— Non, mademoiselle Leigh. Seulement, le fait qu'il se soit produit plusieurs drames au musée Tarleton-Dandridge, ces dernières années, nous fait penser qu'un individu bien vivant est à l'œuvre. En fait, nous sommes ici pour vous raccompagner chez vous, si vous le souhaitez.

Elle fronça les sourcils. Tyler sentit qu'elle devenait un peu moins hostile.

— Vous n'allez pas me demander de répéter encore une fois mes déclarations ?

— Je préférerais que vous veniez avec moi revoir le musée, si vous vous en sentez la force. Sinon, comme nous l'avons dit, nous vous ramènerons chez vous.

Elle le dévisagea, puis battit des cils. On voyait qu'elle réfléchissait à toute allure. Il pouvait presque lire ses pensées dans ses yeux, d'ailleurs magnifiques en dépit de ses paupières rougies. Elle venait de passer des heures particulièrement éprouvantes, elle avait découvert un cadavre et subi des heures d'interrogatoire. Sans doute avait-elle simplement envie de boire un remontant ou de sombrer dans le sommeil pour oublier l'atrocité de la situation.

A l'évidence, cependant, elle comprenait qu'il eût besoin de se rendre sur les lieux le plus vite possible après le crime. Même si elle répugnait à revoir l'endroit où son collègue venait de mourir, elle se doutait que les premiers indices seraient les plus importants.

Elle écarta les mains en soupirant.

— Entendu, dit-elle. Je vous accompagne. Venez-vous aussi, Adam ?

— Si vous y tenez, ma chère.

— Oui, venez… Je vous en prie !

Tyler admirait l'empathie qu'Adam Harrison savait témoigner à tous ceux qu'il croisait. Harrison avait perdu son fils Josh dans un accident de voiture, des années plus tôt. Josh était pourvu d'un sixième sens et Adam avait passé des années à tenter d'entrer en contact avec lui. Il avait fini par y parvenir, mais c'était le seul mort avec lequel il communiquait.

En revanche, il avait un talent extraordinaire pour s'attirer la confiance des vivants.

Tyler aurait aimé avoir ne fût-ce qu'une parcelle de ce talent. Il avait l'impression que cette faculté lui manquait, sans savoir bien pourquoi. Peut-être à cause de sa très haute taille — un mètre quatre-vingt-dix-huit — qui intimidait beaucoup de gens ? Ou, alors, parce qu'il avait passé plusieurs années chez les rangers du Texas — un rêve d'enfance — et en avait conservé une certaine rudesse ? En tout cas, qu'il s'agisse de sa taille ou de son attitude pragmatique, il savait qu'il en imposait. Il lui fallait chaque fois un bon moment pour convaincre ses interlocuteurs qu'il n'était *pas* un cow-boy sans cervelle toujours prêt à jouer de la gâchette.

— Allons-y, dit Adam. J'imagine que vous êtes absolument fourbue, ma chère petite. Mais vous ne tarderez pas à rentrer chez vous.

Allison se leva, un peu flageolante. Tyler vit qu'elle était assez grande — un mètre soixante-quinze, environ —, et se dit qu'elle portait son costume avec une grande élégance. On la sentait cependant prête à trébucher de fatigue. Quand il tendit le bras pour la retenir, elle ne recula pas, mais laissa tomber d'un ton hautain :

— Ça ira, merci.

Il la relâcha. Ils se dirigèrent vers la sortie, où Jenson les attendait.

— Merci de votre patience, mademoiselle Leigh, déclara-t-il. Je me permets de vous adresser aussi toutes mes condoléances.

Allison inclina gracieusement la tête.

— S'il me revient quoi que ce soit d'autre, je vous le dirai, répondit-elle.

Le 4x4 de Tyler était garé juste devant les locaux de la police.

— Nous vous ramènerons chez vous le plus vite possible, promit-il de nouveau.

Adam ouvrit courtoisement la portière pour Allison et s'installa à l'arrière, expliquant qu'il comptait bien se montrer chevaleresque avec les dames jusqu'à ce que l'âge le courbe en deux.

Il n'ajouta rien d'autre et, quand Tyler démarra, ce fut Allison qui prit la parole.

— Quand je pense que la journée avait semblé si ordinaire ! murmura-t-elle.

— Y a-t-il eu beaucoup de visites ? s'enquit Tyler.

— Oui, plusieurs groupes. Nous essayons d'intéresser les gens le plus possible, pour assurer la survie du musée.

Tyler lui posa quelques questions sur les différentes visites organisées dans la ville, afin de la mettre à l'aise. En arrivant au musée, il se gara dans le parking.

Comme par hasard, c'était une nuit de pleine lune. De pâles rayons jouaient dans l'ombre sur la façade de la demeure.

En plein jour, songea Tyler, la bâtisse de style colonial

devait être absolument splendide. Dans l'obscurité, cela dit…

On avait l'impression qu'elle palpitait d'une mystérieuse attente.

Sur le panneau qui indiquait les horaires et les tarifs, la police avait accroché une pancarte :

« ACCÈS INTERDIT.
Toute intrusion dans les locaux
fera l'objet de poursuites. »

— Il y a même un ruban de scène de crime tout autour…, murmura Allison d'une voix lasse.

— Oui, le président du conseil d'administration a décidé de fermer pendant quelques semaines, le temps de l'enquête, expliqua Adam.

Tyler prit un canif dans sa poche pour couper le ruban, puis tapa le code de l'alarme à côté de la grille.

— Il va vraiment y avoir une enquête de police ? demanda Allison.

— Bien sûr, répondit Tyler. Nous allons regarder si aucun intrus ne s'est faufilé à l'intérieur en déjouant les dispositifs de sécurité. Ou si quelqu'un qui connaît les lieux nourrit d'étranges idées sur l'histoire de cette maison, par exemple… Il y a beaucoup de choses à vérifier.

Allison le dévisagea en fronçant les sourcils.

— Vous êtes un chasseur de fantômes ?

— Non, je suis agent du FBI. Tenter de chasser *uniquement* des fantômes ne servirait pas à grand-chose, j'en ai peur. Ils ne se montrent que quand ça leur chante, pas à la demande, hélas !

Laissant Allison avec Adam, il remonta l'allée jusqu'au perron. Il voulait rester quelques instants seul pour examiner l'intérieur.

Il coupa un deuxième ruban qui bloquait la porte, tapa une fois de plus le code que lui avait donné Jenson, puis entra.

En pénétrant dans le hall, il eut l'impression de se retrouver des siècles en arrière.

Il resta immobile un long moment. Même une personne ordinaire, dépourvue de tout sixième sens, aurait perçu l'atmosphère particulière d'un lieu chargé d'histoire. Il avait souvent vu certains de ses collègues rangers, sceptiques endurcis, se recueillir avec émotion dans le fort Alamo, par exemple. Tout le monde ressentait cette impression, dans certains endroits. Sur le champ de bataille de Gettysburg, dans l'abbaye de Westminster, la cathédrale Notre-Dame de Paris…

Ici, la sensation était extrêmement prégnante, comme si le passé continuait à vibrer, et maintenait sa présence. Sans doute les passions des défunts qui avaient vécu sur place imprégnaient-elles encore les murs, les objets…

En outre, c'était une demeure magnifique. Son décor d'époque, dans son authenticité, renforçait le saisissement qu'il éprouvait.

Au bout d'un moment, il se secoua en entendant Adam et Allison arriver. Adam expliquait à la jeune femme que ses équipes enquêtaient essentiellement sur les événements du passé, bien plus que sur les revenants.

Tyler dirigea ses pas vers la bibliothèque où avait été retrouvé le corps de Julian Mitchell. Il regarda de loin le vaste bureau d'acajou. Il était couvert de sang, comme le tapis persan qui, au-dessous, recouvrait le plancher. Le sang avait même giclé sur les registres et les livres de comptes.

Il essaya d'imaginer la scène telle qu'on la lui avait décrite. Le jeune homme était assis devant le bureau, le mousquet entre les jambes, la baïonnette fichée tout droit dans sa gorge, comme s'il s'y était empalé pour se tenir droit. D'après les premiers examens du médecin légiste, le malheureux avait très vite perdu beaucoup de sang. Son expression n'avait rien de particulièrement effrayé ; il n'avait pas l'air non plus de s'être débattu contre un agresseur. On avait l'impression qu'il avait posé le menton sur la pointe de la lame, comme pour réfléchir… puis avait appuyé.

Mais qui diable pouvait s'enfoncer une lame de baïonnette dans la gorge *par inadvertance* ?

Julian Mitchell n'avait même pas crié. Les derniers touristes l'auraient entendu, si tel avait été le cas. Ou alors Allison Leigh, quand elle avait commencé à vérifier les fermetures.

Debout sur le seuil de la pièce, Tyler examina les issues. La porte qu'il venait d'ouvrir donnait sur le hall. Une autre, au fond de la pièce, communiquait avec la pièce voisine. Il y avait donc deux façons de s'introduire dans la bibliothèque.

Tout cela n'expliquait pas comment Mitchell se retrouvait fiché sur sa baïonnette, sans le moindre signe de lutte. Comment avait-on pu le *convaincre* de faire une chose pareille ?

Tyler fit quelques pas pour regarder les tableaux accrochés au mur. L'un d'eux représentait un homme âgé d'une quarantaine d'années : « Angus Tarleton », indiquait le petit panneau. L'autre figurait le célèbre « Bradley le Cruel ».

Ce dernier portrait était particulièrement impressionnant. L'homme était assez beau, mais l'artiste lui avait donné un regard empreint d'âpreté, et même de sauvagerie. On avait la sensation qu'il vous suivait des yeux, comme on le disait du portrait de la Joconde.

Tyler se retourna pour regarder en direction du hall. Allison Leigh, très pâle, se tenait debout à côté d'Adam. Ils attendaient tous deux ses instructions.

— Allison, demanda-t-il, pourriez-vous me décrire très précisément la scène, quand vous avez découvert Julian Mitchell ?

— J'aurais dû tout consigner par écrit, soupira-t-elle, tant je l'ai dit et redit !

Il la sentait de nouveau hostile et irritée. En un sens, c'était bon signe. Cela valait mieux que si elle s'était effondrée en sanglotant, incapable de raconter quoi que ce soit.

— En tout cas, reprit-elle, je n'ai croisé aucun fantôme couvert de sang !

— Je n'en doute pas, répondit-il. J'aurais eu du mal à y croire. Mais vous avez envie qu'on attrape le meurtrier, n'est-ce pas ?

Elle fixa sur lui ses pupilles d'un bleu pur, clair comme un ciel d'été.

— Je ne crois pas qu'il y ait un meurtrier, rétorqua-t-elle. Julian aimait faire le clown. Il était toujours prêt à faire des blagues idiotes. Bien sûr, son manque de sérieux dans le travail nous agaçait, mais… il nous faisait rire. Et c'était un ami. Bref…

Elle prit une profonde inspiration avant d'ajouter :

— On avait l'impression qu'il s'était assis, puis qu'il avait commencé à s'amuser avec son mousquet en posant le menton sur la baïonnette. Oui, nous nous servons de reproductions authentiques de ces armes et n'avons jamais, jamais eu de problème. Elles ne sont pas chargées et aucun guide n'aurait l'idée baroque de menacer un touriste avec la lame ! Comment imaginer que quelqu'un puisse se tuer avec ?

— Avait-il des tendances suicidaires ? demanda Tyler.

— Julian ? Vous plaisantez ! Il se croyait promis à une fabuleuse carrière. Il ne s'est certainement pas suicidé !

— Il était censé revenir travailler, ce jour-là ?

— Oui. Il a assuré ses visites du matin, puis il a disparu juste après le déjeuner. Sans doute pour une audition. Nous lui en voulions de nous avoir posé un lapin, évidemment.

— Quand vous l'avez trouvé, il était toujours en costume, non ?

— C'est vrai. En attendant d'entrer dans un vrai groupe,

lui et ses musiciens se déguisaient pour jouer dans les cafés historiques. Il n'avait pas besoin de se changer.

— Et personne ne l'a revu après le déjeuner ?

— Personne.

— Y a-t-il, dans cette maison, des endroits où il aurait pu se cacher sans qu'on l'aperçoive ?

— Dans un placard, par exemple ? ironisa-t-elle.

Puis elle fronça les sourcils et redevint sérieuse.

— Il y a le grenier, évidemment. Nous n'y montons jamais, quand nous accompagnons des groupes.

— Je pourrais le voir ?

— Si vous voulez.

— Allons-y ! dit Adam.

Allison leur montra au passage le salon des dames, le salon de musique et, de l'autre côté, la salle à manger et le grand salon. Pendant qu'ils montaient au premier étage, elle évoqua les premiers propriétaires de la maison, indiquant les chambres occupées par la famille et par les officiers anglais.

Tyler s'immobilisa sur le seuil de la chambre de Lucy Tarleton : il venait d'y voir un autre portrait de « Bradley le Cruel ».

Il n'avait rien à voir avec celui de la bibliothèque. Aucune trace de cruauté ne se lisait plus dans le regard. Les traits volontaires du personnage trahissaient au contraire une certaine mélancolie mêlée de sagesse.

— Le grenier est à l'étage au-dessus, dit Allison. Si vous voulez bien…

— Ce tableau m'intrigue, coupa Tyler.

— Il représente lord Bradley. Je ne sais pas au juste pourquoi il se trouve dans cette pièce, d'ailleurs, puisque Bradley occupait la chambre principale, quand il résidait ici.

— C'est un beau portrait de lui.

— Oui, sans doute a-t-il été peint par un ami.

— Je me demande bien pourquoi les responsables du musée ont mis ce tableau ici…

— Ils ne l'y ont pas mis. Il y était déjà ! Quand la fondation a été créée, après le départ de la famille, le conseil d'administration a décidé de tout remettre dans l'état d'origine. Ils ont laissé ce qui était en place, ont supprimé les adjonctions postérieures, et ont racheté quelques pièces de mobilier datant de la période révolutionnaire, pour compléter l'ensemble. Cela remonte aux années 1930, mais je peux vous assurer que le portrait, alors, trônait bel et bien dans la chambre de Lucy.

— Pauvre Lucy ! Avoir le portrait de son assassin dans sa chambre... Elle et ses proches ont dû se retourner dans leurs tombes ! commenta Tyler en s'efforçant de ne pas paraître sarcastique.

Allison fit la moue, comme si elle ne goûtait guère cette expression.

Dans certaines demeures anciennes de Philadelphie, il fallait déplier un escalier pour monter au grenier, mais ce n'était pas le cas du musée Tarleton-Dandridge. L'escalier montait jusqu'en haut, et il était fermé par une porte sur laquelle on lisait :

« Réservé au personnel. »

— J'imagine que cette porte est toujours fermée à clé ? suggéra Tyler.

Il ne se trompait pas.

— La clé de la porte d'entrée, en bas, ouvre aussi celle-ci, indiqua Allison.

Il tourna la clé dans la serrure, découvrit encore quelques marches et grimpa. Le grenier était plongé dans l'obscurité, mais le clair de lune et les réverbères de la rue jetaient une faible lueur. Quand ses yeux se furent accoutumés à la pénombre, il regarda autour de lui.

Pas de doute, il y avait bel et bien eu intrusion ! Quelqu'un avait fouillé partout, vidé les boîtes et les fichiers, jeté à terre l'ordinateur et l'imprimante. Des lettres, des factures, des affiches s'éparpillaient dans tous les sens.

— Mon Dieu ! murmura Allison derrière lui.

Tyler se tourna vers Adam.

— Il faut faire revenir les techniciens de scène de crime. On ne trouvera probablement pas d'autres empreintes que celles du personnel, mais on ne sait jamais…

Adam prit son portable en hochant la tête.

Allison contemplait le désastre, consternée. Elle était livide. Découvrir cela, après la journée épouvantable qu'elle venait de passer… Tyler se sentait empli de compassion pour elle, même s'il savait qu'elle le prenait pour un vulgaire chasseur de spectres, avide de détails sordides.

— Ils ne vont pas tarder, déclara Adam.

— Ooooh…, gémit Allison.

Et elle s'affala sur le sol, évanouie, sa robe longue ballonnée autour d'elle.

Evidemment, la mort de Julian Mitchell faisait les gros titres de la presse dès le lendemain matin.

Le jeune homme était mort dans une demeure historique, « certainement hantée », comme l'indiquaient la plupart des journaux. Même ceux qui ne croyaient pas aux fantômes rappelaient les tragédies qui s'y étaient succédé au fil des ans.

Allison recevait le journal chez elle tous les jours. Elle aimait le feuilleter en prenant tranquillement son café et, naturellement, elle tomba aussitôt sur les articles.

Ses yeux s'emplirent de larmes. Julian se conduisait souvent comme le dernier des idiots, mais c'était un collègue et un ami. Elle battit de nouveau des paupières et se rendit compte qu'elle était encore épuisée. Elle avait passé une bonne partie de la nuit dans les locaux de la police, puis un long moment dans le grenier de la demeure Tarleton-Dandridge, et restait horrifiée de voir que les enquêteurs considéraient le décès de Julian comme « suspect ». Si on soupçonnait un meurtre, elle arrivait sûrement en tête de liste des coupables possibles… C'était elle qui avait trouvé le corps, après tout.

Elle jeta un coup d'œil vers la pendule. 11 heures, déjà, alors qu'elle se sentait si lasse ! Heureusement que le musée allait rester fermé le temps de l'enquête : elle n'aurait jamais eu la force de guider des touristes, ce jour-là. Dieu merci, elle n'avait pas non plus beaucoup de travail à l'université, sinon quelques cours à préparer. Cela lui demanderait néanmoins un effort, même si elle adorait toujours autant l'histoire, cette discipline si riche…

Mais qui, parfois, jouait de bien vilains tours. La mort de Julian, par exemple. Sans savoir pourquoi ni comment, Allison soupçonnait que cette tragédie avait quelque chose à voir avec le passé. Même si elle soutenait haut et fort qu'il s'agissait d'un accident.

Elle posa le journal sur le comptoir, s'approcha de la machine à café, glissa une capsule et attendit quelques secondes.

Le café était délicieux. Elle aurait pu en boire des litres. Il était 3 heures du matin, quand on l'avait finalement ramenée chez elle.

Heureusement qu'elle n'avait pas fait de cauchemars atroces, après avoir vu Julian dans cette horrible posture !

Elle avait déjà pris une douche en rentrant, mais décida d'en prendre une autre. Un psychiatre aurait sans doute estimé qu'elle voulait symboliquement se laver de toute cette horreur, mais elle s'en fichait. Une bonne douche l'aiderait à reprendre ses esprits. Ou du moins à se réveiller.

Immobile sous l'eau chaude, elle repensa à Julian et laissa ses larmes couler librement. Toutes ces fois où elle l'aurait volontiers secoué comme un prunier, quand il leur posait un énième lapin… Ça n'avait plus d'importance. Ce qui comptait, c'était qu'elle avait perdu un ami. Et qu'il était mort d'une façon abjecte et grotesque.

Pendant un court instant, quand elle l'avait trouvé, elle s'était demandé s'il n'avait pas monté une grossière mise en scène, dans l'espoir de se faire pardonner une fois de plus. Il allait se lever, lui dire qu'on lui offrait un contrat mirifique, qu'il avait bien été obligé de prendre son après-midi…

Puis elle avait compris qu'il était mort, mais à aucun moment n'avait pensé qu'on l'avait *tué*. Tout évoquait un accident stupide et tragique, ce qui était déjà suffisamment affreux.

Pourquoi s'en serait-on pris à Julian Mitchell ? Et pourquoi un éventuel meurtrier était-il monté tout dévaster dans le grenier ?

Et puis, comment tout cela avait-il pu avoir lieu alors que Jason et elle se trouvaient encore dans la maison, avec une bonne trentaine de touristes ?

Elle venait juste de s'habiller et avait les cheveux mouillés quand on sonna à la porte. Elle fit la grimace : elle n'avait pas envie de voir qui que ce soit. Cependant, la curiosité l'emportant, elle alla regarder par l'œilleton.

C'était le chasseur de fantômes texan.

Il sonna de nouveau. Elle ne bougea pas.

Debout de l'autre côté, il ne bougea pas non plus.

Il était étrange que la police ait fait appel au FBI, en fait. Et surtout à cette unité-*là*. Allison ne savait pas grand-chose du FBI ou des « chasseurs de fantômes », mais elle avait fait des recherches sur internet quand elle avait rencontré Adam Harrison, et compris qu'on faisait appel à lui chaque fois qu'il se passait quelque chose d'*inhabituel*. « Inhabituel », cela signifiait d'ordinaire des événements paranormaux ou *apparemment* paranormaux. Autrement dit, à leurs yeux, la prestigieuse demeure Tarleton-Dandridge ne valait guère mieux qu'une vulgaire maison hantée. Cela la consternait. Bien sûr, tous les guides des visites organisées dans Philadelphie mentionnaient le musée et ses fantômes, mais c'était surtout pour amuser les touristes. Allison ne s'en plaignait pas, mais il n'aurait pas fallu que cela détourne les visiteurs des *authentiques* merveilles du patrimoine…

Tout ce qu'on trouvait sur internet concernant les équipes d'Adam Harrison suggérait qu'elles sortaient largement de l'ordinaire. Apparemment, par exemple, tous les « chasseurs de fantômes » étaient dotés de dons singuliers. Ils communiquaient avec l'au-delà pour résoudre leurs enquêtes… Comme si on allait lui faire croire ça !

A présent, en observant Tyler Montague par l'œilleton de sa porte d'entrée, elle trouvait ces particularités encore plus invraisemblables. Avec sa taille impressionnante et son corps tout en muscles, Montague avait surtout l'air d'un acteur spécialisé dans les films d'action. Comment un tel athlète pouvait-il croire aux revenants ?

Après avoir attendu encore un moment, il sonna de nouveau.

Allison ouvrit en soupirant.

— Qu'est-ce que vous voulez ? lança-t-elle.

— J'ai besoin de votre aide.

Elle tourna les talons et se dirigea vers le comptoir qui séparait la cuisine de la salle à manger.

— Quel genre d'aide ? Vous voulez un café ? Ça, je peux le fournir. Mais si vous voulez en savoir plus sur les fantômes du musée, je ne pourrai rien vous dire. Je ne les ai jamais vus. A propos, j'aime autant vous prévenir tout de suite : je ne crois pas aux fantômes. Nous naissons, puis nous mourons, voilà tout. Je pense qu'il y a un Dieu, que les différentes cultures voient d'ailleurs chacune à sa manière, mais je doute qu'il passe son temps debout à la porte du paradis à accueillir les nouveaux arrivants en lançant : « Hello ! Faites comme chez vous. » Bref, si vous voulez du café, c'est avec plaisir.

— Eh bien, j'en prendrai volontiers, répondit Tyler d'une voix égale.

Il était rentré dans la maison et avait fermé la porte derrière lui. Pendant qu'Allison glissait une nouvelle capsule dans la machine à café, il vint s'accouder au comptoir. Elle regarda rapidement autour d'elle, se surprenant à vérifier que tout était à peu près en ordre. Chasseur de fantômes ou non, Tyler semblait pourvu d'un certain talent d'observation, et devait savoir juger une personnalité d'après l'état de son intérieur.

— Désolée, je n'ai pas eu le temps de ranger, dit-elle en indiquant du bras le journal étalé sur la table, ses chaussures et la cape de son déguisement jetées sur une chaise.

— Pas de problème, répondit-il.

— Voulez-vous votre café noir ou avec du lait ? Qu'êtes-vous venu faire ici, d'ailleurs ?

— Je vous l'ai dit, j'ai besoin de votre aide.

— Vous ne m'avez pas répondu, pour le café.

— Noir, s'il vous plaît.

— J'aurais dû m'en douter. Un Texan prend toujours son café noir !

Elle lui tendit la tasse en ajoutant :

— Qu'attendez-vous de moi ?

— Des renseignements sur les gens avec lesquels vous travaillez.

— Tous les employés remplissent un dossier complet avant d'être recrutés. Ensuite, ils passent un entretien. Croyez-le ou non, le musée Tarleton-Dandridge reçoit énormément de candidatures. Quand le conseil d'administration finit par sélectionner quelqu'un, il a vérifié non seulement ses compétences, mais aussi sa motivation et son goût pour l'histoire. L'entretien comporte donc également des questions d'ordre personnel…

— Je sais déjà tout cela. Ce que je voudrais, ce sont *vos* impressions, *vos* observations.

Elle le scruta intensément.

— Insinuez-vous qu'un de mes collègues a quelque chose à voir avec cette affaire ?

— Je doute fort que Julian Mitchell, saisi d'une folie subite, ait dévasté les bureaux de l'administration avant de descendre s'asseoir pour s'enfiler une baïonnette dans la gorge.

— Ecoutez, soupira Allison, nous avons étudié la question dans tous les sens, avec vous et avec la police. Je ne vois vraiment pas ce que je pourrais vous dire de plus.

— Commençons par la journée d'hier, répondit-il. Racontez-moi comment elle s'est déroulée.

Allison soupira de nouveau.

— Comme une journée normale ! Rien à signaler, grommela-t-elle.

Tyler but une gorgée de café en souriant.

— J'espérais avoir un peu plus de détails. Ne s'est-il rien passé d'inhabituel, pendant vos visites ? Un élément sortant de l'ordinaire ?

— Si, maugréa-t-elle. J'ai trouvé un cadavre dans la bibliothèque.

Avant qu'il puisse rétorquer, son portable sonna. Il s'excusa, décrocha puis écouta, les sourcils froncés.

Allison frissonna, comme si elle pressentait que la conversation la concernait.

Tyler raccrocha.

— Hier, vous avez eu une famille avec deux jeunes garçons lors de votre dernière visite, n'est-ce pas ? Todd et Jimmy ?

— Oui, pourquoi ?

— Le père est à l'hôpital. Il s'est éveillé en pleine nuit en hurlant et, depuis, il est dans le coma. L'un des gosses a fait une telle crise d'hystérie en arrivant à l'hôpital que le personnel a appelé la police.

— Quoi ? C'est affreux, bien sûr, mais je ne vois pas…

— Ce gamin, le nommé Todd, veut vous voir. Il assure que vous saurez pourquoi. D'après lui, un fantôme les a suivis jusqu'à leur hôtel.

3

A l'intérieur de l'hôpital, il faisait nettement plus frais qu'à l'extérieur, même si la chaleur de la journée s'atténuait avec les derniers rayons. Allison frissonna. Elle se sentait glacée.

Elle aurait tout donné pour ne pas être là, et n'avait qu'une envie : prendre ses jambes à son cou. Seulement, si Todd demandait à lui parler, c'est qu'il avait besoin de son aide.

Elle n'aurait pas supporté de lui faire faux bond.

Les deux garçons étaient assis dans une salle d'attente déserte, en compagnie d'une femme avenante, âgée d'une quarantaine d'années. On avait expliqué à Tyler et Allison que leur mère tenait compagnie à son mari, dans la chambre, et qu'on avait confié les enfants à leur tante. En apercevant Allison, Todd bondit, courut vers elle et, à sa grande surprise, se jeta dans ses bras. Elle le serra contre elle en lui caressant les cheveux.

— Il nous a suivis ! gémit Todd. « Bradley le Cruel », cet affreux type, il nous a suivis ! Il a tué votre copain et il a rendu mon père malade !

Sa voix s'étouffait contre la veste d'Allison.

Elle jeta un regard impuissant à Tyler puis à la femme qui accompagnait les enfants.

— Voyons, Todd, dit-elle doucement, aucun fantôme ne peut faire ça. Les fantômes ne sont que des… des inventions, des histoires qu'on se raconte. Ton père va…

Elle s'interrompit un instant, priant le ciel de ne pas se tromper, puis conclut :

— Ton père va s'en sortir. Il est dans un très bon hôpital. Les médecins vont vite trouver ce qui ne va pas.

La femme s'était levée et s'approchait, la main tendue.

— Vous devez être Allison Leigh, dit-elle. Je suis Rose Litton, la tante de Todd et de Jimmy. Je suis vraiment désolée qu'on vous ait fait venir, surtout après le drame qui vous frappe. Mais Todd a tellement insisté…

— Il n'y a pas de problème, répondit Allison.

Sauf qu'elle ne voyait vraiment pas en quoi elle pourrait aider le jeune Todd…

La seule chose qui la consolait, c'était que le saccage du bureau, dans le grenier, n'avait pas été divulgué à la presse. Du moins pas encore.

— Que disent les médecins ? demanda Tyler à Rose Litton.

— Pour l'instant, ils ne voient rien d'anormal d'un point de vue physiologique. Ils n'ont pas fini les analyses, évidemment. Très tôt ce matin, alors qu'il était encore dans son lit à l'hôtel, Artie s'est brusquement redressé, a poussé un cri, puis a aussitôt sombré dans le coma. Comme s'il avait vu quelque chose dans un cauchemar… Les médecins se demandent s'il n'a pas ingéré une substance hallucinogène. Mais ils ne voient pas du tout laquelle, ni comment il l'aurait prise.

Allison souleva le menton de Todd pour qu'il la regarde.

— Ne t'en fais pas, insista-t-elle. Ce sont tous d'excellents médecins. Ils vont finir par trouver.

— Euh… Qui êtes-vous ? demanda Rose Litton à Tyler en fronçant légèrement les sourcils. Pardonnez ma curiosité, mais l'infirmière nous a simplement indiqué qu'elle contactait la police pour faire venir Mlle Leigh…

— Ne vous excusez pas, dit Tyler tout en sortant sa carte professionnelle de sa poche.

— Vous êtes du FBI ? s'écria Rose Litton d'une voix inquiète, après avoir lu.

— Ne vous alarmez pas, répondit Tyler. Je suis là pour tenter de comprendre ce qui s'est passé dans le musée, mais la toxine, si elle existe, ne vient pas de là. Sinon, Allison serait elle aussi tombée malade, ainsi qu'une bonne centaine de visiteurs. Je ne suis pas médecin, mais je sais qu'un coma peut avoir de multiples causes. Les analyses finiront par révéler l'origine de celui-là, j'en suis convaincu.

Il se pencha pour demander à Todd :

— Est-ce que tu as remarqué quoi que ce soit ? Un moment où ton père aurait été frappé à la tête, par exemple ? Hier soir, était-il agité, soucieux ?

Todd fit signe que non. Jimmy s'approcha et répondit à sa place :

— Papa était pas stressé du tout. Il perd jamais son calme, même s'il lui arrive de gronder. Après le musée, on a passé une très bonne soirée. On a dîné dans une taverne, et puis on est rentrés se coucher.

— Merci, répondit Tyler en se redressant. Peut-être y a-t-il eu un phénomène d'hallucination… Ça arrive. Je vais aller interroger les médecins. En attendant, ne vous inquiétez pas, vous deux.

Il sourit à Rose, posa une main sur la tête de Todd et conclut :

— Je n'en ai pas pour longtemps… Je reviens tout de suite.

Il s'éloigna. Allison se sentait de plus en plus mal à l'aise.

Avec un sourire forcé, elle dit à Rose :

— C'est une bonne chose que vous ayez pu venir.

— J'habite Hershey, pas loin d'ici, heureusement ! répondit Rose. Et cela me fait plaisir de voir les garçons.

Puis elle se tut, son regard anxieux fixé sur Allison. Cette dernière avait l'impression de pouvoir lire ses pensées.

Je ne comprends pas la réaction de Todd. Il est

convaincu que le problème vient du musée Tarleton-Dandridge. J'espère que vous allez pouvoir le rassurer...

Puis, comme si elle se rendait compte que ce n'était pas le moment d'ajouter aux ennuis d'Allison, elle dit à voix haute :

— Je vous prie de m'excuser. Vous venez vous-même de vivre un drame, je sais... On en parle dans tous les journaux. Certains suggèrent même que...

Elle jeta un bref coup d'œil aux garçons avant de murmurer :

— ... qu'il s'agirait de paranormal.

— Cela n'a rien d'étonnant, répondit calmement Allison. Le grand public adore les histoires de fantômes.

— Mais là, c'était un *vrai* fantôme ! assena Todd.

Jimmy, un peu pâle, renchérit :

— Quand on a entendu à la télé qu'un des guides venait de mourir, hier soir, on a eu très peur. Mes parents espéraient que ça n'était pas vous ! Et puis, papa a éteint le poste. Il dit toujours qu'on aura tout le temps de voir des horreurs quand on sera plus grands.

Il fronça les sourcils et ajouta :

— Je suis désolé que vous ayez perdu votre ami. Mais je suis content que ce soit pas vous...

Todd prit la main d'Allison et la serra. Ils étaient pleins de compassion, mais ils n'avaient pas connu Julian. Pour eux, il restait un nom abstrait, aperçu ici et là dans les journaux. Alors que leur père, lui, gisait dans la pièce voisine, inconscient...

— Merci, les garçons, dit Allison. C'est moi qui ai trouvé Julian et ç'a été une épreuve, je l'avoue. Il va beaucoup nous manquer. Seulement, comme je l'ai déjà dit à Todd, il se produit des tragédies tous les jours. C'est la vie. L'essentiel, c'est de faire confiance aux médecins. Sans vous mettre martel en tête avec des histoires de revenants. D'accord ?

Todd la regarda d'un air têtu.

— Il y a un fantôme, répéta-t-il. Il vous connaît. Il vous aime bien. Vous devez le convaincre de laisser mon papa tranquille !

Allison ouvrit la bouche, sans trop savoir quoi dire. Rose Litton haussa les épaules, résignée.

— Ecoute, dit enfin Allison à Todd, nous ferons tout notre possible pour ton papa. C'est promis !

— Merci, répliqua Todd d'un ton solennel.

Tyler revint quelques minutes plus tard. Il sourit à Todd, l'air encourageant.

— Ils continuent les analyses, mon grand. En attendant, tu dois garder ton calme et soutenir ta maman et ton petit frère.

— Bien sûr, promit Todd. Comptez sur moi. Mais vous, insista-t-il en fixant Tyler, faites bien attention à Allison. Elle en a besoin. Le fantôme s'intéresse à elle…

Rose se rapprocha d'Allison.

— Excusez-nous encore, je vous en supplie, dit-elle. Todd était dans un tel état ! Nous nous sommes dit que le seul moyen de le calmer, c'était de vous faire venir…

— Nous allons tout mettre en œuvre pour ton père, Todd, déclara Tyler.

Allison vit que Todd semblait impressionné par Tyler. Il l'écoutait avec attention et hocha la tête.

— Merci, monsieur. Est-ce que je peux vous téléphoner, si j'en ai besoin ?

— Bien sûr, répliqua Tyler. Je vais te donner mon numéro de portable personnel. Tu peux m'appeler absolument quand tu veux.

Todd montra Allison de la main.

— Elle, elle ne comprend pas, vous savez, murmura-t-il. Mais si vous lui expliquez, elle nous aidera. Est-ce que vous le ferez ?

— Compte sur moi, mon grand.

Tyler griffonna son numéro de portable sur une carte de visite qu'il donna à Todd, puis prit Allison par le bras pour l'entraîner vers la sortie. Elle serra les dents pour résister à la tentation de retirer violemment son bras.

Quand ils furent dehors, elle s'écarta enfin de lui.

— Vous n'aviez pas le droit ! s'écria-t-elle.

— De quoi ?

— De faire croire à ce pauvre gosse que vous pouvez l'aider en persuadant un fantôme de laisser son père tranquille !

— Je n'ai jamais dit ça.

— Sauf que vous croyez à l'existence des fantômes !

Ils étaient arrivés devant la voiture de Tyler. Ce dernier s'appuya sur le toit pour dévisager Allison qui, face à lui, patientait devant la portière côté passager.

— Je me suis entretenu avec les médecins qui s'occupent de M. Dixon, dit-il. Il n'existe absolument aucune cause physiologique à ce qui lui arrive. Aucune ! Leur seul espoir, c'est qu'il reprenne connaissance de lui-même. L'une de leurs explications, c'est qu'il a inconsciemment choisi de sombrer dans le coma pour oublier une hallucination ou un épisode atroce dont il aurait été témoin. Traitez-moi de crédule tant que vous voudrez, vous ne pouvez pas nier que le cerveau humain possède des pouvoirs stupéfiants. Alors, si nous creusons un peu cette histoire, peut-être trouverons-nous le moyen de soulager cette famille.

— Si *nous* creusons un peu ?

— Vous êtes indispensable. Vous connaissez l'intérieur de cette demeure et son histoire mieux que n'importe qui.

Allison baissa les yeux. Elle se rappelait soudain ce qu'elle avait ressenti quand Todd se trouvait avec elle dans le musée, la veille. Cette impression d'une présence menaçante…

Elle releva les yeux vers Tyler.

— Je suis avant tout une universitaire. Ce que je crois, moi, c'est que *les hommes* ont le pouvoir de faire le mal ou le bien. Je ne crois pas aux esprits !

— Mais vous croyez à l'importance de l'histoire et du passé, n'est-ce pas ?

— Bien entendu. C'est évident !

— Alors, vous connaissez sûrement le dicton : « L'histoire est écrite par les vainqueurs. » Autrement dit, les vainqueurs peuvent arranger les faits à leur avantage, en omettre délibérément certains… L'histoire n'est pas monolithique et figée. Les points de vue évoluent. Des faits oubliés peuvent revenir à la surface…

Allison soupira. Pour un Texan pragmatique et rugueux, il faisait preuve d'une grande subtilité. Trop grande, d'ailleurs !

— Ce n'est pas l'histoire qui a tué Julian Mitchell ou plongé M. Dixon dans le coma, riposta-t-elle.

— Vous oubliez les croyances, les superstitions. Elles peuvent expliquer beaucoup de comportements. En outre, vous ne pouvez pas nier qu'il se passe quelque chose d'anormal, en l'occurrence. Car même si, par extraordinaire, Julian a été victime d'un accident, ou a décidé de se suicider de façon baroque, cela n'explique pas le saccage de vos locaux.

— C'est peut-être Julian lui-même qui les a fouillés…

— Pour quoi faire ?

— Je n'en sais rien ! Pourquoi aussi se serait-il enfoncé sa baïonnette dans la gorge ? fit-elle remarquer d'un ton las.

— Ça fait partie de ce que nous devons éclaircir. Avant qu'il n'y ait d'autres morts, rétorqua Tyler.

— Vous pensez à M. Dixon ? Mais il n'était pas au musée, quand il a sombré dans le coma !

— Non, mais il y est venu le jour même où vous avez trouvé le cadavre de votre collègue. Et il a appris la nouvelle de cette mort aux informations bien avant d'aller se coucher.

— Et alors ? Il a rêvé qu'un fantôme l'avait suivi et a eu si peur qu'il a préféré sombrer dans le coma ? lança Allison. Ecoutez, je ne sais pas ce qui s'est passé. Je sais simplement que tout ça est horrible et que je suis tellement fatiguée que je n'arrive plus à penser. Pourriez-vous me raccompagner ? J'ai besoin d'être seule.

Il lui jeta un regard dans lequel Allison perçut une certaine déception. Il n'avait pas obtenu ce qu'il voulait, et cela le frustrait. Elle avait même l'impression que c'était elle qui le décevait. L'idée, bizarrement, la troubla, sans qu'elle sache pourquoi.

— Certainement, je vais vous reconduire, dit-il enfin.

— Ecoutez, murmura-t-elle, embarrassée, il... il faut me laisser du temps. Julian est mort. Il n'est pas dans le coma, lui. Il ne va pas se réveiller.

— Je comprends. Je comprends très bien.

Elle se glissa sur le siège, et il démarra en silence, Elle le regarda du coin de l'œil, agitée par un tourbillon d'émotions contradictoires. En une seule nuit, sa vie avait pris un tour tragique et douloureux. Elle n'arrivait pas à assimiler le fait que Julian était mort. Elle n'avait pas encore surmonté le choc des dernières heures. Sa découverte du cadavre, ces interrogatoires interminables, les techniciens de scène de crime qui la harcelaient pour savoir ce qu'elle avait touché ou pas touché... L'arrivée d'Adam Harrison et de ce Tyler Montague... Et, pour couronner le tout, l'entrevue avec un pauvre gosse totalement désemparé ! Elle n'en pouvait plus. Pourtant, elle se sentait consternée d'avoir déçu un homme qui lui était totalement étranger. Et maintenant, en observant discrètement cet homme, sa mâchoire volontaire, son regard intense, sa présence imposante, elle se demandait comment diable il pouvait faire partie d'une équipe de *chasseurs de fantômes*.

Dire qu'hier matin encore, elle était une jeune femme insouciante, adorant son métier de professeur d'université et de conférencière, passionnée d'histoire, avec une famille, des amis !

Elle regarda droit devant elle. Elle avait bien le droit de rentrer se reposer, tout de même ! Ça n'avait rien d'égoïste. Il fallait qu'elle téléphone à ses collègues, aux administrateurs… A ses parents, surtout, pour les rassurer sur son sort.

Tyler arriva devant chez elle, coupa le contact puis se tourna vers elle pour murmurer :

— Je suis vraiment désolé pour votre ami. Et plus encore du fait que ce soit vous qui l'ayez découvert.

Elle hocha la tête.

— J'ai simplement besoin d'un peu de temps, répéta-t-elle.

— Dès que vous vous sentirez d'attaque, appelez-moi.

— Entendu.

Il la fixait avec une telle intensité qu'elle se demanda si elle avait des miettes sur le visage.

— Je vais vous donner mon numéro, reprit-il.

— Ah oui, bien sûr…

Elle poussa un profond soupir avant d'ajouter :

— Je tiens vraiment à aider ces gosses, vous savez. Et à vous aider aussi, même si je reste convaincue qu'il s'agit d'un épouvantable accident.

Tout en parlant, elle prit son portable pour enregistrer son numéro.

Tyler prit le sien et déclara :

— En tout cas, le saccage du bureau, lui, n'a rien d'accidentel… Je vous envoie mes coordonnées par SMS.

Il connaissait donc déjà son numéro. Evidemment : c'était un agent du FBI.

Elle cliqua sur le SMS et ajouta le numéro dans sa liste de contacts. Puis elle se rendit compte, soudain, qu'ils étaient arrivés et qu'elle n'était toujours pas sortie de la voiture.

— Cela dit, reprit-elle, je ne vois pas très bien en quoi je pourrais vous être utile. La police a tout examiné, vous êtes sur place, Adam Harrison aussi…

— Je vous l'ai dit, personne ne connaît aussi bien que vous le musée et son histoire.

Malgré elle, pendant qu'il parlait, Allison se surprit à étudier la couleur de ses prunelles. Un mélange de bleu et de vert, presque un turquoise qu'elle n'avait jamais vu auparavant… Cet homme-là ne passait vraiment pas inaperçu.

Elle battit des paupières, consciente de l'observer alors qu'elle était censée répondre.

— Il s'est produit pas mal d'épisodes tragiques dans cette demeure au fil des ans, c'est vrai… Mais je ne vois pas en quoi ils seraient liés à ce qui vient de se passer.

Tyler haussa les épaules avec un sourire de biais.

— Eh bien, voilà une première piste pour notre enquête !

Il sortit de la voiture et fit le tour pour venir ouvrir sa portière.

Il était décidément temps qu'elle rentre chez elle…

— Merci, murmura-t-elle.

— Ça ne vous ennuie pas de rester seule, vous êtes sûre ?

— Certaine. Eh bien… euh… A bientôt.

— O.K., dit-il en hochant la tête.

Elle s'engagea dans l'allée de sa maison, vaguement mal à l'aise, consciente que Tyler la regardait. Elle glissa la clé dans la serrure puis se retourna pour le saluer de la main. Il salua à son tour, remonta en voiture et s'éloigna.

Une fois à l'intérieur, elle verrouilla puis s'adossa un moment au battant. Elle avait vraiment envie d'être seule…

Si envie que cela ?

Elle entra dans le salon, prit son portable, jeta son sac sur le divan et s'assit. Elle avait un bon nombre de coups de fil à passer.

Elle allait commencer par sa mère, bien sûr, puis appellerait ensuite le conseil d'administration et ses collègues. Le silence qui régnait dans la maison semblait oppressant. Elle se leva pour allumer la télévision. C'était une chaîne d'informations en continu et un journaliste, devant l'hôpital, expliquait que le mystérieux coma de

M. Dixon venait s'ajouter à la mort tragique du guide et musicien Julian Mitchell.

Allison changea de chaîne. Toutes ces spéculations sur l'éventuelle présence de « fantômes maléfiques » dans le musée Tarleton-Dandridge l'exaspéraient.

Avec la rediffusion d'une comédie en bruit de fond, elle commença par regarder les messages qu'elle avait reçus pendant qu'elle se trouvait avec Tyler Montague. Puis elle appela ses parents, partis dans l'Arizona pour quelques semaines, et se força à leur expliquer la situation d'une voix calme. Il ne fallait pas qu'ils la sentent paniquée et rentrent précipitamment à Philadelphie.

Comme ils avaient rencontré Julian à plusieurs reprises, ils lui présentèrent leurs condoléances. Quand ils l'interrogèrent sur sa propre sécurité, elle leur assura que les médias exagéraient beaucoup (ce qui était vrai !) et affirma que la mort de Julian n'était qu'un horrible accident. Elle précisa à sa mère que son déguisement pendant les visites, contrairement à ceux des hommes, ne comportait ni mousquet ni baïonnette.

Elle appela ensuite Nathan Pierson et lui certifia qu'elle allait bien. Il lui fit promettre de le solliciter sans hésiter si elle avait besoin de quoi que ce soit, dans le musée où à la demande de la police. Il lui proposa de prévenir les autres membres du conseil. Qu'elle se détende tranquillement, car il se chargeait de les appeler.

De tous les administrateurs, Nathan était de loin le plus agréable. C'était un assez bel homme qui ne s'était jamais marié. Allison n'était pas suffisamment intime avec lui pour lui demander si c'était à cause d'un ancien chagrin d'amour, mais, même si c'était le cas, cela ne l'empêchait pas d'avoir beaucoup de succès auprès des femmes. Lors des réceptions mondaines, elle le voyait régulièrement avec des compagnes différentes, belles et très élégantes. Avec elle, il se montrait toujours d'une courtoisie parfaite. Il lui arrivait de la taquiner en disant qu'elle allait bien finir par le remarquer un jour, et oublier leur différence d'âge, mais il en faisait autant avec toutes les jeunes femmes et savait tourner la chose comme un compliment, sans le moindre sous-entendu équivoque.

En fait, dans l'opinion d'Allison, le véritable pivot du conseil d'administration, c'était lui. Ethan Oxford évoquait plus un grand-père un peu distant, et Sarah, une vieille fille un peu nerveuse, même si elle avait été mariée dans sa jeunesse. Quant à Cherry… c'était Cherry, toujours convaincue qu'elle se situait un cran au-dessus de tout le monde.

Allison remercia Nathan de sa proposition, mais il lui restait tout de même à appeler ses collègues, Jason Lawrence et Annette Fanning.

Jason, encore sous le choc, lui demanda néanmoins comment elle se sentait. Allison lui parla du saccage du bureau en précisant que l'information n'avait pas été divulguée à la presse.

Ensuite, elle appela Annette.

C'était une jeune femme dynamique, intelligente, et généralement si pragmatique qu'Allison fut étonnée d'entendre sa voix trembler. Ce que dit Annette la surprit plus encore.

— Oh ! Allison, c'est la première fois de ma vie que je me félicite d'avoir dû aller chez le dentiste ! Julian a vraiment fini par se mettre dans de sales draps, hein ? Que s'est-il passé ? Il a perdu la tête ? Il a fumé un joint de trop ? Il n'y touchait pas quand il travaillait, pourtant… Même s'il se donnait des airs de rocker « heavy metal ». Pour moi, c'est la faute du musée, Allison ! Il me fait peur. Quand je rentre à l'intérieur, je me sens mal à l'aise, comme si les murs *vibraient*. Même de la rue, quand tu regardes la façade, avec ses fenêtres, on dirait un visage qui t'observe… Il y a eu tellement d'histoires tragiques, là-dedans ! Ça n'a plus de fin. Comme s'il y avait des esprits malfaisants tapis dans l'ombre et…

— Annette, arrête ! C'est ridicule ! C'est une maison de briques et de pierres parfaitement inerte. Il se passe des choses affreuses partout dans le monde, voyons... Nous sommes soulagés quand nous leur échappons et, si par malheur elles tombent sur nous, nous en souffrons, c'est normal !

— Peut-être, mais je peux te dire que je suis bien contente que le musée ferme un moment. Cela dit... Est-ce que nous allons toucher le chômage ? Parce que je me retrouve sans travail, moi... Et s'il n'y a pas de visiteurs, comment la Fondation va-t-elle faire pour nous payer ?

— C'est une fermeture tout à fait temporaire, Annette. Je suis sûre qu'ils vont trouver le moyen de nous dédommager.

— Ce qu'il faut à cette maison, c'est un exorcisme !

— Bien sûr que non. Elle n'est ni possédée ni malfaisante, et si elle pouvait parler, elle nous remercierait de la conserver intacte ! Ecoute, Annette...

— Toi, tu as un autre travail, un vrai, coupa Annette, avec ton poste à l'université. Moi, non !

— Mais si, tu as un vrai travail aussi. Il te faut simplement patienter quelques semaines, le temps de l'enquête. Dès que le musée rouvrira, nous ne saurons plus où donner de la tête, tant les curieux voudront voir l'endroit où Julian est mort. Et puis, tu travailles souvent comme chanteuse dans un café, non ?

— Oui, Dieu merci ! J'y étais hier soir, d'ailleurs. J'y suis allée directement après le dentiste, pour retrouver des amis... Je vais demander au gérant quelques soirées supplémentaires.

— Tu verras, il n'y en aura pas pour très longtemps.

— Es-tu toute seule chez toi ? Tu n'es plus à la police, j'espère ?

— Non, je suis chez moi.

— Je viens de voir un agent du FBI, aux informations. Il n'était pas interviewé, mais on le voyait en train de parler avec les flics. Tu te rends compte, même le FBI est sur l'affaire ! Ça fait vraiment peur. Tu as rencontré ce type ? Il est vraiment sexy ! Oh ! excuse-moi. Barrie était derrière moi… Mais non, Barrie, il n'est pas aussi beau que toi. *Presque* aussi beau, c'est tout !

— C'est Adam Harrison qui a envoyé cet agent enquêter, indiqua Allison. Tu te souviens d'Adam ? Un vieux monsieur charmant, qui vient de temps à autre à nos réceptions.

— Oui, je vois qui c'est. Ils vont peut-être *vraiment* faire un exorcisme, alors… Il paraît que les services de Harrison sont spécialisés dans les trucs bizarres, les événements paranormaux…

— Ecoute, Annette, si Barrie est à côté de toi, c'est qu'il a pris sa journée, je suppose. Tiens-lui compagnie et détends-toi.

— Sûrement pas, si tu es toute seule. Je viens tout de suite te rejoindre. Pour quelle amie me prends-tu ?

— Non, non, ne te dérange pas ! Je suis très bien comme ça. Je vais en profiter pour me reposer un peu.

Annette garda le silence quelques secondes avant d'insister :

— Ça m'ennuie de te laisser seule.

— Ça va très bien, je t'assure. Comme je t'ai dit, je vais m'installer bien tranquillement sur le divan et faire un somme.

— Bon… Si tu changes d'avis, n'hésite pas à m'appeler. Je peux être là en cinq minutes.

— C'est promis. Je te remercie.

Allison put enfin raccrocher. Elle se leva et entra dans la cuisine pour se préparer un thé. Elle espérait sincèrement arriver à dormir. Un vieux film à la télévision et un thé bien chaud l'aideraient peut-être à chasser les images et les questions qui ne cessaient de tourner dans sa tête.

Elle mit une capsule dans sa machine toute neuve, dont elle était très fière, et, quelques secondes plus tard, fit le tour du comptoir pour retourner dans le salon, sa tasse à la main.

Brusquement, elle se figea.

Elle n'était pas seule dans la maison… Quelqu'un était assis dans un fauteuil, à côté du divan.

Un jeune homme brun, en costume d'époque coloniale…

C'était Julian Mitchell.

Allison ferma les yeux, les rouvrit…

Il était toujours là.

La tasse lui échappa des mains et elle l'entendit se fracasser sur le carrelage.

Puis elle se sentit sombrer, eut vaguement conscience qu'elle se cognait et tout devint noir.

4

Debout dans le grenier du musée Tarleton-Dandridge, Tyler contemplait le désordre qui régnait.

Visiblement, l'auteur du saccage cherchait quelque chose. Mais quoi ?

Il résista à la tentation de tout ranger. Il était tellement plus facile de voir ce qui manquait quand tout était à sa place ! Seulement, il ne pouvait le faire seul. Il aurait besoin d'aide et préférait attendre un peu. Les administrateurs lui avaient proposé de venir, naturellement, mais il avait refusé, et avait même menti à Nathan Pierson en expliquant qu'il voulait être sûr que la police ait fini d'examiner les lieux avant de faire venir qui que ce soit.

Il savait pertinemment que la police scientifique avait terminé, bien sûr. Il s'était même entretenu avec Jenson. Les experts ne s'attendaient pas à trouver grand-chose d'intéressant. La plupart des empreintes provenaient sans doute d'inconnus n'ayant rien à voir avec le musée. S'ils avaient beaucoup de chance, ils trouveraient des empreintes de personnes déjà fichées, mais c'était peu probable.

En fait, c'était avec Allison Leigh qu'il voulait travailler. C'était elle qui avait découvert le corps, elle connaissait la demeure de fond en comble et l'histoire du musée sur le bout des doigts. Après avoir parcouru le C.V. de tous les employés et la biographie des administrateurs, il était encore plus convaincu qu'elle seule pouvait vraiment lui être utile. Evidemment, pour l'instant, elle était dans le déni, mais il était sûr qu'elle finirait par changer d'avis.

Même s'il avait la curieuse impression qu'on l'observait depuis qu'il avait mis le pied dans la maison, il n'avait pas entendu le moindre bruit, pas même le craquement des vieilles poutres. Il n'avait pas senti non plus le moindre courant d'air.

C'était comme si toute la demeure — et ceux qui la hantaient — retenait son souffle en attendant la suite des événements.

Il sortit du grenier et redescendit l'escalier jusqu'au premier étage pour faire un tour rapide des pièces. Il avait été soulagé quand Nathan Pierson lui avait affirmé que le conseil d'administration n'avait nullement l'intention de fermer définitivement le musée. En outre, le bâtiment étant classé aux monuments historiques, il ne risquait pas de tomber aux mains des promoteurs. Il avait été admirablement restauré et représentait l'un des plus beaux exemples d'architecture américaine du dix-huitième siècle. Il aurait été vraiment consternant qu'on rénove l'intérieur pour y installer une banque ou des bureaux !

Il fit une pause dans la chambre de Lucy Tarleton, puis vint se planter devant le portrait de « Bradley le Cruel ».

Une fois de plus, Tyler s'étonna de la différence entre ce portrait et celui du rez-de-chaussée. Ici, le tableau montrait un homme à l'air volontaire, mais mélancolique, comme écrasé par le poids de ses responsabilités. Il avait un beau visage, aux traits bien dessinés.

L'hiatus entre les deux était troublant.

Tyler examina ensuite le portrait de Lucy Tarleton dans tout l'éclat de sa jeunesse, avant qu'elle ne succombe sous les coups de son assaillant. Quelque chose dans le regard lui faisait penser à Allison Leigh. La ressemblance était même troublante, mais ç'aurait probablement été le cas de n'importe quelle jeune femme vêtue du même costume.

Il resta parfaitement immobile, s'efforçant de *sentir* la maison.

En dépit du silence total, il avait toujours cette impression d'être épié, observé…

Il redescendit dans la bibliothèque, où il avait laissé sa mallette, avec son ordinateur et les dossiers qu'Adam Harrison lui avait transmis.

Le premier recensait l'historique de tous les habitants successifs de la demeure. De nombreux enfants y étaient nés. Deux jeunes mères, malheureusement, étaient mortes en couches. Beaucoup étaient décédés paisiblement dans leur lit, dont un membre de la famille Dandridge qui s'était éteint à l'âge respectable de cent cinq ans.

Durant la guerre de 1812, la maison était occupée par Sophia Tarleton-Dandridge et son époux. Ils avaient accueilli sous leur toit un soldat blessé qui était mort sur place et qu'on avait enterré dans le cimetière familial du jardin, derrière les écuries. Un autre soldat ami de la famille, réfugié à Philadelphie après la bataille de Gettysburg, était également enterré dans ce cimetière.

C'étaient là des tragédies classiques liées à toutes les guerres, songea Tyler. Rien qui soit susceptible d'entraîner de terribles conséquences.

La vraie source de terreur, dans cette maison, ç'avait été « Bradley le Cruel »…

Il reprit sa lecture. Une jeune fille née Dandridge était également morte sur place, en 1863. Elle s'était suicidée en prenant de la mort-aux-rats, peu de temps après le décès du soldat de Gettysburg. Peut-être avait-elle été amoureuse de lui ?

Il frissonna. La mort-aux-rats, c'était particulièrement atroce, pour se suicider !

Cela dit, se retrouver avec une baïonnette dans la gorge l'était aussi. Il tenta une fois de plus d'imaginer ce qui avait pu se produire. Julian s'était assis au bureau, son mousquet entre les jambes. Il avait posé le menton sur la pointe de la baïonnette… Avait-il appuyé volontairement pour qu'elle s'enfonce dans la chair ? Cela semblait presque impossible.

Ou alors… quelqu'un l'avait poussé.

Si fascinantes que soient les histoires des siècles précédents, c'était surtout la mort de Julian et les décès des dernières années qui intéressaient Tyler. Il se concentra sur les épisodes postérieurs aux années 1970.

L'un des guides du musée, Bill Hall, avait été retrouvé mort au pied de l'escalier. Apparemment, alors qu'il faisait un dernier tour avant de fermer, il avait trébuché et s'était fracassé au bas des marches, se brisant le cou.

Et puis, huit ans auparavant, un étudiant nommé Sam Daily avait parié avec des amis qu'il réussirait à s'introduire de nuit dans la demeure et déplacerait certains objets, juste pour le plaisir de jouer un bon tour. Son expédition avait mal tourné. En essayant de désamorcer l'alarme, il avait mis à nu un fil électrique et pris une décharge qui lui avait été fatale. On l'avait retrouvé le lendemain matin, sur le seuil de la porte arrière. La farce avait tourné à la tragédie.

Ensuite — l'événement, cette fois, s'était produit seulement trois ans plus tôt —, l'une des guides les plus âgées, Angela Wilson, avait elle aussi été découverte morte dans la bibliothèque, assise sur la même chaise que Julian. Elle avait succombé à une crise cardiaque.

C'était une cause de décès plausible, pour une femme de son âge. Tout comme étaient vraisemblables la chute dans l'escalier et l'électrocution.

En revanche, un suicide en se transperçant la gorge d'une baïonnette…

Tyler tambourina des doigts sur le bureau, pensif.

Adam Harrison lui-même, par ailleurs mécène de nombreuses demeures historiques du même genre, lui avait demandé d'intervenir. Autrement dit, même si l'affaire *pouvait* sembler strictement accidentelle, il devait soupçonner quelque chose de pas clair. Il ne mobilisait pas ses « chasseurs de fantômes » sans avoir de vraies suspicions.

Et quand on repensait au saccage du local administratif, là-haut dans le grenier…

Qu'avait-on bien pu y chercher ? Et *qui* était allé fouiller là ?

Par-dessus le marché, qu'est-ce que tout cela avait à voir avec le coma d'Artie Dixon ?

Tyler prit son portable pour appeler Logan Raintree, l'un de ses meilleurs amis, ancien ranger texan, comme lui, et devenu depuis le chef de leur unité.

— Que se passe-t-il ? demanda Logan. Tu vas avoir besoin de renforts ?

— J'en ai bien l'impression. Je crois que vous devriez venir, effectivement.

— Y a-t-il du nouveau ?

— Pas pour l'instant, mais comme le musée va être fermé pendant quelque temps, je suggère que nous nous y installions.

— Nous serons là demain soir, promit Logan.

Tyler raccrocha puis composa un autre numéro. Quand il eut Adam Harrison en ligne, il lui demanda qui disposait des clés du grenier.

— Tous les administrateurs en ont une, répondit Adam, ainsi qu'Allison Leigh. Il y a également une clé de secours dans le petit local des employés, là où ils se changent pour mettre leurs costumes. Elle est accrochée à un clou.

— Ce local est fermé, pendant la journée ?

— Non, je ne crois pas. Les guides y font sans cesse des allers et retours, pour faire une pause ou pour prendre des affaires. Cela dit, comme aucun visiteur n'entre dans le musée sans être accompagné d'un guide, il n'y a jamais eu de problème, jusqu'à présent.

— Je vais aller voir si cette clé est toujours là, mais

visiblement, il y en a tellement en circulation que n'importe qui a pu en dérober une, ou en faire faire une copie.

— Comment t'en sors-tu ?

— La guide qui a retrouvé le corps me laisse tomber, j'ai l'impression.

— Veux-tu qu'on t'envoie un de ses collègues ?

Tyler hésita. Il aurait peut-être été plus judicieux de se faire aider par quelqu'un qui n'avait pas été témoin du décès et se montrerait moins sceptique sur l'enquête.

Pourtant, il comprit vite qu'il n'avait pas envie d'avoir affaire à quelqu'un d'autre.

Evidemment, elle était incrédule et même sarcastique… Mais il y avait bien eu des gens pour croire que la Terre était plate. Ça ne l'empêchait pas d'être ronde.

Et il était convaincu qu'Allison finirait par accepter le fait qu'il se passait quelque chose d'anormal au musée Tarleton-Dandridge.

Surtout que la demeure, comme Todd le suggérait, était *bienveillante* à l'égard de la jeune femme.

— Merci, Adam, dit-il à voix haute, mais je vais me débrouiller pour l'instant, en attendant que Mlle Leigh commence à témoigner un certain intérêt pour notre histoire. Elle a du cœur, il suffit sans doute de lui laisser un peu de temps. Le reste de l'équipe arrive demain soir. Nous ferons le point à ce moment-là.

Adam acquiesça, et ils raccrochèrent. Tyler fila aussitôt dans le local des guides : la clé se trouvait bien là, sur son clou. Ce n'était donc qu'un jeu d'enfant de se faufiler dans le grenier. De retour dans la bibliothèque, il prit un autre dossier, contenant des renseignements sur les administrateurs, mais fit une pause avant de l'ouvrir, les yeux rivés sur le portrait de « Bradley le Cruel ».

Décidément, il n'avait rien à voir avec celui de l'étage. Il se mit debout pour l'examiner de plus près. Une vitre le protégeait, et on avait probablement choisi l'emplacement pour éviter que le tableau ne reçoive la lumière directe du soleil.

Il se pencha pour déchiffrer la signature de l'artiste. A sa grande surprise, il lut « T. Dandridge ». Il plissa les yeux pour lire la date : 1781. L'année même où les colonies avaient définitivement acquis leur indépendance.

Il eut un sourire. Pas de doute, ce T. Dandridge détestait sincèrement l'homme qu'il avait peint !

Il sortit de la bibliothèque pour monter regarder l'autre portrait, dans la chambre de Lucy Tarleton. Cette fois, l'œuvre était signée Josiah Bell et datait de 1777.

Pensif, il regagna la bibliothèque. Depuis toujours, chacun voyait les autres à sa manière, finalement. Là où l'un voyait de la bonté chez quelqu'un, un autre n'aurait discerné que de la faiblesse. Une personnalité volontaire et résolue pour les uns aurait été jugée par d'autres simplement brutale, voire cruelle.

Ce qu'on appelait réalité, c'était à quatre-vingt-dix pour cent de l'interprétation.

Il sourit de nouveau en songeant qu'Allison Leigh, par exemple, le prenait sûrement pour un costaud prétentieux et sans cervelle.

Et lui, se demanda-t-il, amusé, comment la voyait-il ? Comme une femme d'une grande fierté, quoique capable d'humilité. Une passionnée de la vérité, attachée à sa dignité mais parfois très obstinée, voire têtue. D'une grande beauté, avec ses cheveux noir corbeau et son regard bleu faïence, mais se souciant peu de son apparence. Une intellectuelle qui accordait la priorité à son travail…

Il espérait vraiment qu'elle allait accepter de collaborer. Il y avait quelque chose en elle de particulièrement attachant, comme lorsqu'elle avait regardé le jeune Todd avec une pitié désemparée.

Et puis, en dépit de l'enquête, en dépit du fait qu'il l'avait vue épuisée et contrariée… il ne pouvait s'empêcher de la trouver très sensuelle.

Le fantôme vous aime bien, lui avait dit Todd. Oui, il arrivait que les fantômes s'attachent aux gens qu'ils observaient, tout comme les vivants.

Il scruta le tableau. Todd avait raison : le talent du peintre donnait l'impression que le regard de Bradley suivait le spectateur dans la pièce.

Il s'assit enfin dans le bureau et s'adossa.

— Je suis là… Je vous attends, murmura-t-il.

Seul le silence lui répondit. Il y avait des secrets dans cette demeure, c'était certain, mais ils étaient enfouis très profondément. Les fantômes les gardaient jalousement.

Plusieurs de ses collègues, dans leur équipe de « chasseurs de fantômes », avaient compris dès l'enfance qu'ils possédaient un sixième sens, sans toujours savoir, d'ailleurs, si c'était une bénédiction ou un handicap. Souvent, c'étaient des grands-parents ou des amis qui leur apparaissaient alors qu'on venait de les enterrer, qui se manifestaient au milieu de la nuit, qui surgissaient parfois dans des endroits inattendus.

Tyler, lui, avait pris conscience très tard de ses capacités supranormales. Il était déjà ranger au Texas depuis plus d'un an, ce dont il avait rêvé toute sa vie. On lui avait confié une affaire particulièrement poignante : des trafiquants de drogue qui avaient kidnappé la jeune sœur d'un de leurs dealers. Ils avaient auparavant tué d'une overdose la sœur aînée, accro à l'héroïne, parce qu'elle ne pouvait pas rembourser la somme qu'elle leur devait. La cadette, âgée de dix-sept ans, avait été cachée par ses ravisseurs au fond d'une citerne, dans un endroit isolé de la plaine texane. Il y avait plusieurs jours que les rangers la cherchaient partout. Un après-midi, Tyler était venu explorer le vaste ranch qui servait de base aux trafiquants. Et là, le fantôme de la sœur aînée, livide, pathétique, agité de soubresauts, était venu le supplier de venir à son secours pour retrouver la disparue…

Il s'était dit qu'il buvait trop, qu'il finissait par avoir

des hallucinations… Mais le spectre l'avait suivi sans le lâcher d'une semelle, même quand il retrouvait ses collègues. Elle ignorait où était sa sœur. Il devait l'aider, insistait-elle. Puis elle avait disparu.

Sans plus y penser, il avait poursuivi sa tâche. Pendant des jours, inlassablement, il avait fouillé le ranch, de la cave au grenier, les étables, les écuries, sans succès. Puis, un soir, alors qu'il allait prendre un verre dans un bar, il avait revu le spectre de la femme morte, assise sur un tabouret à côté de lui. Il était rentré chez lui : elle était dans la salle de bains.

Le lendemain, il avait rejoint les autres sauveteurs en traînant son fantôme avec lui dans les moindres recoins du domaine.

Finalement, il avait retrouvé la jeune sœur dans une citerne. Elle était déshydratée, en état de choc, mais vivante. Le fantôme de l'aînée l'avait remercié en sanglotant, puis s'était volatilisé. Pendant les mois qui avaient suivi, il s'était dit qu'il avait vraiment eu des visions.

Puis, un jour, en entrant dans son bureau, il avait vu un vieil homme assis derrière la table. Il venait d'être assassiné et venait demander à Tyler de retrouver son meurtrier. Ce que Tyler avait fini par faire… en démasquant le beau-fils du malheureux, qui avait jugé bon d'envoyer précocement le vieillard rejoindre ses ancêtres.

Cette fois, il s'était vraiment demandé s'il ne devenait pas fou. Et puis, à force de travailler avec Logan Raintree, il s'était aperçu qu'il n'était pas seul à voir des choses étranges. Logan, lui aussi, communiquait avec les morts… Alors, quand Logan avait été contacté par Jackson Crow, chef de la première équipe des « chasseurs de fantômes », qui avait ensuite sollicité Tyler, ce dernier s'était dit qu'il ferait peut-être aussi bien de les rejoindre. A présent, il ne s'en repentait pas, tant s'en fallait. Ils avaient résolu beaucoup d'affaires et sauvé de nombreuses vies.

En découvrant toujours la vérité cachée derrière les apparences.

Dans ces nouvelles fonctions, il avait aussi appris que tous les fantômes n'entraient pas en contact avec n'importe qui. Beaucoup choisissaient de ne s'adresser qu'à des personnes bien précises.

Comme les vivants eux-mêmes, d'ailleurs.

Il ramena son attention sur le dossier contenant des informations relatives aux quatre administrateurs du musée Tarleton-Dandridge.

Nathan Pierson, quarante-cinq ans, agent immobilier, financièrement très à l'aise grâce à des investissements judicieux.

Sarah Vining, cinquante et un ans, philanthrope, héritière d'un magnat du pétrole.

Cherry Addison, quarante-trois ans, descendante en droite ligne des Tarleton-Dandridge du côté maternel, ancien mannequin qui avait interprété quelques petits rôles au cinéma. Riche héritière, elle aussi, elle avait épousé un peintre d'un certain renom.

Ethan Oxford, soixante-douze ans, homme de loi et personnalité politique en vue.

Il fallait qu'il les rencontre. La meilleure façon, sans doute, c'était de convoquer une assemblée extraordinaire du conseil…

Tyler sentit que son attention se relâchait. Il se leva, s'étira, et eut à cet instant l'impression d'entendre un bruit provenant de l'arrière de la maison.

Il sortit dans le hall, jeta un coup d'œil vers l'entrée principale, ne vit rien d'anormal. Il se dirigea alors vers la porte arrière, l'ouvrit et sortit dans le jardin.

La lune commençait à décliner, mais ses rayons perçaient encore l'obscurité. A sa lueur, à mi-chemin entre la cuisine et les écuries, Tyler vit un cheval. Un animal magnifique, racé, à la robe noire.

Il s'avança vers l'animal. Ce dernier tourna les yeux

vers lui puis, quand Tyler s'approcha, posa sa grosse tête noire sur son cou. Elle était glacée. Tyler flatta l'encolure du cheval en ne sentant que de l'air froid sous ses doigts.

— Alors, mon vieux, murmura-t-il à l'animal fantôme, tu ne te décides pas à dételer, hein ?

Le cheval hennit, mais il ne pouvait évidemment pas répondre aux questions. Devenu fantôme, il n'avait pas plus le don de la parole que de son vivant. Tout de même, sa présence était encourageante. Cela voulait dire que la maison s'ouvrait peu à peu…

Tyler entendit un autre gémissement à ses pieds. Il baissa les yeux. C'était, cette fois, un gros chien à la fourrure fauve, avec un regard mordoré empreint de confiance. Tyler s'agenouilla pour le caresser, ne sentant toujours que l'air dans sa main, mais le chien eut l'air satisfait.

— Merci de venir me voir, lui dit-il. Je vais faire de mon mieux. Je vous le promets.

Il était tellement absorbé par sa rencontre avec les deux créatures spectrales qu'il tressaillit quand son portable sonna.

— Tyler Montague, répondit-il tout en souriant, car le chien l'avait poussé du bout du museau.

Cela n'avait provoqué qu'un petit courant d'air, mais Tyler avait failli tomber.

— Agent Tyler ? C'est Allison Leigh. Je… je me suis reposée et, si vous souhaitez toujours me voir, je suis prête.

— J'arrive tout de suite.

Allison avait fini par se convaincre qu'elle était parfaitement saine d'esprit. Elle était soumise à un stress intense, tout simplement.

Et, comme toute personne saine d'esprit, elle allait faire la seule chose raisonnable : consulter un psychiatre.

Annette Fanning, assise à côté sur un tabouret, la dévisageait d'un air anxieux.

Allison lui était vraiment reconnaissante. Annette était arrivée juste après qu'elle eut repris connaissance, et l'avait aidée calmement à fouiller toute la maison pour vérifier que personne ne s'y cachait.

— Tu refais du thé ? dit-elle. A ta place, je prendrais plutôt un remontant. Moi, en tout cas, je vais en boire un. Tu venais juste de te relever quand je suis arrivée, et tu aurais vraiment pu te faire mal. Je n'ai toujours pas compris ce qui s'est passé, d'ailleurs… Tu as *vu* quelqu'un chez toi ? Ou tu as *cru* voir quelqu'un ?

— Je suis sûre qu'il n'y avait personne, en fait. Je pense que je commence à ressentir le choc de la mort de Julian. Jusque-là, j'ai été tellement bousculée, avec l'interrogatoire, le retour au musée, la découverte du bureau saccagé…

— Une bonne dose de whisky, voilà ce qu'il nous faut, répéta Annette en se dirigeant vers le placard.

— Je n'en veux pas. Je viens d'appeler l'agent du FBI pour lui dire que j'étais prête à ressortir avec lui.

— C'est une très bonne idée, Allison. Ce type est absolument irrésistible !

Allison fronça les sourcils.

— Je ne voulais pas dire « sortir » dans ce sens-là, Annette… Simplement l'accompagner ! Il veut me poser tout un tas de questions. Ça n'a rien d'un rendez-vous galant !

— Dommage ! soupira Annette.

Elle était blonde, assez petite, et dut se hausser sur la pointe des pieds pour atteindre la bouteille de whisky.

— Tu devrais profiter un peu plus de la vie, ajouta-t-elle. On ne peut pas se réfugier éternellement dans le passé.

— Je ne me réfugie pas dans le passé, protesta Allison en l'aidant à sortir la bouteille du placard. Et, je le répète, je ne veux pas de whisky.

— Moi si !

Annette lui prit la bouteille des mains et se versa une bonne rasade.

— Tu n'es sortie avec personne depuis cette histoire avec Peter Aubrey, n'est-ce pas ? reprit-elle. Je trouvais que vous alliez bien ensemble…

— Tant qu'il n'a pas touché à la drogue, c'était un type très bien. Je l'aimais beaucoup, et nous passions de bons moments. Malheureusement, je n'ai pas réussi à enrayer la spirale où il a sombré. Je l'ai récupéré trois fois dans des soirées où il avait perdu connaissance. J'ai accepté à deux reprises de lui redonner une chance parce qu'il affirmait qu'il se tuerait si je le quittais, et puis j'ai compris que c'était sans espoir. J'ai même assisté à des réunions des Narcotiques Anonymes. On m'a fait comprendre qu'il devait affronter lui-même ses propres démons, que je ne pouvais pas le faire à sa place. Si un jour il se décide à décrocher, à se soigner vraiment, j'accepterai peut-être de le revoir… En attendant, je n'ai pas renoncé à toute vie sociale, je te rassure, mais nous avons bien autre chose à penser pour l'instant. Julian est mort, le musée va être passé au peigne fin…

Sa voix mourut. Annette fixait sur elle ses yeux bruns, emplis de larmes.

— Je n'arrive pas à y croire, murmura-t-elle. Que Julian ne soit plus là… c'est inimaginable.

— Excuse-moi, Annette, je ne voulais pas…

— Ce n'est rien, répliqua Annette avec un grand soupir. J'ai appelé Nathan pour savoir s'il avait des précisions sur l'enterrement, mais on ne sait encore rien. La famille de Julian veut rapatrier le corps dans l'Indiana, seulement la morgue ne veut pas le rendre avant que… Je ne sais pas… Ils veulent faire d'autres examens, j'imagine. A ton avis, tu crois qu'il avait bu ? Ou pris une drogue quelconque ? Tout ça est tellement bizarre ! A propos, Nathan dit aussi qu'ils organiseront une cérémonie à la mémoire de Julian, dans les semaines à venir. Il avait énormément de fans, à Philadelphie.

— C'était un bon musicien, avec beaucoup de présence sur scène. Sans doute est-ce pour ça que c'était aussi un bon guide.

— Quand il était là ! lança Annette en retournant dans le salon. Dis-moi, où ranges-tu ton balai ? Je vais balayer encore un peu. Comme tu marches pieds nus, mieux vaut éviter les éclats de porcelaine.

— Bois tranquillement ton whisky. J'ai déjà nettoyé, il n'y a plus rien.

Au même instant, on sonna à la porte. Allison fixa Annette.

— Pas un mot sur ce que je t'ai dit, d'accord ?

— Je dirai tout de même : « Bonjour », ironisa Annette. Et j'irai jusqu'à ajouter : « Comment allez-vous ? »

Allison alla ouvrir en lui jetant un dernier regard d'avertissement. Annette pouffa.

Tyler, debout sur le seuil, emplissait presque entièrement l'embrasure de sa vaste carrure.

— Bonjour. Entrez ! dit Allison.

Allison fit les présentations, et Annette tendit la main en pouffant de nouveau.

— Vous êtes vraiment très, très grand ! s'écria-t-elle.

— Exact, mademoiselle.

— Voyons, Annette ! protesta Allison dans un souffle. C'est très déplacé !

— Pas du tout, dit Tyler, qui l'avait entendue, avec un léger rire. Ravi de faire votre connaissance, mademoiselle Fanning, en dépit des circonstances.

— Oui, pauvre Julian…, murmura Annette en hochant la tête.

Son souvenir allait les hanter pendant longtemps, songea Allison.

— C'est d'ailleurs une bonne chose que je vous trouve

ici, reprit Tyler à l'intention d'Annette. J'aimerais vous parler de Julian et, aussi, du musée Tarleton-Dandridge.

— J'ai déjà dit tout ce que je savais à la police, mais je répondrai volontiers à vos questions. J'avais vu Julian pour la dernière fois à l'heure du déjeuner, avant de partir chez le dentiste, expliqua Annette. Cela dit, je ne suis pas étonnée que Julian se soit éclipsé pour se rendre à une audition. La musique, c'était tout, pour lui. Il aimait son travail, bien sûr, mais il voulait avant tout devenir une rock star. Etre riche, célèbre…

— Cela ne vous ennuie pas qu'on s'assoie ? demanda Tyler à Allison.

Elle indiqua le salon. La maison n'était pas aussi ancienne que la demeure Tarleton-Dandridge, mais remontait tout de même au début du dix-neuvième siècle. Le petit-fils du premier propriétaire l'avait vendue à l'arrière-grand-père d'Allison en 1890. A l'origine, la cuisine se trouvait dans un appentis séparé du jardin, mais elle avait été rattachée à la maison en 1910, avec un comptoir donnant sur le salon. Presque tout le mobilier datait d'avant la guerre de Sécession, sauf le divan, dont Allison avait fait l'acquisition quelques années plus tôt. Il était profond et confortable, comme le grand fauteuil qui trônait à côté.

Tyler Montague prit le fauteuil. Allison s'installa sur le divan et Annette se percha à côté d'elle, une main sous le menton, en contemplant Tyler d'un air fasciné.

— A votre avis, lui demanda ce dernier, que s'est-il passé dans le musée, l'autre jour ?

Annette battit des paupières.

— Vous parlez du meurtre de Julian, ou du saccage du bureau ?

— Les deux, répondit-il.

— Tout ça est affreux… Je suis horrifiée. Le conseil d'administration gardait Julian comme guide conférencier parce qu'il était très bon, très à l'aise, mais il n'était vraiment pas fiable. Nous lui parlions souvent de ses absences, mais il s'en fichait. Cela dit, nous l'aimions beaucoup. Il rêvait de devenir une star du rock, comme je l'ai dit…

Annette fit une pause, puis reprit :

— Il aimait aussi beaucoup les jeux en ligne, je m'en souviens. Il avait un côté fanfaron, mais il était très intelligent…

Les yeux d'Annette s'emplirent de grosses larmes.

— Je n'en reviens toujours pas. Sa mort est tellement triste… C'était un accident, n'est-ce pas ?

— C'est ce que nous essayons de déterminer, expliqua Tyler.

— Mais il était seul dans la maison, non ? A part Allison, bien sûr. Et Allison ne lui a rien fait, naturellement ! Elle ne supporte même pas qu'on mette du poison pour les souris. Je crois même qu'elle fait des dons à tout un tas de sociétés protectrices des animaux. Evidemment, ce n'est pas parce qu'on aime les animaux qu'on aime aussi forcément les humains, mais je ne vois vraiment pas Allison s'en prendre à Julian. Même s'il nous agaçait parfois tellement que nous l'aurions volontiers giflé ! Il est vrai qu'il a essayé de la draguer, au début, quand il est arrivé. Mais à l'époque, elle sortait avec Peter Aubrey et elle n'est pas du genre à…

Allison finit par interrompre ce laïus.

— Je crois que Tyler veut surtout s'informer sur le musée, Annette !

— Tous les points de vue m'intéressent, fit remarquer Tyler d'un ton suave. Donc, d'après vous, Julian était très intelligent ?

— Cela ne fait aucun doute, répondit Allison en prenant la parole. Il s'exprimait très bien, par exemple. Il nous est arrivé de faire des concours de Scrabble… il gagnait toujours.

— Moi, je n'ai jamais voulu jouer avec lui. Je suis bien trop nulle ! lança Annette.

— Y a-t-il une raison quelconque pour laquelle il aurait saccagé le grenier ?

Annette et Allison se regardèrent.

— Je ne vois vraiment pas laquelle, répondit Allison. Il y avait accès, bien sûr, il pouvait y monter quand il voulait… Mais pourquoi aurait-il tout jeté par terre ? Lui ou un autre ? Personne n'y avait intérêt. Nous ne gardons pas d'argent, là-haut. Il est conservé avec les reçus et les récépissés de cartes bancaires dans notre local, dans une boîte fermée à clé. Tous les deux jours, l'un de nous va déposer tout cela à la banque. Il n'y a jamais beaucoup de liquide, d'ailleurs. Les gens paient essentiellement en ligne ou par carte.

— Mais alors, qu'est-ce que vous conservez dans le bureau du grenier ?

— Des documents administratifs, des archives… Et tout ce qui a une importance historique est rangé dans des vitrines fermées à clé.

— Quelle sorte de documents administratifs ?

— La paperasse habituelle, répondit Annette en haussant les épaules.

— Les bilans, les plannings, les réservations pour divers événements… Et aussi nos recherches en cours, précisa Allison.

— Elle veut dire *ses* recherches, ajouta Annette. Allison est la seule à avoir toujours un article en préparation, comme elle est professeur d'université. C'est pour ça que c'est la meilleure conférencière que nous ayons jamais eue. Elle connaît l'histoire de la demeure et de la famille sur le bout des doigts. Julian s'intéressait à ses recherches, mais il n'aurait pas dévasté le grenier pour autant. Surtout qu'Allison est toujours ravie de nous faire lire ce qu'elle écrit.

Tyler regarda Allison du coin de l'œil. Les louanges dont Annette la couvrait la mettaient légèrement mal à l'aise.

— C'est vrai, dit Allison, je publie régulièrement

des articles sur tel ou tel point d'histoire… J'ai même commencé à écrire un livre.

— Sur quoi travaillez-vous, en ce moment ?

— J'étudie l'histoire de l'occupation anglaise à Philadelphie, en me concentrant sur la demeure Tarleton-Dandridge et sur les relations entre lord Bradley et la famille, en particulier Lucy. Je fais aussi des recherches sur les rapports entre Lucy et son fiancé, Stewart Douglas. On sait assez peu de choses sur la mort de Lucy, finalement. Personne n'a mené d'enquête, à l'époque. Les historiens en ont conclu qu'elle avait été tuée par « Bradley le Cruel » et on a clos le dossier. A l'époque, les Anglais commençaient à évacuer la ville, on avait d'autres choses en tête…

Elle se tut, puis reprit d'un ton impatient :

— Je meurs de faim. Est-ce que nous pourrions aller dîner quelque part, Annette ?

Elle avait des provisions, bien sûr, mais n'en pouvait plus de toutes ces questions. Surtout, elle avait envie de sortir un moment de chez elle.

— Non, hélas ! Il faut que je rentre ! s'écria Annette. J'ai dit à Barrie que je n'en aurais pas pour longtemps, mais l'état d'Allison m'a tellement inquiétée que j'ai fini par en oublier l'heure.

— Allison ? Elle vous a inquiétée ? Pourquoi ? lança Tyler.

— Simplement parce que je suis encore en état de choc ! coupa Allison en jetant à Annette un regard noir.

— Voilà, c'est ça. J'ai voulu m'assurer qu'elle tenait le coup, marmonna Annette. Si c'était moi qui avais découvert Julian, je pense qu'il aurait fallu m'enfermer ! Bon…

Elle se leva avec lenteur, comme si elle n'avait pas vraiment envie de partir. Tyler se leva à son tour.

Allison le regarda de biais. Allait-elle se retrouver obligée de dîner avec lui ?

— Vous n'êtes pas obligé de venir, déclara-t-elle. Vous

me trouverez ici demain, si nécessaire. Evidemment, si vous avez faim aussi…

Elle ne savait plus si elle redoutait qu'il l'accompagne ou si, au contraire, elle serait déçue qu'il ne le fasse pas.

— Je ne serais pas contre un dîner, répondit-il. Mon dernier repas est loin… Je viens avec vous.

Annette lui tendit la main.

— Ravie d'avoir fait votre connaissance, dit-elle. N'hésitez pas à m'appeler.

— Ravi également. Merci pour tout.

Allison se dirigea avec eux vers la porte d'entrée et ils sortirent. Juste avant de refermer, elle crut voir quelque chose bouger dans la cuisine.

Sans doute un simple reflet, se dit-elle. Un rayon de soleil sur le grille-pain, peut-être…

Pourtant, elle se rendait compte qu'elle aurait peur, plus tard, de rentrer seule chez elle.

5

Allison connaissait très bien sa ville natale et elle l'adorait, se dit Tyler. La rue dans laquelle elle habitait, Chestnut Street, se trouvait tout près du centre historique. Quand ils se mirent en route, elle réfléchissait au restaurant qu'elle allait choisir, en expliquant qu'il y en avait beaucoup d'excellents dans le quartier.

Ils avaient décidé d'aller à pied. Finalement, ils se dirigèrent vers Walnut Street, où un vieil ami d'Allison tenait un pub nommé McDooley's. L'établissement existait depuis des années et, curieusement, cet ami s'appelait lui aussi McDooley's, alors qu'il n'avait aucun lien de famille avec le McDooley's qui avait ouvert le pub dans les années 1920. Il avait été bien pratique de ne pas avoir à changer l'enseigne.

Tyler écouta les explications d'Allison en s'émerveillant de son charme et de son aisance. Il ne l'aurait pas crue capable de se montrer aussi enjouée. Elle réussit même à le faire rire en racontant plusieurs anecdotes particulièrement distrayantes.

Quand ils entrèrent dans le pub, l'ami d'Allison — Evan de son prénom — était derrière le bar. C'était un garçon jovial, d'une trentaine d'années, sans doute amateur de bière, à en juger par la bedaine qu'il commençait à arborer.

Il eut d'abord un grand sourire en voyant arriver Allison, puis son visage redevint grave et il lui offrit toutes ses condoléances pour la disparition tragique de son collègue. Allison le remercia puis présenta Tyler. Evan ouvrit de grands yeux.

— Tyler Montague ? Mais j'ai entendu parler de vous ! s'écria-t-il. Ainsi, vous allez enquêter sur… les aspects paranormaux de l'affaire ?

— Nous allons mener une enquête tout à fait classique, répondit Tyler. Nous allons examiner tout ce qui concerne la demeure, son histoire, ses occupants passés et présents… absolument tout.

— Je vois ! commenta Evan, les mains figées sur le verre qu'il avait commencé à essuyer. Ça m'a l'air sérieux. Mais le musée est fermé, non, Allison ? Vous autres guides allez être au chômage un bon moment. Si jamais tu en as besoin, j'ai largement de quoi t'employer comme serveuse le soir, à l'occasion.

— Je te remercie, mais je vais profiter de ce temps libre pour poursuivre mes recherches, répondit-elle. En revanche, je vais en parler à Annette et Jason. L'un d'eux sera peut-être ravi de venir t'aider.

— Il y a une alcôve libre, là-bas dans le coin, si vous voulez vous asseoir. Je vous envoie quelqu'un prendre la commande. Une bière pour commencer, ça vous plairait ? J'en ai de très bonnes à la pression.

Allison demanda une bière écossaise et Tyler une stout. Evan actionna les leviers puis trinqua avec eux. Tyler ne s'était pas attendu à le trouver aussi amical et, quand ils eurent bu une gorgée, Allison et lui partirent s'asseoir, leur verre à la main.

— Parlez-moi donc des recherches que vous faites en ce moment, dit Tyler en prenant place dans l'alcôve.

— Oh ! je vous en ai déjà parlé, répondit-elle avec un petit haussement d'épaules.

— J'aimerais en savoir plus.

— Bon. Je suis professeur assistante à l'université, comme vous savez. Nous sommes censés publier régulièrement, bien sûr. Alors, j'écris des articles pour des revues universitaires. Je me suis spécialisée dans l'histoire sociale, l'histoire quotidienne, si vous voulez. Les modes de vie, les arrangements domestiques. Voilà pourquoi j'étudie tout ce qui s'est passé dans la demeure Tarleton-Dandridge, alors que d'autres étudient la guerre elle-même, les combats, les enjeux du conflit…

— Combien de gens sont au courant de vos recherches ?

Allison fit une petite grimace.

— Ma foi, pratiquement tout le monde sait que je suis en train d'écrire sur Lucy Tarleton et « Bradley le Cruel », et que j'espère publier un livre sur ce qui s'est passé dans la demeure quand elle était occupée par les Anglais !

— Aviez-vous laissé des notes sur tout ça, dans le grenier ?

— Une partie. Essentiellement des photocopies de lettres et d'articles de journaux que j'ai trouvés dans diverses bibliothèques. Des copies de documents appartenant à la demeure elle-même, aussi. Comme l'a dit Annette, les originaux sont soigneusement conservés sous clé. J'avais également laissé quelques-unes de mes notes personnelles, un premier jet de mon article…

Elle fronça les sourcils, pensive.

— Je ne vois vraiment pas qui cela pourrait intéresser. Le saccage du grenier reste pour moi un mystère complet.

— Parlez-moi un peu de votre amie Annette.

— Mais vous l'avez rencontrée !

— Dix minutes seulement.

— Cela suffit, à mon avis ! C'est une vraie boule d'énergie qui adore la vie, adore son travail au musée… Elle aime bien chanter le soir dans les cafés, aussi. D'ordinaire, elle se produit dans un pub appelé « Bitsy Betsy House ». Entre deux services, elle chante de vieux airs avec un flûtiste.

— Ça a l'air cool ! dit Tyler en souriant.

— Oui, c'est très agréable.

— Et Jason Lawrence ? Comment est-il ?

— C'est quelqu'un d'extrêmement sympathique, fiable, un très bon conférencier. Quand nous sortons dîner tous ensemble, il est très amusant. Il fait un peu l'idiot avec un verre dans le nez, mais nous sommes tous comme ça, non ? Il est très intelligent, lui aussi, et a expliqué franchement au conseil d'administration qu'il comptait reprendre ses études à l'université de New York dans deux ans. Il vise un doctorat en sciences politiques.

— Vous vous entendez bien avec eux ? Jason et Annette ?

— Très bien.

— Finalement, c'est seulement avec Julian Mitchell qu'il y avait un peu de tirage…

Allison baissa les yeux.

— Comprenez-moi bien. Nous l'aimions beaucoup. C'était un très bon musicien, un bon compagnon…

— Et les membres du conseil d'administration ? Quelle est votre opinion sur eux ?

— Les administrateurs ? répéta-t-elle à voix basse.

Tyler but une gorgée de sa stout.

— Oui, les gestionnaires du musée.

— Eh bien, ils sont… tout à fait corrects.

— Vous avez l'air un peu réticente à leur sujet, on dirait.

— Non, détrompez-vous. Je ne les croise pas très souvent, mais je les aime bien. Pas autant que mes amis, évidemment, mais c'est normal, n'est-ce pas ?

— Et je ne connais pas tous vos amis, dit Tyler en souriant. Si j'étais entré seul dans ce pub, je n'aurais jamais imaginé que vous étiez une intime du propriétaire.

Allison eut un léger rire et leva son verre.

— Vous êtes un agent du FBI, pourtant. Vous savez sans doute tout de ce qui me concerne !

— Oui, nous avons des dossiers, mais ils ne disent rien des liens d'affection qui se nouent entre les gens.

— Vous en savez tout de même beaucoup sur nous tous, non ?

— Pas autant qu'il le faudrait.

Il but une nouvelle gorgée avant de reprendre :

— Tout est allé très vite, vous savez. Quand Adam m'a appelé, je me suis aussitôt mis en route. Je n'ai eu le temps de me plonger dans mes dossiers que cet après-midi, quand vous m'avez posé un lapin.

— Je ne vous ai pas posé de lapin !

— Ah bon ? C'était pourtant mon impression.

— Je viens de perdre un collègue !

— J'en ai conscience, dit-il doucement, mais je compte vraiment sur votre aide. J'ai besoin de comprendre *pourquoi* votre collègue est mort. Revenons aux membres du conseil d'administration. De qui vous sentez-vous le plus proche ?

— Je ne sais pas. Nathan ou Sarah, je dirais… Sarah a toujours un peu l'air d'un chien battu, je ne sais pas pourquoi. Elle a hérité d'une fortune, a épousé un homme riche… Elle n'a pas eu d'enfant et, maintenant, elle est veuve. Son mari était beaucoup plus âgé. Peut-être ne l'a-t-il pas bien traitée ? En tout cas, elle ne parle jamais de lui. C'est quelqu'un de très réservé, qui intervient rarement dans la conversation. On a toujours envie de l'aider, de la protéger, même si je ne sais pas de quel danger. Nathan, lui, se montre toujours jovial et bavard. Il adore le musée et son histoire. Ethan Oxford est très digne, un peu compassé… Je ne le connais pas très bien. En général, c'est par Nathan ou Sarah que nous sommes mis au courant des décisions. Quant à Cherry… Elle est toujours un peu en représentation, en fait. Ou disons qu'elle se montre facilement condescendante, même s'il lui arrive souvent de se tromper sur les faits historiques, y compris en ce qui concerne les Tarleton-Dandridge. Et quand on essaye de lui prouver qu'elle se trompe, elle monte sur ses grands chevaux, s'écrie qu'elle est la seule descendante… Cela dit, je ne lui en veux pas. Comme elle est mariée à un artiste qui connaît un grand succès, c'est peut-être sa façon à elle de s'affirmer.

— Je vois… j'ai hâte de la rencontrer, dit Tyler.

— Vous ne lui avez pas encore parlé ?

— En fait, j'ai rendez-vous avec tout le conseil d'administration ce matin même.

— Où logez-vous ? s'enquit Allison.

— Au musée Tarleton-Dandridge.

Allison ouvrit de grands yeux.

— Vous *logez* au musée ?

— Bien sûr. C'est beaucoup plus pratique, puisque c'est là que nous travaillons. Pourquoi cet étonnement ? Je pensais que vous ne croyiez pas aux fantômes.

— C'est exact, dit-elle précipitamment.

Peut-être un peu trop précipitamment, d'ailleurs…, songea-t-elle en repensant à sa vision de l'après-midi.

— Seulement, reprit-elle, personne n'a jamais dormi sur place depuis la transformation en musée. Cette demeure contient tellement d'objets de valeur…

— Nous n'avons pas l'intention d'y faire des fêtes à tout casser.

Allison s'empourpra.

— Nous ouvrons la demeure pour des réceptions, bien sûr, mais en renforçant la sécurité. Les tableaux sont irremplaçables, le mobilier est extrêmement précieux… Même les napperons de dentelle datent du dix-huitième siècle. Il faut se déplacer avec d'infinies précautions !

Tyler s'adossa sur son siège, le sourire aux lèvres. Allison était toujours tellement sérieuse ! Il trouvait cela charmant, en fait.

— A quelle université étiez-vous ? demanda-t-il.

— Pourquoi ?

— Vous êtes si intellectuelle ! Avez-vous jamais joué au football ?

— Mais oui, ça m'est arrivé. Et j'aime bien regarder les matchs.

— Vraiment ?

— Mais oui. Nous nous réunissons chaque année avec des amis pour regarder le Super Bowl.

Le sourire de Tyler s'élargit.

Allison reprit du même petit ton docte :

— Pour en revenir à la demeure Tarleton-Dandridge, je me permets d'insister. Elle est remplie de pièces absolument uniques. Il est rare de pouvoir les préserver, et c'est si important pour les générations futures !

— Nous ne ferons aucun dégât, rassurez-vous. Les administrateurs savent que nous allons nous y installer, d'ailleurs. C'est une idée d'Adam et ils ont donné leur accord.

— Mon Dieu ! Donc, votre équipe va piétiner partout avec son matériel…

— Nous avons des caméras et des détecteurs de chaleur, c'est vrai. Mais nous ne « piétinons » pas.

Allison recula sur son siège, les sourcils froncés.

— Je pense vraiment qu'il faudrait une surveillance, le temps que vous êtes là.

Tyler se mit à rire.

— Réfléchissez un peu, Allison. Personne plus qu'Adam n'est soucieux de préserver le patrimoine. Nous avons séjourné dans les demeures les plus anciennes et les plus protégées des Etats-Unis… Venez donc voir comment nous sommes installés, si vous êtes si inquiète.

La remarque l'agaça manifestement. Elle préféra changer de sujet.

— Vous devriez essayer la tourte, dit-elle en montrant le menu. Ils la font très bien.

Tyler suivit ses conseils. Ils passèrent commande et furent servis rapidement. Puis, quand le repas fut terminé, Tyler se rendit compte avec étonnement qu'Allison semblait nerveuse.

— J'aimerais bien que vous veniez au musée, demain, dit-il. Vous connaissez cette maison depuis toujours, vous l'admiriez quand vous étiez petite, vous y travaillez comme guide… Vous pourrez garder l'œil sur nos préparatifs.

— J'y penserai, murmura-t-elle. Comment savez-vous que je l'admirais quand j'étais petite ? Ah ! Vos renseignements du FBI, bien sûr…

— Absolument.

— Je trouve ça un peu injuste que vous ayez un dossier complet sur moi !

— Pourquoi ? Je suis enquêteur. Il est normal que je sois au courant.

— Et vous ? riposta-t-elle. Est-ce que les fantômes vous parlaient, quand vous étiez petit ?

— Non. J'ai grandi à San Antonio, j'ai fait mon service militaire, j'ai étudié le droit pénal à l'université du Maryland, puis j'ai intégré le corps des rangers.

— Et comment cela s'est-il passé, au lycée ? Attendez, laissez-moi deviner… Vous étiez arrière dans l'équipe de foot, vous étiez la coqueluche des majorettes et vous avez réussi à passer votre diplôme tout en continuant à jouer au foot. Ensuite, comme tout Texan digne de ce nom, vous avez fait l'armée avant d'aller à l'université. Quelle idée ! Enfin, il nous faut bien des militaires, après tout.

— J'étais dans la marine.

— Et au lycée, donc ?

— Je n'ai jamais été très fan des majorettes.

— Mais vous êtes sûrement sorti avec l'une ou l'autre, non ?

Tyler éclata de rire.

— Jamais ! J'ai eu la même petite amie pendant toutes mes études. Ensuite, elle est partie travailler dans une agence de surveillance des épidémies, à Atlanta… Nous sommes restés en bons termes.

— Mmm…, murmura Allison en guise de réponse.

Tyler demanda l'addition à la serveuse et s'aperçut qu'Evan McDooley's avait déjà réglé la note. Ce dernier se montra inflexible, même quand Tyler expliqua qu'il pouvait tout faire passer en notes de frais, avec le FBI.

— Allison ne fait pas partie du FBI, précisa Evan. C'est à elle que je fais une faveur, et vous êtes son invité. Vous n'aurez qu'à revenir avec des amis dépenser tout ce que vous voudrez.

Il eut un large sourire et les chassa d'un geste de la main.

Tyler comprit qu'il n'aurait pas gain de cause. Il remercia Evan, promit de revenir et laissa un généreux pourboire à la serveuse.

Au moment où ils allaient sortir, une femme mince, chaussée de très hauts talons et vêtue d'une courte jupe, surgit sur le seuil. Elle reconnut Allison, s'arrêta en ouvrant la bouche pour la saluer, puis la referma en apercevant Tyler et s'immobilisa.

— Bonjour, Cherry ! dit Allison.

— Bonjour, Allison, répondit la nouvelle venue en tournant enfin la tête vers Allison. Cela fait plaisir de vous voir. Quelle tragédie que la mort de ce charmant Julian !

Puis, sans attendre la réponse, elle se retourna vers Tyler et lui tendit la main.

— Vous faites partie de l'unité d'Adam Harrison, j'imagine ?

— C'est cela, madame. Je me présente : Tyler Montague.

— Je suis Cherry, Cherry Addison. Vous êtes vraiment le bienvenu. Nous adorons le musée et… nous comptons bien résoudre les petites difficultés que nous rencontrons. J'avoue qu'au départ je n'étais pas enchantée qu'on fasse intervenir votre équipe, mais mes collègues m'ont convaincue. En tout cas, vous m'avez l'air de taille à affronter n'importe quelle situation !

— Je l'espère, madame, répondit Tyler.

C'était donc la dernière descendante des Tarleton-Dandridge, se dit-il. C'était une assez jolie femme, bien résolue à paraître le plus jeune possible, avec une coupe de cheveux étudiée et un visage lisse qui devait certainement beaucoup à la chirurgie esthétique ou au Botox.

— Vous allez assister l'agent Montague, Allison ? reprit-elle.

Allison hocha la tête.

— Vous savez, pousuivit Cherry, Allison est une véritable experte. Nous sommes ravis de compter une universitaire dans nos conférenciers. Cela dit, personne ne connaît l'histoire de la demeure aussi bien que moi, naturellement. Alors, si jamais je peux vous être utile…

— Certainement. Nous devons d'ailleurs tous nous retrouver demain matin, rappela Tyler.

— C'est vrai, à 10 heures. Chez Ethan, n'est-ce pas ?

Cherry eut un petit frisson et murmura :

— Dieu merci, ce ne sera pas au musée ! Nous sommes très attachés à la préservation de ce patrimoine et il nous a paru judicieux de fermer le temps de l'enquête. J'espère que cette réunion vous sera utile, mais, je le répète, si jamais vous avez besoin de moi, n'hésitez pas. Je m'arrangerai pour être immédiatement disponible.

— Merci, c'est très gentil à vous, dit Tyler.

Cherry restait debout devant lui à le dévisager.

— Eh bien, bonsoir, et à demain matin, reprit-il.

— C'est ça, bonsoir. Allison, ma chère, reposez-vous, surtout !

Sur ce, Cherry s'avança à l'intérieur du pub, avec un dernier sourire à l'intention de Tyler qui lui tenait la porte ouverte.

Quand ils furent sortis, il vit qu'Allison avait un sourire moqueur.

— Voici donc la fameuse héritière, dit-il. Qu'est-ce qui vous amuse ?

— La façon dont elle vous dévorait des yeux !

— Je crois qu'elle ne s'attendait pas à nous trouver ici.

— J'ai surtout l'impression que vous lui avez fait

beaucoup d'effet. Elle pense certainement vous être beaucoup plus utile que moi !

— Pourquoi donc ?

— Mais parce qu'elle descend des Dandridge, bien sûr.

— Certes, mais elle ne travaille pas tous les jours au musée !

— Je ne suis pas là tous les jours. La moitié de la semaine seulement.

Tyler sourit à son tour, sans répondre. Visiblement, l'attitude de Cherry Addison avait bien diverti Allison. Elle retrouvait un peu de sa bonne humeur.

Alors qu'ils se mettaient en marche, cependant, il se rendit compte qu'elle s'assombrissait de nouveau et marchait de plus en plus lentement.

Etonné, il comprit qu'elle s'efforçait de prolonger la soirée, sans qu'il sache pourquoi. Il ralentit lui aussi le pas sans poser de questions.

Ils descendirent tranquillement Market Street. Dans l'obscurité, la façade de l'Independance Hall semblait encore plus majestueuse. Comment les hommes du dix-huitième siècle, si passionnés et si impétueux, avaient-ils réussi à se mettre finalement d'accord pour unifier treize colonies en un seul Etat ?

— Un penny pour savoir à quoi vous pensez ! lança Allison.

— Un penny ? Avec l'inflation ? Mes pensées valent au moins un dollar !

Elle se mit à rire.

— Ça fait cher. Je ne sais pas si je pourrai me le permettre !

— J'étais en train de me dire que la naissance de la nation américaine tient un peu du miracle. Vous imaginez le Congrès actuel capable de voter à l'unanimité une décision pareille ?

— C'est vrai. Patrick Henry, le représentant de la Virginie, et Sam Adams, celui du Massachusetts, étaient tous les deux des orateurs particulièrement enflammés, et ils étaient souvent en désaccord. Mais voilà, ils ont fini par s'entendre…

— Il est vrai qu'ils avaient le même objectif.

— Oui, ce qui leur a permis de mettre leurs divergences entre parenthèses… Finalement, quand on repense à ce qui s'est passé pendant les deux siècles qui ont suivi, on se dit que c'étaient de remarquables visionnaires. Ils savaient que la question de l'esclavage allait se poser tôt ou tard, par exemple, mais ils ont jugé plus sage de réaliser d'abord l'unité avant d'attaquer de front une question aussi sensible. Les Etats-Unis ont commis des erreurs, naturellement, et ils en commettront d'autres, mais c'est dans la nature humaine. Le rêve américain est une belle idée, mais les hommes et les femmes qui habitent ce pays restent faillibles. Tout ce qu'on peut espérer, c'est que nous finirons par tirer la leçon de certaines dérives. Quand l'histoire se répète, c'est souvent lié à une méconnaissance du passé.

Tyler acquiesça. La conversation d'Allison lui plaisait beaucoup. La jeune femme était intelligente, charmante, pouvait se montrer drôle… De très agréable compagnie, en somme.

Il se rendit compte cependant que ce n'était pas pour le plaisir de disserter avec lui qu'elle traînait ainsi, ralentissant sans cesse l'allure. En fait, plus ils approchaient de chez elle, plus elle semblait réticente.

— Que se passe-t-il ? lui demanda-t-il. Vous avez un problème ?

— Non, non, ça va. Je… je me disais que je pourrais peut-être vous accompagner jusqu'au musée…

Il haussa les sourcils.

— Pourquoi ? Vous craignez que Cherry Addison ne vienne à l'improviste me donner tout un tas d'informations erronées sur la maison ? Ou qu'elle vienne me convaincre que les fantômes de ses ancêtres hantent les lieux et que ça ferait un formidable documentaire télévisé ?

Allison lui jeta un regard froid.

— Je croyais que vous aviez besoin de mes conseils, de mon avis sur l'histoire de la demeure, sur ses habitants… Il se trouve que je n'ai pas du tout sommeil. Je suis bien trop tendue. Alors, je vous propose de vous accompagner, si ça ne vous ennuie pas.

— Pas le moins du monde. Je suis moi-même partisan de ne pas laisser traîner les choses.

Il réussit à prononcer ces mots sans cesser de sourire.

Pour autant, il sentait bien que quelque chose n'allait pas. Il savait pertinemment qu'au fond, elle n'avait aucune envie de revenir au musée avec lui.

La vérité, c'était qu'elle n'avait pas envie de rentrer chez elle. Mais pourquoi ?

Allison s'étonna que Tyler accepte sa proposition sans lui demander de but en blanc ce qu'elle lui cachait. Il devait sûrement se douter de quelque chose, pourtant. Elle-même commençait à avoir des doutes sur sa propre santé mentale.

Elle avait le choix entre rentrer chez elle et voir Julian Mitchell soudain assis dans un fauteuil, ou accompagner Tyler Montague au musée. Aucune des deux options n'était très engageante, mais Tyler, au moins, était vivant…

La question, cependant, était celle-ci : combien de temps allait-elle pouvoir faire semblant de l'aider ?

D'autant que la seule idée de revoir la scène du crime lui donnait la nausée.

Ils franchirent l'antichambre et entrèrent dans le hall. Celui-ci était vaste, ce qui était très pratique quand plusieurs visites avaient lieu en même temps. Les touristes pouvaient déambuler d'une pièce à l'autre sans se gêner.

— Eh bien, nous y sommes, dit Tyler.

— Dans quelle pièce dormez-vous ?

— J'ai pris la chambre principale. Premier arrivé, premier servi !

— C'est un lit d'époque. Le quilt qui le recouvre date de 1800…

— Je l'ai soigneusement rangé dans un placard. J'ai apporté des draps et des couvertures.

— Et vos collègues ?

— Eux aussi ont prévu de la literie.

— Oui, avec des caméras et Dieu sait quels équipements ! ne put-elle s'empêcher de faire remarquer.

Tyler s'immobilisa pour se tourner vers elle.

— Je suis désolé que vous nous trouviez ridicules. Notre unité n'a jamais échoué. Elle a résolu toutes les affaires qu'on lui a soumises.

— Sauf qu'ici, il n'y a pas vraiment lieu d'enquêter. Je veux dire, pas de manière aussi poussée… Je ne vois vraiment pas où est la difficulté.

Elle se rendit compte que sa voix tremblait et se raisonna pour se calmer.

— D'abord, il n'y a absolument rien qui ait de la valeur ou qui soit particulièrement intéressant dans le grenier. Ensuite, je reste convaincue que Julian a voulu nous faire une plaisanterie et que les choses ont mal tourné. Peut-être voulait-il se déguiser en « Bradley le Cruel » pour me faire peur, par exemple…

— C'est possible, répondit Tyler d'une voix égale. Si c'est le cas, nous en aurons vite terminé. N'oubliez pas, cependant, qu'il y a eu beaucoup de morts tragiques dans cette maison.

Allison décrocha le ruban de velours écarlate qui bloquait l'accès d'un divan d'époque, et s'assit lourdement.

— Elle date de plusieurs siècles, répondit-elle d'un air têtu. Des gens y sont morts, c'est normal.

— Je n'ai pas parlé de morts naturelles.

— Desquelles, alors ? Des morts « surnaturelles »,

comme ce malheureux étudiant qui s'est électrocuté ? Il avait essayé de trafiquer l'alarme. C'était un accident, ça arrive… C'était il y a huit ans. Je finissais mes études, je ne venais pas très souvent.

Elle serra la mâchoire en se rappelant l'épisode. Le musée avait aussi été fermé, alors, pendant quelques jours.

— Vous ne l'avez pas connu ?

— Non. Nous avons tous été effondrés, bien sûr. C'est le genre de drame stupide typique de certains ados, comme ceux qui boivent trop et tombent par la fenêtre… Il nous a été difficile de reprendre le travail, mais qu'aurions-nous pu faire ? Nous ou la police… C'était la nuit, il n'y avait personne. Il s'est électrocuté après un pari stupide. Je n'en sais pas plus.

— Je n'en doute pas.

Allison fit un geste de la main.

— En fait, c'est le genre de tragédie qui peut se produire absolument n'importe où, pas seulement ici. Les gens se montrent si souvent imprudents ! Il n'y a pas la moindre raison de croire que cette maison soit hantée par des fantômes.

— Des accidents se produisent partout, je vous l'accorde, dit Tyler en s'asseyant à côté d'elle. Que savez-vous des autres décès ?

Elle lui jeta un regard de biais.

— Il y a eu celui de Bill Hall, tombé dans l'escalier. A l'époque, je n'étais même pas née.

— Et Angela Wilson ?

Allison sentit son cœur se serrer.

— Angela ? Je l'aimais beaucoup. C'était un vrai puits de science, un peu notre matriarche… Je l'ai connue quand j'étais encore adolescente. C'est elle qui m'a encouragée à faire des études d'histoire. Elle a un peu été mon modèle, avec sa vie bien remplie, ses nombreux livres, son mari, ses enfants… Elle est morte à soixante-douze ans. Elle était très en forme et finalement pas très âgée, mais son cœur a lâché.

— Je comprends, murmura Tyler. Je compatis.

— Merci.

Il se leva en déclarant :

— Je vais faire un tour des pièces pour voir si tout est bien fermé à double tour, pour n'avoir plus qu'à mettre l'alarme et aller tout droit me coucher en revenant. Ensuite, je vais retourner à pied jusque chez vous pour reprendre ma voiture. J'avoue tomber de sommeil, et vous aussi, j'imagine.

Elle hocha la tête.

Il sortit de la pièce pour monter l'escalier.

A sa grande surprise, Allison faillit le rappeler. Elle dut se retenir pour ne pas bondir et lui courir après…

Elle avait soudain tellement peur de rester seule !

Tyler ne s'était pas rendu compte qu'il avait mis un certain temps à vérifier toutes les issues, les portes et les fenêtres.

Quand il revint dans le hall, Allison était allongée sur le divan, profondément endormie. Il la contempla un moment en espérant qu'elle se réveillerait d'elle-même. Il répugnait à la tirer du sommeil alors qu'elle était à bout de forces et venait de passer une journée éprouvante.

Il décida de travailler un peu dans la bibliothèque pendant qu'elle se reposait. Il grimpa en hâte dans sa chambre, prit un oreiller, redescendit et le glissa sous la tête d'Allison. Il hésita une seconde, remonta, prit également une couverture et revint la poser sur elle.

Il alla ensuite s'installer au bureau de la bibliothèque pour poursuivre la lecture de ses dossiers. Très vite, cependant, il se rendit compte qu'il avait du mal à se concentrer. Il leva les yeux vers le portrait de « Bradley le Cruel » et comprit.

En fait, le mystère posé par les deux portraits l'intriguait. Celui-ci avait été peint par un artiste de talent, capable d'insuffler aux traits de son modèle la dureté qui était totalement absente du portrait accroché en haut, dans la chambre de Lucy Tarleton.

Certes, ici, l'artiste était un Dandridge. Ce détail avait sans doute son importance. Les Dandridge avaient certainement haï le meurtrier de Lucy, la sœur de Sophia Dandridge, et la tragédie avait tellement brisé le cœur d'Angus Tarleton qu'il en était mort précocement, quelques années plus tard.

Mais alors, si on songeait à l'autre portrait, où était la vérité ? La passion de Bradley pour Lucy avait-elle vraiment fait de lui un monstre, ou bien l'histoire aurait-elle été réécrite à leur convenance par les vainqueurs, ces rebelles américains qui avaient chassé les Anglais ? Est-ce que Bradley, finalement, n'aurait pas été un homme comme un autre, avec des qualités et des défauts ?

Evidemment, il était difficile de pardonner à quelqu'un qui poignarde une jeune femme sous son propre toit…

La demeure était plongée dans le silence. Rien ne bougeait. Tyler bâilla, épuisé, puis sortit jeter un coup d'œil dans le hall.

Allison dormait toujours.

— Allison ?

Il lui toucha doucement l'épaule. Elle ne réagit pas.

Plongée ainsi dans un profond sommeil, elle semblait plus jeune que jamais, vulnérable, extrêmement belle avec ses longs cheveux noirs et soyeux étalés sur le velours rouge sombre. Ses longs cils ombraient des joues d'ivoire.

— Allison ? répéta-t-il en la secouant un peu plus fort.

Perplexe, il se redressa en l'observant toujours.

C'était un peu gênant, en un sens, qu'ils se retrouvent tous deux seuls dans la maison. Mais après tout, pourquoi pas ? Elle dormait en bas dans le hall, lui-même allait se coucher à l'étage, et il se moquait bien de ce que les gens pourraient penser. En outre, Allison vivait seule et n'avait certainement de comptes à rendre à personne.

— Dormez bien, murmura-t-il.

Il reprit l'escalier pour gagner la chambre principale.

Il fit une halte pour regarder l'autre portrait de Bradley, dans la chambre de Lucy. L'homme avait un regard volontaire, déterminé, mais indubitablement dépourvu de toute cruauté.

— Vous n'avez rien à me dire ? chuchota Tyler.

Seul le silence lui répondit.

Il partit se coucher, avec le vague espoir que l'un ou l'autre des esprits qui hantaient la maison allait se manifester pendant la nuit.

Ce ne fut pas le cas.

Allison s'éveilla en sursaut.

Elle se redressa, désorientée. Puis elle vit la couverture posée sur elle, se retourna, aperçut un oreiller… Et se rappela qu'elle se trouvait dans le hall de la demeure Tarleton-Dandridge. La veille, elle avait vu le fantôme de Julian et, paniquée, elle s'était évanouie.

En fait, son imagination lui avait sûrement joué un tour. La mort de Julian la hantait, elle avait eu l'idée stupide de venir dans cette maison… Ce qui expliquait tout.

Elle n'avait rien à faire ici !

A l'instant où elle se levait, Tyler Montague sortit du salon, une tasse de café à la main.

— C'est du café noir… J'espère que ça vous va, dit-il. Comme je n'utilise ni lait ni sucre, je n'en ai pas encore acheté. Je me suis permis d'utiliser la cafetière qui se trouve dans le local des guides. Si vous avez du sucre ou du lait en réserve quelque part, dites-moi où… Je n'ai pas osé fouiller.

Il lui tendit la tasse.

Elle la prit en hochant la tête, encore un peu hébétée.

— Je… j'ai passé toute la nuit ici ? demanda-t-elle.

— Oui, sauf si vous êtes sortie faire un tour pour profiter de la vie nocturne de Philadelphie pendant que je dormais.

Elle ne réagit pas à sa tentative de plaisanterie.

— Vous… vous n'avez rien vu… rien senti d'étrange ? reprit-elle.

— Non. Et vous ?

— Non ! Non, bien sûr. J'ai dormi comme une souche, tellement j'étais fatiguée. Excusez-moi… Maintenant, il faut que je parte. Je… je dois prendre rendez-vous chez le médecin.

Elle but une bonne gorgée de café brûlant et se mit à tousser.

Tyler saisit la tasse pendant qu'elle reprenait son souffle.

— Ça va ? s'enquit-il, inquiet.

— Ça va. Je suis encore confuse de vous avoir dérangé. Merci pour l'oreiller et la couverture… Mais vous auriez dû me réveiller.

— J'ai essayé !

— Oh ! Je suis encore plus désolée, alors…

— Ne vous en faites pas. Vous vous êtes endormie comme une masse.

Si seulement vous saviez pourquoi ! songea-t-elle.

Elle reprit la tasse, but le reste du café plus lentement, puis la lui rendit.

— Je vous appellerai plus tard, promit-elle. A tout à l'heure.

Elle fila vers la porte d'entrée en s'efforçant de ne pas courir, se rappela que l'alarme était mise, tapa le code et se faufila dehors.

Une fois parvenue à la grille donnant sur la rue, elle refit le code puis, sans regarder en arrière, fonça dans la rue. Elle ne savait même pas quelle heure il était, ni même où elle allait au juste. Elle n'avait eu qu'une envie : fuir le musée le plus vite possible.

Elle finit par ralentir le pas. Elle consulta sa montre : il était encore très tôt, même pas 7 heures du matin. Elle décida de rentrer chez elle se doucher et se changer avant de se rendre aux services médicaux de son université. Elle y trouverait sûrement un psychiatre de sa connaissance pour la recevoir.

En arrivant chez elle, elle fouilla dans son sac pour prendre ses clés. Elle redoutait de se retrouver seule dans la maison, mais ne pouvait décemment pas rester dans les vêtements qu'elle portait depuis la veille… Elle tourna la clé dans la serrure, entra… et resta une longue minute dans l'entrée sans oser avancer.

— Julian, cria-t-elle enfin, je vais prendre une douche, alors inutile de venir me déranger, c'est compris ? Je ne veux pas te voir. D'ailleurs, quand je crois te voir, c'est mon imagination, c'est tout !

Elle grimpa l'escalier quatre à quatre en regardant droit devant elle. Elle prit une douche rapide en laissant tomber le savon à plusieurs reprises tellement ses mains tremblaient.

Puis elle attrapa une chemise et un jean. Ils étaient peut-être mal assortis, mais elle s'en moquait. De toute façon, toutes les chemises allaient bien avec un jean, non ? Elle redescendit, tellement nerveuse qu'elle faillit trébucher. C'était presque fini. Elle serait bientôt dehors…

Elle dut s'y reprendre à deux fois pour ouvrir sa porte. En sortant, elle jeta un bref coup d'œil derrière elle. Il lui sembla voir une tête dépasser d'un des fauteuils du salon.

Une main lui fit signe…

Et elle entendit clairement la voix de Julian lui lancer :

— Je serai là quand tu reviendras.

6

Allison prit sa voiture et se rendit directement au service médical de l'université. Elle alla d'abord voir son ami, le Dr Marty Hanson, psychiatre qualifié.

Marty, jugeant trop délicat de recevoir une amie comme patiente, l'orienta vers le Dr Rudy Blount, l'un de ses confrères, dont Allison connaissait les compétences. Le Dr Blount était un petit homme d'une cinquantaine d'années, rondouillard, sympathique, avec un crâne chauve et des lunettes cerclées de métal. Il demanda à Allison de s'installer confortablement. Non, elle n'était pas obligée de s'allonger sur le sofa. Elle pouvait prendre place dans le fauteuil et lui raconter tranquillement ce qui l'amenait.

Allison s'assit. Ils entamèrent d'abord une conversation à bâtons rompus. Ils évoquèrent leur passion pour Philadelphie, puis passèrent aux événements qui venaient de se produire. Blount, très cordial, lui demanda comment elle occupait ses journées : il savait qu'elle était chargée de cours, comme son ami Marty. Il insista sur le fait que tout ce qu'elle dirait resterait strictement confidentiel, bien entendu.

Finalement, au bout d'un moment, Allison prit une profonde inspiration et expliqua son problème. Non seulement c'était elle qui avait retrouvé le corps de Julian, mais maintenant, elle le voyait apparaître chez elle…

— Est-ce que cela peut être lié au stress, à votre avis ? demanda-t-elle.

— Et vous, qu'en pensez-vous ?

— Je pense que oui.

— Alors, c'est une explication plausible.

— Surtout que je ne crois pas aux fantômes ! insista-t-elle.

Le médecin croisa les mains sur son giron.

— En somme, mademoiselle Leigh, qu'est-ce qu'un fantôme ? Des souvenirs ? Ou bien des visions engendrées par notre cerveau ? Peut-être aussi notre psychisme nous envoie-t-il des sortes d'avertissements, quand nous culpabilisons de ne pas avoir fait quelque chose, par exemple… Dites-moi, éprouvez-vous un quelconque sentiment de culpabilité à l'égard de votre ami Julian ?

— Non, je n'ai jamais eu l'impression de le harceler, au contraire. Il avait l'habitude d'arriver en retard ou de disparaître inopinément, et nous n'en avons jamais rien dit à la hiérarchie !

— Avez-vous eu l'impression de devoir vous justifier quant à son décès ? Vous dites-vous parfois que vous auriez pu empêcher cette tragédie ?

— Non. S'il y avait eu la moindre chance de le sauver, je l'aurais fait aussitôt. Hélas, en le voyant, j'ai tout de suite compris qu'il était mort.

— Vous avez tâté son pouls ?

— Non, je ne l'ai pas touché. J'ai immédiatement appelé la police.

— Et pendant que vous attendiez l'arrivée des policiers, n'avez-vous pas craint d'être *vous aussi* en danger ?

Allison fit signe que non. L'idée ne lui avait pas traversé l'esprit.

— Je… je me disais simplement que Julian avait une posture étrange. Vous savez, comme quand on s'assoit et qu'on pose les mains sous son menton… Eh bien, c'était ça, sauf qu'à la place des mains, il y avait la baïonnette…

— C'est une histoire terrible, aussi bien pour ce malheureux que pour vous. A ce stade, il m'est un peu difficile d'analyser votre réaction. Les sentiments de culpabilité peuvent être complexes. Il était parfaitement légitime d'être en colère après lui tant qu'il était vivant, mais peut-être vous en voulez-vous inconsciemment, maintenant, d'avoir éprouvé cette colère.

— Franchement, je ne crois pas. Nous ne lui avons jamais caché ce que nous pensions de ses absences. Nous lui expliquions nettement que nous étions déçus et fâchés, il se répandait en excuses et promettait de ne pas recommencer… Il disait aussi que quand il serait riche et célèbre, il ne nous oublierait pas…

— Aviez-vous de l'affection pour ce jeune homme ?

— Oui. C'était un ami. Hormis ses problèmes au travail, nous l'aimions beaucoup.

— Avez-vous déjà ressenti ce genre d'impression ?

— Quelle impression ?

— Celle d'une présence. L'impression qu'un défunt vous apparaît, vous hante… sous forme d'esprit ou de fantôme.

— Jamais ! rétorqua Allison en agitant vigoureusement la tête. Seulement, maintenant, j'ai peur de me retrouver seule chez moi. J'ai même dormi sur un canapé du musée, la nuit dernière, tant l'idée de rentrer me terrorisait. Pour être franche, d'ailleurs, je ne me suis pas *endormie*, au début. Je me suis évanouie parce que je venais de voir Julian. J'étais avec l'un des agents du FBI, l'agent Montague, qui m'a demandé de le renseigner sur le musée et les gens qui gravitent autour. A un moment, il est monté vérifier les fermetures des portes et des fenêtres, les alarmes… Et c'est là que Julian m'est apparu. Je me suis sentie sombrer, tout est devenu noir… Et je me suis réveillée le lendemain matin en me sentant vraiment idiote !

— Cet agent n'est pas venu vous aider ? s'étonna le Dr Blount.

— Quand il est revenu, il a cru que je m'étais simplement endormie. Il m'a apporté un oreiller et une couverture.

— Est-ce que la police a disposé des rubans de scène de crime autour du musée ? J'ai entendu aux informations qu'une fermeture était prévue pour plusieurs semaines…

— Oui, c'est fermé. L'accès est bloqué et les autorités — la police ou autre, je ne sais pas — ont fait venir cette unité spéciale du FBI.

— Je vois. Voilà pourquoi vous étiez en compagnie d'un agent fédéral.

— C'est ça.

— Ah ! fit simplement le médecin.

— « Ah » ? Que voulez-vous dire ?

— Etes-vous contrariée par l'intervention d'un service fédéral ? J'ai vaguement l'impression que vous la désapprouvez.

— C'est vrai, je suis réticente.

— Pourquoi donc ?

— J'ai peur que la demeure Tarleton-Dandridge ne devienne la risée de tout le monde, avec des curieux partout et des reporters qui filmeront les gens en leur donnant l'air de zombies terrorisés. J'ai peur que les touristes ne passent leur temps à sursauter dès que nous entendrons la moindre boiserie craquer ! Vous avez sûrement vu ce genre de documentaire, où on reconstitue des événements passés avec un éclairage savamment fantomatique et des cris d'horreur poussés par des acteurs. C'est une insulte à l'intégrité historique de ce bâtiment !

— L'équipe du FBI a-t-elle l'intention de filmer ses investigations avec un éclairage spécial ?

— Pas que je sache.

— Etalent-ils les détails de leur mission dans la presse ?

— Non, ils sont très discrets, mais je me suis renseignée sur eux. Ils interviennent quand il se passe quelque chose d'« inhabituel », ce qui, dans leur langage, veut dire « paranormal ». Mais la demeure Tarleton-Dandridge est l'un des hauts lieux historiques de Philadelphie et même des Etats-Unis. On ne peut pas la ridiculiser ainsi !

— Je comprends. Seulement, rien ne dit que ces gens du FBI vont réaliser le genre de documentaire à sensation que vous évoquiez.

— En tout cas, ils vont apporter tout un matériel pour filmer l'intérieur de la maison pendant la nuit, et peut-être même aussi la journée. Je sais qu'ils sont tenus à une grande confidentialité, mais il y a toujours des fuites. Même les autres unités du FBI se méfient d'eux !

Le Dr Blount sourit.

— Vous *pensez* qu'il y a toujours des fuites, mais ce n'est peut-être pas le cas. Et peut-être aussi déplorez-vous l'arrivée de tous ces gens parce que vous craignez qu'ils ne vous fassent voir des choses que vous n'avez pas envie de voir… comme Julian Mitchell.

— C'est vraiment ce que vous suggérez ? Que j'éprouve *à la fois* du stress et une certaine méfiance envers les agents du FBI ?

— Et vous ? Est-ce là ce que vous pensez ?

— Mais je ne sais pas quoi penser. C'est pour ça que je suis venue !

— On reproche souvent aux psychiatres de demander systématiquement à leurs patients si ce qu'ils disent « est bien ce qu'ils pensent », c'est vrai. Il est vrai aussi que le psychisme humain est complexe. Mais, sauf en cas de maladie mentale avérée, il finit toujours par faire la part des choses. Je vais vous donner un léger antidépresseur pour vous permettre de mieux dormir. De votre côté, il va vous falloir accepter ce qui bouscule votre existence.

— Je viens de perdre un ami, rappela Allison à voix basse.

— Oui, répondit Blount en hochant la tête, et ce seul aspect est déjà bien difficile à digérer. Vous connaissez les étapes classiques du deuil, n'est-ce pas ? Le déni, la colère, la remise en question, la dépression… Personne n'y échappe. Vous avez trouvé le corps de votre ami, cela vous a horrifiée, et vous avez sans doute essayé de nier inconsciemment ce qui s'était passé. Vous êtes également en colère qu'il soit mort… Et peut-être transférez-vous cette colère sur le groupe qui doit arriver au musée Tarleton-Dandridge. Quant au fait que vous avez l'impression de « voir » le défunt chez vous, c'est peut-être votre façon de remettre les faits en question : s'il vous apparaît, c'est peut-être qu'il n'est pas vraiment mort, finalement ! A mon avis, une fois que vous aurez définitivement accepté ce deuil, vous commencerez à aller mieux. Seulement, il faut se montrer patient. On ne peut pas brûler les étapes.

— En somme, quand je vois Julian, c'est une hallucination ?

— C'est là ce que vous pensez ?

Allison ne put s'empêcher d'éclater de rire.

— Pour être honnête, répondit-elle, j'aimerais bien que *vous* m'affirmiez que j'hallucine !

— Cela vous aiderait-il de croire que ce sont des hallucinations ?

— Enormément !

Le médecin se contenta d'un grand sourire et laissa tomber :

— Voulez-vous essayer d'y arriver seule ? Ou bien est-ce que je vous fais cette ordonnance ?

— D'ordinaire, je déteste prendre des médicaments sans en avoir besoin…

— Je ne la fais pas, alors ?

— Si. Au contraire !

En quittant le bureau du Dr Blount, Allison se sentit désemparée. C'était gentil de la part de Blount d'avoir déplacé un rendez-vous pour la recevoir, mais elle n'avait pas l'impression que cela allait beaucoup l'aider.

Elle aurait bien mieux aimé qu'il déclare nettement : *Ne soyez pas ridicule. Les fantômes n'existent pas… Tout ça se passe exclusivement dans votre tête !*

Et maintenant, de nouveau, elle n'avait aucune envie de rentrer chez elle.

Surtout depuis que Julian lui avait dit qu'il l'attendrait.

Ethan Oxford vivait lui aussi dans une ancienne demeure historique, située dans Walnut Street.

Tous les administrateurs du musée étaient réunis dans le salon. La pièce était si vaste qu'à l'origine, songea Tyler, elle avait probablement servi de salle de bal. Une table ancienne, gigantesque, trônait au centre. Les murs étaient couverts de portraits de personnages célèbres.

Dolley Madison, en particulier, occupait une place de choix sur la paroi du fond.

Oxford était un vieil homme très digne, aux cheveux blancs, avec une barbe et une moustache parfaitement taillées. Il était venu ouvrir lui-même, avait accueilli Tyler courtoisement, et lui avait mis un bras sur les épaules pour le conduire vers le salon.

— Je vais vous faire un aveu, jeune homme, confia-t-il. C'est moi qui ai insisté pour faire venir Adam Harrison. Nous nous connaissons depuis des années. Nous avons œuvré ensemble dans je ne sais combien de fondations caritatives. Je connais beaucoup de gens qu'il a aidés… Très discrètement, bien sûr. J'ignore si la mort de ce jeune homme est accidentelle ou non, mais avec l'histoire de ce père de famille dans le coma à l'hôpital, ma foi… Je pense qu'il faut vraiment enquêter sur le musée.

— Ça en vaut toujours la peine, en particulier quand les accidents dramatiques se succèdent, monsieur.

Oxford leva la tête vers lui en souriant.

— Je vous imaginais différemment. Vous avez tout à fait l'air d'un shérif, en fait !

— Merci !

— Venez. Les autres nous attendent.

Tyler avait déjà croisé Cherry la veille au restaurant.

Elle se précipita vers lui comme s'ils étaient de vieilles connaissances. Nathan Pierson le dévisagea d'un air un peu intrigué et Sarah Vining lui tendit une main molle. Elle n'avait pas l'air du genre à créer de complications, et il se souvint qu'Allison lui avait dit qu'elle prenait souvent des airs de chien battu.

— Un café ? demanda Oxford en tendant la main vers une cafetière en argent.

— Oui, merci, répondit-il.

Il prit sa tasse et alla s'asseoir sur l'une des chaises placées autour de la table, qu'Oxford lui indiqua. Tout le monde l'imita.

— Alors, avez-vous déjà découvert quoi que ce soit ? interrogea ce dernier d'un air anxieux.

— Pour l'instant, je m'imprègne de l'atmosphère de la demeure et j'étudie les dossiers, répondit Tyler. Je tiens à préciser que j'ai apporté ma propre literie et que nous nous montrerons très soigneux. Nous connaissons la valeur du mobilier du musée.

— Vous vous êtes aperçu qu'il était hanté, au moins ? lança Cherry.

Tyler lui sourit.

— On trouve toujours des souvenirs du passé, dans les lieux riches d'histoire, madame Addison. Personnellement, je doute fort qu'un revenant ait saccagé le bureau ou tué M. Mitchell. Je peux vous promettre, cependant, que nous découvrirons l'auteur des faits, qu'ils aient été intentionnels ou non.

— Intentionnels ? Que voulez-vous dire au juste ? demanda Pierson en fronçant les sourcils.

— Causés par une ou plusieurs personnes à l'identité actuellement inconnue.

— Mon Dieu ! s'exclama Sarah Vining. Vous pensez vraiment que… qu'il y a eu meurtre ?

— Allons, allons, Sarah, lui dit Oxford d'une voix apaisante.

— Il est assez inhabituel de s'enfoncer une baïonnette dans la gorge en s'asseyant, répondit Tyler. Par ailleurs, l'histoire même des anciens occupants de cette maison reste mystérieuse et mérite d'être examinée. Cela dit, nous n'avons nullement l'intention de faire croire que cette demeure est *dangereusement* hantée ou qu'elle porte malheur, même si ce genre de détails macabres attire souvent les curieux. Ce n'est pas du tout notre but.

— La demeure Tarleton-Dandridge n'a certainement rien de maléfique ! acquiesça Cherry avec force. Le fantôme qui hante la maison est celui d'une très belle femme victime d'une tragique histoire d'amour. Si le musée ne rouvrait jamais, tous les tour-opérateurs de Philadelphie feraient faillite !

Tyler n'en était pas si sûr. Contrairement à ce que pensait Cherry, il y avait bien d'autres lieux à visiter à Philadelphie, y compris hantés... Il se contenta cependant d'incliner la tête.

— Ne vous inquiétez pas, répondit-il. Mon équipe travaille vite et efficacement. La fermeture ne se prolongera pas.

— Je l'espère bien ! s'exclama Sarah Vining d'une voix tremblante. Surtout maintenant que les journaux se répandent sur l'histoire de ce type dans le coma, avec son fils qui jure que « Bradley le Cruel » a agressé son père ! Je n'aime pas ça du tout. Vous devez vraiment rendre toute sa respectabilité à notre musée, monsieur !

— N'oubliez pas que je suis entièrement à votre disposition, étant la plus qualifiée, monsieur Montague ! coupa Cherry.

— Nous sommes tous disposés à aider le FBI, rectifia Ethan. Je me suis empressé d'appeler Adam Harrison dès que les commérages ont commencé. Comme si ces deux drames ne suffisaient pas...

— Quels commérages ? demanda Tyler.

— Les gens sont obsédés par les « accidents » survenus

les années précédentes. Un étudiant électrocuté, une guide conférencière trouvée morte… Et puis, il y a cette histoire de bureau saccagé ! Quand je pense que nous y avions tenu une réunion le jour même, juste avant la mort de M. Mitchell ! Pensez-vous qu'il ait pu lui-même venir fouiller dans nos dossiers ? Allez-vous enquêter sur les raisons qu'il pouvait avoir de faire ça ?

— Bien entendu, assura Tyler. Maintenant, ce que je vais vous demander à tous, c'est si vous savez quel document pouvait s'avérer précieux, dans ces paperasses.

Il parcourut la table du regard. Les autres restaient figés.

— Personnellement, je ne vois pas, dit enfin Cherry. L'histoire de la maison est déjà bien connue, puisque le bâtiment est passé directement des mains de la famille à la fondation.

— Mais cette histoire s'est transmise oralement, n'est-ce pas ? fit poliment remarquer Tyler.

Cherry redressa le menton.

— Insinuez-vous que ma famille a pu mentir, monsieur Tyler ?

— Certainement pas, madame Addison. Seulement, vous savez, la transmission orale, c'est comme ce jeu où on chuchote une anecdote à quelqu'un d'autre. Il la répète à son tour, le troisième la répète à un quatrième… Et quand on arrive au bout de la chaîne, l'anecdote n'a plus rien à voir avec celle de départ.

Il se mit debout. C'était en vain qu'il avait espéré apprendre du nouveau. Ils ne savaient rien de précis et comptaient sur lui, au contraire, pour en savoir plus.

— A votre avis, est-ce que notre conférencière, Mlle Leigh… aurait pu, euh… pousser M. Mitchell à mourir ? demanda Cherry.

La question prit Tyler par surprise. Pourtant, elle était légitime. Après tout, bien qu'anéantie par la mort de son collègue, Allison avait été longuement interrogée par la police.

Et lui-même connaissait à peine la jeune femme.

Cela dit, il se fiait toujours à son intuition. Il était très rare qu'il se trompe sur les gens.

— Je ne crois pas, répondit-il à voix haute. Julian Mitchell était bien entraîné physiquement. Il paraît très improbable qu'elle ait réussi à lui enfoncer le menton sur la baïonnette, même par jeu.

Nathan secoua la tête.

— Voyons, Cherry, comment peux-tu suggérer une chose pareille ?

— En tout cas, coupa Ethan qui tambourinait des doigts sur la table, je parie que la ou les personnes qui ont fouillé le bureau cherchaient les projets de publication d'Allison.

— Ne sois pas ridicule, ironisa Cherry en agitant une main soigneusement manucurée. Les prétendues recherches d'Allison sur notre famille n'apportent absolument rien de nouveau. D'accord, elle a trouvé quelques documents et annotations que nous ne connaissions pas, mais ils n'ont aucun intérêt. Elle m'a aussi expliqué qu'elle était en contact avec un expert de Valley Forge qui posséderait des lettres authentiques de Lucy Tarleton. Ce sont très probablement des faux et je le lui ai dit, mais elle s'obstine à vouloir le rencontrer !

Cherry conclut sa tirade en levant les yeux au ciel, comme pour souligner la piètre opinion qu'elle se faisait de l'« expert ».

Toujours debout, Tyler répliqua :

— L'histoire appartient à tout le monde, madame Addison, et elle n'a rien d'immuable. De nouveaux faits, l'évolution des mentalités peuvent en orienter le cours. Pensez à l'abolition de l'esclavage, par exemple… A mon avis, Mlle Leigh a raison d'explorer toutes les pistes qui se présentent. Je tiens à vous remercier du temps que vous m'avez accordé et de la confiance que vous nous faites. Nous vous tiendrons naturellement au courant de tous les développements.

Oxford et Pierson se levèrent poliment quand Tyler se dirigea vers la porte. Il était certain qu'on allait parler de lui dès qu'il aurait tourné le dos... Cela ne le dérangeait pas. Il avait déjà tiré d'eux tout ce qu'il pouvait savoir.

Ses collègues arrivaient le soir même. Il retourna au musée pour explorer le local des guides. Il n'avait nullement l'intention de fouiller leurs affaires personnelles, mais il fallait rendre la demeure habitable. Le local contenait un petit réfrigérateur, un four à micro-ondes et une cafetière. Cela suffirait pour l'instant, d'autant que tout autour, dans le quartier historique, les bars et les restaurants ne manquaient pas.

Tout en listant mentalement les provisions dont ils auraient besoin, il ressortit pour se rendre à pied chez Allison, à quelque cinq cents mètres de là. Tout en marchant, il entendait les touristes s'exclamer devant la fameuse « Liberty Bell », la cloche de la liberté, ou le bâtiment de l'Independance Hall.

Il comprenait qu'Allison éprouve une véritable passion pour sa ville. Lui-même se disait souvent que les deux plus grands acquis de la démocratie américaine étaient la liberté d'expression et la liberté de la presse. Elles avaient parfois été malmenées au cours des siècles, mais elles subsistaient et restaient indispensables pour l'expression authentique du peuple.

Il repensa ensuite aux deux portraits de « Bradley le Cruel », si différents l'un de l'autre. Chacun des deux peintres avait vu un aspect du personnage ignoré par l'autre. Mais n'était-ce pas un droit fondamental de tout artiste ?

Il sonna chez Allison, mais personne ne répondit. Il l'appela sur son portable, et tomba sur sa messagerie. Il laissa un message en lui demandant de le rappeler.

Il poursuivit son chemin jusqu'à l'hôpital. Les deux garçons n'étaient pas là ce jour-là, mais, en se plantant sur le seuil de la chambre, Tyler vit Haley Dixon, assise près de son mari et lui tenant la main. Elle n'aperçut pas Tyler tout de suite. Il sentit son cœur se serrer en voyant son visage empreint de tendresse. Il savait par expérience qu'aucun amour n'est jamais parfait, mais le spectacle de cette femme veillant sur son époux était particulièrement émouvant.

Il espérait vraiment que Dixon allait sortir du coma le plus vite possible, même s'il n'était pas certain que son état eût quelque chose à voir avec la demeure Tarleton-Dandridge.

Haley Dixon se rendit enfin compte de sa présence et se tourna vers lui. Elle avait les yeux pleins de larmes mais elle lui sourit, relâcha doucement la main de son mari et vint le rejoindre sur le seuil.

— Il y a du nouveau ? chuchota-t-il.

Elle fit signe que non.

— Ils attendent encore le résultat des analyses, précisa-t-elle.

— Comment vont vos fils ?

— Todd reste convaincu qu'un fantôme a jeté un sort à son père, hélas ! répondit-elle avec un geste d'excuse. Il pense aussi que Mlle Leigh pourrait faire quelque chose. Il lui fait confiance, ainsi qu'à vous…

— J'aurais bien aimé n'avoir qu'à convoquer un fantôme pour lui dire d'arrêter tout de suite ! déclara Tyler. Tout ce que je peux vous promettre, c'est que mes collègues arrivent ce soir et que nous mettrons absolument tout en œuvre pour comprendre ce qui, dans le musée, a pu provoquer ce coma.

Elle hocha la tête.

— Je sais que personne d'autre n'a eu le même problème, ni les visiteurs ni les conférenciers…

Elle s'interrompit puis reprit, l'air confus :

— Je ne parle pas du malheureux qui est mort, bien sûr. Est-ce qu'il pourrait y avoir une sorte de toxine dans la maison ? Du plomb, peut-être, ou de la moisissure ? Un élément auquel Artie serait particulièrement allergique ?

— A priori, tout ça a été contrôlé. La réglementation est très stricte. Mais nous continuerons tout de même à chercher, au cas où quelque chose nous aurait échappé.

Brusquement, la jeune femme se haussa sur la pointe des pieds pour lui déposer un baiser sur la joue, puis elle rougit.

— Excusez-moi. Je voulais simplement vous remercier de me croire, alors que tant de gens nous trouvent ridicules de tout mettre sur le dos du musée. Et nous vous sommes infiniment reconnaissants de ce que vous faites.

— Ne vous excusez pas. Un baiser sur la joue fait toujours plaisir ! Je reviendrai prendre des nouvelles demain.

Tyler sortit de l'hôpital et prit la direction des locaux de la police. Jusque-là, les analyses de la police scientifique n'avaient rien donné, y compris dans le grenier. Toutes les empreintes relevées appartenaient soit au personnel, soit à des touristes de passage, et aucune n'apparaissait dans les fichiers judiciaires. Le médecin légiste n'avait pas encore eu le temps de pratiquer l'autopsie du corps de Julian Mitchell. Celle-ci n'interviendrait pas avant plusieurs jours.

Tyler trouva Jenson un peu morose, vaguement désemparé, mais sans aucune intention de renoncer, en vieux limier expérimenté.

— J'allais vous appeler dans la matinée, dit-il. J'avais demandé au conseil d'administration du musée d'interdire l'accès au grenier en attendant nos résultats, mais, maintenant, j'ai besoin que quelqu'un y retourne, un familier des lieux. Le saccage du bureau n'était peut-être qu'une mauvaise plaisanterie, mais la seule façon de s'en assurer, c'est de savoir si quelque chose a disparu. Pour l'instant, aucun de ceux que j'ai interrogés n'a su me répondre, même si Nathan Pierson affirme qu'il ne s'agit certainement pas de drogue. Bref, il me faudrait l'un des conférenciers. S'il n'y avait pas eu le décès de ce jeune homme, cette histoire de vandalisme ne serait pas vraiment l'une de nos priorités, je ne vous le cache pas. Surtout que le médecin légiste n'a même pas encore rendu ses conclusions…

Jenson se tut un moment puis reprit, pensif :

— Ce qui m'étonne, c'est qu'on ait fait venir les fédés pour une histoire comme ça. J'ai un peu entendu parler de votre unité, évidemment, mais pour être franc, je ne comprends pas très bien ce que vous faites.

— Pour tout vous avouer, certains d'entre nous ne comprennent pas non plus ! répliqua Tyler en souriant. Mais ce qui est sûr, c'est que nous obtenons des résultats.

Il avait tout de suite apprécié Jenson. Ils étaient sur la même longueur d'onde, et le policier n'éprouvait aucune rancœur à déléguer son autorité dans cette affaire qui n'avait peut-être rien de criminel.

— Je vais faire venir Mlle Leigh pour qu'elle m'aide à trier tous les papiers jetés par terre, dit-il. Elle est plus ou moins responsable des autres guides, de manière officieuse. Elle verra s'il est nécessaire de les convoquer aussi.

Jenson hocha la tête puis baissa les yeux, l'air bizarrement troublé, et les releva vers Tyler.

— Vous savez, ça m'a fait un drôle d'effet de découvrir ce jeune homme dans cette posture, le menton sur la baïonnette. Presque comme s'il se reposait, sauf qu'il y avait du sang partout. Il avait les yeux grands ouverts, fixés sur le mur d'en face… J'ai vu pas mal de choses dans ma carrière, mais jamais rien de ce genre.

Sa voix mourut de nouveau. Il soupira puis conclut avec un haussement d'épaules :

— Bref, je ne me plains pas que le FBI reprenne le flambeau. Au contraire !

Tyler le remercia et prit congé. En sortant, il appela Allison sur son portable, mais elle ne répondit pas.

Au moins, se dit-il, elle aurait reconnu l'identité de l'appelant.

Il décida de faire un saut chez elle après avoir fait quelques courses.

Allison entra dans un café Starbucks et commanda un double crème. Elle allait avoir du mal à rester éveillée, ce jour-là.

Elle mit un bon moment à le boire, regrettant de ne pas avoir apporté son ordinateur portable ou son iPad. Cela lui aurait permis de se détendre un moment, comme tous les clients qui prenaient leur temps, les yeux sur l'écran.

Elle se sentait de plus en plus nerveuse, consciente qu'elle ne pourrait s'attarder beaucoup plus longtemps.

Le café ne suffisait pas à lui donner du courage. Maintenant qu'elle avait vu le Dr Et-vous-qu'en-pensez-vous ?, elle n'avait plus le choix. Il lui fallait rentrer chez elle.

Malgré ses bonnes résolutions, après avoir garé sa voiture dans l'allée de sa maison, elle partit flâner dans le quartier historique, veillant à éviter les rues qui menaient au musée Tarleton-Dandridge.

En arrivant devant l'Independance Hall, elle le contempla, avec autant d'émotion qu'à l'ordinaire. A côté d'elle, deux adolescents bavardaient.

— Moi, si je devais me réincarner dans l'un des Pères fondateurs, je choisirais Patrick Henry, dit l'un d'eux. Il était tellement courageux ! Il s'est mis debout, là, à l'intérieur, et il a crié : « Donnez-moi la liberté ou la mort ! »

Allison fit une petite grimace, tentée, par réflexe professionnel, d'expliquer au gamin que Patrick Henry avait bien prononcé ces mots-là, mais pas ici. C'était lors du congrès de Virginie, dans l'église Saint-George de Richmond, qu'il avait prononcé son célèbre discours.

Surprise, elle vit les deux adolescents frissonner comme si un courant d'air glacé venait de les balayer. Celui qui avait parlé se tourna vers elle, mais sans la dévisager, avec l'air de chercher des yeux d'où avait pu provenir cet air froid.

C'était un gamin séduisant, âgé de seize ans environ, le genre qui devait faire tourner la tête à toutes les filles de son âge.

— Bonjour, dit-il enfin à Allison en fronçant les sourcils.

Son camarade semblait aussi troublé que lui.

— Bonjour ! répondit Allison. D'où venez-vous ?

— De l'Indiana… Pas terrible !

— Pourquoi « pas terrible » ? demanda-t-elle en riant.

— Autour de chez moi, il n'y a que des champs de maïs !

— Mais c'est bien utile, le maïs. A propos… Je vous ai entendus bavarder, et moi aussi, j'admire beaucoup Patrick Henry. Seulement, même si je suis de Philadelphie et que j'en suis très fière, ce n'est pas ici qu'il a prononcé son fameux discours. C'est à Richmond, en Virginie !

— Ah bon ? demanda l'adolescent, pas contrarié le moins du monde qu'on souligne son erreur. Ça explique tout, alors ! Cette impression de froid…

— Que voulez-vous dire ?

— Quand j'ai parlé de lui, j'ai senti comme une main froide qui me touchait. C'était peut-être le fantôme de Patrick Henry qui n'a pas aimé que je me trompe !

Allison secoua la tête.

— Ça m'étonnerait. Henry est enterré à Red Hill, en Virginie, dans la demeure de sa famille. C'est un très bel endroit et, si j'étais fantôme, je n'aurais pas envie d'en bouger ! Henry adorait la Virginie, sa colonie natale. Il ne faut pas oublier que c'est la Déclaration d'indépendance qui a transformé les colonies en Etats, puis la réunion de ces Etats en une grande nation.

— J'ai lu des choses là-dessus, dit l'autre garçon. Les représentants avaient beaucoup de mal à se mettre d'accord. Thomas Jefferson a dû faire très très attention à sa déclaration, pour satisfaire toutes les colonies !

— C'est vrai. On se dit que ce serait encore plus difficile maintenant, n'est-ce pas ? A l'époque, il n'y avait que treize Etats, et aujourd'hui, il y en a cinquante !

Allison était ravie de voir que les deux jeunes l'écoutaient avec attention et semblaient s'intéresser à l'histoire de leur pays. Et puis, avoir leur compagnie pendant un moment lui changeait les idées. Elle arrivait même à sourire et à plaisanter…

— A mon avis, reprit-elle, s'il y a un fantôme qui se promène dans le coin, c'est celui de Gouverneur Morris.

— Le gouverneur de quel Etat ? demanda le plus jeune.

— J'ai dit « de », pas « du » ! « Gouverneur », c'était son prénom ! Il était né à New York mais a passé beaucoup de temps ici, à Philadelphie, pour préparer la future Constitution, pendant que Thomas Jefferson rédigeait sa déclaration. Parmi les Pères fondateurs, il est moins connu que Jefferson ou Henry, mais tout aussi intéressant. Il s'efforçait déjà de créer le gouvernement centralisé qui ne verrait le jour que plus tard, parce que ses collègues tenaient encore à l'indépendance de leurs Etats. Il était anti-esclavagiste, comme beaucoup de représentants du Congrès, mais il se rendait compte que c'était un sujet encore trop sensible. A la fin de sa vie, Morris était un vieux grincheux avec une jambe de bois… mais il avait gardé l'esprit très vif !

— J'aimerais bien être dans le gouvernement ! soupira le plus jeune. D'abord, je ferais une loi pour que tout le monde soit gentil avec son voisin, quelle que soit son origine. Après tout, aux Etats-Unis, on vient tous d'endroits différents, non ?

— Oui, et c'est tout à notre honneur.

— Et puis, j'interdirais de tuer les baleines, les loups et les bébés phoques, et j'obligerais les conducteurs à mettre leur clignotant quand ils tournent !

Allison se mit à rire, puis le rire mourut dans sa gorge. Elle battit des paupières. Un homme en costume d'époque était en train de s'avancer vers le bâtiment…

C'était Julian Mitchell. Elle le voyait aussi nettement que quand il lui était apparu chez elle et dans le musée.

Il vint se placer juste derrière les deux adolescents.

— Il faut vraiment que je te parle, Allison, supplia-t-il.

Elle sentit sa vue s'obscurcir. Tout se mit à tourner comme si elle allait s'évanouir de nouveau… Elle lutta pour ne pas sombrer.

— Tu n'es pas vraiment là, murmura-t-elle. Tu n'es qu'une vision provoquée par le stress !

— Pardon ? fit l'un des gamins. Si, je suis bien là ! Je m'appelle Toby Gray et mon copain, c'est Hudson.

Son camarade et lui la regardaient maintenant avec inquiétude.

Et c'était d'elle qu'ils avaient peur, pas du fantôme qui se tenait tout près d'eux !

— Je m'appelle Allison, murmura-t-elle poliment. Ravie d'avoir fait votre connaissance.

Puis elle tourna les talons et se mit à marcher d'un pas vif en direction de sa maison.

Elle sentit alors un courant d'air froid dans son dos.

Elle pressa l'allure. Quand elle arriva devant chez elle, elle courait presque. Elle contourna prestement sa voiture garée dans l'allée et escalada les marches en manquant trébucher.

Elle ouvrit d'une main tremblante, se jeta à l'intérieur, referma violemment et s'adossa au battant en jetant un coup d'œil vers le fauteuil du salon. Un soupir de soulagement lui échappa : il était vide.

Elle resta immobile un long moment pour reprendre son souffle, puis passa dans la cuisine, ouvrit le placard et sortit la bouteille de whisky. Ses mains tremblaient toujours. Elle se versa une rasade et la but d'un coup.

Alors, elle revit Julian… Il était entré en traversant la

porte ; il ne l'avait même pas ouverte. Et il s'avançait de nouveau vers elle.

Elle s'empara du whisky pour se resservir, en versa la moitié à côté tant elle tressaillait, puis avala ce qu'elle avait réussi à mettre dans le verre.

— Allison, écoute-moi, s'il te plaît !

— Tu peux dire « s'il te plaît » autant que ça te chante, je sais que tu n'existes pas. Tu n'es qu'une hallucination. A quel jeu joues-tu, Julian ? Je ne veux pas te voir. Je sais que tu es mort, et n'ai pas l'intention d'être cruelle, mais je te rappelle que tu es toujours à la morgue et qu'ils n'ont pas encore rendu ton corps à tes proches !

— Je sais !

— Alors, arrête de me harceler ! Sors de mon cerveau ! Je t'ai toujours bien traité. Tu avais beau faire les quatre cents coups, j'ai toujours pris ta défense. Nous t'avons tous protégé. Je suis sincèrement désolée que tu n'aies pas vécu pour devenir une star du rock, mais je t'en prie, va plutôt hanter l'esprit de quelqu'un d'autre. Pas le mien !

— Allison…

Elle se servit un troisième whisky et l'avala aussi rapidement que les précédents, les yeux rivés sur Julian.

Ignore-le. Ignore-le, tout simplement !

Elle sortit de la cuisine en se cognant au mur, fit un grand détour pour contourner Julian — même s'il n'existait que dans son imagination —, puis passa dans le salon pour allumer la télévision. Elle choisit une chaîne documentaire qui diffusait la reconstitution d'une séance du Congrès dans l'Independance Hall.

Les révolutionnaires y étaient tous habillés comme Julian… Elle changea de chaîne, ne trouva rien, éteignit puis glissa un CD des Beatles dans sa stéréo.

Elle s'assit, alors, les jambes flageolantes. Elle avait des brûlures d'estomac et la tête lui tournait. Il était rare qu'elle boive. Ses trois whiskys successifs faisaient rapidement leur effet, d'une façon plutôt désagréable.

Julian reprit sa place dans le grand fauteuil.

Elle lui jeta un coup d'œil, puis prit un magazine.

— Je ne te regarde même pas. Tu vas disparaître dans un instant, lança-t-elle.

Elle se concentra sur le magazine, puis sentit un léger déplacement d'air et comme un frôlement sur son jean. Elle finit par lever la tête.

Julian s'était accroupi devant elle, une main posée sur son genou. Elle soutint son regard, comme hypnotisée. De son vivant, Julian avait été plutôt beau garçon, avec des yeux verts et des cheveux noirs ondulés dont une mèche retombait sur le front, un « look » parfait pour une future star du rock. Quand il ne la mettait pas en rage, elle éprouvait pour lui l'affection d'une grande sœur pour un jeune frère.

— Allison, je t'en supplie… Je n'ai personne d'autre à qui demander de l'aide ! J'ai besoin de toi !

Elle répondit d'une voix rauque :

— Mais je ne peux pas t'aider, Julian. Tu es mort. Si j'avais pu, j'aurais fait tout mon possible, un massage cardiaque… Mais j'ai compris dès que je t'ai vu que… c'était trop tard. Il y avait du sang et… Mon Dieu, Julian, la lame avait sûrement tranché une artère. Tu regardais fixement le mur et tu…

Elle ne put pas continuer. Ses yeux s'étaient emplis de larmes. Voilà ce qui se passait, en fait : elle n'avait pas eu encore le temps de faire le deuil de son ami. C'était peut-être pour cette raison qu'elle se sentait vaguement coupable. Comme si elle aurait dû faire plus pour lui de son vivant, trouver le moyen d'empêcher cette tragédie…

— Qu'est-ce que je pourrais bien faire, maintenant ? demanda-t-elle en sanglotant.

— Je vais te le dire, Allison. Il se passe quelque chose d'anormal dans le musée, et *toi*, tu sauras trouver ce que c'est.

7

Quand Tyler tenta de rappeler Allison, elle décrocha enfin. A sa grande surprise, elle se déclara prête à l'accompagner au musée pour s'occuper du bureau dévasté. Elle était même disposée à contacter tout de suite Jason et Annette pour faire venir l'un ou l'autre, voire les deux, si jamais il estimait avoir besoin d'une aide supplémentaire.

Elle proposa de venir à pied, mais, comme il était en voiture, il répondit qu'il passerait la prendre. Elle accepta.

En arrivant chez elle, il eut un léger choc…

Jusque-là, il l'avait vue comme une jeune femme élégante, d'une beauté classique, mais très réservée, comme l'étaient souvent les universitaires. Sauf, bien sûr, quand il l'avait rencontrée pour la première fois, échevelée et épuisée, dans son costume historique.

A présent, elle avait ouvert la porte avec une force telle que le battant alla rebondir contre le mur. Elle haussa les sourcils, puis eut un grand sourire et lança :

— Hello !

— Vous êtes prête ? demanda-t-il.

Son apparence semblait normale. Elle portait un jean et un chemisier sous une veste ; ses cheveux étaient coiffés, sauf quelques mèches folles qui se dressaient sur le sommet de son crâne.

— Prête ? Miiille fois prête pour sortir d'ici ! lança-t-elle.

— Très bien, murmura-t-il en hochant la tête.

— Oh ! Attendez, j'ai besoin de mon sac…, reprit-elle.

Pourtant, elle resta debout sans bouger.

— Oui, ça vaudrait mieux ! répondit-il.

Elle se retourna pour regagner le salon, se cognant contre le mur au passage.

Tyler entra et referma la porte derrière lui.

— Vous vous sentez bien ? s'enquit-il.

— Très très bien ! assura-t-elle d'un ton allègre.

Quand elle eut ramassé son sac, et fut revenue dans l'entrée, il la prit néanmoins par l'épaule.

— Ecoutez, je ne vous connais pas depuis longtemps, mais… j'ai l'impression que vous n'êtes pas tout à fait vous-même, ce soir.

— Je suis *enfin* moi-même, vous voulez dire ! proclama-t-elle.

Alors, Tyler comprit. Son odorat avait perçu non pas une odeur d'alcool, mais les puissants effluves d'un rince-bouche mentholé.

— Vous avez bu, Allison !

— Nous buvons tous, non ? De l'eau, entre autres choses… L'aliment de base de l'humanité. Ah non ! Ça, c'est le pain.

— Peut-être feriez-vous mieux d'aller vous coucher. Nous pouvons remettre le rangement à demain matin.

— Oh ! non…, protesta-t-elle en secouant la tête, je ne veux pas aller me coucher ! Je préfère venir avec vous, même si c'est au musée. Je ne reste pas ici. Pas ce soir !

Décidément, elle se comportait d'une façon très bizarre. Il y avait quelque chose… Mais quoi ?

Elle avait peur, de toute évidence.

Il la fixa quelques instants, pensif. Elle leva vers lui des yeux pleins d'espoir.

— Je vous assure, je veux sortir de cette maison tout de suite ! insista-t-elle.

Il ne répondit pas.

— Vos petits copains arrivent ce soir, non ? reprit-elle.

Elle n'eut pas plus tôt prononcé ces mots qu'elle éclata de rire.

— Je dis ça comme si vous étiez une bande d'étudiants en goguette… Pardon, pardon ! Je veux dire : vos collègues ne vont pas tarder, n'est-ce pas ?

— Ils arrivent en voiture. Je ne les attends pas avant la fin de la soirée.

— Je meurs d'impatience de faire leur connaissance. Ils sont tout un petit groupe, non ? Enfin, il y en a plusieurs.

— Oui, ils sont plusieurs…

Tyler se demandait comment réagir, tout en étant secrètement amusé. Allison n'était pas ivre morte, certes, mais elle était sérieusement éméchée. Il devinait que ce n'était pas dans ses habitudes et qu'elle se sentait mal à l'aise. Qu'est-ce qui avait bien pu la pousser à se mettre dans cet état ?

Sans doute était-ce le contrecoup de la mort de Julian, de sa longue nuit d'interrogatoire… Il y avait de quoi déstabiliser n'importe qui, après tout.

— Eh bien, reprit-il, je vous propose d'abord de dîner dans un restaurant, de finir par un bon café, puis d'aller au musée. Qu'en dites-vous ?

— Excellente idée ! s'écria-t-elle en battant des paupières. Oui, manger me fera du bien. Un bon repas !

Il l'accompagna jusque sur le perron, puis lui prit les clés des mains.

— Si vous permettez…, dit-il poliment.

— Je vous en prie ! répondit-elle d'un air digne.

— Ma voiture n'est pas loin. J'étais parti faire des courses… Je ferai juste un saut au musée avant d'aller dîner, pour mettre au frigo les denrées périssables.

— D'accord.

Quand ils furent arrivés devant le musée, elle regarda droit devant elle.

— Vous préférez m'attendre dans la voiture ? suggéra-t-il.

Elle tourna vers lui des yeux agrandis de frayeur.

— Dans la voiture ? *Toute seule ?*

— Ma foi, si je rentre les provisions et que vous restez là, oui, vous serez toute seule.

— Je viens avec vous.

Elle sortit du véhicule tandis qu'il attrapait sur le siège arrière un sac en plastique contenant du lait, du beurre, du fromage et des œufs.

Allison restait debout, le regard rivé sur la façade du musée.

— Vous venez ?

— Je vous suis.

Elle remonta l'allée sur ses talons et se posta derrière lui pendant qu'il déverrouillait la porte. Une fois à l'intérieur, il la vit jeter des regards inquiets autour d'elle, comme si elle s'attendait à voir quelqu'un surgir d'un placard en criant.

Tyler lui dit qu'il n'en aurait que pour une minute mais, au lieu de l'attendre dans le hall, elle le suivit comme un petit chien. Dans le local des guides, quand il ouvrit la porte du réfrigérateur, elle était si près de lui qu'il la heurta par inadvertance.

Il l'attrapa par le bras pour l'empêcher de tomber.

— Ça va ?

— Oui, ça va.

Il vit qu'elle s'était redressée et gardait les yeux mi-clos.

— Bon ! Nous pouvons y aller, maintenant, lança-t-il.

— Au restaurant ?

— Oui.

Il se mit en route, Allison toujours derrière lui, ouvrant les yeux juste ce qu'il fallait pour ne pas se cogner dans les meubles.

Il préféra ne pas poser de questions pour l'instant.

— Vous vous sentez capable d'y aller à pied ? se contenta-t-il de demander.

— Bien sûr !

Elle émit cette protestation avec une énergie factice qui montrait bien qu'elle n'était pas certaine de tenir debout.

Il la prit par le bras sans qu'elle y trouve à redire.

— Nous n'avons que l'embarras du choix, dans le quartier, reprit-il.

— Absolument.

— Vous avez envie de retourner au pub de votre ami ?

— Euh… non, répondit-elle en rougissant. J'aimerais mieux aller ailleurs, ce soir.

— O.K.

En fait, il comprit qu'Allison se moquait un peu du choix de l'établissement, du moment qu'elle était entourée de beaucoup de gens. Il se rappela avoir vu un restaurant italien d'aspect engageant dans une rue voisine, et se remit en marche.

— Tiens ! Nous allons chez Luigi's, remarqua Allison.

— Oui. Ça vous va ?

— Très bien ! C'est très sympathique, toujours très animé.

Le restaurant était bondé, en effet, mais le personnel semblait faire face efficacement. Ils n'attendirent pas plus de deux minutes avant qu'on ne les installe à une table recouverte d'une nappe à carreaux.

Tyler ne laissa pas le temps à la serveuse de proposer un apéritif.

— Deux cafés et une carafe d'eau, puis la carte, demanda-t-il.

Allison lui apprit qu'ils servaient un délicieux plat d'aubergines.

On leur apporta une corbeille de pain avec le café, et elle en prit aussitôt un morceau pour le mâchonner.

— Vous n'avez rien mangé, aujourd'hui ? demanda Tyler.

Elle réfléchit quelques secondes avant de répondre :

— Non, rien, en fait.

— Je m'en voudrais d'intervenir dans votre vie privée,

mais les jours où vous abusez un peu de la bouteille, vous feriez mieux de vous nourrir en même temps.

Elle lui jeta un regard noir, mais ne répondit pas.

— Pourquoi avez-vous fait ça, d'ailleurs ?

— Fait quoi ?

— Cette consommation excessive d'alcool, aujourd'hui ?

Allison se raidit.

— J'ai vingt-huit ans, presque vingt-neuf. Je suis une citoyenne majeure et responsable, chargée de former les générations futures. Il me semble que j'ai le droit de boire de temps à autre si j'en ai envie !

— Entièrement d'accord. J'avais seulement l'impression que boire *beaucoup* ne vous arrivait pas très souvent.

— Je n'ai pas bu beaucoup. J'ai simplement pris un verre ou deux.

— Toute seule ?

— Je trouve votre question déplacée !

— Désolé. Je voulais juste dire que vous avez suffisamment bu pour vous rendre ivre.

— Je ne suis pas ivre !

— J'ai vu pire, c'est vrai. J'ai moi-même été dans des états bien plus déplorables. Mais cela vous ressemble tellement peu…

— Ah, c'est que vous ne me connaissez pas !

— Je vous dirai tout de même une chose : l'alcool ne va certainement pas faire disparaître tout ça.

— Tout ça quoi ? répliqua-t-elle d'un air crispé.

Une serveuse vint à ce moment prendre les commandes. Allison prit du poulet avec des brocolis et des macaronis ; Tyler préféra les lasagnes. Il se réjouissait de voir que sa compagne buvait de l'eau. Elle posa son verre, puis s'empara de sa tasse de café.

Il se pencha en posant une main sur la sienne et murmura :

— L'alcool ne chassera pas les démons qui vous hantent. Il peut même les rendre pires.

Elle retira brusquement sa main.

— Aucun démon ne me hante, si vous voulez savoir ! Je vous rappelle que je viens de perdre un ami. J'ai des moments de découragement, et ça me semble normal... Ça ne durera pas. Et puis, je n'ai toujours pas compris ce que vous cherchiez au musée. Son histoire est connue. Vous ne la changerez pas !

— On ne change pas le passé, c'est vrai. Mais il peut arriver qu'on y découvre de nouveaux éléments qui, eux, modifient le présent et même l'avenir.

Allison but une autre gorgée de café, puis posa sa tasse et pressa les mains contre ses tempes.

— Si vous voulez, suggéra Tyler, quand nous aurons terminé, je peux vous raccompagner chez vous à pied. Vous avez besoin d'une bonne nuit de sommeil.

— Non ! répondit Allison, l'air farouche. Je préfère être au même endroit que vous.

Sa voix avait un peu tremblé sur les derniers mots. Tyler eut soudain l'impression que cette voix l'envahissait tout entier, que son sang courait plus vite dans ses veines. Allison était une belle femme, mince, élégante, avec des prunelles dont le bleu pur pétillait comme s'il contenait des pépites de soleil. Comment aurait-il pu rester insensible à son charme ?

Il plissa les yeux pour la dévisager encore plus intensément. Il se savait séduisant, en toute modestie, mais devinait que ce n'était pas pour ses attraits qu'Allison ne voulait plus le quitter d'une semelle. En fait, elle semblait rongée d'inquiétude.

— Bon..., reprit-il. Donc, vous préférez rester avec moi ?

— Et avec votre équipe ! précisa-t-elle en agitant l'index dans sa direction.

— C'est vrai, ils ne vont pas tarder. Je pense que vous les trouverez sympathiques, répondit-il après un moment d'hésitation. Le chef, c'est Logan Raintree. Il vient des rangers du Texas, comme moi. Il est fiancé avec Kelsey O'Brien, qui travaillait auparavant comme policier fédéral. Le cousin de Kelsey, Sean Cameron, fait aussi partie de l'unité. C'est un spécialiste de la vidéo et des effets spéciaux. Il y a également Jane Everett, une illustratrice capable de réaliser des portraits-robots criants de vérité à partir de n'importe quelle description. Et puis, il y a Kate Sokolov…

— Une artiste, elle aussi ? Une spécialiste de la reconnaissance vocale ? Un gourou de l'analyse post mortem ?

— Kate est médecin légiste, précisa Tyler.

— Elle va examiner le corps de Julian ?

— Oui.

Le serveur vint poser les commandes devant eux. Tyler le remercia. Allison prit sa fourchette et se mit à déplacer machinalement la nourriture dans son assiette.

— Vous devriez manger, vous savez ! lui dit-il.

— Je mange, je mange, répliqua-t-elle en piquant un brocoli.

Visiblement, elle reprenait du poil de la bête.

Quand ils eurent terminé — Allison ayant tout avalé jusqu'à la dernière bouchée —, Tyler lui tendit quelques comprimés d'ibuprofène, au cas où elle aurait mal à la tête.

Elle les prit avec un peu d'eau puis demanda un troisième café.

Tyler posa de nouveau la main sur la sienne. Cette fois, elle se laissa faire.

— Je peux vous aider, si vous avez des soucis, dit-il.

— Je vous remercie. Je sais que je peux vous faire confiance… Mais en l'occurrence, moi seule peux résoudre mon problème.

Elle se redressa, l'air plus assuré. Elle avait complètement repris le contrôle d'elle-même.

— D'accord. En tout cas, si nécessaire, n'hésitez pas à me solliciter.

Elle sourit, d'un vrai sourire, chaleureux et sincère.

— Merci encore. Je me sens beaucoup mieux… Vous voyez, vous m'avez déjà aidée.

— Dites-moi, à quoi auriez-vous passé la journée si le musée n'était pas fermé pour l'enquête ? Je veux dire, si c'était votre jour de congé ?

— Si je n'avais pas de cours à donner, j'aurais continué mes recherches, la rédaction de mes articles. Les universitaires doivent publier régulièrement, vous savez.

— Des recherches qui portent sur l'histoire de la demeure Tarleton-Dandridge ?

— Pas exactement sur la demeure. Enfin, si, en un sens… J'étudie les aspects socio-politiques de l'occupation britannique pendant la révolution. La relation entre Lucy Tarleton et « Bradley le Cruel », comme d'ailleurs celle entre Bradley et la famille Tarleton-Dandridge, constitue un excellent exemple de la complexité de la situation. Le fait que les insurgés aient fini par avoir gain de cause tient du miracle, vous savez… Les Anglais disposaient d'une force de frappe considérable, aussi bien sur mer que sur terre. En dépit de son habileté, George Washington n'avait pas d'argent, peu de troupes, il y avait beaucoup de déserteurs, et il a perdu sous le feu de l'ennemi bien plus de batailles qu'il n'en a gagné. C'est pour ça, entre autres raisons, que je voue une telle admiration aux Pères fondateurs. Ceux qui signaient la Déclaration d'indépendance risquaient la peine de mort si les Anglais l'apprenaient et, pourtant, ils ont été extrêmement nombreux à le faire. Il m'arrive de me demander si j'aurais eu ce courage !

— Bref, vous faites des recherches sur « Bradley le Cruel ».

— C'est venu un peu par hasard, précisa-t-elle en buvant une nouvelle gorgée de café. Son histoire, telle que nous la connaissons, s'est essentiellement transmise oralement, avec toutes les inventions que ça suppose. Les faits de base sont authentiques, naturellement : Bradley a bel et bien occupé la maison Tarleton, la famille a véritablement prétendu rester loyale à la Couronne durant toute cette période, et Lucy a vraiment été assassinée sur place. Cela dit, tous les documents écrits que j'ai pu trouver étaient de deuxième main. Je n'ai pas encore déniché de témoignages directs. Ni de la part de Lucy ni de la part d'Angus, à qui cela aurait été d'ailleurs plus facile. En fait, le premier à avoir rédigé ses souvenirs, c'est Tobias, le premier Dandridge propriétaire de la maison, puisqu'il avait épousé Sophia, la sœur de Lucy.

— Mais il n'y a pas que les journaux intimes. Il doit forcément y avoir quelque part des lettres, des archives…

— Certainement, mais encore faut-il savoir où ils se trouvent ! J'ai commencé à recenser les quelques spécialistes qui ont conservé des collections de l'époque. J'ai déjà un contact à Valley Forge, où je compte me rendre, et peut-être un autre à Saratoga. Je compte surtout sur le premier, à vrai dire. J'ai déjà eu des échanges avec l'historien qui y réside et il est incollable sur l'histoire de la révolution. Nous savons que Lucy s'est rendue plusieurs fois à Valley Forge, pendant l'occupation britannique. Elle a dû y rencontrer un bon nombre de rebelles. Elle se dépensait sans compter pour leur venir en aide, en leur apportant des couvertures, des bandages, des chaussures… Toutes choses dont ils avaient désespérément besoin. Evidemment, elle se chargeait aussi et surtout de faire passer des messages. Il fallait beaucoup de courage pour forcer le blocus à cheval, comme elle le faisait. Cette jeune femme était une véritable héroïne.

— J'avoue que je suis très intrigué par la différence entre les deux portraits de Bradley, dit Tyler.

— Celui de la bibliothèque et celui de la chambre de Lucy ? Oui, c'est vrai, ils n'ont rien à voir. Ça m'a toujours étonnée qu'il y en ait un dans la chambre de Lucy, mais apparemment, c'est là que la famille Dandridge l'avait placé, et il n'a pas bougé depuis.

— C'est tout de même bizarre qu'il soit là, non ?

— On ne sait pas toujours ce qui pousse les gens à faire telle ou telle chose, répondit Allison. Et on n'a pas toujours l'occasion de leur poser la question…

Brusquement, alors qu'elle soulevait sa tasse de café, elle la laissa retomber dans la soucoupe.

— Que se passe-t-il ? demanda Tyler.

Il comprit qu'elle regardait quelque chose derrière lui et se retourna.

Il y avait d'autres dîneurs derrière eux. Rien d'anormal.

Allison baissa les yeux vers sa tasse.

— Allison ? insista-t-il.

Elle secoua la tête, puis reprit sa tasse. Elle avait les doigts longs, effilés, avec un vernis argenté sur les ongles, et serrait l'anse avec une telle force qu'elle aurait pu la briser.

— Nous pourrions partir, maintenant ? demanda-t-elle.

— Bien sûr.

Tyler héla la serveuse, régla rapidement l'addition puis accompagna Allison à l'extérieur en posant une main dans son dos. Il sentait que ce contact la rassurait, mais n'impliquait pas pour autant qu'elle mourait d'envie de se jeter dans ses bras.

Puis, alors qu'ils se mettaient en marche, il se mit à sourire pour lui-même. Enfin, il comprenait ! Il avait déjà vécu ce qu'Allison était en train de vivre.

La première fois qu'on voyait un fantôme…

C'était ça, sans aucun doute. Allison découvrait son premier spectre !

S'il lui faisait part de ses pensées, elle nierait farouchement, il en était convaincu. Elle s'embrouillerait dans des explications psychologiques.

En tout cas, il était clair qu'elle mourait de peur.

— Je suis passé à l'hôpital, aujourd'hui, dit-il.

— Oh ! J'aurais dû y aller aussi… Je me sens très coupable. Comment va M. Dixon ? Son épouse ? Les enfants ?

— Les garçons n'étaient pas là. L'état de M. Dixon est stable. Haley, sa femme, m'a l'air de tenir le coup.

— Il faut que je revoie ces garçons !

— Peut-être qu'ils seront là demain. Je sais qu'ils seraient contents de vous parler. Todd, surtout, doit être soulagé que nous enquêtions dans le musée Il est convaincu que vous seule pouvez trouver ce qui va sauver son père…

— Je ne vois vraiment pas pourquoi !

Elle leva les yeux vers lui, l'air suppliant.

— Voyons, Tyler, comment est-ce que je pourrais faire ? Même si j'étais une médium superdouée, capable d'interroger tous les fantômes de cette maison, en quoi est-ce que ça soulagerait M. Dixon ?

— Un coma peut avoir bien des causes différentes et se résoudre de façon parfois très mystérieuse. Kate Sokolov, le médecin de l'équipe, passe son temps à nous rappeler que la science est encore loin d'avoir découvert toutes les capacités du cerveau humain, en dépit des avancées considérables de notre époque. Si ça se trouve, il y a des explications parfaitement scientifiques à des phénomènes que nous classons toujours dans le paranormal. Il suffira peut-être de parler avec M. Dixon pour le faire revenir à lui, par exemple. De nombreuses personnes sont sorties du coma au bout de très longues années sans qu'on sache pourquoi.

— Je ne voudrais pas que Todd me croie capable d'un quelconque miracle.

— Contentez-vous de lui promettre d'essayer !

Ils étaient arrivés devant le musée. Tyler ouvrit la grille puis la porte, en tapant le code de l'alarme. Allison le suivait au coude à coude.

— Voulez-vous monter voir le grenier ? suggéra-t-il.

— Il va bien falloir, de toute façon.

Elle passa devant la bibliothèque d'Angus Tarleton sans lui jeter un regard. Tyler comprenait parfaitement. Les équipes de nettoyage de la police n'allaient pas tarder, mais, pour l'instant, on voyait encore sur le sol les traces de sang laissées par Julian.

Ils s'engagèrent dans l'escalier. Au premier étage, Tyler fit une halte pour examiner le portrait de Bradley accroché dans la chambre de Lucy. Allison se contenta de regarder depuis le seuil.

— C'est vrai qu'ici, il n'a pas du tout l'air cruel, murmura-t-elle. On le sent plutôt pensif, voire préoccupé, comme s'il avait de lourdes responsabilités à affronter.

— Oui, l'artiste s'est montré beaucoup plus indulgent avec son modèle.

— A votre avis, lequel des deux portraits reflète vraiment l'identité de lord Bradley ?

— Sans doute y a-t-il un peu de vérité dans les deux. Tout le monde est capable de faire le bien, mais aussi le mal. Chaque homme a des vertus et des défauts, répondit Tyler.

Etonné, il vit Allison lui faire un grand sourire.

— En fait, vous êtes plutôt sympathique, vous savez ? lança-t-elle.

Il sourit à son tour.

— Je vous crois sur parole !

— Non, sincèrement. Vous vous êtes toujours montré très compréhensif, même quand j'ai fait preuve d'agressivité ou de… de bizarrerie.

— A votre service, madame !

— Vous avez travaillé comme cow-boy ?

— Il y a certainement eu un élevage dans ma famille à un moment donné, mais mes parents n'avaient pas d'animaux. Je suis très bon cavalier, cela dit, et j'adore les chevaux.

— Et vous êtes aussi un tireur chevronné, je parie !

— Je rate rarement ma cible, je l'admets.

Ils montèrent au grenier et firent une pause sur le seuil pour prendre la mesure du désastre. Puis Tyler entra, ramassa l'ordinateur et l'imprimante, et les posa sur une table après avoir écarté des papiers dispersés.

Allison se mit à genoux pour commencer à trier les documents épars sur le sol. Tyler s'accroupit à côté d'elle pour l'aider, mettant de côté tout ce qui ressemblait à des réservations ou à des factures.

— Continuez à chercher ces papiers-là, dit-elle, je vais m'occuper de ce qui concernait mes recherches. Cette pile peut retourner sur le bureau, ce sont les récépissés de paiements en liquide… Et ces reçus dispersés de tous les côtés sont ceux que les employés peuvent se faire rembourser. Les notes de teinturier, de consommations…

— D'accord, je m'en occupe. Vous étiez la seule à faire des recherches ?

— En fait, oui, même si tous les gens qui travaillent ici s'intéressent à l'histoire, bien sûr. Quand mes collègues trouvent un article qui peut m'intéresser, un document sur la famille Tarleton-Dandridge, sur la demeure ou sur l'occupation britannique à Philadelphie, ils m'en font une copie ou m'envoient le lien internet.

Tyler tomba sur plusieurs feuillets arrachés à un magazine éducatif. Le titre indiquait en grosses lettres :

« LORD BRIAN BRADLEY :
CHEF DE GUERRE ASSOIFFÉ DE SANG OU
LOYALISTE INCORRUPTIBLE ? »

Il s'assit pour lire l'article. On y rappelait d'abord que Brian Bradley venait d'une famille noble du Yorkshire liée à la maison royale de Hanovre. Bradley était entré au service de la Couronne à vingt ans. Peu de temps après le début de l'insurrection américaine, il avait été promu général et envoyé à Philadelphie pour y traquer les espions rebelles et tenter de les retourner. La demeure d'Angus Tarleton étant l'une des plus belles de la ville, il était logique qu'on y ait logé un personnage de son rang, avec sa suite. Les Tarleton avaient d'ailleurs fait allégeance à la monarchie. La famille avait cependant dû éprouver une certaine rancœur de voir le général britannique occuper la chambre principale. L'épouse d'Angus, Susannah Tarleton, était décédée depuis 1774, mais on avait demandé à Angus de s'installer dans une autre pièce pour laisser la place au nouveau venu. L'article précisait qu'il avait obéi « en faisant bon visage ».

Tyler se rendit soudain compte qu'Allison ne disait plus rien. Il leva les yeux et vit qu'elle regardait fixement la porte.

— Qu'y a-t-il ? demanda-t-il.

Elle ne l'entendit pas.

— Allison ?

Cette fois, elle tressaillit et se tourna vers lui.

— Qu'est-ce que vous regardez ?

— Rien, répondit-elle en haussant les épaules.

— Vous vous sentez bien, vous êtes sûre ?

— Ça va, dit-elle avec un pâle sourire.

Tyler la dévisagea durant quelques secondes, les sourcils froncés, mais elle n'ajouta rien. Il reprit sa lecture.

D'après la rumeur, « Bradley le Cruel » emmenait les espions américains dans les bois pour les exécuter. On n'a cependant aucune preuve de tels faits. Quand les rebelles proclamèrent enfin la victoire et entreprirent de chasser les Anglais, il y eut bel et bien vingt citoyens de Philadelphie accusés de trahison. Deux furent effectivement pendus, mais l'accusation et les exécutions venaient des rebelles eux-mêmes, pas des Anglais. On sait aussi que Bradley se chargeait en personne d'interroger les prisonniers : aucun document d'archives, cependant, n'indique qu'il les ait fait mourir. La même incertitude pèse sur la mort de Lucy Tarleton. Les descendants de la famille sont convaincus qu'elle a été tuée par Bradley lui-même, sous son propre toit, mais l'histoire laisse les spécialistes sceptiques. Lucy Tarleton a été enterrée dans le cimetière familial. On raconte que, depuis, elle « hante » le domaine Tarleton-Dandridge...

Tyler fut soudain surpris par le silence qui régnait. Il leva de nouveau les yeux. Allison, à genoux et figée sur place, scrutait le palier, là où l'escalier débouchait du premier étage.

Il tourna la tête dans cette direction et ne vit rien.

Il posa les feuillets qu'il lisait, se leva et tendit le bras vers Allison pour l'aider à se relever.

Elle lui agrippa les mains en tournant vers lui des yeux agrandis, emplis d'une interrogation muette.

— Faisons une pause, suggéra-t-il. Que diriez-vous d'un petit tour dans le jardin ? Je l'ai à peine vu depuis mon arrivée.

Allison se mit debout en flageolant.

— Oui, nous pouvons sortir quelques minutes, murmura-t-elle. Vous verrez, c'est très joli. Le parc était beaucoup plus étendu autrefois, naturellement. Il ne reste plus que les écuries et le cimetière. Le mausolée familial est très beau. Il y a d'autres tombes, d'ailleurs. Les membres de la famille peuvent encore se faire enterrer ici, s'ils le souhaitent. Toutes les archives sont conservées à la Société historique du vieux Philadelphie...

Elle s'apprêtait à continuer. On sentait qu'elle avait envie de parler. Tyler lui posa un doigt sur les lèvres pour l'arrêter, et demanda en soutenant fermement son regard :

— Allison, qu'est-ce qui vous apparaît régulièrement ?

En même temps, il crut entendre un chuchotement. Une voix d'homme qui soufflait :

— *Dis-lui... Mais dis-lui donc !*

Allison étouffa une exclamation.

— Allison, insista Tyler, je sais que vous voyez quelqu'un. Je viens de l'entendre. Qui est-ce ?

Elle se retourna de nouveau en direction de la porte, puis lança d'une voix tremblante au personnage invisible :

— Arrête, Julian, arrête tout de suite ! Tu es une hallucination de *mon* cerveau, pas de celui de Tyler !

Tyler pivota à son tour et, peu à peu, vit se dessiner la silhouette d'un jeune homme. Julian Mitchell... Un assez beau garçon, l'air un peu trop sûr de lui. Il s'appuyait nonchalamment contre le chambranle et Tyler, amusé, se dit que de son vivant, il devait longuement essayer ses poses devant son miroir.

— Tu sais, Allison, répondit Julian, je ne choisis pas les gens qui peuvent me voir ! Je ne peux rien faire, d'ailleurs. J'ai essayé d'arracher le chapeau d'une vieille dame revêche qui s'en prenait à une serveuse, ce soir, et je n'ai même pas réussi. Elle a senti un bon courant d'air glacé, en tout cas ! Enfin, toi, au moins, tu me vois nettement et tu entends tout ce que je te dis.

— Oui, je te vois en esprit, parce que je me sens coupable... Je ne sais vraiment pas pourquoi, d'ailleurs ! J'ai pris ta défense des douzaines de fois, je t'ai remplacé quand tu nous posais un lapin pour une audition... Tu sais bien que nous étions amis, Julian !

Puis, brusquement, Allison mit la main sur sa bouche et se tourna vers Tyler.

— Je vous présente mes excuses, poursuivit-elle. Je ne comprends pas ce qui m'arrive... Je suis même allée voir un psy, ce matin. C'est lui qui m'a suggéré que j'avais des visions. Peut-être parce que je m'en veux de ne pas avoir sauvé Julian, ou de ne pas l'avoir assez soutenu... Je ne sais pas. En tout cas, je n'ai plus un instant de répit. Julian refuse de me lâcher. Il est venu chez moi, je l'ai vu à l'Independance Hall, et maintenant, il est ici… Il est partout ! Je ne sais plus comment le fuir !

Elle était totalement désemparée, plus vulnérable et fragile que jamais. Tyler la prit dans ses bras.

— Ne vous troublez pas ainsi, murmura-t-il. Ce qui se passe est parfaitement normal.

Il tourna la tête vers le jeune homme appuyé au chambranle pour lui lancer :

— Vous pourriez vous y prendre autrement, vous savez ! Vous êtes un peu culotté de harceler ainsi une jeune femme qui était votre amie !

Le fantôme de Julian eut la grâce de se montrer contrit.

— Je sais, mais je n'ai pas le choix ! D'un moment à l'autre, je me suis retrouvé dans un autre monde, dans l'au-delà, tout seul… Alors que je ne me suis pas suicidé et que je n'ai pas été victime d'un accident !

Il se détacha de la porte pour s'avancer vers eux.

— J'ai besoin d'aide, reprit-il, d'un ton presque suppliant, cette fois.

Allison regarda Tyler en fronçant les sourcils.

— Vous le voyez vraiment ? Vous ne jouez pas la comédie pour me calmer ?

Tyler lui caressa la joue en souriant.

— Rappelez-vous que nous sommes une équipe de chasseurs de fantômes. C'est même pour ça que vous redoutiez notre arrivée, le risque de sensationnalisme… Mais ce que nous faisons, c'est tenter de secourir les vivants *et* les morts, Allison !

— Et je compte sur vous, dit Julian, parce qu'on m'a assassiné.

— Qui vous a tué ?

— C'est exactement ce que je vous demande de trouver ! s'écria Julian, agacé.

Il se laissa tomber par terre sans se soucier de son costume.

— Je ne sais pas qui m'a tué, je ne sais pas comment on s'y est pris… Je ne suis sûr que d'une chose : ça a quelque chose à voir avec cet affreux portrait de « Bradley le Cruel », dans la bibliothèque d'Angus Tarleton.

8

Allison ne savait plus si ces révélations la rassuraient ou non. Visiblement, Tyler ne la croyait pas folle le moins du monde…

Mais elle avait toujours l'impression, depuis la mort de Julian, d'avoir plongé, elle aussi, dans un monde parallèle. Comme dans un épisode de cette vieille série télé, *The Twilight Zone*.

Durant les quelques secondes de silence qui suivirent la déclaration de Julian, ils sursautèrent quand retentit la sonnerie stridente du portable de Tyler.

Celui-ci fouilla en hâte dans sa poche pour le sortir.

— Ici, Montague… Oui, entendu, j'arrive.

Il raccrocha.

— Mes collègues sont en bas, dit-il. Il faut que je descende leur ouvrir la grille.

— Vos collègues ? répéta Julian dont la silhouette, à la grande surprise d'Allison, commença à disparaître.

— Ils sont comme nous, Julian, se hâta d'expliquer Tyler. Ils pourront vous voir. Ils comprendront très bien.

— Vous êtes sûr ? répondit Julian qui ne cessait, maintenant, de se rematérialiser et de se dissoudre tour à tour.

— Oui. Excusez-moi, il faut que j'y aille.

— Je vous accompagne ! s'écria Allison, qui fixait d'un air hébété l'endroit où le fantôme semblait jouer aux illusions d'optique.

— Ally, supplia Julian en employant le surnom affectueux qu'il lui donnait parfois, je ne te veux aucun mal, tu le sais. J'ai besoin de toi, c'est tout !

— Nous allons *tous* descendre, coupa Tyler avec un soupir irrité. Autant vous présenter tout le monde.

Il se dirigea vers l'escalier. Allison le suivit, puis s'arrêta un court instant. Julian était soudain redevenu ce qu'il avait toujours été pour elle : une sorte de jeune frère, qui l'agaçait mais pour qui elle éprouvait une profonde affection. Dans son costume, il jouait la comédie avec le même talent que de son vivant. Oui, il était égoïste — ô combien ! —, mais incapable de nuire à autrui et même inconscient du trouble qu'il pouvait jeter.

Il lui avait si souvent demandé son aide, de son vivant ! Rien d'étonnant à ce qu'il fasse de même, maintenant qu'il était mort.

— Viens, Julian, allons accueillir ces gens. Apparemment, eux aussi sont capables de venir à la rescousse.

Il la regarda, reprit complètement forme et hocha la tête. C'était comme s'ils retrouvaient tous deux leur courage au même moment.

Tyler était déjà descendu. Allison sortit à son tour, toute son assurance retrouvée. Julian la suivait. Elle le *sentait*.

Elle attendit dans le hall tandis que Tyler passait dans l'antichambre et laissait la porte grande ouverte pour se précipiter vers la grille. Elle entendit des exclamations joyeuses, des bruits de valises et de sacs qu'on traînait sur les briques de l'allée… Puis ils commencèrent à entrer. Tyler surgit avec un homme de grande taille, aux traits typés d'un descendant d'Indien, accompagné d'une ravissante jeune femme aux cheveux auburn. Il y eut ensuite une femme blonde, petite et frêle, puis une brune au beau visage et, enfin, encore un homme, avec les yeux clairs et les cheveux blond-roux. Tyler fit les présentations : Logan Raintree, leur chef, et sa fiancée Kelsey O'Brien, ancien officier de la police fédérale. La frêle blonde était Kate Sokolov, médecin légiste ; l'homme aux yeux clairs,

Sean Cameron, vidéaste expert, et la jolie brune, Jane Everett, portraitiste du FBI.

Allison serra les mains à la ronde en leur souhaitant la bienvenue. Ils avaient tous l'air parfaitement normal. L'atmosphère était si détendue qu'on se serait cru à un cocktail. Elle ne put s'empêcher de penser qu'en d'autres circonstances, elle les aurait trouvés *très* sympathiques.

— Le matériel vidéo est bien dans cette malle, Sean ? demanda Tyler.

— Oui. Je suggère de placer les écrans et les ordinateurs dans un endroit central, dans ce hall, par exemple. Ensuite, j'installerai les caméras dans toutes les pièces que vous voudrez.

— Pouvez-vous nous mettre rapidement au parfum ? Surtout s'il y a du nouveau ? s'enquit Logan.

— Attendez un peu ! protesta Kelsey O'Brien en tendant les mains. Pouvez-vous m'indiquer les toilettes, mademoiselle Leigh ? Nous avons passé des heures sur la route !

— Quand les hommes sont au volant, ils ne supportent pas de faire une halte ! remarqua Jane Everett.

— Il fallait demander ! protesta Logan.

— Il faut croire que tu as fait la sourde oreille, répliqua Kate d'un ton taquin.

Elle ajouta à l'intention d'Allison, le sourire aux lèvres :

— Logan a commencé à réfléchir sur l'affaire dès qu'il a démarré. Plus rien n'existait !

— Il y a des toilettes pour les visiteurs ici, sous l'escalier, indiqua Allison en entraînant Kelsey. Il y en a d'autres dans le local réservé au personnel, installé dans l'ancien office, avec une douche. C'est tout en matière de salle de bains, j'en ai peur, mis à part les toilettes du jardin, dans les écuries ! Bien sûr, si l'un d'entre vous souhaite prendre un bain ou passer une bonne nuit de sommeil, vous êtes les bienvenus chez moi.

— Merci beaucoup, mademoiselle Leigh, dit Logan.

Il se tourna vers Tyler en haussant les sourcils.

— Il vous reste une personne à nous présenter… Mais je ne sais pas si Mlle Leigh a conscience de…

— Oh ! Vous parlez de Julian Mitchell ? répondit Tyler. Bien sûr. Julian, maintenant que vous connaissez tout le monde… cela ne vous ennuierait pas de devenir un peu plus visible ?

Stupéfaite, Allison entendit résonner la voix de Julian, avec un léger écho et, étonnamment, une bonne dose de timidité.

Julian, devenu timide !

— Je ne suis pas encore très doué, dit Julian, mais… euh… Comment allez-vous ? Bienvenue dans la demeure Tarleton-Dandridge.

— Bonjour, murmura Logan, imité par les autres.

— Julian n'a pas hésité une seconde à m'apparaître dans tous les coins, au risque de me rendre folle ! déclara Allison. Ne le prenez surtout pas pour une petite violette effarouchée !

— Ally, tu exagères ! répliqua Julian, dont l'apparence devenait de plus en plus nette.

— Vous avez été tué ici, n'est-ce pas ? demanda Logan à voix basse, en jetant un coup d'œil à Tyler.

— Oui, il est mort sur place. Je n'ai découvert Julian moi-même qu'il y a quelques instants, répondit Tyler.

Logan hocha la tête.

— Bien ! Dix minutes de pause pour les toilettes. Ensuite, tout le monde se retrouve ici pour discuter avec Julian et installer le matériel.

— Ah, j'ai au moins un avantage ! s'écria Julian, qui se dressait maintenant dans toute la splendeur de son costume colonial.

— Lequel ? demanda Sean Cameron.

— Plus besoin d'aller aux toilettes ! répondit Julian en s'efforçant de prendre un ton allègre.

Sa plaisanterie tomba à plat. La tristesse de sa voix

n'échappait à personne, et il y eut un silence. Tyler, debout à côté de lui, posa la main en hauteur, à l'endroit où l'épaule de Julian paraissait se trouver. Allison comprit que Tyler avait vraiment l'habitude de fréquenter les morts : son geste n'avait rien de maladroit. Sa main n'était pas molle, mais semblait au contraire toucher réellement l'apparition.

— Le corps humain est fragile, Julian, dit-il. Il est sujet à la souffrance, puis il disparaît. L'âme peut souffrir et connaître le chagrin, elle aussi, mais elle a la possibilité d'accéder pour l'éternité à un autre plan, empreint d'harmonie et de sérénité. Nous tous, ici, nous l'avons souvent expérimenté. Nous vous aiderons à atteindre cet au-delà.

— Je vous remercie, répondit Julian dans un souffle.

Puis, brusquement, il sourit et recula d'un pas, comme embarrassé par sa propre mélancolie.

— Allons, s'écria-t-il, pause toilettes... Ensuite, je vous dirai tout ce que vous voudrez savoir !

— Est-ce que vous savez... qui vous a tué ? lui demanda Kelsey.

— Non. J'ai entendu une voix, puis j'ai vu...

— Vous avez vu quoi ? coupa Tyler.

— Le tableau. Le portrait de « Bradley le Cruel ». Bradley s'est soudain animé et il m'a adressé la parole.

Les tableaux ne parlent pas ! eut envie de s'exclamer Allison.

Elle garda cependant le silence.

— Que vous a-t-il dit ? insista Tyler.

— Il m'a dit... « Ta dernière heure est venue, mon garçon. Maintenant, tu vas mourir ».

Les collègues de Tyler étaient remarquablement efficaces. Sans perdre une seconde, tandis que Kelsey filait aux toilettes, Sean ouvrit l'énorme valise du matériel et, sous les indications de Tyler, tout le monde entreprit de réaménager le hall pour le transformer en salle de réunion. Allison les regardait faire, l'air inquiet. Logan s'en aperçut et lui assura qu'ils feraient extrêmement attention au mobilier.

Elle se mit à rire.

— J'ai un peu honte, avoua-t-elle. Vous venez nous aider à enquêter sur la mort d'un ami, et moi, je m'inquiète pour le patrimoine historique !

— Ça peut se comprendre, répondit Logan avec un regard pétillant.

Tyler se réjouit secrètement de voir qu'Allison s'était détendue. Elle acceptait enfin le fait qu'elle pouvait voir le fantôme de Julian, comme tous les gens présents.

En un sens, il regrettait un peu les moments où elle était si désemparée qu'elle se tournait vers lui pour bénéficier d'un soutien. Maintenant, elle avait repris toute son assurance, elle redevenait autonome… Cela valait mieux, bien sûr, d'autant qu'elle ne témoignait plus ni méfiance ni hostilité à leur égard. Elle pourrait collaborer pleinement avec eux, et ils en avaient besoin.

Cela dit, ç'avait été si agréable, quand elle s'accrochait à lui pour se rassurer !

Il se secoua pour ne plus y penser. Tout était prêt. Sean avait fini d'installer ses terminaux et ses écrans. Le hall ressemblait maintenant à une vraie salle de conférences : le divan sur lequel Allison avait dormi avait été intégré dans un cercle formé par les chaises rapportées de la salle à manger et un grand fauteuil placé d'ordinaire au pied de l'escalier. Julian Mitchell s'était tout de suite attribué le fauteuil mais, peut-être parce qu'il voulait continuer à jouer le rôle d'un patriote bien élevé, il attendit que les dames soient assises pour s'asseoir à son tour.

Quand tout le monde eut pris place, Logan fit signe à Tyler de prendre la parole, puisque c'était lui qui conduisait l'enquête depuis le début.

— Julian, demanda Tyler, pouvez-vous nous raconter ce qui s'est passé exactement ? J'ai eu beau examiner le portrait de Bradley peint par Tobias Dandridge, je n'y ai absolument rien décelé indiquant qu'il puisse s'animer ou parler. Même si Tobias Dandridge, en dépit de son talent, détestait certainement son modèle de tout son cœur.

— Pourtant, je vous jure que les yeux de Bradley me suivaient ! Je sais qu'on a toujours un peu cette impression, avec ce fichu tableau. Mais ce jour-là, quand je me suis assis en face, c'était beaucoup plus net. Bradley me fixait littéralement. Et puis il s'est mis à parler…

— Où diable étais-tu passé, cet après-midi-là ? coupa Allison. De quelle audition s'agissait-il ?

Julian haussa les épaules, l'air contrit.

— O.K., c'était pour un grand concert de rock prévu à Philadelphie. Les organisateurs voulaient un groupe local. Il y a eu une sélection, nous étions dans la dernière ligne droite… Mais je ne l'ai su que le matin même, Allison, je te jure ! C'est pour ça que j'ai filé juste après le déjeuner. Je suis revenu au moment où tu finissais ta dernière visite de la journée. J'ai profité d'un moment où tu bavardais avec un gamin pour me faufiler au dernier étage et attendre que tout le monde soit parti. Quand j'ai entendu que tu commençais à fermer et à mettre l'alarme, je suis redescendu très vite pour t'attendre dans la bibliothèque. J'avais bien l'intention de tout t'expliquer. J'aurais vraiment fait amende honorable, Allison ! Tu aurais plaidé ma cause auprès des autres…

Tyler vit que Julian, à présent, dévisageait la jeune femme d'un air plein d'espoir, comme s'il comptait toujours sur son pardon. A l'évidence, de son vivant, il l'avait considérée comme la plus compréhensive, la plus responsable, celle vers laquelle on se tournait d'instinct.

— Nous t'avons toujours tous pardonné, Julian, tu le sais bien, répondit-elle doucement. Et plus que jamais cette fois-ci, bien sûr. Aucun de nous ne saurait dire à quel point nous sommes… désolés.

Julian émit un son étranglé qui ressemblait fort à un sanglot.

Allison tendit la main vers lui, mais elle n'avait pas l'habitude des fantômes et sa main ne fit que brasser maladroitement l'air. Elle s'empourpra.

— Nous t'aimons quoi qu'il arrive, Julian, reprit-elle. Et puis, n'oublie pas que nous ne sommes pas immortels, nous non plus.

— Que s'est-il passé ensuite, Julian ? demanda Tyler.

— Eh bien, j'étais donc assis sur la chaise d'Angus Tarleton, en face du tableau, quand il s'est mis à me dévisager et à parler… A ce moment-là, mon menton a heurté brutalement la lame de la baïonnette. Ça m'a fait atrocement mal. J'ai eu l'impression qu'on m'avait donné un coup de masse sur la tête. J'ai essayé de crier, je m'en souviens, mais c'était impossible. J'avais froid… Tout d'un coup, je me suis rendu compte que j'étais en train *de me regarder moi-même*, que j'étais sorti de mon corps… Il n'y avait plus aucun bruit. J'ai regardé le sang qui coulait par terre en me disant que c'était le mien… Et puis tout est devenu noir.

Il se tut un instant, prit une profonde inspiration puis poursuivit :

— J'ai alors entendu Ally pousser un hurlement. Je l'ai vue se cogner contre la porte, puis fouiller fébrilement dans ses poches pour prendre son portable et appeler les urgences. Ensuite, elle est restée assise à pleurer…

— Vous n'avez vu personne d'autre ? insista Tyler. Quand votre menton s'est enfoncé sur la lame en vous saignant à bl…

Il s'interrompit brusquement, puis reprit :

— Quand vous vous êtes blessé, n'y avait-il pas quelqu'un dans la pièce, donc ?

— Vous pouvez dire « saigné à blanc », vous savez, répondit Julian, l'air pensif. Je sais que je suis mort. Non, je n'ai vu personne. En fait, je ne sais pas pourquoi, je n'arrivais pas à détacher les yeux du tableau. Cela dit…

Il fronça les sourcils en se concentrant.

— … je peux me tromper, mais… j'ai cru sentir un mouvement. Comme si quelqu'un contournait le bureau, derrière mon dos, pour passer dans le salon de musique… Comme si, effectivement, *il y avait eu quelqu'un* dans la pièce !

— Avez-vous une idée ? De qui pourrait-il s'agir ? demanda Logan.

— Eh bien, sûrement « Bradley le Cruel », non ? répondit Julian. Comme je n'avais pas cessé de le regarder…

— Les tableaux ne tuent pas ! protesta Allison.

— Pas plus que les esprits qui hantent certaines demeures, renchérit Tyler. Ils peuvent avoir une influence néfaste, rendre un endroit hostile, mais, à ma connaissance, ils sont incapables de descendre d'un tableau pour appuyer le menton de quelqu'un sur une baïonnette.

— Dans notre expérience, expliqua Logan à Julian, ce sont toujours des humains qui commettent les crimes, en se dissimulant derrière des légendes de fantômes.

— Je maintiens que ce tableau avait quelque chose d'anormal, déclara Julian d'un air têtu.

— Allons donc le chercher ! suggéra Allison.

Tyler tourna vers elle un regard surpris. Elle était donc prête à fermer les yeux sur la manipulation d'une pièce du patrimoine ?

Evidemment, elle connaissait un fantôme, maintenant. Cela changeait les perspectives et les priorités.

— J'y vais. Je ferai très attention ! dit Sean en souriant à Allison.

Il disparut dans la bibliothèque, puis revint en portant le tableau avec précaution. Il le posa sur le sofa et s'agenouilla devant pour l'examiner.

— C'est une assez belle œuvre, murmura-t-il.

— Mais sans rien d'anormal, n'est-ce pas ? demanda Tyler, debout à côté de lui.

Sean était expert en trucages et illusions d'optique en tout genre. Tyler aurait pu lui en remontrer au stand de tir, il était sûrement plus costaud dans une bagarre et avait un solide bagage scientifique, mais personne n'arrivait à la cheville de Sean pour tout ce qui était d'ordre visuel.

Sean fit signe que non.

— C'est habilement peint, l'artiste a su rendre l'expression de son modèle, surtout le regard… Mais c'est tout, déclara-t-il.

— Pourtant, je le répète, ce tableau a bougé et parlé ! s'écria Julian. Enfin, en tout cas, « Bradley le Cruel » lui-même, sinon son portrait !

Il regarda Allison en ajoutant :

— Je sais que je me suis souvent conduit comme un gamin sans cervelle, mais tu me connais, Allison. Je suis incapable de forger un mensonge ! L'homme peint là-dessus m'a adressé la parole !

— Est-ce que ce tableau aurait pu être remplacé par un autre ? s'enquit Tyler, pensif.

— Ce jour-là ? Je ne vois pas comment, répondit Allison. Les membres du conseil d'administration ont été là toute la journée. Ils sont partis alors que je commençais la dernière visite.

— C'est vrai, approuva Julian. J'étais déjà de retour.

Il eut soudain un rire sans joie et reprit :

— Quand je pense que j'ai guetté leur départ sans même avoir mon mousquet et ma baïonnette… C'est seulement après que je suis allé les chercher dans le placard. Je voulais avoir mon costume complet pour te demander pardon, Allison. Je m'étais dit que tu y serais sensible. Que ce serait une preuve de bonne volonté, de… Je ne sais plus.

— Donc, insista Logan, les quatre administrateurs

tenaient leur réunion tout en haut. Où étiez-vous quand ils sont descendus ?

— Au premier étage. J'étais rentré dans le musée en suivant discrètement le groupe de Jason, et je me suis faufilé dans l'escalier pendant qu'il faisait visiter le grand salon. Au moment où la réunion du conseil s'est terminée, je me suis caché dans la chambre de Lucy pour leur laisser le temps de descendre, et puis je me suis réfugié dans le grenier. J'y suis resté un bon moment. J'ai lu ce que tu as écrit sur les faits et gestes de Lucy Tarleton pendant l'occupation britannique, j'ai trouvé ça vraiment bien, Allison. Bref, quand la dernière visite a été finie, j'ai saisi le moment où Jason et toi étiez dans le local des guides pour foncer vers la bibliothèque.

Il s'interrompit, une lueur étonnée dans le regard.

— C'est bizarre… En revoyant la scène, je me rappelle que j'ai eu l'impression que quelqu'un entrait dans le grenier derrière moi. Comme si j'étais suivi.

— Tu sais bien qu'il n'y a ni porte dérobée ni corridor secret dans ce musée, protesta Allison.

— Oui, mais j'ai bien réussi à passer moi-même inaperçu dans une maison pleine de monde ! rétorqua-t-il.

— C'est vrai, murmura-t-elle.

Elle regarda les autres et ajouta à la ronde :

— En fait, il y a tout de même un moyen discret de monter à l'étage : un petit escalier de service situé derrière une porte, dans notre local. Il n'est accessible que par là. Les visiteurs n'ont pas le droit d'entrer dans cette pièce, et nous, nous ne l'utilisons jamais. Au premier étage, il est également derrière une porte et débouche juste à côté de la chambre principale.

— Si nous allions voir ? suggéra Tyler.

— Faisons ça tout de suite, répondit Logan en regardant sa montre. Ensuite, j'aimerais que nous finissions de décharger et de tout installer. Puis nous mangerons un morceau et Allison pourra rentrer chez elle se reposer.

Tout le monde se leva, sauf Julian qui resta assis, l'air renfrogné.

— Vous n'allez pas conclure à un accident, j'espère ? En racontant que j'avais fumé ou je ne sais quoi ? On m'a *assassiné*, je le répète. Quelqu'un m'a appuyé sur la tête pour m'enfoncer la lame dans le menton !

— Il va nous falloir une enquête minutieuse pour prouver ça, répondit Logan.

— Est-ce que vous aviez *vraiment* « fumé » ? demanda Kate. Excusez-moi de poser la question, mais en tant que médecin légiste, je vais avoir accès à votre rapport d'autopsie, demain. Et je vais examiner votre corps moi-même.

Cette fois, Julian se mit debout en la dévisageant.

— Bon, d'accord, j'avais fait une petite fumette… Juste de quoi être en forme pour l'audition. Mais je n'avais rien bu.

Il fronça les sourcils et ajouta :

— Vous êtes *réellement* médecin légiste ?

Kate opina.

— Bon, dit-il en haussant les épaules. Après tout, si quelqu'un doit examiner ma dépouille, j'aime autant que ce soit vous !

— Voyons, Julian ! soupira Allison.

Elle se tourna vers les autres en ajoutant :

— Venez, je vais vous montrer l'escalier de service.

Elle leur avait expliqué qu'un personnel d'entretien qualifié venait une fois par semaine nettoyer les locaux et le fragile mobilier ancien. Cependant, quand ils furent dans le local — si petit qu'ils y tenaient à peine à sept — et qu'elle eut ouvert la porte du petit escalier, ils se rendirent compte qu'il n'avait pas été nettoyé depuis longtemps. Il était couvert de poussière.

— Eh bien, ça fait un moment que personne n'est venu balayer ici ! fit-elle remarquer. Mieux vaut le monter en file indienne. Il est très étroit et fait un coude à angle aigu.

Ils obéirent, Tyler fermant la marche. A l'étage, Allison ouvrit la porte du minuscule palier. Ils débouchèrent juste à côté de la chambre des maîtres de maison.

— J'ai bien l'impression que personne n'est passé par là avant nous, murmura Logan. Bon, comment nous répartissons-nous les chambres pour dormir ?

— Je me suis installé dans la plus grande, lança Tyler, mais je vais retirer mes affaires et vous la laisser, à toi et Kelsey. Si tout le monde est d'accord, je vais me mettre dans la chambre de Lucy.

Allison les observait, l'air un peu tendu. Sean indiqua qu'il se contenterait de prendre son duvet pour dormir dans le grenier. Jane et Kate acceptèrent volontiers de partager la chambre de Sophia Tarleton-Dandridge.

— Comment vous sentez-vous ? demanda Tyler à Allison.

— Ça va, répondit-elle.

Cependant, Julian, qui les avait suivis et se tenait debout à côté d'elle, rectifia d'un air protecteur :

— Elle dit ça, mais elle est morte de peur !

— Plus maintenant, puisque c'est toi qui me faisais peur ! protesta-t-elle.

— Je pense que tu ne devrais pas rester seule cette nuit, insista Julian.

— Pourquoi pas ? Je le répète : j'avais peur de toi, c'est tout. Maintenant que je sais que tu es réel… Je veux dire : que tu es un *vrai* fantôme, je ne crains plus rien.

Julian lui mit les mains sur les épaules. Tyler vit Allison tressaillir sous la sensation d'être « touchée » par un fantôme.

— Il reste deux chambres libres, à cet étage, rétorqua-t-il. Je suis sûr que l'équipe sera d'accord pour t'héberger. Rien ne dit que celui qui m'a tué ne va pas s'en prendre à toi, Allison.

— Pourquoi s'en prendrait-il à moi ?

— Quelle raison avait-il de me tuer ? riposta Julian.

Bon, d'accord, vous avez tous dit à un moment ou à un autre que vous aimeriez m'étrangler, mais vous ne parliez pas sérieusement… Réfléchis, Allison. Pourquoi m'a-t-on tué ? Sûrement pas à cause de ma façon de chanter ou de jouer de la guitare !

Tyler se réjouit de voir Allison esquisser un sourire.

— Voyons, Julian, nous sommes dans un musée, répondit cette dernière. Dans certaines chambres, on n'a même pas le droit d'utiliser les lits. On les conserve seulement pour montrer aux visiteurs le type de sangles dont on se servait pour le sommier, leur expliquer qu'il fallait les resserrer régulièrement… Les matelas sont en paille…

— Nous apportons nos matelas de camping partout où nous allons, coupa Tyler. Les sangles de ces sommiers sont d'origine ?

— Non, admit Allison en secouant la tête, elles ont été remplacées une douzaine de fois, depuis le temps. Il y a eu aussi d'autres transformations, évidemment, mais quand la société historique a racheté les lieux, elle a tenu à tout remettre dans son état d'origine. Seules les carcasses de bois des lits sont d'époque. Certaines courtepointes…

— Nous ferons très attention à ces couvre-lits, assura Kelsey.

— Et puis, reprit Allison, il n'y a, en tout et pour tout, qu'une seule douche pour tout le monde ! Non, je ne peux pas rester. Je m'en voudrais de vous déranger.

— Tu préfères risquer ta vie pour pouvoir prendre une douche ? marmonna Julian.

— Faut-il te rappeler que c'est ici même qu'on t'a tué ? rétorqua Allison.

— Je maintiens que tu ne devrais pas rester seule, déclara-t-il avec entêtement.

— J'ajouterai une chose, dit Tyler, c'est que quand Julian était là-haut, en train de lire des documents, il a eu l'impression qu'on l'observait. Ensuite, le grenier a été saccagé. Et puis, quand Julian est redescendu dans la bibliothèque, il s'est fait assassiner.

— Mademoiselle Leigh, dit Logan, ou Allison, si vous me permettez, je n'ai pas le pouvoir de vous imposer quoi que ce soit, mais je suis d'accord avec Julian et Tyler. Si Julian a été tué parce qu'il avait découvert quelque chose sur la demeure, ou plus précisément parce qu'on a *cru* qu'il avait découvert quelque chose, je pense vraiment plus raisonnable que vous restiez dormir dans une maison où se trouvent six agents du FBI bien entraînés.

Allison les regarda tour à tour, l'air désemparé.

— Après tout, insista Julian, personne ne t'attend chez toi. Ici, tu pourras travailler tranquillement à tes recherches, au milieu de ton cher mobilier, sans que personne te dérange. *Et* en sécurité.

— En outre, c'est vous qui allez nous aider dans notre enquête, Allison, déclara Kate. Nous serions ravis de vous avoir parmi nous.

Tyler se dit qu'en dépit de leurs efforts conjugués, Allison n'allait pas céder facilement.

— Et je peux te dire qu'il vaut mieux être en sécurité que mort ! lança Julian. Je t'en supplie, Ally… Je ne me suis pas toujours bien comporté de mon vivant, mais nous étions amis. Alors, restons-le, d'accord ? Fais-moi plaisir !

Allison leva les bras, puis les laissa retomber.

— Bon, d'accord, dit-elle enfin.

— Je vais accompagner Allison chez elle pour qu'elle puisse prendre des affaires, déclara Tyler. Nous n'en aurons pas pour longtemps.

Allison se rendit compte, finalement, qu'il lui était plus facile qu'elle n'aurait cru d'accepter cette invitation inattendue.

Parce qu'en effet, elle avait encore peur.

Elle ne pouvait pas s'en empêcher. Même si elle était

une adulte responsable et adorait sa maison. Elle y avait vécu toute sa vie. Elle n'en était partie que pour aller à l'université et, à son retour, quand ses parents avaient parlé de vendre, elle avait compris qu'elle ne pourrait pas vivre ailleurs. Elle la leur avait rachetée progressivement et s'en félicitait chaque jour.

Seulement, maintenant, elle préférait se réfugier ailleurs… Juste pour quelques jours, bien sûr.

L'idée que quelqu'un puisse vouloir la tuer était carrément traumatisante, et elle n'arrivait évidemment pas à s'y faire. Ce n'était peut-être qu'une supposition gratuite, d'ailleurs. Peut-être avait-on assassiné Julian pour des raisons qui n'avaient rien à voir avec le musée. Peut-être avait-il imaginé que le portrait s'était animé ou qu'il avait entendu quelque chose… Dans ces vieilles maisons, il y avait toujours des bruits et des craquements. Peut-être même avait-il cru à tort qu'on lui enfonçait la tête sur la baïonnette…

Tandis qu'ils se dirigeaient à pied vers chez elle, elle demanda à Tyler ce qu'il en pensait.

— Finalement, insista-t-elle, ce n'est pas parce que Julian est un fantôme qu'il ne peut pas se tromper, n'est-ce pas ?

— Non, bien sûr. Il ne sait pas plus de choses qu'il n'en savait de son vivant.

— Quand je songe que je suis en train de vous interroger sur les fantômes… Je n'en reviens pas !

— Au début, ça étonne toujours, répondit-il d'un ton léger.

— Est-ce que vous voyez souvent des spectres ? Avez-vous déjà vu l'un ou l'autre des Pères fondateurs, en vous promenant dans le quartier historique ?

Tyler se mit à rire.

— Même les fantômes ne peuvent pas être dans plusieurs endroits à la fois, et par ailleurs, tous les défunts ne restent pas sur terre, loin de là. Ceux qui le font peuvent avoir bien des motifs différents. Se faire rendre justice, aider quelqu'un… Il y en a qui apparaissent à de nombreuses personnes, d'autres seulement à une ou deux. Certains ne sont que de pâles silhouettes qui restent dans l'ombre, enfermées dans leur propre monde ou trop timides pour nouer le contact.

— S'il y a d'autres fantômes que lui dans le musée, est-ce que Julian pourra les voir ?

— Seulement si les fantômes le décident.

— Et… croyez-vous qu'il y en ait ?

— Ce n'est pas impossible.

Allison frissonna.

— Alors, ils… ils se déplacent dans la maison ?

— Probablement.

Un nouveau frisson la parcourut.

— Je me demande comment vous arrivez à faire ce métier ! murmura-t-elle.

Tyler haussa les épaules.

— Je ne l'ai pas vraiment choisi. C'est lui qui m'a choisi ! Plutôt que de sombrer dans l'alcool, tant c'était impressionnant, au début, j'ai préféré accepter le fait que je voyais et entendais des choses inaccessibles au commun des mortels. Et puis…

Il fit une pause puis reprit, pensif :

— Je travaillais avec Logan, et nous avons fini par nous rendre compte que nous avions tous les deux les mêmes… capacités. Il nous arrivait souvent, aussi, de travailler avec Kate et Jane, et même avec Sean, à l'occasion. C'était à l'époque où nous étions encore dans les rangers, au Texas…

— Et Kelsey ?

— Comme vous le savez, elle appartenait à la police fédérale. Elle a été transférée au Texas à la demande de Jackson Crow, le chef de la première unité de « chasseurs de fantômes ».

— Mais elle est… Désolée si c'est indiscret, mais elle est avec Logan, maintenant, non ?

— Oui. Ils sont fiancés. Ils attendent une pause entre deux enquêtes pour se marier.

— Mais alors… ils ont fait connaissance pendant une affaire ?

— Exactement !

— Je suis sûre que Julian a pu être le jouet de son imagination, reprit Allison en revenant à son premier sujet.

— Oh ! Tout de même ! lança soudain une voix derrière eux.

Allison faillit faire un bond d'un mètre. Elle fit volte-face et vit Julian sur ses talons.

— Tu ne devrais pas faire ce genre de choses ! protesta-t-elle.

— Ne pas faire quoi ? Tu sais bien que je suis là, répliqua-t-il.

— Ce n'est pas une raison pour me suivre comme mon ombre !

— Je le fais parce que je m'inquiète pour toi.

— Je suis accompagnée par un agent fédéral, Julian. Il est armé, c'est un grand costaud texan. Toi, tu ferais mieux de rester dans le musée, au cas où ils auraient besoin de toi !

— Nous n'allons pas tarder à y retourner. Tu n'en as pas pour des heures à réunir tes affaires.

Allison poussa un soupir exaspéré.

Tyler sourit jusqu'aux oreilles.

— Je ne peux malheureusement pas l'assommer pour l'empêcher de se coller à nous ! s'exclama-t-il.

— Je ne colle personne, marmonna Julian. Ce n'est pas mon genre. Même pas sous la douche. Cela dit, c'est une idée…

— Julian ! gronda Allison.

— Je plaisante. J'étais peut-être un idiot, mais pas un voyeur !

En arrivant chez elle, Allison laissa Tyler et Julian dans le salon tandis qu'elle filait à l'étage préparer son sac. Heureusement, le musée ne se trouvait pas très loin. Il lui serait facile de faire des allers et retours si elle avait besoin de quoi que ce soit, à commencer par un bon bain chaud de temps à autre. Julian n'avait fait que plaisanter, certes, mais l'idée qu'un fantôme puisse la suivre absolument partout la mettait mal à l'aise.

En se regardant dans le miroir de la salle de bains, elle vit qu'elle ouvrait de grands yeux, comme un personnage de dessin animé qui aurait mis le doigt dans une prise électrique.

C'était parce qu'elle voyait un fantôme.

Il ne fallait pas y penser, et surtout ne pas s'interroger. Mieux valait s'en tenir à ce qu'avait dit Tyler : *Plutôt que de sombrer dans l'alcool, j'ai préféré accepter le fait que je voyais et entendais des choses inaccessibles au commun des mortels.*

Cela dit, elle n'osait imaginer la tête de ses collègues, à l'université, si jamais elle leur racontait ça !

Elle comprenait maintenant pourquoi les « chasseurs de fantômes » se montraient si discrets sur leurs activités. Et pourquoi, dans les articles de presse, la vraie nature de leur travail n'apparaissait qu'en filigrane.

Elle pensa à Adam Harrison, toujours si attentionné et qui avait l'air parfaitement raisonnable.

Il l'était, d'ailleurs. Mais contrairement à d'autres, il savait que les choses étaient infiniment plus complexes qu'il ne semblait. Que l'âme existait réellement et, parfois, subsistait ici-bas.

Après avoir réuni ce qu'il lui fallait pour une nuit ou deux, elle redescendit précipitamment l'escalier.

Tyler leva les yeux en l'entendant. Julian était debout à côté de lui, l'air crispé.

— Qu'est-ce qui ne va pas ? lui demanda-t-elle, soupçonneuse.

— Figure-toi que j'ai bien fait d'insister pour que tu dormes au musée !

— Pourquoi donc ?

Julian fit un pas en avant.

— Mme Dixon, la maman de Todd, vient d'appeler Tyler, depuis l'hôpital.

— M. Dixon s'est réveillé ? s'écria Allison, sans pouvoir dissimuler son anxiété.

— Oui…

— Dieu merci ! Il est enfin sorti du coma !

Mais Tyler secoua la tête, l'air sombre.

— Il y a replongé aussitôt, rétorqua-t-il. Il n'est revenu à lui que quelques secondes, juste le temps de se redresser et de prononcer un mot.

— Lequel ?

— Il a dit « Allison » ! répondit Julian.

— Quoi ?

— Exactement, murmura Tyler. Il a énoncé votre prénom à voix haute.

9

Tyler regarda Allison s'asseoir au chevet d'Artie Dixon. Profondément troublée, elle avait d'abord tenté de se convaincre que Haley Dixon avait peut-être mal entendu ce que disait son mari. Au lieu d'« Allison », cela aurait pu être autre chose. « Unisson », par exemple…

En même temps, il se rendait compte qu'elle avait une grande empathie pour Todd et pour sa famille. Quand Haley avait demandé à la voir, elle n'avait pas hésité une seconde. A présent, assise au bord du lit, elle tenait la main d'Artie dans la sienne et lui parlait. Elle lui assurait qu'elle allait très bien, qu'il n'avait pas à s'inquiéter pour elle. Il fallait qu'il revienne à lui, pour sa famille, pour ses deux fils morts d'inquiétude, pour sa femme qui l'adorait… Oui, un drame s'était produit, mais des agents très compétents du FBI avaient pris l'affaire en main, et allaient l'élucider.

Le fantôme de Julian les avait accompagnés. Il était resté un moment hors de la chambre, avec Tyler, pour observer la scène par la vitre. Puis, au bout de quelques instants, il avait murmuré à Tyler d'un air douloureux :

— Ça m'est trop dur de rester ici… Je vais rentrer à pied au musée. En fouinant un peu partout, je finirai peut-être par voir quelque chose d'inaccessible aux vivants.

Tyler s'était contenté de hocher la tête. Todd était avec eux, et n'avait pas besoin de savoir qu'il communiquait avec un être invisible.

Une fois Julian parti, il mit la main sur l'épaule de Todd, et ils continuèrent à observer ce qui se passait dans la chambre. Un peu plus loin, Logan et Kelsey s'entretenaient avec Harley Dixon pour qu'elle leur explique en détail tout ce qu'elle avait fait avec sa famille, après leur visite au musée, et jusqu'au moment où ils avaient regagné leur hôtel. Kate lisait un livre avec le petit Jimmy Dixon tout en l'incitant à se rappeler ce qui s'était passé ce jour-là. Quant à Sean, il était parti voir le médecin qui s'occupait d'Artie Dixon.

Tyler doutait qu'ils puissent apprendre grand-chose de nouveau, mais savait que, parfois, un détail apparemment anodin pouvait changer le cours des choses.

— La main de papa a bougé ! s'écria soudain Todd.

Il tourna vers Tyler un regard agrandi.

— Je viens de le voir… Il a serré la main d'Allison, j'en suis sûr !

— C'est possible, Todd, répondit Tyler. Attendons la suite.

Ils attendirent. La voix d'Allison leur parvenait, douce et rassurante. Elle n'était pas prête à renoncer.

Sean revint avec le médecin. Quand ce dernier entra dans la chambre, Allison se leva en expliquant à l'homme inconscient qu'elle reviendrait très vite, puis elle sortit dans le couloir.

Todd se précipita vers elle, le visage anxieux.

— Papa a bougé, n'est-ce pas ? J'ai vu qu'il vous serrait la main. Il vous entend !

Le médecin, qui venait de ressortir, expliqua :

— Ça n'a peut-être été qu'une simple réaction physique. Cela n'implique pas nécessairement qu'il entende ce qu'on lui dit, mais ne te décourage pas, Todd. Ton père est en bonne santé et les scanners ont confirmé qu'il n'avait aucun dommage cérébral.

Il se tourna vers Allison pour ajouter :

— Merci d'avoir pris le temps de lui parler.

— J'y tenais, dit-elle simplement.

— Etiez-vous là quand M. Dixon a prononcé quelque chose ? demanda Tyler au médecin.

— Non, mais Clare, l'infirmière qui était alors avec M. et Mme Dixon, n'a pas encore quitté son service. Je vais aller la chercher.

Il s'éloigna dans le couloir avec un dernier sourire.

— Ne soyez pas si bouleversée, dit Sean à Allison. Cette histoire a peut-être une explication parfaitement logique. Après tout, vous êtes une des dernières personnes qu'ait vues M. Dixon avant de perdre connaissance, alors…

— J'aimerais tellement pouvoir faire quelque chose !

— Moi, je n'étais pas là, déclara Todd. J'étais parti chercher des chips au distributeur, avec ma tante. Il a parlé et j'étais même pas là !

Sa voix tremblait, sous l'effet de la culpabilité qu'il éprouvait.

— Ne t'en fais donc pas, Todd, dit Allison en lui ébouriffant gentiment les cheveux. Ton père sait à quel point tu l'aimes. Et nous sommes tous convaincus qu'il s'en sortira !

— Pourquoi il ne se réveille pas ? gémit Todd.

L'arrivée d'une jeune infirmière aux cheveux blond platine les dispensa de répondre. Elle les salua d'un signe de tête pour déclarer au garçon :

— C'est une bonne chose qu'il ait parlé, tu sais. Je l'ai très bien entendu. Crois-moi, c'est un très bon signe !

Tyler entreprit de faire les présentations, puis déclara :

— Vous avez déjà répondu à la question que j'allais vous poser ! Vous avez donc entendu M. Dixon…

— Peut-être a-t-il dit « malice », suggéra Allison. Ou « allez-y… »

L'infirmière secoua la tête.

— Non ! J'ai bien entendu votre nom.

Elle eut un sourire compatissant.

— M. Dixon se fait peut-être du souci pour vous, même

dans les limbes où se trouve actuellement son cerveau. Je suis vraiment contente que vous soyez venue le voir. Souvent, avec les patients plongés dans le coma, nous constatons qu'ils se rappellent des détails de ce qui s'est passé juste avant leur perte de connaissance. Et souvent, aussi, nous apprenons qu'ils ont compris certaines des choses qu'on leur disait.

Quand elle se fut éloignée, Todd demanda à Allison :

— Vous reviendrez voir papa ?

Elle hocha la tête.

— C'est promis !

Quand ils rentrèrent enfin au musée, il était tard. Allison avait l'air épuisée et songeuse. Kelsey, Kate et Jane bavardaient avec elle pour tenter de la distraire. Elles prirent un thé chaud puis montèrent se coucher.

Les autres membres de l'équipe étaient, eux aussi, morts de fatigue, mais Tyler continua à parler un moment avec Logan et Sean, dans le hall du rez-de-chaussée. Sean finit d'installer tout le dispositif permettant de filmer ce qui se passait dans chaque pièce et les rejoignit.

— Haley Dixon t'a appris quelque chose de nouveau ? demanda Tyler à Logan.

— Elle est très préoccupée par cette histoire de tableau. Todd n'arrête pas de lui répéter qu'il y avait quelque chose de bizarre, et Artie lui-même leur a avoué qu'il n'avait jamais vu un portrait aussi étrange. Il avait l'impression qu'il pouvait s'animer d'un instant à l'autre, comme certains trompe-l'œil.

— Nous l'avons examiné sous toutes les coutures, grommela Sean. Croyez-moi, s'il contenait le moindre trucage, je m'en serais aperçu.

— Bon, eh bien… Mettons ça de côté pour l'instant et allons nous coucher aussi, laissa tomber Logan.

— Bonne idée ! s'exclama Sean.

Ils gagnèrent leurs chambres respectives. Tyler venait juste de se mettre au lit quand il sentit qu'un poids faisait grincer les sangles du sommier, sous le matelas. Il ne connaissait pas encore toutes les « règles » de conduite à tenir en présence d'un fantôme, mais savait qu'ils pouvaient déplacer des objets et se rendre *tangibles*, même si on ne les touchait pas vraiment. Peut-être même sentaient-ils eux-mêmes qu'on les touchait, si l'on y mettait suffisamment de chaleur et d'empathie.

Julian s'était en fait perché au bord du lit. Tyler faillit protester à voix haute, car il tombait de sommeil.

— Dites…, lança Julian.

— Oui ? répondit Tyler d'une voix lasse.

— J'ai l'impression que je deviens fou, grommela Julian.

Fou ? Mais vous êtes mort ! songea Tyler.

Il se garda bien de le dire à voix haute.

— Pourquoi ? demanda-t-il simplement.

— Je n'arrive pas à mettre le doigt sur ce qui me fait penser ça, mais, quand nous sommes rentrés, j'ai eu nettement l'impression que quelqu'un venait juste de partir.

— Qu'avez-vous vu ? Une silhouette ? Une voiture qui démarrait ?

— Non. J'étais en train de flâner, en me lamentant sur mon sort. De temps à autre, je me mettais juste à côté de certains passants… Je pense que plusieurs ont eu des frissons ! ajouta Julian en pouffant.

Tyler leva les yeux au ciel. Les gens changeaient rarement de personnalité en devenant des spectres. Julian continuait à jouer des tours, comme il l'avait fait de son vivant.

Quel dommage que Sean n'ait pas mis les caméras en route avant leur retour de l'hôpital !

Il n'avait pas eu le temps, évidemment. Après l'appel de Mme Dixon, ils avaient dû filer tout de suite.

— Les membres du conseil d'administration ont les clés, dit Tyler. On peut leur demander si l'un ou l'autre n'est pas revenu chercher quelque chose.

— Il faut leur demander de rendre ces clés ! s'exclama Julian.

Tyler haussa les épaules.

— Certes, mais si l'un d'eux est coupable de quoi que ce soit, il aura eu largement le temps de faire faire un double. Mieux vaut disposer une caméra vers la porte, pour voir si quelqu'un essaie d'entrer avec une clé. Je vais en parler à Sean.

Julian se leva, comme s'il était convaincu que Tyler allait l'accompagner.

— Je lui en parlerai demain matin, précisa Tyler. Cela m'étonnerait qu'on essaie de pénétrer ici, maintenant que des agents du FBI sont sur place. Si quelqu'un a tenté d'entrer, ce soir, c'est parce qu'il savait que nous n'étions pas là. Je me demande bien comment, d'ailleurs !

— Bon… En attendant, je vais descendre surveiller moi-même le hall, répondit Julian. Je serai sur le sofa.

Il sortit. Tyler tenta de dormir.

Une heure plus tard, cependant, il était toujours bien réveillé et fixait le portrait de lord Bradley accroché dans la chambre de Lucy, tellement différent du personnage cruel peint dans la bibliothèque.

Dans toutes les guerres, les combattants des deux côtés se livraient à des exécutions sommaires, songea-t-il. Pendant la révolution américaine, par exemple, Nathan Hale avait été exécuté par les Anglais ; de leur côté, les rebelles avaient abattu John André, pour avoir tenté de convaincre Benedict Arnold, général de l'armée américaine, de trahir sa cause. Cela dit, la plupart du temps, les meurtres n'étaient pas si courants, pendant les conflits, sauf si l'on considérait la guerre elle-même comme un gigantesque meurtre collectif, bien sûr.

L'histoire de la demeure Tarleton-Dandridge, elle, avait un aspect éminemment romantique, en dépit de son côté tragique. C'était une histoire d'amours secrètes, payées du prix du sang, entre une belle héroïne, Lucy Tarleton, et un vaillant héros, le rebelle Stewart Douglas. Il y avait même un ogre, dans la figure de « Bradley le Cruel ».

Sauf que l'homme dont il avait le portrait sous les yeux semblait parfaitement incapable d'avoir assassiné de sang-froid une jeune femme sous son propre toit.

Tyler se tourna sur le côté.

Son matelas de camping posé sur le sommier de sangles n'était pas très confortable, mais ce n'était pas cela qui l'empêchait de dormir. Il en avait l'habitude, pour avoir dormi des dizaines de fois à même le sol, dans le désert texan. Non, ce qui le tenait éveillé, c'était l'affaire en cours.

Y avait-il même vraiment une affaire, d'ailleurs ?

Le raisonnement d'Allison se tenait, après tout. Julian avait fort bien pu imaginer à tort qu'on le suivait, que le portrait se mettait à lui parler ou qu'on lui appuyait violemment le menton sur une lame.

Sauf que le bureau, là-haut, avait bel et bien été saccagé. Et que Julian affirmait mordicus qu'on l'avait assassiné.

Tyler se retourna encore et tapota son oreiller. Ce qui le troublait le plus, c'était la conviction de Julian selon laquelle Allison était en danger.

Artie Dixon n'était-il pas sorti brièvement du coma pour prononcer, justement, le nom d'Allison ?

Elle savait forcément *quelque chose*, à son insu, bien entendu. C'était la seule façon d'expliquer pourquoi on avait fouillé le grenier et tué quelqu'un — Julian, qui avait été le dernier à y entrer.

Et cette histoire du portrait de la bibliothèque… Sean l'avait bien examiné, pourtant. Il ne contenait aucun trucage, pas de trous à la place des yeux ou de lumière dissimulée.

Tyler était soulagé de savoir qu'Allison dormait au même étage, dans la chambre d'en face. Elle avait choisi l'une des chambres d'amis, dans laquelle, à sa connaissance, il ne s'était jamais rien passé de tragique.

Il étouffa un juron, se leva et enfila sa robe de chambre

en maudissant Julian, qui avait réussi à l'inquiéter sur le sort d'Allison. Pas seulement Julian, d'ailleurs. Artie Dixon aussi.

Tout était silencieux. Il n'entendit, au bout d'un moment, que l'horloge franc-comtoise qui, au rez-de-chaussée, sonnait 2 heures.

Il sortit sur le palier. La porte d'Allison était entrouverte. Il frappa doucement : elle ne répondit pas. Il ouvrit un peu plus et la vit, sur le lit, dormant paisiblement.

Il laissa ouvert et revint vers sa chambre mais, au moment d'entrer, se figea, avec la brusque sensation qu'il se passait tout de même quelque chose d'anormal.

Il s'engagea dans le corridor. Une autre porte s'ouvrit en grinçant. Il se retourna vivement : c'était Logan, qui s'approcha et demanda à voix basse, les yeux fixés sur l'escalier :

— Tu n'as rien entendu ?

— Non, répondit Tyler, mais je me sens nerveux. Le fantôme de Julian ne cesse de répéter que quelqu'un veut s'en prendre à Allison parce qu'elle connaîtrait un secret sans s'en douter. Et toi, tu as entendu du bruit ?

— Non plus, répondit Logan en secouant la tête, mais j'étais réveillé et j'ai eu la même impression que toi. Comme si quelque chose se déplaçait dans l'obscurité. Si nous allions jeter un coup d'œil en bas ?

— Bonne idée.

Ils descendirent les marches côte à côte. Les batteries d'ordinateurs installés par Sean dans le hall diffusaient une lumière verdâtre. Ils regardèrent un moment les écrans, mais n'y virent rien de particulier. Le fantôme de Julian Mitchell, profondément endormi sur le canapé, ne se réveilla pas pour venir les saluer. Tyler sourit brièvement : bravo pour la surveillance, Julian !

Logan vérifia les serrures et l'alarme de la porte d'entrée, puis déclara :

— Je vais vérifier le salon, la salle à manger et l'office.

Je te laisse te charger de la bibliothèque, du salon des dames et du salon de musique.

— D'accord. On se retrouve au fond.

Tyler entra d'abord dans la bibliothèque, guidé par les ampoules de secours allumées ici et là.

Tout semblait normal, sauf que le portrait de « Bradley le Cruel », dans la pénombre, paraissait encore plus effrayant qu'à l'ordinaire. Il le fixa un instant, puis passa dans le premier salon et dans le suivant, sans rien noter de particulier.

Rien qui retienne l'attention, en tout cas.

Julian, sur son sofa, dormait toujours à poings fermés, sans monter la garde dans la demeure où, pourtant, il avait trouvé la mort.

Tyler retrouva Logan en train de vérifier les verrous et l'alarme de la porte du jardin.

— Alors ? demanda-t-il.

— Rien ! Mais nous avons bien fait de venir voir, puisque nous avions un pressentiment. A moins que nous ne soyons nous aussi victimes de notre imagination !

— Sauf que ce que nous sentons n'est pas *toujours* imaginaire, grommela Tyler.

— Il nous reste quelques heures de sommeil. Mieux vaut remonter.

— Tu as raison.

Au moment où ils arrivaient sur le palier, ils virent Kelsey sortir de la chambre qu'elle partageait avec Logan.

— Vous avez trouvé quelque chose ? demanda-t-elle d'un ton inquiet.

— Non ! Désolé de t'avoir réveillée, lui dit Logan.

— Oh ! Je ne dormais pas. Curieusement, je… j'avais l'impression qu'il y avait quelqu'un dans la maison, une présence…

Logan la prit par les épaules.

— Alors, ce n'est à aucun de nous que les spectres essayent de parler !

— Eh bien, bonne nuit, dit Kelsey à Tyler.

Elle hésita une seconde puis ajouta :

— Veille bien à ce qu'Allison laisse sa porte ouverte. Et la tienne aussi !

Il lui sourit.

— C'est bien mon intention !

Logan et Kelsey partirent se coucher. Tyler les imita en prenant soin de laisser sa porte entrouverte.

Si qui que ce soit tentait de pénétrer chez Allison, il s'en rendrait compte tout de suite.

Rassuré par cette certitude, il se remit au lit. L'image de Julian endormi le fit sourire. Lui aussi aurait sans doute trouvé le jeune homme exaspérant et, en même temps, très sympathique, s'il l'avait connu vivant.

Un peu plus tôt, chez Allison, pendant que cette dernière préparait son sac à l'étage, Julian avait beaucoup insisté : il comptait vraiment sur Tyler pour veiller à la sécurité de la jeune femme.

— C'est quelqu'un d'exceptionnel, vous savez, avait-il expliqué. Elle réussit à faire tourner le musée tout en gardant son sens de l'humour. Elle est belle, intelligente… Vous ne la quitterez pas d'une semelle, hein ? Je ne voudrais vraiment pas qu'il lui arrive quelque chose.

— J'y veillerai, avait promis Tyler.

— Je serais bien sorti avec elle, pour être franc, avait avoué Julian. Mais elle… elle voulait autre chose. Bref, je ne lui ai pas été très utile, de son vivant. Et maintenant que je suis un spectre, un simple courant d'air… Je suis encore plus impuissant ! Voilà pourquoi je compte tellement sur vous.

— Nous sommes formés pour protéger les gens, vous savez.

— Même de ce genre de choses ? avait rétorqué Julian. Même de tableaux qui s'animent et de gens qui se glissent dans votre dos ? Il ne faudra pas la quitter des yeux une seconde. Pas une seconde !

C'était à ce moment-là que le portable de Tyler avait sonné, et qu'il avait appris que Dixon venait de prononcer un mot.

Le prénom d'Allison.

Tyler grommela en se retournant dans son lit. Il fallait vraiment qu'il dorme, pourtant. Sinon, il ne serait bon à rien, le lendemain matin.

Il dut finir par s'endormir, car il rêva d'un grand cheval noir, monté par Lucy Tarleton, en train de hennir dans le jardin du musée.

Sauf que, dans son rêve, Lucy avait le visage d'Allison.

Quand Allison se réveilla, elle entendit que les autres s'affairaient déjà au rez-de-chaussée.

Elle se sentait en forme. Elle avait très bien dormi.

En montant se coucher, pourtant, elle avait eu peur d'être hantée par des cauchemars, ou de voir apparaître un revenant dans sa chambre…

Il ne s'était rien produit de tel. Elle s'était sentie totalement en sécurité, du seul fait que Tyler dormait en face et que cinq autres agents du FBI occupaient la maison.

Finalement, décida-t-elle, elle resterait ici jusqu'à ce que l'enquête soit terminée !

Elle descendit en hâte l'escalier de service et se félicita de voir que la petite salle de bains était libre. Elle prit une douche rapide, s'habilla et rejoignit les autres. Ni Kate ni Jane n'étaient là, mais Kelsey, Logan, Sean et Tyler étaient déjà au travail.

Ils s'étaient regroupés devant la batterie des écrans d'ordinateurs.

Ils se retournèrent à son arrivée, presque en bloc, et la dévisagèrent.

Elle se figea aussitôt.

— Qu'y a-t-il ? demanda-t-elle.

La sensation de sérénité qu'elle avait éprouvée en se levant commençait à s'évaporer.

— Que se passe-t-il donc ? insista-t-elle.

— Venez voir, répondit Tyler.

Elle s'approcha des écrans. Les caméras filmaient six endroits différents du musée : le couloir de l'étage, le grenier, la bibliothèque d'Angus Tarleton, le salon, la façade donnant sur la rue et, enfin, le hall où ils se trouvaient.

On voyait d'ailleurs leur petit groupe sur ce dernier écran, en train de regarder.

— Attendez une seconde que je revienne en arrière, dit Sean.

L'horloge, en incrustation en bas de l'écran, clignota. Allison vit les heures défiler à reculons puis, soudain, une lueur traversa l'écran. Sean ralentit, arrêta, remit en marche avant pendant quelques secondes, puis laissa le film se dérouler.

On voyait Tyler sortir de sa chambre puis venir jeter un coup d'œil dans celle d'Allison. Logan surgissait juste après. Ils descendaient l'escalier et on les apercevait successivement, sur les différents écrans, en train d'explorer les pièces avant de remonter et de retrouver Kelsey, sur le palier du premier étage.

— Eh bien, vous avez regardé partout… Tant mieux, murmura Allison.

— Attendez encore, lui dit Sean.

Une silhouette se dessinait soudain au pied de l'escalier. C'était celle d'une femme, d'abord floue et brumeuse, puis plus nette. On aurait dit un spectre. Sans doute une impression, due à la pénombre qui régnait…

La silhouette était maintenant bien visible.

On la voyait se diriger vers la bibliothèque d'Angus Tarleton puis s'immobiliser sur le seuil. Sean appuya sur « pause », et zooma sur l'image.

La gorge brusquement nouée, Allison retint un cri.

La femme était vêtue d'une magnifique robe de l'époque coloniale, avec un corset bleu pâle brodé de blanc sur une longue jupe bleue aux manches blanches. Ses cheveux bruns étaient noués sur la nuque, mais quelques mèches bouclées s'en échappaient, encadrant son visage.

Et ce visage…

Pourquoi l'effrayait-il autant ? Elle avait bien fini par accepter le fait que Julian était devenu un fantôme, pourtant. Pourquoi, alors, avait-elle soudain l'impression d'être *elle-même* un spectre ?

Parce que la femme lui ressemblait à s'y méprendre, et c'était pire que tout. Pire encore que de savoir Julian convaincu qu'elle pouvait démasquer son meurtrier. Pire qu'Artie Dixon prononçant son prénom à voix haute à l'hôpital…

Elle recula d'un pas.

— Qu'est-ce que c'est que ça ? demanda-t-elle d'une voix que la frayeur rendait rauque. Vous avez fait un montage ?

— Non, Allison, répondit Tyler en posant une main sur son bras. Ce n'est pas un trucage. Vous n'avez aucune raison d'avoir peur, cela dit.

Elle retira brutalement son bras.

— Alors, à quoi jouez-vous ? Vous avez filmé quelqu'un pour l'une de ces stupides émissions sur les fantômes ?

Personne ne répondit. Il y eut un silence.

Elle se rendit compte qu'elle avait parlé d'un ton amer, presque agressif.

Cela ne lui ressemblait pas. Elle savait bien qu'elle les accusait à tort, d'ailleurs. Mais en même temps…

— En fait, dit enfin Sean après s'être éclairci la gorge, il s'agit de Lucy Tarleton et… il se peut que vous soyez sa descendante.

— C'est absurde ! Elle n'a pas eu d'enfant. Elle est morte avant ! protesta Allison en secouant la tête. Et puis, il y a plusieurs portraits d'elle où elle ne me ressemble pas du tout. Enfin, pas tant que ça…

— Ce n'est pas vous qui vous êtes déguisée en costume d'époque pour descendre l'escalier en pleine nuit, n'est-ce pas ? demanda doucement Kelsey.

Allison pivota, prête à rétorquer sèchement, puis se tut. Kelsey la regardait avec compassion.

Ils avaient tous l'habitude de ce genre de phénomène. C'était leur travail, et ils ne semblaient guère étonnés.

Pourtant, elle s'obstinait à refuser l'évidence. D'abord Julian… Et maintenant, cette apparition…

— La ressemblance est troublante, c'est vrai, reconnut Logan. Mais ça ne veut peut-être rien dire.

— Elle a les cheveux moins foncés qu'Allison, acquiesça Sean.

Tyler ne disait rien. Depuis qu'elle s'était écartée de lui, il se contentait de l'observer.

— Et d'une, reprit-elle d'un ton nerveux, ce n'est pas moi qui suis sur l'écran ; et de deux, je n'ai aucun lien de famille avec Lucy Tarleton. C'est impossible.

— Probablement, dit Logan, conciliant.

Allison avait néanmoins l'impression que ses jambes allaient se dérober sous elle. Elle qui s'était sentie tellement rassurée, le matin même, certaine que tout allait se résoudre rapidement, qu'on découvrirait le meurtrier de Julian et qu'elle pourrait reprendre tranquillement le cours de son existence…

— Ecoutez, tout ça est trop lourd pour moi, dit-elle enfin. Je… je ne suis pas de taille à affronter ce genre de choses.

— Je vous comprends, lança gentiment Kelsey. Moi-même, le fait que j'aie toujours voulu entrer dans les forces de l'ordre m'a aidée à accepter mon sixième sens. Je me suis dit qu'il me serait utile… Mais vous, vous êtes une universitaire, une intellectuelle. Il est parfaitement normal que ces manifestations vous terrorisent.

— Attention, il ne s'agit pas de lâcheté ! s'empressa de préciser Allison.

C'était pourtant un peu de ça. Elle n'avait qu'une envie : prendre la fuite. Sa véhémence seule le prouvait.

— Je vais vous apporter un café, suggéra Kelsey en se dirigeant vers le local des guides.

— Si vous préférez rentrer chez vous, nous ne vous en empêcherons pas, laissa enfin tomber Tyler.

— Attendez, coupa Logan. Il est de plus en plus clair que ce qui se passe est lié à vous d'une manière ou d'une autre, Allison. Nous avons besoin de vous. En outre, si vous rentrez chez vous, nous ne pourrons plus vous protéger.

— Il y a des voitures de police tout autour de chez elle, objecta Tyler.

— Mais ils se relaient et ne sont jamais très nombreux, rappela Sean. Ce n'est peut-être pas suffisant.

Kelsey revint et tendit une tasse de café à Allison.

— Buvez, Allison ! Le matin, un bon café aide toujours. Quelles que soient les difficultés ! Où est donc passé Julian ?

— Quand il a su que Kate et Jane se rendaient à la morgue, il a tenu à les suivre, même si nous n'étions pas très chauds, répondit Logan.

Allison, sa tasse à la main, se laissa tomber sur l'une des chaises disposées devant les écrans.

— Pour l'instant, personne ne m'a menacée, murmura-t-elle. Personne de vivant ou… ou de mort. Julian a tort de s'inquiéter pour moi. J'ignore pourquoi on l'a tué, mais rien n'indique que son meurtrier ait aussi l'intention de s'en prendre à moi.

— Vous préférez attendre d'avoir une baïonnette en travers de la gorge ? lança sèchement Tyler.

— Voyons, Tyler ! rétorqua Kelsey.

— Fais repasser les images, Sean, répliqua Tyler d'une voix tendue.

— C'est inutile ! Je les ai déjà vues, protesta Allison.

— Regardez-les tout de même une seconde fois.

La silhouette réapparut sur l'écran. Allison serra les dents.

Tyler, assis à côté d'elle, se pencha si près que son visage la frôla.

— Vous êtes en danger, Allison. Si vous ne vous en rendez pas compte, vous êtes la diplômée la plus sotte que j'aie jamais rencontrée. Sortez du déni. Nous ne pourrons vous aider que si vous acceptez le fait qu'un fantôme de cette maison tente de vous alerter, parce que quelqu'un de bien vivant a l'intention de vous tuer. Faites-moi confiance, je vous en prie ! Croyez-en notre expérience. Dans cette histoire, c'est vous le catalyseur, la clé de tout. Acceptez-le. C'est votre seule chance d'en sortir vivante.

10

Allison s'efforça de rester parfaitement stoïque, sans rien laisser paraître du tourbillon d'émotions qui l'agitait.

Elle baissa les yeux sur sa tasse de café. Elle ne pouvait plus soutenir le regard de Tyler.

Ils avaient raison sur un point : elle n'avait aucune envie de mourir !

Les yeux toujours baissés, elle sentit comme une force qui, peu à peu, se mettait à courir dans ses veines. Elle releva la tête. Tyler la contemplait encore, son visage à quelques centimètres du sien.

— Pour l'instant, je suis ici, n'est-ce pas ? Et bien vivante…, murmura-t-elle.

Elle vit l'expression de Tyler s'adoucir et, soudain, lut dans son regard un sentiment qu'elle ne s'attendait pas à trouver : il était profondément inquiet pour elle. Il lui avait parlé durement, certes, mais son angoisse était sincère. Sans bien savoir pourquoi, elle fut certaine qu'il voulait avant tout la protéger.

— Vous admettrez que ce qu'on voit sur cet écran a de quoi donner le frisson ! s'exclama-t-elle.

Il hocha la tête, l'air sombre.

Depuis des années, Allison s'habillait comme Lucy Tarleton pour effectuer ses visites. Elle guidait les touristes dans cette demeure comme si c'était la sienne. Elle était jeune, comme Lucy. Bien souvent, on l'avait taquinée sur la ressemblance troublante qui existait entre elles, mais jamais auparavant elle n'en avait mesuré l'ampleur.

Ce n'était qu'une ressemblance, cela dit.

Et même si elle avait l'air du sosie de Lucy, le plus troublant, pour l'instant, c'était qu'un fantôme était bel et bien apparu sur un écran.

Un spectre qui errait sans doute dans le musée depuis des décennies…

Sans qu'elle s'en soit jamais doutée !

— Il faut du temps pour s'habituer, c'est normal, lui dit doucement Kelsey, tout en donnant un discret coup de coude à Tyler.

Il se mit debout sans la quitter des yeux.

— Excusez-moi si j'ai l'air poltronne, reprit Allison. D'ordinaire, je ne suis pas du genre à sursauter dès que je vois une ombre et je ne…

Sa voix mourut. Elle avait failli ajouter : *Et je ne crois ni aux revenants ni aux apparitions.*

Parce que, maintenant, non seulement elle y croyait… mais elle *savait* qu'ils existaient.

Elle serra la mâchoire.

Prendre la fuite ne ferait qu'empirer les choses…

Elle se redressa, les épaules droites, fit face au petit groupe et déclara :

— Je pense que ça ne m'aiderait pas beaucoup de rentrer chez moi, effectivement. Si, comme vous le dites, je suis le « catalyseur » de cette affaire, Tyler a raison : je me dois de vous aider à résoudre l'énigme. Que se passe-t-il, maintenant ? Qu'est-ce que je dois faire ?

— Rien de particulier, répondit Logan. Seulement ouvrir votre esprit, être attentive à tout ce que vous pourrez voir ou entendre, à tout ce qui peut ressembler à un message.

— Mais… nous n'allons pas *agir* ? Prendre des initiatives ?

— Nous le faisons déjà, assura Logan. Kate et Jane sont à la morgue. Nous, nous examinons tout ce qui a été filmé pendant la nuit. Il arrive en effet que quand les esprits ne nous contactent pas, la caméra capture tout de même leur présence. Au moins, ça nous permet de savoir qu'ils sont là.

— Je vois, mais…

Logan se leva à son tour. Il jeta un coup d'œil à Tyler, puis à Allison, et reprit :

— Ecoutez, Allison, nous avons vérifié toutes les issues de cette maison, les serrures, les alarmes. Pourtant, Julian a vu et entendu quelqu'un. Quelqu'un de bien vivant…

Il se tut et consulta Tyler du regard. Allison comprit qu'il hésitait à lui faire part d'une vérité désagréable.

— Ce que veut dire Logan, c'est que le meurtrier de Julian est forcément une personne que vous connaissez bien, Allison, dit alors Tyler. Une personne qui a les moyens d'entrer dans la maison.

— Autrement dit, murmura-t-elle, Annette ou Jason… Mais ça ne peut pas être eux ! Le jour du drame, Annette souffrait terriblement avant d'aller chez le dentiste. Quant à Jason, je l'ai croisé toute la journée et je l'ai vu partir, un bon moment avant… avant que je ne découvre le corps de Julian.

— Nous nous sommes fait confirmer la visite d'Annette chez le dentiste, déclara Logan.

— Ah bon ? Vous avez contrôlé ses déclarations ? s'étonna Allison.

— Nous contrôlons tout.

— Il y a aussi les administrateurs, rappela Logan.

— Les administrateurs ? s'écria Allison en haussant les sourcils. Comme Ethan Oxford, par exemple ? A son âge, je ne l'imagine pas une seconde se faufiler ici. Julian était jeune, sportif…

— Et Cherry Addison ? coupa Tyler.

— Cherry ? On entendrait le claquement de ses talons aiguilles à un kilomètre !

— Et Nathan Pierson ? Sarah Vining ? reprit Tyler.

— Je ne vois vraiment aucun de ces gens d'honorable réputation se glisser dans la bibliothèque, enfoncer la tête de Julian sur sa baïonnette, puis trouver je ne sais quel moyen pour traumatiser Artie Dixon et le plonger dans le coma, répondit Allison. Est-ce que vous les avez déjà rencontrés ? Je sais que vous avez croisé Cherry, mais…

— Je les ai tous interrogés, déclara Tyler, mais je vais devoir recommencer. Y compris avec Jason et Annette, j'en ai peur.

Allison ouvrir la bouche pour rétorquer, puis la referma : ils venaient d'entendre du bruit sur le perron. Logan regarda Tyler d'un air interrogateur. Ce dernier fit un geste d'ignorance.

— Mieux vaudrait sonner, lança une voix de femme. Il y a des gens qui séjournent ici, en ce moment !

C'était une voix qu'Allison connaissait bien.

— Eh bien, murmura-t-elle, je crois que vous allez voir certains administrateurs plus tôt que prévu.

— Tu savais qu'ils allaient venir ? demanda Logan à Tyler.

Tyler fit signe que non. Il alla défaire le verrou et ouvrit la porte.

Sur le perron, Sarah Vining recula d'un pas, une main posée sur le bras de Nathan Pierson qui s'apprêtait à ouvrir avec sa propre clé. Derrière eux, Cherry Addison piétinait avec impatience.

— Bonjour, dit Tyler.

— Bonjour, agent Montague, dit Nathan d'un air détendu. Nous venions voir si vous étiez bien installés.

— Plus exactement, ironisa Cherry avec un grand sourire à l'égard de Tyler, nous voulions nous assurer que vous n'étiez pas en train de suspendre de l'ail un peu partout. Ni de démolir des meubles d'époque !

— Venez faire la connaissance de mes collègues, répondit Tyler. Entre parenthèses, je vous promets que nous ne mettrons d'ail nulle part.

Ils entrèrent en file indienne. Tyler fit les présentations avec Sean, Kelsey et Logan, puis se tourna vers les nouveaux venus pour demander :

— Ethan Oxford n'est pas avec vous ?

— Non, il participe à je ne sais quel déjeuner de charité, répondit Nathan. De toute façon, il connaît Adam Harrison depuis longtemps. Je pensais trouver M. Harrison sur place, d'ailleurs. N'est-ce pas lui, le grand manitou ?

— Disons que c'est lui qui organise et qui coordonne. Nous, nous sommes chargés de l'exécution, expliqua Logan.

Allison remarqua que Sean avait discrètement appuyé sur une touche d'ordinateur. Toutes les caméras, maintenant, filmaient en temps réel.

Cherry Addison se tourna vers elle.

— Eh bien, Allison, vous faites visiter les lieux ? lança-t-elle. C'est très aimable à vous, ma chère, alors que vous auriez pu vous installer tranquillement dans votre petit bureau du campus pour rédiger l'un de vos savants articles.

Cherry avait l'art de prononcer des phrases anodines avec une intonation qui les rendait sarcastiques, voire pleines de sous-entendus. Elle semblait insinuer qu'Allison aurait été plus à sa place dans les sphères confinées du monde universitaire.

— Vous savez très bien que j'adore ce musée, Cherry ! répondit Allison.

— Mlle Leigh se rend extrêmement utile, renchérit Tyler.

— Nous aimons tous ce musée et son histoire, déclara gentiment Sarah Vining.

Allison lui sourit. Cette chère Sarah ! Elle avait beau évoquer un petit chiot apeuré, elle était toujours animée des meilleures intentions.

— Je ne comprends pas pourquoi on s'en est pris à M. Mitchell, reprit tristement Sarah. C'était un jeune homme plein de talent.

— C'était surtout un jeune vantard sans cervelle, jeta Cherry d'un ton caustique. Ce qui est très ennuyeux, c'est tout ce qu'on lit en ce moment dans la presse sur cet Artie Dixon. Ils font des montagnes de son coma. Comme s'il avait été victime de Martiens !

— C'est l'une des raisons pour lesquelles Ethan a fait venir des agents spécialisés, Cherry, fit remarquer Nathan. Peut-être s'apercevront-ils que certaines légendes historiques sur cette demeure n'ont aucun fondement. Sinon, tant pis ! Après tout, rien de tel qu'un bon vieux fantôme dans une maison, non ?

— A condition qu'on n'y tue pas les gens ! riposta Allison.

Sa virulence l'étonna elle-même. C'était comme si les mots lui avaient échappé. Un silence s'abattit sur le groupe.

— Vous avez raison, dit enfin Nathan. Il ne faut absolument pas que ça recommence. Eh bien, nous allons vous laisser travailler... Nous souhaitions simplement vérifier que vous n'aviez besoin de rien. En ce qui concerne le grenier, Allison, je peux venir vous aider à tout mettre en ordre, si vous voulez.

— Merci, Nathan, répondit Allison en souriant, mais je peux me débrouiller seule, vous savez.

— Si nécessaire, vous pouvez me demander aussi, glissa Cherry sans enthousiasme, mais pas aujourd'hui. Mon mari prépare la réception de son vernissage de demain soir. D'ailleurs, vous êtes tous invités !

— Mais, Cherry, ils ont du travail..., murmura Sarah.

— Il faut bien prendre un peu de loisirs de temps à autre ! répliqua Cherry. Vous êtes tous les bienvenus. La galerie se trouve dans Walnut Street, pas très loin d'ici. Cela vous détendra.

— Avez-vous déjà des pistes ? demanda Sarah au petit groupe. Se peut-il que Julian lui-même ait saccagé le grenier avant de se donner la mort ?

— Nous démarrons tout juste, madame Vining, répondit Kelsey. Nous ferons de notre mieux, bien entendu.

— Je n'en doute pas, dit Sarah en hochant la tête.

— Eh bien, déclara Nathan, je vais vous laisser… J'ai un déjeuner. Si vous avez besoin de quoi que ce soit, n'hésitez pas.

— Merci, monsieur, dit Logan au nom de l'équipe.

— J'y vais aussi, dit Cherry, je dois superviser l'accrochage… C'est le galeriste qui suspend les œuvres, bien sûr, mais mieux vaut que je sois là.

Tout le monde sourit poliment. Cherry se rengorgea.

— Voulez-vous que je reste vous donner un coup de main ? demanda Sarah à Allison.

Ce fut Tyler qui répondit :

— Nous nous apprêtons à sortir prendre un petit déjeuner tardif, mais si vous préférez vérifier qu'aucun document important n'a été endommagé ou perdu, n'hésitez pas à revenir plus tard.

— Entendu, répondit Sarah. Je reviendrai. Allison et moi-même sommes toutes les deux très soigneuses, quand nous faisons des recherches. J'aimerais vraiment m'assurer que rien ne manque.

— Avec plaisir, Sarah, dit Allison.

— Alors, au revoir à tous, conclut Nathan en souriant. Merci encore de tout ce que vous faites pour ce musée, Allison.

— Je vous en prie. Comme je vous l'ai dit, ça me passionne et j'adore cette demeure.

— Mais nous n'en doutons pas, chère amie ! glissa Cherry, presque comme si elle faisait un reproche.

Tyler les raccompagna à la porte. Tout le monde lança des « au revoir », puis les administrateurs disparurent.

— Nous aurions pu leur demander leurs clés, fit remarquer Allison.

— Non, mieux vaut ne pas leur laisser voir pour l'instant que nous les soupçonnons, objecta Logan. Ce qu'il nous faut, c'est un système d'alarme qui nous indique si quelqu'un tente d'entrer en utilisant sa clé. Merci d'arranger ça, Sean.

Logan se tourna ensuite vers Allison.

— Le jour de la mort de Julian, avez-vous vu partir les membres du conseil d'administration ?

— Oui, pendant la dernière visite que je guidais.

— Seulement, comme vous n'avez pas vu Julian se faufiler à l'intérieur, l'un d'entre eux a très bien pu rentrer aussi sans se faire voir, lança Tyler. Annette était chez le dentiste, Jason parti… Où étiez-vous vous-même, à ce moment-là ? C'est vous qui deviez verrouiller les portes derrière Jason, n'est-ce pas ?

— Avez-vous bien vu Jason s'éloigner, d'ailleurs ? ajouta Logan.

— Je l'ai entendu fermer la porte, mais je n'ai pas regardé dans cette direction, répondit-elle. En revanche, j'ai vu passer les administrateurs…

— Mais, comme je l'ai dit, l'un d'eux a pu revenir à votre insu, coupa Tyler.

— Cela me paraît vraiment improbable. Ni Annette, ni Jason, ni moi-même n'aurions pu tuer Jason, même s'il nous exaspérait. Et je vois mal quelle raison aurait l'un des administrateurs de s'en prendre à lui. Il leur suffisait de le renvoyer, s'ils en avaient assez.

— C'est vrai, mais s'il savait quelque chose de gênant, un renvoi n'aurait pas suffi ! souffla Kelsey.

— Bon ! Allons déjeuner, lança Logan, surtout que nous n'avons pas pris de petit déjeuner. Même les meilleurs enquêteurs ne peuvent se concentrer le ventre vide. Ensuite, nous ferons des provisions avant de nous remettre au travail.

— Si nous allions au restaurant de votre ami ? suggéra Tyler à Allison. Il sera déjà ouvert, à cette heure-ci ?

— Vous voulez dire, le pub d'Evan ? McDooley's ? Il ouvre à 11 heures, ça devrait être bon. Vous ne le soupçonnez tout de même pas, j'espère ? conclut Allison d'un ton sec.

— Non. Mes soupçons se portent plutôt sur vos collègues ou sur les administrateurs. J'en suis désolé, car je sais que cela vous consterne, mais je n'ai pas le choix. D'ailleurs, étant donné son insistance à venir ici trier les papiers, j'aimerais en savoir plus sur Sarah Vining.

— Sarah ? Mais Sarah est…

Allison se tut, ne sachant pas très bien comment s'expliquer.

— Il est vrai qu'elle a l'air très douce, très fragile, toujours un peu nerveuse, incapable de nuire… Mais vous savez, il ne faut jamais se fier aux apparences, fit remarquer Kelsey.

— Nous n'en sommes pour l'instant qu'aux spéculations, ajouta Logan. Peux-tu mettre l'alarme en marche, Sean ?

— C'est fait. L'une des caméras filme la porte d'entrée et j'ai connecté une alerte à mon téléphone portable.

— Alors, allons-y, dit Tyler. Je meurs de faim et on mange très bien, chez McDooley's.

Ils avouèrent tous être affamés. Allison s'étonnait qu'ils puissent rêver d'un bon repas, étant donné les circonstances et la brusque apparition d'un fantôme au milieu d'eux. Sans doute étaient-ils habitués aux phénomènes les plus bizarres. Cela ne suffisait manifestement pas à leur couper l'appétit.

Evan les accueillit d'un air rayonnant.

— Allison ! Merci de m'amener des amis ! s'écria-t-il.

— Nous avons besoin d'une bonne cantine, plaisanta Tyler. Allison, je vous laisse faire les présentations !

Elle s'exécuta puis, soudain, ouvrit de grands yeux en voyant Jason s'avancer vers eux, vêtu d'un jean et d'un polo orné du logo de l'établissement.

— Allison ! Comment vas-tu ? J'espère que tu arrives à tenir le coup. Je m'en veux encore d'avoir critiqué Julian juste avant que… Si seulement j'avais été avec toi quand tu l'as trouvé !

— Oui, c'est affreux. Nous sommes tous effondrés, répondit-elle en s'efforçant de sourire. Au moins, je vois qu'Evans t'a embauché comme serveur. Il m'avait chargé de t'en parler, mais je n'ai pas eu le temps, et il m'a devancée.

— Oui, je lui ai téléphoné. Je dois payer l'université et j'avais désespérément besoin d'un travail, dit Jason en embrassant Allison sur les deux joues. Par bonheur, Evan a pu me dépanner.

Il se redressa en fixant le petit groupe des « chasseurs de fantômes » avec un sourire un peu intrigué.

— Ravi de vous accueillir, lança-t-il. C'est vrai, j'étais très remonté contre Julian, ce jour-là. Il se prenait pour une star et se fichait totalement de nos préoccupations. Pourtant, malgré tout, on l'aimait bien. Il nous manque terriblement…

Il se tourna vers Allison pour ajouter :

— Tu n'en as pas trop bavé ? J'ai été interrogé par la police, moi aussi, mais il paraît qu'ils t'ont gardée toute la nuit !

— Ils ont bien fait de nous passer sur le gril. La meilleure façon de rendre hommage à Julian, c'est de savoir ce qui est vraiment arrivé, répondit-elle.

Jason haussa les sourcils.

— Que veux-tu dire ? Julian a voulu nous jouer l'un de ses tours et ça a mal tourné, non ?

— Probablement, mentit Allison, partant du principe que les « chasseurs de fantômes » n'avaient pas envie qu'on étale leurs soupçons. En tout cas, le FBI va nous aider à clarifier tout ça.

Mais Jason restait étonné.

— Je ne vois pas très bien ce que ça apportera. On ne peut plus rien pour Julian, de toute façon… Mais venez donc vous asseoir. Je viendrai prendre vos commandes.

N'hésitez pas à me poser toutes les questions que vous voudrez.

Il les mena vers une alcôve, leur suggéra certains plats puis nota leurs commandes, que tout le monde accompagnait d'un thé glacé.

— Voici donc Jason, murmura Tyler en le regardant s'éloigner.

— C'est un brave garçon. Franchement, il n'avait aucune raison de vouloir du mal à Julian, dit Allison avec conviction.

Elle était assise à côté de Tyler. Kelsey se trouvait entre Logan et Sean, sur la banquette d'en face.

— Jason tient à finir ses études, ajouta-t-elle. Vous l'avez entendu… Il a besoin de travailler pour se les payer !

Kelsey tendit le bras en travers de la table pour prendre la main d'Allison dans la sienne.

— J'admire votre loyauté envers vos amis, dit-elle. Moi-même, lors d'une enquête à San Antonio, j'ai dû accepter le fait qu'on ne connaît jamais personne aussi bien qu'on le pense.

— Tu as perdu une amie, mais, en échange, tu m'as trouvé, moi ! répliqua Logan d'un ton taquin.

Allison était émue de voir l'affection et l'intimité qui les liaient. Pourtant, quand ils étaient plongés en plein travail, on n'aurait jamais deviné qu'ils étaient en couple.

En fait, les liens semblaient étroits entre tous les membres de l'équipe. L'affection qu'ils se portaient ne nuisait pas à leur professionnalisme. Elle paraissait même le renforcer, au contraire.

— Vous avez tous fait connaissance dans le cadre du travail ? s'enquit-elle.

— Oui, tous, sauf Kelsey, répondit Logan. Elle venait de Floride…

— Alors que nous sommes tous texans ! conclut Sean.

— Mais vous êtes basés en Virginie, n'est-ce pas ?

Il hocha la tête.

— Maintenant, oui. Notre travail nous amène à bouger beaucoup, mais, ma foi, ça fonctionne. Par exemple, Will Chan, qui appartient à l'autre équipe des « chasseurs », est venu aider Kate pendant notre dernière enquête. Depuis, chacun a réintégré son équipe, mais comme entre-temps ils s'étaient mis ensemble, ils ont trouvé une jolie maison, à Arlington. Ils s'y retrouvent entre deux missions.

— Sean a eu moins de chance ! lança Kelsey avec une petite bourrade dans l'épaule de son cousin. La femme de sa vie travaille en Californie, dans le meilleur studio d'effets spéciaux de Hollywood. Ils se retrouvent dès qu'ils le peuvent…

Sean lui fit une petite grimace et brandit son verre de thé glacé.

— Il suffit d'un peu de volonté ! répondit-il. Quand on y tient vraiment, ça marche. Et c'est le cas.

— Je te plains tout de même, mon cher cousin !

— J'avais oublié que vous étiez cousins, remarqua Allison.

— Vous ne trouvez pas que nous avons un air de famille ? demanda Kelsey.

— Je n'y avais pas réfléchi, mais… si, un peu. La forme des yeux.

— La génétique réserve des surprises, fit remarquer Logan. Certaines caractéristiques peuvent sauter plusieurs générations avant de réapparaître. C'est parfois une chance pour les maladies rares. Le temps qu'elles réapparaissent, la médecine a parfois trouvé le moyen de les soigner.

Allison se rendit compte que Tyler l'observait. Elle sentit ses joues s'enflammer : il était sans doute en train de jauger sa ressemblance avec la spectrale Lucy Tarleton.

Elle se sentait cependant de plus en plus à l'aise en sa compagnie. Tout, chez lui, inspirait la confiance. Ne serait-ce que le fait qu'il soit tout en muscles et mesure plus d'un mètre quatre-vingt-quinze… Et il n'y avait pas que cela. Elle aimait aussi sa voix chaude, son aisance, son allure.

Evidemment, elle n'avait *aucune intention* de s'attarder sur ses attraits physiques. Ça n'aurait pas été raisonnable. Surtout qu'elle n'avait pas vraiment fait les bons choix de partenaires, par le passé ! Elle était là pour assister le FBI et, en échange, ils assuraient sa sécurité. Mieux valait s'en tenir là.

Tyler lui-même pensait visiblement à tout autre chose, car il demanda brusquement :

— Est-ce que vous connaissez votre arbre généalogique ? En tant qu'historienne, vous vous êtes sûrement posé la question.

— Oui, répondit Allison en hochant la tête. Du côté de mon père, nous remontons jusqu'au XVIIIe siècle. J'ai perdu le compte, mais j'ai plusieurs arrière-arrière-arrière... grands-parents enterrés ici, à Philadelphie, dans le cimetière de Christ Church. Pas très loin de Benjamin Franklin, d'ailleurs. Au point qu'à mon avis, leur tombe récupère souvent des pièces de monnaie destinées à Franklin !

— Des pièces de monnaie ? Pourquoi ?

— C'est une tradition locale. Les gens jettent des pièces sur la tombe du grand homme en pensant que ça leur portera bonheur pour s'enrichir.

Logan se mit à rire.

— Alors, ça contredit le dicton selon lequel les petites économies font les grandes fortunes !

Tout le monde s'esclaffa, puis Tyler demanda :

— L'un de vos ancêtres s'est-il battu pendant la révolution américaine ?

— Oui, acquiesça-t-elle de nouveau. Il s'appelait William Peter Leigh. Il a d'ailleurs survécu et s'est éteint à l'âge respectable de quatre-vingt-sept ans. Ma mère, elle, vient d'une famille irlandaise qui a immigré beaucoup plus tard. Ils sont arrivés à New York pendant la famine qui a frappé l'Irlande au dix-neuvième siècle, et ne sont venus qu'ensuite à Philadelphie.

— Ce serait intéressant d'en savoir plus sur votre famille, murmura Logan.

— Je vois où vous voulez en venir, rétorqua-t-elle, mais, comme l'a dit Tyler, j'ai bien étudié ma généalogie et je peux vous affirmer que je n'ai *aucun lien* avec les Tarleton ou les Dandridge. On trouve aux archives municipales tout ce qui concerne ma lignée paternelle. Ces documents sont largement confirmés par les registres paroissiaux, et c'est la même chose pour les Tarleton. Angus Tarleton avait deux filles, Lucy et Sophia. Lucy est morte, Sophia a épousé Tobias Dandridge et, là aussi, on connaît tous ses descendants jusqu'à Cherry Addison. Le nom de Dandridge s'est éteint avec la mère de cette dernière.

Elle but une gorgée de thé glacé puis ajouta :

— Je ne vois pas très bien l'intérêt de tout ça, puisque vous semblez convaincu que Julian a été tué par quelqu'un de bien vivant, et pas par un fantôme !

— On verra…, répondit vaguement Logan.

— En revenant au musée, j'aimerais examiner les papiers qui ont été dispersés dans le grenier, dit Tyler à Allison en souriant. Je vous demanderai aussi de me faire faire le tour de la propriété.

— Pour vous montrer les écuries et le cimetière, vous voulez dire ?

— C'est ça. J'y ai déjà jeté un coup d'œil, bien sûr, mais rien de tel qu'une visite guidée par un expert.

Au même instant, Jason réapparut avec deux autres serveurs pour déposer leurs commandes devant eux.

— Faites attention si vous devez prendre l'autoroute, déclara-t-il. Il vient d'y avoir un terrible accident sur US1.

— Mon Dieu ! C'est affreux ! s'écria Allison.

— Ils viennent de montrer ça aux infos. Un énorme carambolage, avec au moins une dizaine de voitures, deux camions retournés… Il y aura sûrement des morts, je le crains.

Allison se glissa hors de l'alcôve pour suivre Jason jusqu'à la télévision installée dans le bar. Un reporter commentait le drame, devant une masse de tôles tordues. Les véhicules s'étaient littéralement encastrés les uns dans les autres et l'un des camions, couché sur le flanc, barrait toute l'autoroute.

Tout à coup, Allison poussa un léger cri.

— Jason, regarde… Une Volvo bleue !

— Je vois, murmura-t-il.

Ils pensaient tous les deux la même chose.

Sarah Vining conduisait une Volvo bleue.

— N'imaginons pas tout de suite le pire, reprit Jason. Sarah n'a sûrement pas la seule Volvo de cette couleur.

— Elle dit toujours que c'est l'une des voitures les plus sûres qu'elle connaisse, murmura Allison.

— Alors, même si c'est elle qui est dedans, elle s'en est peut-être tirée ! répondit Jason d'un air rassurant.

Allison vit que Tyler les avait rejoints. Debout derrière elle, il demandait à quelqu'un, dans son portable, de zoomer sur la plaque d'immatriculation de la Volvo pour trouver le nom du propriétaire.

Allison et Jason, anxieux, attendirent qu'il ait fini. Tyler grommela quelques mots, dit brièvement « merci », puis raccrocha.

Il regarda ses deux interlocuteurs l'un après l'autre.

— C'était bien la voiture de Sarah Vining, dit-il enfin. Et d'après les premières constatations, c'est elle qui a provoqué l'accident.

11

Sur les lieux de l'accident, pendant que Logan s'entretenait avec les policiers, Tyler trouva l'ambulance qui devait conduire Sarah Vining à l'hôpital. Il montra sa carte professionnelle et on l'autorisa à accompagner les urgentistes. L'ambulance démarra en faisant hurler sa sirène. En dépit du bruit, cependant, il entendait ce que les infirmiers disaient derrière lui.

Ils s'entretenaient par radio avec les médecins de l'hôpital, d'une voix hachée, faisant tout leur possible pour sauver la blessée.

La Volvo à laquelle se fiait tellement Sarah l'avait un peu protégée : l'airbag s'était immédiatement gonflé quand elle avait heurté l'arrière d'un camion.

Pourtant, au moment où les véhicules commençaient à se heurter les uns les autres, elle avait eu une réaction incompréhensible : elle était sortie de sa voiture. Une autre voiture l'avait alors fauchée de plein fouet, l'envoyant voltiger à plusieurs mètres de là.

A présent, elle gisait, couverte d'hématomes, une intraveineuse fichée dans le bras. Elle était inconsciente et ne répondait à aucune des questions anxieuses des urgentistes.

En arrivant à l'hôpital, on la transporta immédiatement en salle d'opération.

Tyler ne fut pas autorisé à entrer. Il montra alors sa carte au médecin de service, expliquant qu'il attendrait le temps qu'il faudrait pour avoir des détails sur l'état de Sarah et, si c'était possible, s'entretenir avec lui. Le médecin eut l'air un peu surpris qu'un agent du FBI s'intéresse à un accident de la route, mais il acquiesça et s'éloigna.

Tyler se mit à tourner en rond dans la salle d'attente. Avant l'accident, il avait commencé à soupçonner Sarah Vining. Maintenant, il avait toujours des soupçons, mais ils ne concernaient plus Sarah…

Il aurait bien aimé savoir comment cette dernière avait perdu le contrôle de son véhicule. Et, surtout, pourquoi elle avait eu l'idée baroque de sortir sur la route !

D'autres victimes du carambolage arrivaient aux urgences. Le personnel gérait avec une admirable efficacité une situation chaotique. Les infirmiers, rapides comme l'éclair, triaient les blessés suivant la gravité de leur état et s'assuraient que chacun était pris en charge.

Tyler suivit l'un d'eux à l'extérieur, où il était sorti reprendre son souffle.

— Vous attendez d'autres blessés ? lui demanda-t-il.

— Non, ils sont tous là, répondit l'homme. Vingt-quatre en tout. Je prie le ciel pour qu'ils s'en sortent. L'un d'eux a perdu beaucoup de sang. Il y a quelques enfants, mais pas trop touchés, par bonheur. Un bras cassé, des bleus, quelques chocs à cause des airbags… Rude journée.

Il eut un pâle sourire.

— Aucun n'est encore parti à la morgue, ajouta-t-il. C'est presque un miracle. Nous pensions qu'il y aurait des morts…

Puis, en plissant les yeux, il demanda :

— Il y a quelqu'un de votre famille ?

— Non, une amie, répondit Tyler. Je suis soulagé d'apprendre qu'il n'y a pas de décès, au moins pour l'instant.

Il regagna la salle d'attente et s'assit à côté d'une femme qui avait le bras en écharpe. Avec un peu de chance, il pourrait l'interroger sans paraître faire preuve d'une curiosité morbide.

Il n'eut même pas à poser de questions, car la femme lui adressa aussitôt la parole.

— Je n'en reviens pas ! s'écria-t-elle en ouvrant de grands yeux. Cette Volvo bleue était juste devant moi. Tout d'un coup, j'ai vu la conductrice lever les bras en criant et, quelques secondes plus tard, elle a brusquement changé de voie et s'est encastrée dans un camion ! Alors la voiture de derrière m'est rentrée dedans… Pourquoi cette femme a-t-elle fait ça ? C'est devenu horrible… Toutes les voitures se fracassaient les unes sur les autres. Il y avait un bruit atroce, des crissements de freins, des tôles froissées… Je ne pourrai jamais l'oublier. Vous étiez là ?

— Non, mais je suis vraiment désolé pour les blessés, répondit Tyler.

— C'est un miracle que je m'en sois sortie vivante !

— Effectivement, surtout après avoir vu le comportement de la conductrice de cette Volvo… Elle avait pourtant l'air normal, jusque-là, non ?

— Mais oui ! C'était comme si elle avait soudain perdu la tête. Comme si elle avait été frappée par la foudre ! Je n'ai même pas eu le temps de déboîter. Tout est arrivé si vite !

La femme, maintenant, avait les larmes aux yeux. Tyler mit une main sur son bras.

— Vous l'avez dit, vous êtes vivante. Dieu merci, dit-il gentiment.

Il vit soudain passer le médecin qui avait pris en charge Sarah Vining. Il s'excusa auprès de la blessée et s'approcha.

— Je suis au regret de vous annoncer la mort de Mme Vining, dit le médecin. Il y a quatre minutes, environ.

— Elle était gravement blessée ? demanda Tyler, le cœur serré, consterné pour Sarah Vining et, en même temps, saisi d'un sentiment d'urgence.

Il fallait absolument qu'ils sachent ce qui avait causé la mort de Sarah.

Il ne croyait pas un instant qu'elle soit soudain devenue

folle et ait elle-même causé l'accident. Il y avait forcément autre chose.

— En fait, laissa tomber le médecin, elle a été mordue par un serpent.

— Mordue ? Par un serpent ?

— Exactement. Il devait y avoir une vipère cuivrée dans sa voiture. Nous avons eu du mal à trouver la morsure, d'ailleurs. Nous en saurons plus à l'autopsie… C'est sûrement à cause de ça qu'elle a perdu le contrôle. Bref, entre ses diverses blessures et le venin… son cœur a lâché.

— Je vous remercie, murmura Tyler. Vous… vous êtes sûr, pour cette histoire de serpent ?

— J'ai d'autres blessés à voir, mais vous pouvez aller vérifier, si vous voulez.

Le médecin héla l'un des infirmiers et lui demanda de conduire Tyler à la salle d'opération, où se trouvait le corps de Sarah.

En arrivant, Tyler toucha doucement le cadavre. Il était encore chaud, mais son visage blêmissait déjà et des taches sombres apparaissaient ici et là. Sarah, qui avait été petite et frêle de son vivant, semblait se recroqueviller encore plus, comme si on l'avait brusquement momifiée.

— La morsure se trouve sur la face intérieure de la cuisse, juste au-dessus du genou, murmura l'infirmier.

Tyler souleva le drap. La morsure de vipère ne faisait pas le moindre doute. Elle avait déjà commencé à noircir et, bientôt, les chairs allaient se putréfier.

— Je vous remercie, dit Tyler. Il va y avoir une autopsie, je crois ?

— Oui. C'est une obligation légale…

— Bien sûr.

Tyler quitta enfin l'hôpital pour retourner au musée. Il avait hâte de se retrouver auprès d'Allison car il était convaincu, à présent, de l'existence d'un tueur. Un tueur qui n'avait pas hésité à placer une vipère cuivrée — on les trouvait facilement, dans les forêts du coin, voire dans les granges ou les caves — à l'intérieur de la voiture de Sarah.

Ce tueur avait pris des risques, car Sarah avait peut-être vu la vipère. Il aurait alors suffi qu'elle reprenne connaissance quelques instants pour en parler aux urgentistes, et s'ils lui avaient donné aussitôt un antidote, elle aurait peut-être survécu.

Et surtout, il avait pris le risque de tuer des dizaines de personnes dans un épouvantable accident, juste pour avoir la peau de Sarah…

En entrant dans le hall du musée, il vit Sean, seul, en train de surveiller les écrans.

— Où est Allison ? demanda-t-il.

— Dans le grenier, avec Logan et Kelsey, en train de trier des papiers. Tu m'as l'air d'apporter de mauvaises nouvelles.

— Sarah Vining est morte.

— Morte ? Dans l'accident ? s'écria Sean.

— Pas seulement… Elle a été mordue par une vipère cuivrée.

Sean pivota sur sa chaise. Au même instant, Allison descendait précipitamment l'escalier. En voyant son expression, elle comprit qu'il était arrivé un malheur.

Logan, qui l'avait suivie d'un pas plus lent, demanda :

— Alors ?

Tyler secoua la tête.

Allison s'était figée sur place.

— Elle est morte ? Sarah est morte ? murmura-t-elle.

— Oui, hélas! Je suis désolé.

Allison se laissa tomber sur la première marche, le souffle coupé.

— Elle a succombé à l'accident, alors. Nous avons vu la scène aux informations. Un carambolage gigantesque… Quelle coïncidence, quand on sait ce qui s'est passé ici !

Tyler vint s'asseoir à côté d'elle. Elle ne pleurait pas et se contentait de regarder droit devant elle, l'air hébété.

— L'accident a été provoqué, Allison, murmura-t-il.

Elle se tourna vers lui.

— Provoqué ? Mais par qui ? Il y avait des dizaines de véhicules !

— Il y avait surtout un serpent dans la voiture de Sarah.

— Un *serpent* ?

— Oui, une vipère cuivrée. Sarah a été mordue.

— Tout le monde ne meurt pas d'une morsure de vipère ! Il y a des antidotes !

— Sarah avait aussi été heurtée par une voiture. Son cœur n'a pas résisté à tous ces traumatismes. En tout cas, il est clair que c'est elle qui a provoqué l'accident, justement à cause de ce serpent.

— Les gens trouvent parfois des vipères dans leurs caves ou dans leurs garages, mais je n'ai jamais entendu personne en trouver une dans sa voiture, murmura Allison.

Puis, comme si elle comprenait soudain qu'elle venait de perdre un autre proche, elle reprit d'une voix blanche :

— Mon Dieu, pauvre Sarah… Elle qui était si frêle, si mélancolique !

— Cela fait deux morts à trois jours d'intervalle, déclara Logan. Il est évident que quelqu'un redoute la divulgation de quelque chose… Nous devons redoubler de vigilance.

Il contourna Allison pour venir lui faire face.

— Je suis sincèrement désolé, Allison. Vous avez perdu un ami et, maintenant, c'est le tour d'une femme dont vous étiez proche. Je n'ose imaginer à quel point c'est douloureux pour vous. Tout ce que nous pouvons faire, c'est travailler d'arrache-pied pour éviter qu'il n'y ait de nouvelles victimes.

— Vous croyez vraiment que quelqu'un a l'intention de tuer tous les gens associés à ce musée ? demanda-t-elle sans ambages.

— Seulement ceux qui détiennent certaines informations sans le savoir, précisa Tyler. C'est sur ce point qu'il faut nous concentrer et, en général, nous ne sommes pas mauvais. Faites-nous confiance. Ce matin, par exemple, Sarah vous a proposé de venir vous aider à ranger le bureau du grenier. Peut-être que le jour de la mort de Julian, elle y a vu quelque chose qu'elle n'aurait pas dû voir… C'est bien dans cette pièce que le conseil d'administration s'était réuni, n'est-ce pas ?

— Oui.

Allison avait répondu dans un sanglot. Tyler mit un bras autour de ses épaules, convaincu qu'elle allait le repousser de nouveau… Mais ce ne fut pas le cas.

— Vous êtes soumise à rude épreuve, reprit-il doucement. Deux morts l'une après l'autre, l'un d'eux devenu fantôme, l'apparition d'un spectre qui est votre sosie, un homme dans le coma qui prononce votre nom… Cela fait beaucoup. Nous le comprenons. Seulement, nous sommes convaincus que c'est *vous* qui détenez sur cette demeure un secret que quelqu'un redoute de voir resurgir. Quelqu'un qui n'a pas hésité à mettre en danger la vie de dizaines de personnes…

Tyler marqua une pause, puis reprit :

— C'est forcément soit l'un de vos collègues, soit l'un des administrateurs.

— Sachant que nous en avons déjà perdu deux, précisa Logan.

— Et les groupes qui sont venus visiter le musée ? objecta Allison. Qui sait s'il n'y avait pas parmi eux un malade mental, un maniaque quelconque ? On ne peut pas suivre tous les visiteurs à la trace… L'un d'eux aurait très bien pu se dissimuler quelque part et même s'en aller sans qu'on le voie. Je n'ai mis l'alarme en marche qu'après avoir trouvé le corps de Julian, ce jour-là.

— C'est une possibilité, admit Logan.

— Peu probable ! lança Sean depuis son siège.

Il se leva et s'approcha d'Allison en ajoutant :

— D'après ce que dit le gamin dont le père est dans

le coma, le fantôme de « Bradley le Cruel » s'intéresse à vous, Allison. Je pense que nous devrions tenter de convaincre l'un ou l'autre, Lucy Tarleton ou Bradley lui-même, de vous apparaître. Si vous parveniez à gagner leur confiance, ils nous mettraient peut-être sur la piste… On ne sait jamais ce qu'un fantôme peut savoir.

La porte s'ouvrit sur Jane et Kate, qui revenaient de la morgue. Julian, à côté de Kate, protestait avec vigueur.

— C'était horrible. Horrible et totalement indigne !

— Julian ! soupira Kate, exaspérée, en posant son sac sur une table basse pour se tourner vers lui. Si je n'avais pas insisté pour qu'on vous rase la tête, on ne se serait jamais rendu compte que vous aviez un hématome crânien. Or c'est la preuve qu'on vous a frappé sur la tête pour enfoncer la lame dans votre cou !

— Mais je vous l'avais dit ! rétorqua-t-il. Bon sang, quand est-ce qu'on m'écoutera ?

— Nous vous écoutons et nous vous croyons, bien sûr, déclara Jane pour tenter de le calmer. Mais on ne peut pas aller certifier devant un tribunal que c'est un *fantôme* qui nous a raconté ce qui s'était vraiment passé.

— Comme si ça ne suffisait pas que j'aie cette énorme incision en Y sur l'estomac ! gémit Julian.

— Je vous avais dit de ne pas venir, dit Kate.

Julian vit que tout le monde le regardait.

— Oui, bon, je n'aurais pas dû, grommela-t-il. Mais j'ai pensé que c'était mon devoir.

— Et nous avons prouvé que vous ne mentiez pas ! reprit Kate. Si je n'avais pas fait cet examen, le médecin légiste penserait peut-être encore à une mort accidentelle !

— Vous lui avez demandé de ne rien dire à la presse pour l'instant, j'espère ? demanda Logan.

— Bien sûr, répondit Kate en hochant la tête.

— Il a accepté ?

— En l'occurrence, le légiste qui s'occupe de Julian

est une femme d'une soixantaine d'années qui semble parfaitement discrète.

— Tu vois ? Je t'avais bien dit qu'on m'avait assassiné ! s'écria Julian à l'intention d'Allison.

— Je n'ai jamais mis ta parole en doute, répondit-elle.

— Nous résoudrons cette affaire, Julian, assura Jane.

Puis elle fit une pause et fronça les sourcils en regardant ses collègues :

— Que se passe-t-il ? Il y a un problème ?

— Je vous ai laissé un message, répondit Logan. Vous ne l'avez pas eu ?

Jane fouilla dans sa poche.

— Nous n'avions pas nos portables dans la salle d'autopsie, et je n'ai pas pensé à vérifier les appels en sortant.

— Il y a eu un énorme carambolage sur l'US1..., déclara Logan.

Il ajouta que Tyler et lui-même s'étaient rendus sur place, que Tyler avait ensuite accompagné Sarah Vining à l'hôpital, et que cette dernière était morte.

Puis il expliqua comment.

— Nous n'avons vraiment plus de temps à perdre, murmura Jane.

— Il faut que j'assiste aussi à l'autopsie de Sarah, Logan ! s'écria Kate.

— Sarah est morte ? Elle aussi ? demanda Julian. Et une fois de plus, le meurtre a été camouflé en accident... Avec un serpent ! Ça prend vraiment des proportions terrifiantes... Je suis vraiment désolé pour Sarah. Autant que pour moi-même !

— Toutes mes condoléances, Allison, dit Jane. Maintenant, nous allons travailler d'arrache-pied. Je vais faire des montages avec les différents tableaux du musée, pour voir si j'en tire quelque chose...

— Tu comptes t'y mettre tout de suite ? lui demanda Logan.

— Oui. A moins que tu n'aiès besoin de moi ?

— Non, au contraire. J'ai hâte de voir ce que tu obtiens.

— Qu'est-ce que vous comptez trouver ? demanda Allison.

— Une piste vers la vérité ! répondit Jane.

Allison ne put s'empêcher de sourire.

— La vérité… mais laquelle ?

— Celle des anciens habitants de cette demeure. Vous verrez, on a parfois des surprises fascinantes.

— Que veux-tu que je t'installe ? demanda Sean à Jane.

— Si tu pouvais m'apporter un ordinateur dans le grand salon, avec le scanner et l'imprimante, je vais me mettre là. Ne vous inquiétez pas, Allison. Je ferai attention à couvrir la table.

— A vrai dire, je me préoccupe de moins en moins du mobilier d'époque ! avoua Allison.

— Je vais faire des croquis des tableaux, les prendre en photo et les comparer millimètre par millimètre, dit Jane à Logan. J'en ai pour un bon moment. Le cas échéant, vous savez où je suis.

— Kate, lança Logan, va chercher Kelsey, elle est dans le jardin. Avec un peu de chance, vous pouvez arriver aux archives municipales avant qu'elles ne ferment. J'aimerais voir ce vous pourrez y dénicher. Moi, je vais remplacer Sean devant les écrans, pour qu'il se repose un peu.

Puis il consulta Tyler du regard. Tyler se tourna vers Allison.

— Nous allons remonter trier les papiers du grenier, lui dit-il, mais d'abord, je voudrais faire un tour du parc avec vous, avant que la nuit tombe. J'aurais déjà dû le faire depuis un moment. Si vous pouviez me montrer les écuries et le cimetière, Allison, me raconter leur histoire…

— D'accord, murmura-t-elle.

— Ne comptez pas sur moi pour vous suivre, déclara Julian en frissonnant. Je préfère aller m'asseoir avec Jane !

— D'accord, mais vous me laissez travailler, c'est compris ? lui dit Jane.

Julian fit un clin d'œil à Allison.

— De mon vivant, tu vois, j'aurais tout fait pour draguer Jane ! plaisanta-t-il.

Il parlait d'un ton léger, mais elle lut une certaine mélancolie dans ses yeux. Elle l'aurait volontiers serré dans ses bras pour le réconforter, mais c'était impossible, hélas ! Il se pencha vers elle comme s'il avait eu envie de l'étreindre, lui aussi.

— Ne t'en fais pas, Allison, murmura-t-il. Peut-être que Sarah finira comme moi et décidera de rester ici. Elle adorait cette vieille maison.

— Ça ne me console pas vraiment, tu sais ! répondit Allison.

— Désolé… Bon, eh bien, je vais aller « hanter » la ravissante Jane.

— Tu étais un homme très séduisant, Julian. Je t'assure !

Julian eut un petit sourire triste, puis se dirigea vers le salon. Sean se mit debout et s'étira. Logan s'assit à sa place.

— Nous allons faire notre tour ? demanda Tyler à Allison.

— Laissez-moi juste le temps de me passer de l'eau sur le visage…

Elle poussa un profond soupir, puis poursuivit :

— Nous n'allons pas tarder à être contactés par les administrateurs, à mon avis. Ils vont vouloir organiser une cérémonie pour Sarah…

Tyler hocha la tête, puis la regarda se mettre debout, s'ébrouer et partir vers le local des guides.

Elle n'avait pas été aussi proche de Sarah que de Julian, mais ressentait tout de même douloureusement sa mort et avait peine à retenir ses larmes. Pas étonnant qu'elle veuille se rafraîchir les yeux.

— J'en ai pour une minute, lança-t-elle.

*
* *

Fidèle à sa promesse, elle ne prit qu'un moment pour se rincer le visage et reprendre ses esprits.

Sarah était morte, elle aussi…

Sa seule consolation, c'était que les « chasseurs de fantômes » allaient tout faire pour lui rendre justice.

Maintenant, surtout, Allison était résolue à leur apporter toute l'aide possible.

Elle retrouva Tyler dans le salon et l'entraîna vers le couloir qui menait à la porte de derrière. Comme dans beaucoup de maisons coloniales, cette porte donnant sur le jardin faisait face à l'entrée principale. En ouvrant les deux, on pouvait maintenir pendant les grandes chaleurs un courant d'air rafraîchissant.

— Je vois qu'on peut aussi accéder au jardin par l'office qui vous sert de local et par le salon de musique, remarqua Tyler.

— Oui, ces deux pièces ouvrent sur l'antichambre qui donne sur l'extérieur.

— Il n'y a pas d'autre accès au jardin ?

— Non, sauf l'échelle d'incendie placée sous l'une des fenêtres de la chambre de Lucy Tarleton. C'est une obligation légale.

Ils sortirent. Tyler fit soudain une pause sur la pelouse qui s'étendait devant les écuries.

— Qu'y a-t-il ? demanda Allison.

— C'est ici que j'ai vu le cheval, murmura-t-il.

Il se tourna vers elle en ajoutant :

— Et le chien.

— Firewalker et Robert ?

Les avait-il *vus*, ou simplement imaginés ?

— Un très beau cheval à la robe noire, reprit Tyler, haut d'un mètre soixante-dix au garrot, environ.

— Et le chien ?

— Un gros chien de chasse au poil fauve, peut-être un bâtard.

— C'était un bâtard de chien-loup, indiqua Allison.

— Un chien magnifique. J'aimerais bien avoir le même. A l'époque, évidemment, il avait toute la place pour courir. Il serait très malheureux en appartement.

— Vous habitez un appartement ?

— Pour l'instant, oui.

Tyler parcourut le jardin des yeux, puis se tourna vers Allison.

— J'ai vécu presque toute ma vie à San Antonio, mais, comme vous le savez, nous sommes maintenant basés à Arlington, en Virginie. Nous sommes tenus d'y être domiciliés. Tôt ou tard, je trouverai une maison. Ce n'est pas ce qui manque, même s'il y en a de moins en moins aux alentours immédiats du Pentagone, évidemment. Je tiens à avoir un grand terrain, pour reprendre un cheval et aussi, bien sûr, un chien. Un gros chien comme Robert, fidèle et loyal.

— Plein de poils, avec souvent les pattes boueuses ! plaisanta Allison.

— Vous n'aimez pas les chiens ?

— Au contraire ! J'en ai même eu un que j'adorais et qui a atteint l'âge vénérable de dix-neuf ans. J'avais quatre ans quand on me l'a donné. Je ne l'ai perdu qu'après ma première année d'université. Depuis, je n'ai pas eu le courage d'en prendre un autre.

Tyler contempla de nouveau le jardin, soulagé de la voir calme et détendue, loin de l'état de choc dans lequel l'avait plongée la mort de Julian.

— J'ai l'impression que Robert a été un remarquable compagnon, reprit-il. Je suis sûr qu'il ne quittait pas Lucy Tarleton d'une semelle. Elle devait avoir du mal à l'empêcher de la suivre, quand elle partait retrouver les rebelles à Valley Forge. Sans doute le confiait-elle à sa sœur ou à un domestique…

Il tendit le doigt vers les écuries en demandant :

— Comment diable s'y prenait-elle pour franchir les lignes ennemies à cheval, en pleine nuit ? Elle devait être excellente cavalière. Et elle avait dû mettre le palefrenier dans la confidence…

— Elle connaissait admirablement Philadelphie et ses environs, répondit Allison. Elle y avait grandi. Les Anglais, eux, étaient en terre étrangère… Mais je pense que vous avez raison : elle recevait certainement l'aide du palefrenier. Et si jamais les Anglais l'interrogeaient au passage, elle devait jouer les faibles femmes et prétendre qu'elle rejoignait un cousin ou un ami blessé. Nous ne pouvons que l'imaginer, évidemment. Quand on étudie le passé, il reste toujours des incertitudes.

— C'est vrai. C'est pour ça que nous ne pouvons nous empêcher de broder, d'enjoliver… Nous savons comment Lucy est morte, par exemple, mais personne n'était là quand ça s'est produit, sauf son père. On frémit en pensant à ce qu'il a pu ressentir.

Allison hocha la tête.

— Oui, en effet… Elle a eu une fin inattendue et tragique alors qu'elle prenait déjà d'énormes risques en tant qu'espionne. Elle savait sûrement qu'elle serait pendue si jamais les Anglais la démasquaient, mais elle continuait. Et ils étaient nombreux à l'imiter… Je me rends compte, en vous parlant, que les colons américains de l'époque n'avaient pas une vie si facile que ça. Même une femme fortunée comme Lucy, avec son chien fidèle…

Elle frissonna, puis poursuivit :

— J'ose à peine imaginer la scène quand elle est tombée sur « Bradley le Cruel », au retour d'une de ses expéditions nocturnes. A mon avis, il n'a jamais eu la *preuve* qu'elle espionnait pour le compte des Américains. Je pense plutôt qu'il a appris qu'elle était amoureuse de Stewart Douglas, comme la légende nous en est parvenue.

— Une jolie femme, qui ne pouvait se fier qu'à son cheval et à son chien…, murmura Tyler.

— Le chien aussi a été tué, vous savez. J'espère qu'il a férocement mordu son agresseur avant d'être abattu !

— Sûrement. Et peut-être est-il devenu fantôme dans l'espoir de retrouver Lucy.

— Le cheval, lui, est mort longtemps après, poursuivit Allison. C'est assez curieux, d'ailleurs, parce que les Anglais l'avaient emmené, quand ils ont évacué Philadelphie, mais il est revenu ici de son propre chef. Il est enterré dans le cimetière, comme le chien, dans un emplacement réservé aux animaux.

— Si nous allions voir ça ?

— D'accord, dit Allison en souriant.

Leur conversation avait pris un tour étrangement mélancolique, presque poignant, songea-t-elle. Cela lui donnait l'impression d'être plus proche de Tyler, au-delà du fait qu'elle le trouvait très séduisant, bien sûr.

Sans doute ne serait-il pas prudent de se lier trop avec lui. Elle venait de perdre deux amis, elle avait dû accepter le fait qu'il y avait autre chose derrière les apparences, elle entrait en contact avec des *entités* dont elle se serait bien passée…

Seulement, à présent, elle avait l'impression que Tyler faisait partie intégrante de sa vie. En quelques jours à peine, elle était devenue dépendante de lui. S'il se montrait parfois rude, c'était pour l'aider à voir les choses telles qu'elles étaient.

Certes, comme il venait du Texas, qu'il était très grand et très costaud, il évoquait irrésistiblement un cow-boy, mais elle savait désormais que les apparences étaient trompeuses. A l'entendre parler avec empathie de la *vie* des gens, même après leur mort, elle se rendait compte qu'elle appréciait non seulement son physique mais aussi sa personnalité. Cela le rendait doublement attirant, *sensuellement* séduisant. Il y avait plusieurs mois, depuis son dernier échec sentimental, qu'elle se refusait à envisager toute nouvelle liaison, mais…

Elle se morigéna intérieurement. Il venait d'y avoir

une deuxième victime, et elle se laissait aller à ce genre de rêverie ?

— Alors, le cimetière..., reprit-elle à voix haute en détournant les yeux. Il y a d'abord le carré familial. Laissez-moi vous guider comme je le fais pendant les visites...

Elle passa devant lui et s'écarta de quelques pas, sans pouvoir s'empêcher de se demander fugacement si, une fois l'enquête terminée, Tyler rentrerait en Virginie ou partirait pour une autre mission. En tout cas, l'instant présent resterait gravé dans sa mémoire. Elle et lui debout dans le jardin, en train d'évoquer le souvenir d'une femme disparue et le simple fait, si attachant, qu'elle avait profondément aimé son chien... Elle s'en souviendrait parce que c'était à cet instant, aussi, qu'elle avait compris à quel point Tyler l'attirait. Quel effet cela ferait-il... de le toucher ?

Elle se lança alors dans son petit discours habituel.

— Les écuries se trouvent sur notre droite. Vous constaterez qu'elles comportent un étage qui abritait les ateliers où les domestiques faisaient des réparations. Au rez-de-chaussée, le bâtiment contenait huit box pour les chevaux, un petit bureau et une sellerie. Les box de bois ont été refaits à plusieurs reprises, mais l'arche circulaire qui surmonte chacun d'entre eux est d'origine. Le cimetière se trouve un peu plus loin, derrière les écuries. Pendant l'épidémie de fièvre jaune, en 1793, la famille s'était réfugiée à la campagne. Les Dandridge ont eu de la chance : aucun d'entre eux n'a succombé... Vous saviez qu'il y avait eu la fièvre jaune à Philadelphie à l'époque, n'est-ce pas ?

— Je me suis documenté, répondit Tyler en souriant. Je n'en sais pas autant que vous, mais j'ai lu que la ville comptait alors cinquante-cinq mille habitants et qu'il y a eu de nombreux morts. Dolley Madison a perdu son premier mari et deux de ses enfants.

— Eh bien, les Dandridge, eux, ont eu la bonne idée de partir. Ils n'étaient pas sur place quand les crieurs publics parcouraient les rues en lançant : « Amenez vos morts ! Amenez vos morts ! »

Elle entraîna Tyler vers les écuries. Tout y était très propre, car elles ne servaient plus depuis près d'un siècle, mais on y sentait encore des relents de cuir, de cirage et de cigare, mêlés à l'odeur des chevaux. L'étage avait été converti en appartement pour le gardien longtemps auparavant, bien avant que la propriété ne soit léguée à la Société historique du vieux Philadelphie.

— Nous allons voir le cimetière, maintenant ? demanda Tyler. Ou bien vous hésitez ?

Elle se mit à rire.

— Pourquoi hésiterais-je à voir un cimetière ? J'ai déjà vu un fantôme dans le grand salon. Qu'est-ce que je pourrais craindre, maintenant ?

— De la part des fantômes, rien. Quoique…

— Que voulez-vous dire ? Que les morts peuvent nous nuire ?

— Je n'ai jamais été confronté personnellement à ce genre de cas, mais il arrive, quand un défunt s'est montré particulièrement cruel, que quelque chose survive de sa propension au mal. Ce n'est pas le fantôme lui-même qui commet alors des actes atroces, bien sûr. Mais cette survivance peut influencer des criminels bien vivants.

— A ma connaissance, personne chez les Tarleton-Dandridge ne s'est jamais montré cruel. Le cimetière ne présente donc sûrement aucun danger. Et puis, il fait grand jour !

Sur ces mots, Allison se mit en marche.

L'ancien cimetière familial avait beaucoup de charme. Il contenait une chapelle, plusieurs mausolées et des tombes surmontées d'anges sculptés ou d'obélisques.

— Beaucoup de membres de la famille sont enterrés ici, on dirait, fit remarquer Tyler.

— Les familles étaient souvent très étendues, autrefois. Sophia et Tobias Dandridge avaient eu sept enfants, qui eux-mêmes ont eu une nombreuse progéniture. Alors, au fil du temps…

Un muret de briques haut d'un mètre entourait le cimetière. Une petite grille fermait l'entrée et, à l'intérieur, les allées avaient été empierrées.

— Je suppose que vous voulez d'abord voir la tombe de Lucy ? demanda Allison.

— Oui, j'aimerais bien. Elle se trouve dans cette petite chapelle, celle qui porte le nom de « Tarleton » ?

— Exactement. En compagnie de ses parents, de ses grands-parents paternels, d'une tante qui ne s'était jamais mariée et d'un oncle qui était prêtre épiscopalien. Il y a aussi des ancêtres d'Angus lui-même, mais, comme cette chapelle a été construite au début du conflit avec les Anglais, ils sont enterrés ailleurs.

Ils contournèrent deux mausolées ornés d'anges et de chérubins, et atteignirent la chapelle. C'était une construction gracieuse, fermée par une porte de bois protégée par une grille.

A la surprise de Tyler, Allison ouvrit la grille sans problème.

— Ce n'est pas fermé à clé ? demanda-t-il.

— Non. Vous allez voir, l'intérieur est très joli, avec un autel surmonté d'un vitrail et quelques bancs. L'oncle de Lucy, James, est enterré sous l'autel. Sur le côté, il y a une belle plaque commémorative en l'honneur de sa tante Cecilia, probablement enterrée juste en dessous. D'autres plaques sont consacrées aux parents d'Angus. Angus lui-même, ainsi que Lucy et Susannah, la mère de Lucy, se trouvent dans les tombes situées juste derrière l'autel. Elles sont en marbre, avec des gisants magnifiquement sculptés, dans un style Renaissance.

En entrant dans la chapelle, Allison dépassa les rangées de bancs et contourna l'autel pour montrer les tombes qu'elle venait d'évoquer. Les rayons du soleil, à travers le vitrail, faisaient chatoyer des taches colorées sur les effigies des trois membres de la famille Tarleton.

Lucy se trouvait au milieu. Sa statue de marbre la représentait avec des traits apaisés. Ses longs cheveux encadraient son visage ; elle tenait un bouquet de fleurs dans ses mains. Sa mère, à côté d'elle, tenait elle aussi un bouquet — à l'évidence un choix du sculpteur pour les statues féminines — tandis qu'Angus, de l'autre côté, serrait un livre.

— Ces tombeaux sont superbes ! s'exclama Tyler. Je doute qu'il y ait l'équivalent ici, à Philadelphie !

— Probablement pas. On a l'impression d'être à Notre-Dame ou dans l'abbaye de Westminster, n'est-ce pas ?

— Absolument.

— Vous attendiez-vous à trouver Lucy en train de moisir dans son linceul, dans une vulgaire tombe creusée à même le sol ? demanda Allison d'un ton taquin.

— Pour être honnête, oui ! Même si ce que deviennent les dépouilles terrestres a peu d'importance. A moins que l'esprit du défunt ne reste ici-bas et ne s'en aperçoive… A-t-on jamais déterré Lucy ?

— Grands dieux, non ! Pourquoi l'aurait-on déterrée ?

— Simple curiosité de ma part. Est-on certain que ce soit lord Bradley qui l'a tuée ?

— Cela semble probable. On le sait d'après le témoignage de Sophia et de son époux, Tobias Dandridge. C'étaient de bons patriotes et ils aimaient beaucoup Lucy. Ils n'avaient aucune raison de mentir. Evidemment, nous n'avons aucune preuve tangible de ce meurtre, mais j'ai toujours accordé foi à leur version. Pourquoi, avez-vous des raisons d'en douter ?

— Pas plus que ça. Je m'interroge sur cette tradition orale, c'est tout.

— Pourquoi donc ? répéta Allison.

— D'abord, il y a ces deux portraits de Bradley, si différents l'un de l'autre…

— Il y a eu deux peintres distincts.

Tyler haussa les épaules.

— A propos de ces peintres… Où se trouve la tombe de Tobias Dandridge ?

— Dehors, dans le mausolée sur votre droite quand on regarde la maison. Il est vaste aussi, mais beaucoup plus simple.

Ils empruntèrent une petite allée. Au passage, Allison contemplait, le cœur serré, les tombes d'enfants de l'époque coloniale et de l'époque victorienne. Tant de petits mouraient en bas âge, alors !

Le mausolée arborait le nom de « Dandridge » sur une plaque de bronze accrochée au fronton. La liste des noms inscrits à l'entrée était plus longue que dans la chapelle Tarleton.

— Les Dandridge sont bien plus nombreux ! fit remarquer Tyler.

— Le nom des Tarleton s'est éteint avec Angus, lui rappela Allison.

Ici, porte et grille étaient fermées — le mausolée ne contenait rien d'intéressant pour les touristes —, et ils ne purent entrer.

— Venez, je vais vous montrer où Robert est enterré, dit Allison.

Le carré des animaux contenait plusieurs petites tombes. La plus récente était celle de « Bibi », une chatte.

— Bibi était encore en vie quand j'étais adolescente, expliqua Allison. Tout le monde l'adorait. Les guides lui donnaient à manger… Robert est ici, un peu plus loin.

Une superbe statue d'un gros chien assis trônait sur la tombe. L'animal avait dû peser pas loin de quatre-vingt-dix kilos.

— Mieux valait ne pas avoir affaire à lui ! murmura Tyler.

— C'est sans doute pour ça qu'on l'a tué.

— Sait-on comment ça s'est produit ? On l'a abattu d'un coup de fusil, d'un coup de baïonnette ?

— Je ne sais pas. Si vous lisez l'inscription gravée sur la plaque — ces plaques sont régulièrement entretenues par des étudiants de l'université —, vous verrez qu'elle indique simplement : « Robert, un vrai patriote mort en défendant sa maîtresse, Lucy Tarleton ».

Tyler se pencha pour lire, puis se redressa.

— Avez-vous déjà eu l'impression que Lucy, ou un autre membre de la famille, était encore ici ? demanda-t-il. La sensation d'un frôlement, d'une truffe glacée contre vos doigts ?

— Non, jamais ! s'écria-t-elle d'une voix rauque.

Avait-elle déjà ressenti ce genre de choses ? Elle ne savait plus, à vrai dire.

Auparavant, elle ne croyait pas aux fantômes. Alors, si jamais elle avait senti un brusque courant d'air, elle l'aurait évidemment mis sur le compte d'un changement de température, de saison…

— Pas que je m'en souvienne, répéta-t-elle brusquement, soudain pressée de quitter le cimetière. Si nous retournions dans la maison ? Il commence à faire frais. L'automne ne va pas tarder.

— Je peux vous prêter ma veste, suggéra-t-il en commençant à se dévêtir.

— Ce n'est pas la peine. Rentrons, c'est tout.

Elle se mit à marcher d'un pas vif. Puis, alors qu'ils arrivaient devant la bâtisse, elle leva les yeux et faillit trébucher.

Elle se rattrapa juste à temps, puis se figea sur place.

Quelqu'un était penché à la fenêtre de Lucy Tarleton, à l'étage. Elle se dit, d'abord, que c'était peut-être Jane, ou Kelsey, si elle était revenue.

Mais elle savait qu'il n'en était rien. Elle se rappelait

trop bien ce qu'elle avait vu apparaître sur l'écran de l'ordinateur.

Elle avait l'impression, en cet instant, de se regarder dans un miroir. C'était effrayant !

Comme si Lucy elle-même, immuable après les décennies écoulées, la contemplait, le visage empreint de tristesse, l'air suppliant…

Puis la silhouette, à la fenêtre, s'évanouit comme si elle n'avait jamais existé. Allison se demanda une fois de plus si elle était victime d'hallucinations, ou si un mystérieux sixième sens lui faisait percevoir d'autres dimensions du réel.

— Qu'y a-t-il ? demanda Tyler en se retournant.

— Rien, murmura-t-elle.

En entrant dans la maison, cependant, elle sentit quelque chose lui toucher les doigts.

Comme la truffe froide et humide d'un très gros chien.

12

Tyler s'était bien rendu compte qu'Allison avait ralenti l'allure, mais quand il arriva dans le hall, où trônaient les ordinateurs, il sentit qu'elle était juste derrière lui.

— Où sont les autres ? demanda-t-il à Sean.

— Logan est parti étudier les archives avec Kelsey. Kate est à la morgue et Jane est toujours en train de travailler dans le salon.

— Bon. Nous, nous montons au grenier, répondit Tyler. Je peux me tromper, mais je soupçonne que le contenu de certains articles contient la clé du mystère. En espérant qu'ils n'aient pas été volés !

Sean hocha la tête.

Allison posa la main sur le bras de Tyler.

— Est-ce que nous ne ferions pas mieux d'aller d'abord à la morgue ?

Tyler hésita.

— Vous vous sentez de taille ?

Elle leva vers lui un regard clair, sans ciller.

— Je me crois de taille à tout affronter.

Il haussa les sourcils, et elle eut un petit sourire.

— J'ai un ami fantôme, j'ai vu apparaître un spectre sur l'écran… Alors, un de plus ou de moins ! s'exclama-t-elle.

— Bon, d'accord, si vous y tenez.

— J'y tiens. Je connaissais bien Sarah.

— L'autopsie aura lieu demain, dit Sean. Logan espère bien que…

— Que le fantôme de Sarah va rester ici ? conclut Allison à sa place. C'est ça ? Alors, raison de plus pour que j'y aille. Si Sarah doit parler à quelqu'un, ce sera moi.

— Très bien. Allons-y, dit Tyler.

A sa surprise, Allison resta calme durant tout le trajet.

La morgue était située dans un bâtiment ultramoderne. Quand ils entrèrent, Allison pâlit tout de même un peu.

— Vous voulez vraiment voir Sarah, vous êtes sûre ? demanda-t-il.

Elle eut un faible sourire.

— Je pensais simplement que je n'étais jamais venue ici, alors que j'ai passé toute ma vie à Philadelphie.

— Les gens ont rarement l'occasion de se rendre à la morgue, répondit-il.

Ils s'engagèrent dans le hall. Tout en marchant, Tyler appela Jane sur son portable. Elle lui assura qu'Adam Harrison avait prévenu de leur arrivée et qu'ils ne rencontreraient aucune difficulté. On viendrait les chercher.

Adam avait veillé à ce que l'autopsie de Sarah soit confiée au médecin légiste qui s'était occupé de Julian. C'était une femme, le Dr Ana Grant, et c'était elle, maintenant, qui venait à leur rencontre en compagnie de Kate. Assez petite, grisonnante, Ana Grant avait une voix bien modulée, empreinte de professionnalisme mais chaleureuse.

Kate fit les présentations en précisant que le Dr Grant lui avait donné des informations très utiles. Puis cette dernière déclara :

— Le corps de Sarah Vining est arrivé ce matin. J'étais en train de montrer les traces de morsure à votre collègue quand on nous a prévenues de votre arrivée. Si vous voulez bien me suivre… Sarah est encore dans la chambre froide avec… d'autres personnes. L'autopsie doit avoir lieu demain, mais le corps a déjà été préparé.

Tyler, qui était souvent venu dans une morgue, aurait volontiers glissé un bras sur les épaules d'Allison, mais il se retint. Elle était toujours un peu pâle mais, pour l'instant, restait maîtresse d'elle-même. Evidemment, ils étaient encore dans les locaux administratifs, qui ressemblaient à n'importe quel immeuble de bureaux.

Quand ils empruntèrent un couloir où on commençait à sentir une odeur de produits chimiques, il jeta un bref coup d'œil à la jeune femme.

Elle se rapprocha de lui.

— Est-ce que le médecin sera surpris si nous demandons à toucher le corps ? chuchota-t-elle.

— Nous ferons ça discrètement, répondit-il de la même façon.

Quelques minutes plus tard, ils se trouvaient devant le corps de Sarah, recouvert d'un drap que le médecin écarta.

Sarah semblait toute grise, ratatinée, minuscule.

— La morsure se trouve ici, sur la face intérieure de la cuisse, au-dessus du genou, dit le Dr Grant. Mme Vining était au volant. Elle a dû complètement paniquer. Le serpent avait dû se faufiler sous son siège…

Tyler examina la plaie puis tourna les yeux vers Allison. Elle était devenue presque aussi livide que Sarah.

Elle fit un pas en avant tout en murmurant :

— C'était une amie, vous savez…

— Je comprends, dit le Dr Grant.

Allison frôla les cheveux de Sarah. Tyler crut un instant qu'elle allait reculer, mais il se trompait. Allison, les yeux emplis de compassion, garda la main posée sur le cadavre.

Le Dr Grant se tourna vers Kate et Tyler pour leur dire à voix basse :

— Je pense que l'autopsie ne nous apprendra rien de bien nouveau. J'examinerai les organes internes, bien sûr, mais je pense que la morsure et le choc de l'accident ont suffi à provoquer une crise cardiaque.

— Avez-vous déjà eu des décès dus à ce type de venin ? demanda Tyler.

— Les vipères cuivrées sont assez dangereuses,

répondit le médecin, surtout quand elles se sentent menacées, mais il existe désormais d'excellents antidotes et, en général, les gens survivent. Sauf quand ce sont des gens particulièrement fragiles, bien sûr, des personnes âgées, des enfants… Souvent, dans ces cas-là, le cœur lâche, autant à cause de la frayeur que du poison. C'est ce qui est arrivé à Sarah, à mon avis. Et vu l'étendue du carambolage, j'imagine qu'aucun des sauveteurs n'a pensé à une morsure de serpent.

— Merci, dit Tyler en regardant le médecin, puis Kate.

Allison n'avait pas écouté. Elle dévisageait toujours Sarah Vining, la main posée sur sa tête.

— Allison ? dit Tyler. Nous pouvons y aller ?

Elle se retourna.

— Je vous suis.

Kate les laissa partir, sans doute pour débattre avec le Dr Grant de certains aspects médicaux.

En arrivant à la voiture, Tyler demanda :

— Alors ?

— Elle ressent beaucoup de tristesse et elle est très désorientée, murmura-t-elle.

— Oui, j'imagine, dit-il doucement.

Allison secoua la tête.

— Ce que je veux dire, c'est surtout que… Sarah *ne comprend pas* pourquoi elle est morte. Elle est aussi triste que Julian, bien sûr. Ils ont été assassinés, on leur a volé leur vie… Seulement, ce qu'elle m'a transmis, c'est qu'elle est totalement perdue. Elle ne se rappelle rien, sauf une douleur très vive, extrêmement brutale. Ensuite, l'airbag l'a pratiquement étouffée. Elle sait qu'elle s'est précipitée dehors en vacillant, et qu'elle s'est retrouvée projetée à plusieurs mètres au milieu des voitures qui s'encastraient les unes dans les autres…

— Donc, son esprit est ici et vous avez communiqué avec lui, fit remarquer Tyler. Ni Kate ni moi ne l'avons senti.

Allison opina.

— Je l'ai vue tout d'un coup ouvrir les yeux et me regarder… Et j'ai eu l'impression d'entendre ce qu'elle disait.

Elle se tut une minute avant d'ajouter :

— Ça ne la dérange pas d'être morte. Elle a une foi profonde et « se sentait prête », d'après ce qu'elle dit. A propos, elle demande à être enterrée dans le cimetière du musée… Est-ce que votre ami Adam a le bras assez long pour arranger ça, à votre avis ?

— Je poserai la question, répondit Tyler en s'asseyant derrière le volant. Ce n'est pas impossible. Adam est capable de décrocher la lune, si ça lui chante.

Il fit une marche arrière pour se remettre en route, puis poursuivit à voix basse :

— Ça va ? Vous vous sentez bien ?

— Ça va. J'ai tenu à venir, puisque apparemment c'est moi qui détiens « la clé du mystère », répondit-elle avec un petit hochement d'épaules. Ç'a été une épreuve, je l'avoue. Mais j'avais déjà eu une telle frayeur en découvrant Julian dans la bibliothèque… Et plus encore quand il m'est apparu ! Sans parler de Lucy, du coma de M. Dixon… Alors, j'en ai un peu assez de mourir de peur. Je voudrais que ça finisse sans que personne d'autre y laisse la vie. Quand je pense que Julian et Sarah sont morts sans raison, j'ai envie de dire : « Allez-y, sortez, qui que vous soyez ! Je suis prête à riposter ! »

Elle eut un petit sourire penaud.

Tyler hocha la tête, l'air grave.

— Il n'y a rien de pire que de vivre dans la terreur.

— Je voudrais surtout *comprendre*, insista-t-elle. Avant, je ne croyais pas aux fantômes… Je le regrettais, d'ailleurs, car j'y aurais vu une preuve qu'il y a une vie après la mort. Pourquoi est-ce que tout ça m'arrive *maintenant*, dans de telles circonstances ?

Elle pivota sur son siège pour lui faire face.

— Comment est-ce que ça s'est passé pour vous ? Votre prise de conscience ?

— Je vous l'ai dit. J'ai failli me mettre à boire.

Elle fronça les sourcils. Il eut un léger rire puis entreprit de lui parler du fantôme de cette femme droguée qui lui était apparu, au Texas, pour qu'il sauve sa jeune sœur.

— Après ça, conclut-il, c'est comme si une porte s'était ouverte… J'en ai parlé à Logan qui, lui, voit des choses depuis l'enfance. Il a du sang indien. J'ai toujours pensé que la culture indienne perçoit infiniment mieux que les autres les dimensions cachées de la réalité. Cela dit, Logan se montre très circonspect. D'après lui, ce sixième sens ne se révèle aux gens qui en sont dotés que lorsqu'ils en ont besoin. Nous n'en savons pas beaucoup plus, vous savez. Dans notre équipe, nous avons simplement conscience que l'esprit des morts peut survivre et que, parfois, ces derniers nous accordent leur aide.

Etonné, il vit Allison esquisser un sourire malicieux.

— Qu'est-ce qui vous amuse ?

— Je me dis qu'avec mes nouvelles capacités, je vais enfin pouvoir rencontrer tous les hommes et les femmes célèbres que j'admire. Dolley Madison, par exemple, qui était quelqu'un d'exceptionnel. Ou même Abraham Lincoln, Robert E. Lee[1]…

— Si on pouvait faire ça, ce serait trop beau ! répondit-il. La plupart du temps, malheureusement, les gens disparaissent définitivement. Tant mieux, d'ailleurs. Sinon, les rues seraient tellement encombrées de spectres qu'on ne pourrait faire un pas !

Allison éclata de rire, mais Tyler continua d'un air sérieux :

— A mon avis, d'ailleurs, quand une âme a enfin trouvé la paix, elle s'en va pour toujours.

1. Robert E.Lee (1807-1870), général en chef des armées des Etats confédérés (nordistes) au cours de la guerre de Sécession.

Allison semblait maintenant détendue, plus à l'aise avec lui qu'elle n'avait jamais été. Elle paraissait aussi plus forte. La crise terrible qu'elle traversait avait dû révéler en elle des capacités de résistance et de courage insoupçonnées.

— Une autre de mes héroïnes favorites, c'est bien sûr Lucy Tarleton, reprit-elle. Et elle, nous *savons* qu'elle se trouve toujours ici-bas, puisque nous l'avons vue sur un écran en train de déambuler dans le musée, en plein milieu de la nuit.

— Reste à la convaincre de nous parler, murmura Tyler.

— Pourquoi est-ce qu'elle ne vient pas à nous en disant tout simplement : « Ecoutez, voilà ce qui s'est vraiment passé » ?

— Je ne sais pas. Nous sommes loin de tout comprendre, je vous l'ai dit. Certains esprits parlent d'emblée aux vivants. D'autres ne parviennent jamais à se faire voir ou entendre…

Allison sourit de nouveau, puis redevint grave.

— J'ai tort de sourire alors que deux de mes collègues sont morts, dit-elle. Ils communiquent avec moi, mais la triste réalité, c'est qu'ils sont bel et bien morts. Et ça, c'est affreux !

Tyler lâcha une seconde le volant pour lui presser la main, se demandant une fois de plus si elle allait la retirer, mais elle se laissa faire.

Quand ils arrivèrent au musée, Sean était parti. Logan avait pris sa place, Kelsey à son côté.

— Du nouveau ? lancèrent Logan et Tyler en même temps.

— Je vais répondre en premier, dit Logan. Nous avons trouvé des actes de naissance et de décès, quelques arbres généalogiques, mais rien que nous ne sachions déjà. Mieux valait vérifier, de toute façon. Ne serait-ce que par acquit de conscience. Et vous, à la morgue ?

Surpris, Tyler entendit Allison prendre la parole pour

faire un compte rendu précis de son échange avec Sarah Vining.

Quand elle eut fini, Logan hocha la tête.

— Donc, Sarah ne sait rien, sauf qu'elle a brusquement éprouvé une telle douleur qu'elle est sortie au milieu des voitures…

— C'est ça. Elle ne comprend pas pourquoi elle est morte. Elle a simplement conscience de l'être et elle accepte le fait avec sérénité.

— Ça arrive, commenta Logan. Notre vie sur terre est comptée, et certains, apparemment, trouvent l'apaisement au moment de leur disparition.

Il resta pensif un instant avant d'ajouter :

— Cela dit, l'âme de Sarah est encore ici…

— Peut-être parce qu'elle a quelque chose à voir dans tout ça ? suggéra Tyler.

— C'est possible. Il est très tard et, si vous voulez grignoter avant de dormir, vous trouverez des sandwichs et des boissons dans l'office. Des sodas, de la bière, du vin… Il y a même du café, mais ce n'est peut-être pas raisonnable à cette heure-ci.

Allison se tourna vers Tyler.

— Vous ne vouliez pas jeter un coup d'œil aux papiers du grenier ?

— Ça peut attendre demain matin, répondit-il.

— Si nous montions tout de même une petite heure ? Maintenant que nous sommes lancés ?

Il eut un sourire. Allison avait décidément bien changé !

— Rome ne s'est pas faite en un jour, laissa-t-il tomber.

Ce dicton éculé n'impressionna pas la jeune femme.

— N'oubliez pas qu'il y a eu deux morts coup sur coup, rétorqua-t-elle. Le temps presse.

— D'accord. Le temps de manger un sandwich et nous y allons.

Une demi-heure plus tard, ils étaient dans le grenier. Allison se mit à faire du tri, entassant les factures d'un côté, les réservations d'un autre, les documents concernant ses recherches sur une troisième pile. Tyler lui proposa de l'aider, mais elle répondit qu'elle connaissait bien toute cette paperasse et lui suggéra de lire les articles qu'elle retrouvait.

Il en parcourut plusieurs, consacrés à la vie quotidienne à Philadelphie pendant la révolution américaine. Certains aspects étaient fascinants. On trouvait souvent l'époque contemporaine très conflictuelle, mais les Pères fondateurs, bien avant la guerre de Sécession, n'avaient pas eu la tâche facile. Certaines familles se retrouvaient divisées. Les fils choisissaient le camp des rebelles et de l'indépendance tandis que les pères, fidèles à la couronne britannique, préféraient se réfugier dans les colonies canadiennes « jusqu'à ce que cette folie prenne fin ». Certains témoignages, particulièrement émouvants, racontaient le mariage de jeunes filles qui choisissaient le camp opposé à celui de leurs parents.

Après avoir feuilleté bon nombre de magazines et d'articles imprimés sur internet, il leva les yeux. Allison avait fini de constituer ses piles mais semblait troublée. Elle se tourna vers lui.

— Vous permettez que je regarde ? demanda-t-elle.

Tyler était assis par terre, le dos au mur, des documents étalés devant lui. Elle les montrait du doigt.

— Bien sûr, répondit-il.

— Je cherche un article écrit par un ancien professeur d'histoire du Maryland, maintenant installé à Valley Forge. Il sait beaucoup de choses sur l'histoire de l'armée révolutionnaire et de ses généraux, y compris Washington.

— Ça doit être celui-ci, que j'avais déjà lu l'autre jour, dit Tyler, exhibant l'article sur « Bradley le Cruel », qu'il avait parcouru avant l'arrivée de ses collègues et du fantôme de Julian. Il est signé Martin Standish. C'est ça ? Brian Bradley, né en 1750 dans le Yorkshire, était le fils de lord et lady Bradley. Sa famille était liée à la famille royale de Hanovre. Il est venu au monde avec une cuiller en argent dans la bouche, comme on dit…

— Oui, je veux dire, non, ce n'est pas celui-là, répondit Allison. Il y en a un autre de Standish, qui est un brillant expert. Je compte aller voir, d'ailleurs. Ce second article parle de Lucy et de son amoureux, Stewart Douglas. Je n'arrive pas à remettre la main dessus. Il évoque aussi longuement la famille Tarleton et sa position sociale. On pense que Bradley et Douglas ont été tués pendant le conflit, mais on n'en a aucune preuve. En tout cas, aucun des deux ne s'est manifesté après la guerre pour réclamer son héritage. On en a conclu qu'ils étaient morts et, dans le cas de Bradley, qu'il avait peut-être été abattu par ses propres soldats, du fait de sa cruauté. Evidemment, des centaines de morts au combat n'ont jamais été identifiés, hélas.

— J'aimerais bien le lire. Vous pourriez le retrouver sur internet ?

— Sûrement.

— Pourquoi l'aurait-on pris, cela dit ?

— Je l'ignore. Standish y cite des lettres manuscrites de l'époque qui ne présentent pas l'amoureux de Lucy sous un jour très flatteur. Peut-être que quelqu'un n'a pas envie que ça se sache ?

— Il n'est même pas enterré ici, n'est-ce pas ? Je parle de Stewart Douglas. Est-ce que vous parlez de lui, pendant vos visites guidées ?

— Ça arrive. Mais nous le ferions davantage s'il avait été enterré ici, effectivement.

— Est-il possible qu'il ait lui-même tué Bradley pour venger Lucy ?

— On n'en sait rien. C'est une hypothèse. Comme je vous l'ai dit, on sait seulement qu'aucun des deux n'est rentré chez lui après la révolution, qu'il s'agisse de l'Angleterre ou de Philadelphie. On en a conclu que leurs corps étaient restés quelque part sur le champ de bataille. Les historiens retrouvent parfois la trace de simples soldats, mais eux, ils se sont littéralement volatilisés.

— Avez-vous déjà parlé avec ce chercheur ? Martin Standish ?

— Nous avons échangé quelques mails. Il s'intéresse à mes recherches et semble assez content que quelqu'un, au musée Tarleton-Dandridge, lui prête enfin attention. Apparemment, il s'était manifesté il y a quelques années, mais on ne lui avait pas répondu. Je pourrais l'appeler…

Elle consulta Tyler du regard, l'air dubitatif.

— Vous croyez qu'il pourrait nous être utile ?

— On ne sait jamais, répondit Tyler.

Il se leva et s'étira en bâillant.

— Je propose que nous arrêtions, si vous êtes d'accord. Tout le monde est déjà parti se coucher…

— Allez-y. Je peux continuer.

— Non, je préfère vous savoir dans la chambre d'en face. Si j'entends le moindre bruit suspect, je n'aurai que deux mètres à faire.

— A vrai dire, je suis fatiguée aussi ! avoua-t-elle en soupirant.

— Alors, descendons. Personne ne peut venir ici tant que nous occupons la maison, de toute façon. D'ailleurs, s'il y avait qui que ce soit, même un fantôme, ça se verrait tout de suite sur les écrans de Sean. Allez, au lit ! conclut-il fermement.

Allison se mordilla les lèvres puis acquiesça :

— Bon, d'accord.

Tyler n'éteignit pas dans le grenier, pour que tout ce qui y serait filmé soit clairement visible, et ils regagnèrent le premier étage.

Julian — le fantôme de Julian, plutôt — était affalé contre un mur, devant la chambre d'Allison. Même sous forme spectrale, il avait visiblement besoin de dormir.

— Bonsoir, chuchota Allison.

— Bonsoir. Laissez votre porte entrouverte, et s'il y a quoi que ce soit, appelez. Je viendrai tout de suite.

En général, c'étaient les hommes qui étaient censés avoir l'esprit mal tourné, songea Allison. Pourtant, quand Tyler avait lancé « Au lit ! », ses propres pensées avaient pris un tour particulier…

Allongée sous ses couvertures, elle se dit que l'opinion qu'elle avait de lui avait décidément bien changé. Au début, elle l'avait vu comme un athlète très beau, certes, mais sans scrupules et résolu à transformer le musée en vitrine de carton-pâte. Elle avait imaginé un éclairage théâtral, une mise en scène grotesque et des visiteurs ébahis en train de s'écrier : « Tu as entendu ? » ou : « Pas de doute, il y a un fantôme ici, je l'ai senti ! »

La réalité s'était avérée totalement différente.

Elle le trouvait toujours aussi beau, mais aussi et surtout séduisant… sexy, même. Oui, le mot « lit » lui avait fait penser à bien des façons d'utiliser un matelas…

Mieux valait ne pas y songer. Il y avait cinq autres agents sous le même toit, après tout. Et puis, Tyler se montrait attentionné, protecteur, sincèrement désireux de l'aider, comme d'ailleurs d'accepter son aide.

Parce qu'elle détenait la clé du mystère…

Mais elle ne pouvait pas s'empêcher de frissonner en songeant à son contact. Quand il posait la main sur elle, c'était comme si une décharge électrique la parcourait.

Il avait beau venir du Texas, et avoir un côté « cow-boy », il ne semblait pas penser, pour autant, qu'une femme devait rester à sa place. Il était solide, rassurant, et toujours présent dès qu'elle se sentait troublée ou vulnérable.

En fait, c'était ça… Elle n'était pas *réellement* attirée par lui : elle savait qu'elle pouvait s'appuyer sur lui, tout simplement.

Evidemment, elle le trouvait aussi très sympathique.

Il y avait longtemps qu'elle n'avait pas éprouvé ce sentiment, depuis sa rupture avec Peter Aubrey. Peter l'aimait, certes, mais c'était un drogué. Pour lui, la drogue passait avant tout. Elle avait pris la bonne décision en le quittant. Restait à espérer qu'il vivrait assez longtemps pour trouver le moyen de s'en sortir.

Tout de même, elle ressentait cette irrépressible attirance pour Tyler…

Elle ne pouvait s'empêcher de l'imaginer *au lit*, nu à côté d'elle, avec son corps ferme et musclé… Il était sûrement très beau, tout nu.

Elle se retourna en grommelant. Ce genre d'idée, ça n'allait pas du tout ! La vie était plus facile quand elle le prenait pour un vulgaire macho chasseur de fantômes, finalement.

Elle ferma les yeux pour tenter de dormir.

Le sommeil finit par venir, sans rêves, puis, brusquement, elle s'éveilla.

Il y avait quelqu'un au pied de son lit.

Elle faillit hurler, mais son hurlement mourut dans sa gorge. Elle ouvrit de grands yeux, le souffle court… La silhouette qui venait d'apparaître était celle qu'elle avait vue sur les écrans de Sean.

Lucy Tarleton !

Cette femme qui lui ressemblait de façon aussi troublante…

La peur l'envahit.

Pourtant, le fantôme d'un ami dormait devant sa porte, dans le couloir, et elle avait parlé au cadavre de Sarah l'après-midi même. Pourquoi une telle terreur, alors ? Surtout que Lucy, elle le sentait, n'avait pas la moindre intention de lui faire de mal…

La revenante posa un doigt sur ses lèvres, puis regarda autour d'elle comme si elle craignait qu'on ne la voie. Elle alla jeter un coup d'œil à l'extérieur, revint, s'immobilisa sur le seuil et fit signe à Allison de la suivre.

Cette fois, Allison sentit sa frayeur s'atténuer.

Elle se rappela ce qu'elle s'était promis plus tôt dans la journée : elle ne céderait pas à la peur. Elle irait jusqu'au bout de cette histoire, quelle qu'en soit l'issue.

Elle se leva en faisant comprendre au fantôme qu'elle acceptait de le suivre. Lucy se mit en marche. Elles étaient toutes deux en train de descendre l'escalier quand Allison entendit Tyler la héler.

Elle préféra ne pas s'arrêter, de peur de perdre Lucy de vue. Tyler comprendrait qu'il devait les suivre.

Lucy glissa jusqu'au bas des marches puis traversa le hall, s'approcha de la porte donnant sur le jardin, et disparut à travers le battant.

Quand Allison eut gagné la porte à son tour, Tyler se trouvait juste derrière elle.

— Allison !

— C'est Lucy, expliqua-t-elle. Elle vient de passer par la porte. Il faut que je la suive… Je veux savoir où elle veut me conduire.

Sans poser de questions, Tyler tapa le code de l'alarme et ouvrit la porte. Ils sortirent tous deux dans le jardin.

Devant eux, Lucy avait monté Firewalker, son grand cheval noir. Le chien, Robert, gambadait autour d'elle en jappant avec excitation. Firewalker se cabra et Lucy, s'adressant au chien d'un ton affectueux, lui ordonna de rentrer.

L'animal s'écarta, mais s'assit au pied du perron sans cesser d'aboyer.

Lucy se pencha pour chuchoter à l'oreille de Firewalker, puis l'éperonna doucement. Le cheval partit au galop et, bientôt, disparut dans l'obscurité avec sa cavalière.

Allison sentit la main de Tyler se poser sur son épaule.

— Vous avez vu ça ? murmura-t-elle.

— Oui.

— Qu'est-ce que ça signifie ?

Il faisait froid. Allison portait une simple chemise de

nuit de flanelle bleue et Tyler, un pantalon de pyjama. Il devait frissonner aussi, mais se rapprocha d'elle comme pour la réchauffer. Elle sentit sa chaleur tout près d'elle.

C'était terriblement perturbant…

Encore plus perturbant que l'apparition du spectre qui l'avait entraînée hors de sa chambre !

— Quand vous est-elle apparue ? Qu'a-t-elle fait ? demandait maintenant Tyler.

— Je me suis réveillée d'un coup et je l'ai vue au pied de mon lit. Elle m'a fait signe de la suivre, répondit Allison.

Tout en parlant, elle songeait qu'elle n'avait pour l'instant qu'une envie : se jeter dans ses bras. Lui faire confiance, oublier ce qui les entourait et tout ce qui se passait, pour se plonger dans un tourbillon de plaisir charnel…

Elle vit Tyler déglutir, puis s'écarter légèrement.

Avait-il pensé au même genre de chose ?

— Donc, elle vous a entraînée jusqu'ici, puis elle a pris son cheval et elle est partie, dit-il. Comme si elle avait voulu que la voyiez faire.

Allison s'efforça de se concentrer sans se laisser distraire.

— Je n'aurais pas pu la suivre plus loin, en tout cas. Je n'ai pas de cheval. D'ailleurs, je ne sais même pas monter !

Elle vit Tyler sourire dans la pénombre.

— En général, où se rendait-elle quand elle partait ainsi clandestinement ? demanda-t-il.

— Je vous l'ai déjà dit. A Valley Forge, pour apporter des messages secrets aux rebelles.

Il opina.

— Et où habite ce chercheur avec qui vous avez correspondu ?

— A Valley Forge, murmura-t-elle en fronçant les sourcils.

— Voilà ! Lucy veut que vous alliez à Valley Forge.

— Qu'est-ce qui se passe ? lança soudain la voix de Logan.

Il avait surgi derrière eux, vêtu d'une robe de chambre, son arme de service au poing.

Tyler expliqua rapidement la situation. Logan hocha la tête.

— Alors, une visite là-bas semble s'imposer, déclara-t-il, sauf qu'il est 3 heures du matin. Je pense que vous pouvez attendre qu'il fasse jour pour vous mettre en route. Si ce monsieur est sur place et qu'il est toujours d'accord pour vous rencontrer, Allison, évidemment… Vous avez eu de ses nouvelles récemment ?

— Nous avons été en contact il n'y a pas très longtemps. Je pense qu'il ne bouge pas beaucoup, même s'il lui arrive de participer à des reconstitutions de batailles.

— Appelez-le vers 9 heures demain, suggéra Tyler. S'il accepte, nous irons le voir aussitôt. Nous irons à Valley Forge même s'il refuse, d'ailleurs, puisque c'est ce que Lucy demande.

— Très bien. Vous partirez tous les deux, conclut Logan. Jane va continuer à examiner les portraits et Kate doit assister à l'autopsie de Sarah Vining. Je vais retourner étudier les archives et Sean surveillera les caméras en votre absence, avec Kelsey. Ça vous convient, Allison ?

Un petit voyage en voiture, seule avec Tyler ?

Ce n'était peut-être pas raisonnable. Mais c'était nécessaire…

Elle se sentait à la fois pleine de force et saisie d'une étrange faiblesse.

— Allison ? insista Tyler, la voyant silencieuse.

Elle se força à ne pas sourire. Quelle raison y aurait-il eu de sourire ? Deux proches étaient morts et on lui demandait de partir en mission.

— Je suis d'accord, bien sûr, répondit-elle d'un air digne. Vous pouvez compter sur moi.

Tout le reste de la maisonnée, y compris Julian — qui réussissait à avoir l'air ensommeillé, même à l'état de fantôme —, les avait maintenant rejoints. Allison remarqua que tous les collègues de Tyler étaient armés.

Ils rentrèrent dans la maison et allèrent se planter devant les écrans de surveillance.

— Ça va, Ally ? demanda Julian, l'air inquiet.

— Oui, ça va, répondit-elle.

— Je ne t'ai même pas entendue passer. Est-ce que je suis censé dormir comme ça ?

— Etiez-vous un gros dormeur, de votre vivant ? s'enquit Kelsey auprès de Julian. Du genre à faire la grasse matinée ?

— A vrai dire, oui, avoua-t-il. J'avais tendance à brûler la chandelle par les deux bouts.

— Ça va, je t'assure, insista Allison. J'ai suivi Lucy de mon propre gré. Je me suis dépêchée de sortir parce que j'avais peur qu'elle disparaisse.

— Vous auriez tout de même mieux fait de venir me chercher, objecta Tyler.

— Mais vous étiez juste derrière moi !

— Oui, mais d'une manière générale, je préfère que vous m'attendiez avant d'agir.

— Vous n'avez pas pris votre revolver, lui fit-elle remarquer.

Elle le vit s'empourprer légèrement. Il savait qu'il aurait dû s'armer.

— C'est bien pour ça que j'aimerais autant ne pas avoir à vous courir après, grommela-t-il.

— A partir de maintenant, lança Logan d'un ton ferme, plus personne ne se déplace seul.

Jane étouffa un bâillement.

— J'ai encore sommeil… Cela ne vous dérange pas si je retourne me coucher ?

— Vas-y, dit Logan avec un hochement de tête.

— Moi, je serais curieux de voir ce que les caméras ont enregistré, déclara Sean en s'asseyant devant les ordinateurs.

Il frappa quelques touches. La vidéo fit un retour arrière accéléré, puis reprit une vitesse normale.

Ils virent Lucy apparaître au bas des marches, aller jeter un coup d'œil dans la bibliothèque, puis revenir vers l'escalier et le gravir rapidement, avant d'entrer dans la chambre d'Allison.

Un moment plus tard, elle réapparut. Allison la suivait et, une seconde plus tard, ce fut Tyler, bondissant hors de sa chambre.

— Vous avez vraiment l'ouïe fine…, murmura Allison.

Tout le monde observait, sur l'écran, les trois silhouettes qui filaient vers la porte arrière.

Sean arrêta le défilement.

— C'est vraiment incroyable ce que vous lui ressemblez ! s'écria-t-il.

— Je n'ai rien à voir avec les Tarleton ou les Dandridge, répéta Allison avec lassitude. Je n'ai pas été adoptée, il suffit de consulter l'état civil. Ma mère a même accouché dans l'hôpital où se trouve maintenant Artie Dixon.

— Certes, certes, fit pensivement remarquer Tyler. Cela dit…

— Tu penses la même chose que moi ? lui demanda Sean.

Tyler hocha la tête, les yeux rivés sur Allison.

— Ecoutez, je vous répète que je n'ai pas été adoptée ! s'exclama-t-elle en secouant la tête, plus amusée qu'irritée.

Ils étaient tellement décidés à trouver une explication à cette ressemblance !

— On vous croit, répondit Tyler, mais je suis convaincu que quelqu'un dans votre famille, lui, l'a été.

— C'est ce que nous allons chercher dans les archives pendant votre absence, ajouta Logan.

— Je peux déjà vous dire qu'il ne s'agit pas de mes parents. Même si je n'ai rien contre l'adoption, au contraire… L'une de mes meilleures amies avait été adoptée, quand j'étais petite, et mon père me disait toujours qu'elle avait beaucoup de chance que ses parents l'aient choisie et l'aiment autant.

— Je ne pensais pas non plus à vos parents, répliqua Tyler. Cela remonte à loin… A beaucoup plus loin.

— Que voulez-vous dire ? demanda-t-elle, étonnée.

— Je pense à Lucy Tarleton.

13

— Vous ne pourrez pas aller à Valley Forge aujourd'hui, lança Kelsey quand Tyler, rasé de frais, entra, le lendemain matin, dans l'office pour prendre un café.

— Pourquoi donc ?

— Parce que nous sommes invités.

— Où ça ?

— Ça ne m'étonne pas que tu aies oublié, répondit-elle avec un petit sourire. Au vernissage de l'expo du mari de Cherry Addison… Tu t'en souviens ? Elle en a parlé, hier, avant que les événements ne s'accélèrent. Evidemment, vous pourriez ne pas venir et préférer votre expédition à Valley Forge, mais en même temps, tous nos suspects seront sur place, à ce vernissage.

— Valley Forge n'est qu'à une cinquantaine de kilomètres, précisa Tyler. L'aller-retour peut se faire dans la journée. Beaucoup de touristes y vont, quand ils viennent à Philadelphie.

— C'est vrai, mais ça risque de faire juste. Surtout si vous tombez sur une piste qui vous retarde…

Tyler fronça les sourcils. Avec tous les suspects sous la main, le vernissage était effectivement une occasion à ne pas manquer.

— Est-on sûr que ce « raout » soit maintenu ? Alors que Sarah Vining vient de mourir ?

— Oui, c'est maintenu. Les accrochages sont prêts, les invitations sont parties… Les Addison n'ont aucune intention d'annuler. Ils ne l'auraient même pas fait pour un enterrement, à mon avis ! En outre, à la demande expresse de Kate, la morgue a accepté de conserver les corps de Julian et de Sarah deux jours de plus, alors…

Kelsey tendit une tasse de café à Tyler en concluant :

— A toi de voir !

— A quelle heure est-ce que ça a lieu ?

— J'ai appelé Mme Addison ce matin, pour vérifier. Ça commence à 18 heures, avec un cocktail et un buffet. George Addison sera là, bien sûr, prêt à recevoir les hommages de ses fans.

— Il paraît que c'est un bon peintre.

— En tout cas, nous allons pouvoir juger sur pièces !

— Bon. Kate se rend tout de même à la morgue, n'est-ce pas ?

— Oui, et moi, je reste ici garder la maison, avec Jane et Sean. Jane n'a pas fini, mais tu devrais aller voir les images qu'elle a déjà reconstituées. Pour ma part, je vais prendre la relève de Sean de temps à autre. Il pense qu'il faut surveiller les caméras en permanence…

— Il a raison ! confirma Tyler.

— Logan, lui, file continuer ses recherches aux archives.

— Bien, dit Tyler. Dans ce cas, je vais aller à la police bavarder un peu avec Jenson. Tu pourras briefer Allison, quand elle se réveillera ?

— Entendu. Tu as un message particulier à lui faire passer ?

— Oui, j'aimerais qu'elle m'imprime un article que nous avons cherché en vain hier, et qu'elle avait trouvé en ligne. Il faudrait aussi qu'elle appelle Martin Standish pour voir s'il peut nous recevoir demain.

— D'accord. A tout à l'heure, alors.

Jenson n'était pas chargé du carambolage qui avait fait plus d'une vingtaine de blessés, dont certains dans un état critique, et causé la mort de Sarah Vining. Il promit cependant d'aider Tyler et les « chasseurs de fantômes » dans toute la mesure du possible, et demanda où ils en étaient de leur enquête.

— Nous sommes convaincus que l'assassinat de Julian Mitchell était prémédité, répondit Tyler, mais nous ne savons toujours pas qui a saccagé le grenier, ni pourquoi. Nous ne savons même pas si l'auteur du saccage et le meurtrier sont une seule et même personne. J'ajoute que l'accident dans lequel Sarah Vining a trouvé la mort, hier, a indubitablement été provoqué…

— Oui, il paraît qu'il y avait une vipère dans la voiture, répondit Jenson. Ça paraît un peu tiré par les cheveux, comme mise en scène. La vipère s'est peut-être faufilée toute seule…

— Précisément dans la voiture de Sarah ? Ce serait une drôle de coïncidence !

— Ce n'est pas impossible.

— Ce serpent a été placé là par quelqu'un, déclara fermement Tyler. Est-ce qu'on l'a retrouvé, d'ailleurs ?

— Non, répondit Jenson en secouant la tête. Personne n'a pensé à chercher un serpent, au début. Le véhicule est parti directement à la fourrière. Bien entendu, dès que nous avons entendu parler de cette histoire, nous avons conseillé au personnel de se montrer prudent. Cela dit, cette vipère a sans doute disparu depuis longtemps.

— A moins qu'elle ne soit planquée dans un coin !

— Peut-être. Je ne sais pas encore si la voiture a été examinée sous toutes les coutures. Je vais appeler dès que nous aurons fini…

Jenson fit une pause puis demanda, l'air intrigué :

— Ce que je ne comprends pas, c'est pourquoi on aurait pris le risque de tuer autant de gens dans un accident, simplement pour éliminer une seule personne.

— Pour que ça ait l'air d'un accident, justement.

— C'est trop énorme, objecta Jenson. Il faudrait être complètement fou !

— Je ne crois pas que nous ayons affaire à un fou, rétorqua Tyler, mais à quelqu'un qui se fiche bien des dommages collatéraux. Il se trouve que seule Sarah Vining est morte dans l'accident, mais il y aurait pu y avoir d'autres morts. Il y a des blessés graves.

— Qu'est-ce que vous attendez de moi, finalement ? demanda Jenson. Même si on retrouve ce serpent, il aura du mal à témoigner !

Jenson avait un certain sens de l'humour, en fin de compte, se dit Tyler.

— Vous pourrez peut-être vérifier si l'animal n'a pas été acheté récemment, par exemple, répondit-il. Auquel cas, l'acheteur pourrait être notre meurtrier.

— Agent Montague, je vous rappelle que vous êtes à Philadelphie. On trouve des vipères cuivrées partout dans les bois, par ici. Sans parler des garages et des granges. Je veux bien lancer un signalement, mais ça ne servira pas à grand-chose. Surtout que nous avons déjà alerté les services vétérinaires, et que personne n'est venu leur réclamer une vipère ! Enfin, je ferai comme vous voudrez. Autant ne négliger aucune piste.

— Surtout que nous avons affaire à quelqu'un d'extrêmement intelligent. Ces meurtres sont ceux d'un esprit froid, calculateur, et déterminé à prendre des risques.

— Vous êtes vraiment *certain* qu'il s'agit de meurtres ? insista Jenson.

— J'en suis convaincu dans les deux cas. Nous savons que Julian a reçu un coup sur la tête et ne s'est pas empalé par accident sur sa baïonnette. Ça ne fait pas le moindre doute.

Jenson n'avait toujours pas l'air persuadé, mais il cessa d'argumenter.

— Bon… Alors, que voulez-vous que je fasse ?

— J'aimerais que vous gardiez l'œil sur Ethan Oxford,

Nathan Pierson, Cherry Addison, Jason Lawrence et Annette Fanning.

— Il va me falloir plusieurs hommes. Ce n'est pas évident… Mes équipes sont déjà débordées. Philadelphie a son lot de crimes comme toutes les grandes villes, hélas !

— Je me doute que vous ne pourrez pas les faire suivre vingt-quatre heures sur vingt-quatre, mais vous pouvez au moins nous alerter si l'un ou l'autre a des déplacements suspects, par exemple. On doit pouvoir passer devant chez eux, vérifier s'ils se trouvent bien là où ils sont censés être…

— Et Mlle Leigh ?

— Elle ne nous a pas quittés de la journée, hier, y compris avant le carambolage. Trois des administrateurs sont également passés à ce moment-là, d'ailleurs.

— O.K., nous allons surveiller tout ce monde-là, répondit Jenson en écartant les bras. Même si ces administrateurs sont des gens dévoués, que je vois mal commettre des crimes aussi bizarres… Ils tiennent à la réputation de leur musée.

— Quand nous aurons compris le mobile du tueur, nous serons proches du but, répondit Tyler.

— Déjà, je vais commencer par voir si l'un d'eux est allé se promener en forêt, récemment. Parce que je ne crois vraiment pas à *l'achat* d'un serpent. Et peut-être que les experts pourront nous en dire plus, quand ils auront retrouvé cette fichue vipère. S'ils la retrouvent !

— Merci. En tant que policier, cette enquête-là vous sera plus facile à mener qu'à nous, conclut Tyler.

Il s'apprêtait à prendre congé quand le téléphone de Jenson sonna. Ce dernier décrocha en faisant signe à Tyler de patienter. Puis il raccrocha et laissa tomber :

— Ils ont retrouvé votre vipère.

*
* *

Adam Harrison était de ces gens qui attirent immédiatement la sympathie. Le lendemain matin, après avoir pris une douche — il n'y avait plus d'eau chaude — et s'être habillée, Allison fut surprise de le trouver dans le hall, assis devant la batterie d'écrans de Sean, en compagnie de Sean et de Logan.

C'était d'autant plus étonnant qu'elle avait cru comprendre que, d'ordinaire, il s'effaçait derrière ses équipes une fois l'enquête lancée. En la voyant descendre l'escalier, il se leva précipitamment pour s'avancer vers elle.

— Ma chère Allison ! s'écria-t-il en prenant ses deux mains dans les siennes. Je suis ravi de voir que vous semblez tout à fait remise. Et enchanté que vous prêtiez main-forte à mes troupes !

— C'est la moindre des choses, dans la mesure où ils veulent me sauver la vie, répondit-elle sincèrement.

— Notre métier, c'est de sauver des vies, chaque fois que nous pouvons !

— Je m'étonne de vous voir ici, fit-elle remarquer en souriant. En général, vous êtes par monts et par vaux, très occupé par vos activités, y compris philanthropiques.

— A vrai dire, Ethan et moi-même sommes de très, très vieux amis. Il était même le parrain de feu mon fils Josh. Alors, je préfère rester sur place, au cas où on aurait besoin de moi.

— Eh bien, je suis ravie de vous revoir. Surtout que nous n'allons pas tarder à nous mettre en route, je crois…

— Erreur ! répliqua plaisamment Kelsey en surgissant, une tasse de café à la main.

— Ah bon ?

— Votre expédition à Valley Forge est repoussée parce que nous nous rendons tous au vernissage, en fin de journée.

— Et pas un soldat ne doit manquer à l'appel ! murmura Harrison.

— Oh ! je vois…, dit Allison, qui avait du mal à cacher sa déception.

Elle s'était vraiment fait une joie de passer la journée avec Tyler, en anticipant les nouveaux développements de leur relation… Une toute nouvelle tournure, en somme. Même si ce devait être fugitif…

— Tyler a laissé quelques consignes à votre intention, reprit Logan. Il aimerait que vous contactiez M. Standish pour voir s'il peut vous recevoir demain. Il demande aussi si vous pouvez retrouver en ligne, et imprimer un article qui semblait avoir disparu hier.

— D'accord. Tyler n'est pas là ?

— Il fait le point avec la police.

— J'ai cru comprendre qu'un des fantômes de cette maison essayait de communiquer avec vous ? reprit Harrison à voix basse.

— Le principal fantôme de cette maison, dit soudain une voix, c'est moi, et je bavarde sans problème avec Allison !

C'était Julian, brusquement surgi de nulle part. Allison sursauta et Adam fronça les sourcils : Allison se souvint qu'il ne pouvait pas voir Julian.

— Il y a un spectre avec nous ? demanda Adam.

— Oui, Julian Mitchell. Mon ami qui a été tué sur place, répondit Allison.

— Ah…

Adam ne savait pas dans quelle direction poser son regard, mais il posa néanmoins une question :

— Avez-vous été en contact avec d'autres spectres de ce musée, monsieur Mitchell ?

— Dites-lui que j'ai vu Lucy Tarleton en même temps que vous, au moment où elle s'enfuyait, répondit Julian.

Allison répéta la phrase à voix haute.

Adam observa d'un air pensif Logan, puis Allison.

— Mes « chasseurs de fantômes » ont beau avoir vécu des centaines d'expériences, il reste une infinité de choses qui nous échappent. Je suis impressionné que M. Mitchell vous soit apparu aussi rapidement, Allison. Etait-il du genre extraverti, de son vivant ?

— C'est le moins qu'on puisse dire !

— Dis donc ! protesta Julian.

— Eh bien, il montait sur scène, précisa Allison un peu gênée. Il était très bon.

Adam hocha la tête.

— Lucy Tarleton hante cette maison depuis deux siècles. De son vivant, elle était contrainte de dissimuler ses convictions et a dû rester très réservée. Il va vous falloir l'amadouer, guetter avec attention la moindre de ses apparitions.

Adam eut un petit sourire triste avant d'ajouter :

— Un seul esprit m'apparaît, à moi, celui de mon fils Josh. Il a fallu du temps, mais un jour… Un jour, il a réussi à entrer en contact. Je ne peux communiquer qu'avec lui, mais ça me suffit, car grâce à vous, grâce à votre don, je peux venir en aide à beaucoup de gens. Votre sixième sens est une vraie chance. Cela permet de voir le monde autrement.

— Nous sommes convaincus que Lucy veut nous faire passer un message, déclara Logan, et qu'Allison finira par comprendre lequel.

— Pour l'instant, indiqua Allison, je vais monter au grenier chercher cet article de Martin Standish.

— Je vous accompagne, dit Kelsey.

Allison la regarda en fronçant les sourcils. Kelsey précisa gentiment :

— Mieux vaut qu'aucun de nous ne reste seul.

Adam s'était déjà retourné pour discuter avec Sean et Logan. Allison et Kelsey s'engagèrent dans l'escalier.

— J'imagine que vous avez pris une douche froide, dit Kelsey. Je suis vraiment désolée… Nous aurions dû vous prévenir !

— Ça m'a aidée à me réveiller, répondit Allison en riant, imitée par Kelsey.

Plus elle fréquentait les « chasseurs », plus elle les appréciait. Ils formaient une grande famille, se faisaient entièrement confiance et affrontaient sans hésiter les missions qu'on leur attribuait. Evidemment, Kelsey et Sean venaient vraiment de la même famille, puisqu'ils étaient cousins, et Kelsey était par ailleurs en couple avec Logan. Ils s'étaient tous connus au Texas…

Allison se réjouit brusquement que Kelsey lui tienne compagnie.

— Comme je n'irai pas à Valley Forge aujourd'hui, déclara-t-elle en entrant dans le grenier, j'aimerais passer chez moi prendre quelques affaires, si quelqu'un peut m'accompagner. J'en profiterai pour prendre une bonne douche bien chaude !

— Je viendrai avec vous.

— Merci !

Allison s'assit devant l'ordinateur et entreprit de chercher sur internet les articles de Martin Standish. Elle finit par retrouver celui qui parlait de « Bradley le Cruel » et l'imprima. Puis elle composa le numéro de Standish, mais tomba sur un répondeur et laissa un message.

— Il va falloir attendre qu'il se manifeste, dit-elle.

Au même instant, le téléphone sonna. Surprise, elle se rendit compte non seulement que Martin Standish la rappelait aussitôt, mais, en outre, qu'il était furieux.

— Mademoiselle Leigh, si vous m'appelez de nouveau pour m'agonir d'injures et me menacer de poursuites, vous pouvez aller au diable ! éructa-t-il.

— Quoi ? s'écria-t-elle, stupéfaite. Mais nous avons seulement correspondu par mail, monsieur Standish, vous vous souvenez ? J'admire beaucoup votre travail. J'ai hâte de vous rencontrer et d'en savoir plus sur les documents que vous détenez.

Il y eut un silence hostile à l'autre bout du fil.

— Ce n'est pas vous qui m'avez téléphoné pour me menacer ? reprit enfin Standish.

— Mais non ! Je vous le jure ! protesta-t-elle sous le regard perplexe de Kelsey. Que s'est-il passé au juste ? Savez-vous qui vous a appelé ?

Kelsey l'observait toujours en s'efforçant de reconstituer le fil de leur conversation.

— Une femme, répliqua Standish. J'ai cru que c'était vous. Elle m'a dit qu'elle travaillait au musée Tarleton-Dandridge et était horrifiée par les « calomnies » que je publie sur les respectables patriotes américains ayant vécu dans cette maison. Elle a même dit que si je continuais, je m'en repentirais !

— Je suis vraiment, vraiment désolée, monsieur Standish… Je peux vous garantir que personne d'habilité à parler au nom du musée n'a passé cet appel. Comme je vous l'ai dit, vous et moi avons correspondu par mail, et je vous ai simplement fait part de mon intérêt pour vos recherches. D'ailleurs, je me permettais de vous appeler aujourd'hui pour savoir si vous pourriez nous accorder un rendez-vous demain. Ce n'est pas une démarche officielle, et cela ne vous prendrait pas beaucoup de temps…

Standish grommela à l'autre bout de la ligne.

— Je me suis bien dit que ça ne pouvait pas être vous, dans la mesure où c'était différent du contenu des mails, répliqua-t-il. Il paraît qu'un de vos guides s'est sottement empalé sur sa baïonnette et qu'une des administratrices a trouvé la mort dans un accident ?

— C'est vrai. Nous avons besoin de vos lumières, monsieur Standish, répondit simplement Allison.

— Tout ce que je sais se trouve en ligne dans mes articles.

— Oui, mais les lettres autographes, elles, n'y sont pas. J'aimerais les voir, ainsi peut-être que d'autres éléments de vos collections…

— Bon. Vous pouvez venir demain à 14 heures. Je

vais vous envoyer l'adresse de mon domicile, où se trouve mon petit musée. Soyez à l'heure, hein ?

Sur ces mots, il raccrocha. Allison répéta la teneur de la conversation à Kelsey.

— Il est certain que cet interlocuteur était une femme ? insista Kelsey.

Allison fit signe que oui.

— Ça ne peut pas être Sarah…

— Non. Il reste Cherry Addison.

— Ou Annette Fanning ! rappela doucement Kelsey.

L'officier Alfred Crosbie, des services vétérinaires, avait placé la vipère cuivrée dans un terrarium.

Un grand terrarium, car c'était un serpent de belle taille…

— Ce qui m'attriste, c'est qu'il va falloir tuer cette créature pour faire une nécropsie, si on veut pouvoir vous répondre. Mais vous savez, on pourra simplement vous dire si l'animal a mangé en pleine nature ou si on lui a donné des souris d'élevage, par exemple. A première vue, j'ai plutôt l'impression que c'est une vipère sauvage, ramassée en forêt. Regardez-la de près : la peau est éraflée. Si elle venait de chez un particulier, elle ne serait pas dans cet état… Vous me direz qu'il n'est pas courant d'avoir une vipère chez soi, mais on voit de tout !

Crosbie semblait sincèrement désolé de devoir tuer un animal. Il n'avait cependant pas le choix : la police était maintenant persuadée, elle aussi, que la présence d'une vipère dans le véhicule était suspecte.

— Où l'avez-vous retrouvée ? demanda Tyler.

— Enroulée sous le siège du conducteur. C'est une chance qu'elle ne se soit pas échappée pendant le carambolage ! Elle a préféré se cacher, par instinct. Pauvre bête ! Enfin, je vous préviendrai dès que nos vétérinaires auront fait la nécropsie.

Tyler le remercia. Il quitta les locaux, prit d'abord le chemin du musée puis, changeant d'avis, se dirigea vers la propriété d'Ethan Oxford. La gouvernante de ce dernier le fit asseoir dans la bibliothèque pour attendre le maître de maison.

Ethan arriva quelques minutes plus tard en s'excusant de recevoir son hôte en pantoufles.

— Pardonnez-moi, j'étais au téléphone. Sarah n'avait aucune famille et m'avait demandé, il y a plusieurs années, d'être son exécuteur testamentaire. Son corps est encore à la morgue, mais je ne cesse de recevoir des appels sur le statut juridique de ses biens. Cela me bouleverse d'autant plus.

— Je comprends et vous adresse toutes mes condoléances, monsieur Oxford. D'ailleurs, c'est à propos de la mort de Sarah que je viens vous voir…

Oxford s'assit devant son bureau, l'air un peu désorienté. Il semblait avoir pris dix ans d'un seul coup.

— Sarah est morte dans un accident qui a blessé des dizaines de personnes, murmura-t-il. Je ne comprends toujours pas comment cela a pu se produire.

L'hôpital n'avait pas encore diffusé les causes réelles du décès et, à l'évidence, il n'y avait pas eu de fuites.

— Sarah a bien causé le carambolage, mais elle a été tuée par une morsure de serpent, répondit Tyler. Je vous saurai gré de garder l'information pour vous.

Oxford parut plus égaré que jamais.

— Une morsure de serpent ?

— Absolument. Il y avait une vipère cuivrée dans sa voiture et, à notre avis, on l'y a mise exprès.

Oxford ouvrit de grands yeux et dévisagea Tyler comme s'il parlait une langue étrangère.

— Vous et les autres administrateurs êtes devenus amis au fil du temps, n'est-ce pas ? Sinon, vous ne seriez pas l'exécuteur testamentaire de Sarah, reprit Tyler.

Oxford hocha la tête en agitant la main.

— Nous avions les mêmes centres d'intérêt. Philadelphie, le musée Tarleton, l'art, la musique…

Il poussa un profond soupir, puis ajouta :

— Quand j'ai accepté la proposition de Sarah, je ne me doutais pas que je lui survivrais !

— Que pensez-vous de vos collègues ?

Oxford se raidit.

— Je pense que ce sont des gens très bien ! rétorqua-t-il. J'ai demandé à Adam Harrison d'intervenir, c'est vrai, mais si vous soupçonnez l'un ou l'autre d'entre nous d'être mêlé à cette histoire, vous faites complètement fausse route. Nous nous fréquentons depuis des années !

— Donc, dit suavement Tyler, vous êtes tous d'honorables citoyens, ardents défenseurs du patrimoine de cette ville…

— Exactement ! C'est ailleurs qu'il faut chercher le coupable. Il y a eu une visite guidée, juste avant la mort de Julian Mitchell. Pourquoi n'enquêtez-vous pas de ce côté ?

— Les touristes ne connaissent pas le musée dans ses moindres recoins, contrairement aux administrateurs. Voilà pourquoi il est nécessaire de blanchir d'abord ces derniers, comme les conférenciers. Ensuite, nous élargirons le champ, naturellement.

Tyler devinait que le coupable était forcément un proche du musée, mais mieux valait amadouer Oxford.

Ce dernier soupira de nouveau.

— Bon… Que voulez-vous que je vous dise ?

— J'aimerais en savoir un peu plus sur les allées et venues de vos collègues, ces dernières semaines.

— Leurs allées et venues ?

— Oui. L'un d'entre vous est-il parti à la chasse, par exemple ? Ou pour une balade en forêt ? S'est-il rendu dans un magasin de prestidigitation, d'accessoires de magie ?

Tandis qu'il parlait, Tyler vit le visage d'Oxford virer à l'écarlate.

— Eh bien, l'un de nous a fait une randonnée, effectivement, avoua-t-il.

— Qui ?

— Moi, répliqua Oxford.

Kelsey s'exprimait toujours avec douceur, mais Allison était sûre qu'elle pouvait se montrer énergique et même inflexible, si nécessaire. Elle avait travaillé comme policière fédérale, après tout.

Elle aurait beaucoup aimé être aussi endurcie.

— Je crois que je vais prendre des leçons de tir, dit-elle quand elles quittèrent le grenier.

Kelsey se mit à rire.

— Ce n'est pas une mauvaise idée, mais je ne l'ai fait qu'à cause de mon travail, vous savez… Le monde n'est pas atroce au point que nous ayons tous besoin d'être champions de tir !

En débouchant sur le palier du premier étage, Allison reprit :

— Il paraît que vous êtes fiancée… Toutes mes félicitations ! Ce n'est pas difficile, de travailler avec Logan ?

— Non, ça se passe bien, même s'il y a un peu de tirage de temps à autre ! Je n'étais pas vraiment ravie à l'idée d'être dans la même équipe, au début. Et puis, les choses se sont mises en place. Nous séparons nettement le travail de la vie privée. Même si les « chasseurs » ont la même philosophie que les Marines : solidarité avant tout, on ne laisse personne derrière ! C'est pour cela que nous sommes tous aussi protecteurs les uns pour les autres. Bref, Logan et moi… nous nous débrouillons !

— Et les autres ? insista Allison. Comment gèrent-ils leurs relations amoureuses ?

— Sean travaillait dans les effets spéciaux, avant de nous rejoindre. Madison et lui ont donc beaucoup de choses en commun. Et puis, ils arrivent à dormir en avion !

Ce qui vaut mieux, soit dit en passant, car ils habitent vraiment à l'opposé l'un de l'autre. Pour Kate, c'est plus facile, car Will et elle ont un appartement en Virginie.

— Et Jane ?

— Elle a longtemps été avec un flic malheureusement tué pendant une mission, il y a deux ans. Elle a des petits amis de temps à autre, mais je pense qu'elle n'est pas encore prête à s'engager sérieusement. En ce moment, elle fréquente un col blanc de Washington.

— Un « col blanc » ?

— Un agent fédéral civil, répondit Kelsey en pouffant. Il travaille pour le fisc !

— Oh ! Comment est-ce que ça se passe ? Je veux dire : a-t-il les… les mêmes capacités que vous ?

— Non. Nous faisons très attention à ce que nous disons, quand il est là.

— En somme, vous menez tous une vie assez normale, finalement.

— Je ne dirais pas exactement « normale », mais le fait d'être très soudés nous aide beaucoup. C'est un vrai soulagement de savoir que vos collègues sont aussi « atypiques » que vous !

Kelsey se tut un instant, puis ajouta :

— Vous ne m'avez pas interrogée sur Tyler…

— Ah oui, bien sûr, et Tyler ? demanda Allison d'un ton faussement négligent.

En même temps, cependant, elle triturait l'interrupteur permettant d'allumer l'escalier.

— Tyler est un type formidable. Il était déjà ami avec Logan, avant que l'équipe ne soit créée. Ils étaient tous les deux dans les rangers du Texas.

— Oui, je le savais.

— Quand les gens rencontrent Tyler pour la première fois, ils se disent : « Voilà un vrai dur qui doit savoir se faire respecter ! » En fait, il n'est pas comme ça du tout.

— Il est toujours très courtois, c'est vrai.

Kelsey éclata de rire.

— C'est tout ce que vous pensez de lui ?

— Que voulez-vous dire ?

— Eh bien, j'ai l'impression que vous faites des étincelles chaque fois que vous le regardez !

Allison rougit violemment.

— Je… je ne sais rien de lui, de ses relations…

— Il lui arrive de sortir avec des femmes, bien sûr. Mais à ma connaissance, il n'a pas de relation stable. C'est quelqu'un de très secret. Il observe et garde beaucoup de choses pour lui. A mon avis, il ne pourrait pas s'engager avec quelqu'un qui… n'aurait pas le même « don » que lui. Cela lui serait trop difficile de mentir. Bien sûr, je vous donne là mes impressions personnelles.

Allison se rendit compte qu'elle regardait fixement Kelsey sans rien dire. Cette dernière reprit au bout de quelques secondes :

— Vous devriez peut-être l'appeler, pour lui expliquer ce que vous a dit Martin Standish.

— C'est vrai. Je le fais tout de suite.

Avec un dernier sourire, Kelsey descendit l'escalier.

Allison appela aussitôt Tyler. Il l'écouta avec attention, puis demanda :

— Il est sûr que l'appel venait d'une femme ?

— Il en a l'air, en tout cas. Ce pourrait être Sarah, ou Annette, ou encore Cherry Addison.

— Et comme Sarah est morte…

— Elle ne l'était pas encore, à ce moment-là.

— Dans ce cas, vous pourriez lui poser la question.

— Vous voulez que je retourne à la morgue ?

— Dans la mesure où elle communique avec vous… oui !

— Kate y est, en ce moment, n'est-ce pas ?

— Oui. Elle a peut-être établi un contact avec Sarah, mais j'en doute, car, d'après elle, les fantômes n'aiment pas rester sur place quand on pratique l'autopsie de leur corps. Nous irons ensemble dans la journée, si vous voulez.

— D'accord, dit Allison, espérant que Sarah, comme Julian, choisirait de hanter d'autres lieux que la morgue.

— A tout à l'heure, conclut Tyler avant de raccrocher.

Allison descendit dans le hall. Adam Harrison était parti, mais devait les retrouver plus tard, au vernissage. Logan et Sean surveillaient les caméras. Jane, depuis le seuil de la bibliothèque, les invita à venir la rejoindre.

Allison raconta son échange avec Martin Standish.

Logan, comme à l'ordinaire, se montra pragmatique.

— La personne qui a passé l'appel n'est pas forcément celle qui a tué Julian, mais c'est certainement une piste, déclara-t-il. Et s'il s'agit bien d'une femme…

— Est-ce qu'Annette Fanning va venir au vernissage ? demanda Kelsey à Allison.

— Je pense que oui. L'équipe des guides conférenciers soutient les administrateurs, en général, tout comme ils nous soutiennent.

Julian, à côté d'eux, examinait les tirages que Jane venait de faire.

— C'est incroyable ! s'écria-t-il.

Logan sourit à Allison.

— Il a raison. Venez voir.

— Je me suis permis de prendre votre photo sur Facebook pour faire les montages, expliqua Jane à Allison d'un air contrit.

— Regardez, insista Logan. Je pense que l'hypothèse de Tyler est convaincante…

Allison s'approcha, non sans appréhension. Ce qu'elle vit, effectivement, l'impressionna.

Jane avait mêlé des images numériques avec ses propres croquis, retravaillé le tout et, finalement, superposé sur un calque les visages de Lucy et d'Allison. Ils se confondaient avec une telle précision que c'en était incroyablement troublant.

— J'ai toujours pensé que tu lui ressemblais, dit Julian, avec tes cheveux noirs et tes yeux bleus… Mais là, on dirait vraiment des sœurs jumelles !

Allison recula d'un pas.

— Je ne comprends pas, murmura-t-elle. Je ne suis pas Lucy Tarleton ressuscitée, je vous assure… D'ailleurs, nous avons vu son fantôme !

— Mais vous avez sûrement un lien de famille, objecta Logan. Il faut absolument que nous trouvions lequel. Ça peut être très important.

— Je pense avoir la réponse, dit soudain une voix.

Allison fit volte-face. C'était Tyler, qui venait de rentrer et se tenait debout sur le seuil.

— Laquelle ? demanda-t-elle.

— A mon avis, répondit-il en souriant, quelqu'un dans la famille de votre père a adopté un enfant, pendant la révolution américaine, et je suis prêt à parier que cet enfant n'était autre que le fils ou la fille illégitime de Lucy. La famille de Lucy a sûrement gardé le secret sur cette naissance et, finalement, l'enfant est entré dans la famille Leigh.

— Mais comment Lucy aurait-elle pu faire tout ce qu'elle a fait, monter à cheval, ou même simplement se promener dans Philadelphie, tout en étant enceinte ? protesta Allison.

— Beaucoup de reines ou d'aristocrates ont réussi à dissimuler leur grossesse, dans le passé, répliqua Tyler. Cette hypothèse expliquerait pourquoi Lucy tente de communiquer avec vous. Elle a peur pour vous et pense que le seul moyen de vous protéger, c'est qu'on sache qui s'en prend aux membres de ce musée, et pourquoi.

— Je trouve cette théorie convaincante, dit Jane. N'ayez pas cet air effrayé, Allison ! Si Tyler a raison, c'est bon signe. Cela veut dire que Lucy fera tout pour veiller sur vous !

— Ce qui ne va sans doute pas très loin ! déclara

Julian en faisant la moue. Moi aussi, je suis un fantôme, et qu'est-ce que je peux faire ? Essayer de déclencher l'alarme ? Souffler de l'air froid sur un agresseur ?

— Vous avez réussi à déplacer une feuille de papier, aujourd'hui, lui rappela Jane d'un air encourageant.

— Ça m'a demandé de sacrés efforts, croyez-moi !

— Il y a deux siècles que Lucy hante cette maison, rappela Tyler. Elle a eu largement le temps de s'entraîner. Nous imaginons sans doute mal de quoi elle est capable.

— En tout cas, elle n'adresse pas la parole aux autres fantômes, je peux vous le dire, grommela Julian.

— Laissez-moi vous montrer un autre montage, déclara Jane. J'ai pris des clichés des portraits de Bradley pour les fusionner et les travailler en 3 D, comme pour Lucy et Allison. Voilà ce que ça donne…

Ils s'approchèrent de la table. Jane avait imprimé une image où les deux portraits de l'Anglais étaient fondus en un seul.

On avait l'impression de voir un autre homme. Bradley semblait plus âgé que dans le tableau du rez-de-chaussée, mais son regard était identique à celui de l'autre portrait, accroché dans la chambre de Lucy : c'était le regard grave et pensif d'un homme conscient de ses lourdes responsabilités, mais dépourvu de toute cruauté.

— Superbe résultat, Jane, commenta Tyler. Il est plus que probable que nous ayons là la vraie nature du personnage.

— Mais qu'est-ce que ça change ? demanda Allison. Nous savons maintenant que lord Bradley n'était pas un monstre, et que je descends peut-être d'un enfant illégitime de Lucy. En quoi cela nous éclaire-t-il sur l'assassin de Julian ?

— Nous ne savons pas encore, mais nous approchons du but, répondit Tyler.

Logan hocha la tête avec lenteur.

— Nous savons que c'est une femme qui a menacé Martin Standish. Or celle qui a le plus à perdre de ses recherches, étant la dernière descendante des Dandridge, c'est Cherry Addison. Nous aurions intérêt à la cuisiner un peu, ce soir.

— Si nous la mettions sur écoute ? suggéra Tyler.

— Je vais en parler à Adam.

— Il faut que je repasse chez moi avant le vernissage, lança Allison. Si je pouvais y aller maintenant…

— Je vous accompagne, dit Tyler.

— Mais Kelsey s'était proposée…

— Sauf que nous devons également faire un saut à la morgue, vous vous rappelez ? Cela m'aurait fait du bien de marcher, car ça m'aide à réfléchir, mais nous allons prendre la voiture.

Allison opina, le cœur battant. Elle baissa les yeux pour dissimuler l'excitation qui, soudain, courait dans ses veines.

Elle était même prête à retourner à la morgue pour le seul plaisir de se retrouver seule avec Tyler. Enfin, presque seule…

Elle n'aurait jamais imaginé, au début de cette histoire, éprouver pour lui de tels sentiments.

C'était exaltant, mais aussi, en même temps, un peu effrayant. Ne risquait-elle pas, inconsciemment, de ruiner l'éventualité d'une relation entre eux ? De répéter sans le vouloir, faute de confiance en elle, l'échec cuisant de sa dernière liaison ?

— Si l'un de vous a envie d'une douche ou d'un bon bain chaud, dans une vraie salle de bains, vous êtes les bienvenus chez moi, dit-elle à voix haute.

— Merci, répondit simplement Logan.

Personne d'autre ne releva. Ils s'étaient déjà tous remis à discuter de la mission en cours.

Elle avait sans doute tort d'éprouver une telle attirance pour un homme qu'elle connaissait depuis quelques jours à peine…

Mais comment aurait-elle pu s'en empêcher ?

14

Même le Dr Grant, qui avait passé beaucoup de temps avec Kate, qui connaissait Adam et s'était montrée d'une patience d'ange, se troubla quand Tyler demanda à revoir le corps de Sarah Vining.

Elle ne refusa pas, mais leur jeta un regard intrigué.

— Le Dr Sokolov a assisté à l'autopsie, argua-t-elle. Je peux vous assurer que tout a été fait parfaitement dans les règles.

— Certainement ! dit Tyler. Nous voulons simplement quelques précisions. Le serpent qui a mordu Mme Vining a été volontairement introduit dans sa voiture. A votre avis, est-ce à cause de cela que le cœur a lâché ?

Le Dr Grant hocha la tête, l'air toujours aussi troublé. Elle les guida néanmoins vers la salle réfrigérée et ouvrit le tiroir qui contenait le corps de Sarah. Pendant que Tyler distrayait son attention en lui posant des questions sur l'autopsie, Allison posa la main sur le visage de la morte, puis ferma les yeux et s'obligea à rester parfaitement immobile.

Tyler se rendit compte que le Dr Grant la regardait en fronçant les sourcils. Il l'entraîna un peu plus loin en continuant la discussion.

— Vous savez, lança-t-il, les services vétérinaires ont fini par retrouver la vipère… Elle s'était réfugiée sous le siège.

— Sans doute cette bête a-t-elle eu peur quand

la voiture s'est mise en marche, répondit le médecin. Mme Vining souffrait aussi de multiples contusions et d'une côte cassée, à cause de l'airbag et du choc qu'elle a subi, ensuite, en étant heurtée par un véhicule. Je peux cependant confirmer que le venin a accéléré l'arrêt cardiaque, naturellement.

— Merci encore de votre patience, dit Tyler. Vos précisions nous sont très utiles. Bien entendu, je vous demanderai de garder tout cela confidentiel.

— Ne craignez rien. Nous savons nous montrer discrets.

Du coin de l'œil, Tyler vit qu'Allison s'écartait du cadavre.

— Eh bien, merci, docteur, lança-t-il. Nous tâcherons de ne plus vous déranger.

— M. Oxford m'a dit qu'il préparait les obsèques, répondit Ana Grant. Il pense qu'il y aura peu de monde, Mme Vining n'ayant guère d'autres amis que les administrateurs et les collaborateurs du musée. Il aimerait savoir quand je pourrai lui confier le corps pour la cérémonie…

— Sarah disait toujours qu'elle souhaitait être enterrée dans l'enceinte de la demeure Tarleton-Dandridge, murmura Allison.

— Vraiment ? demanda le Dr Grant, surprise. Pourtant, M. Oxford semble croire qu'elle voulait une crémation !

Allison et Tyler la dévisagèrent avec stupéfaction.

Tandis qu'ils quittaient les locaux, Tyler sortait déjà son portable de sa poche. Allison lui jeta un regard intrigué.

— J'appelle Adam, expliqua-t-il. Il est hors de question qu'on envoie Sarah au crématorium !

— Surtout qu'elle ne l'aurait pas voulu non plus, j'en suis sûre !

Tyler hocha la tête, s'entretint avec Adam, puis raccrocha et se tourna vers Allison.

— Alors ? Sarah vous a-t-elle appris quelque chose ? demanda-t-il.

— Elle nie farouchement avoir appelé Martin Standish.

Elle déclare formellement n'avoir jamais pris contact avec lui !

— Parfait. Je m'en doutais, mais maintenant, au moins, nous en sommes sûrs.

— Est-on certain que les morts ne mentent jamais ?

— Les morts restent ce qu'ils étaient de leur vivant. Sarah était-elle menteuse ?

— Non. Pas que je sache, répondit Allison.

— Alors, elle n'a aucune raison de mentir maintenant. Lui avez-vous demandé pourquoi elle avait autant insisté pour vous aider à ranger le grenier ?

— Oui. Elle m'a répondu que ce saccage la troublait. Elle n'en comprenait pas le motif. Et, vu ce qui est arrivé à Julian, elle espérait pouvoir tomber sur un indice.

Ils étaient arrivés à leur voiture.

— Est-ce que nous avons le temps de faire un saut à l'hôpital ? reprit Allison. J'avais promis à Todd que je passerais voir son père, et je m'en voudrais de le décevoir.

— Pas de problème. Allons-y.

Tyler se dit qu'elle avait raison. Le garçon comptait sur eux. Seulement, en quoi cela améliorerait-il l'état de son père s'ils résolvaient l'énigme ?

Et puis, tout à coup, il se sentait troublé par Allison. Que lui arrivait-il ?

C'était plus facile quand ils n'étaient pas en tête à tête. En présence des autres, il arrivait à garder plus facilement ses distances…

— Allons-y, répéta-t-il.

A l'hôpital, ils retrouvèrent Haley Dixon, qui ne quittait pas le chevet de son mari. Elle restait près de lui jour et nuit, tandis que les enfants, confiés à sa sœur, venaient voir leur père pendant la journée et tentaient, le reste du temps, de mener une vie à peu près normale.

Allison persuada Haley d'aller faire une pause à la cafétéria de l'hôpital avec Tyler, tandis qu'elle-même tiendrait compagnie à Artie.

Dans la cafétéria, Tyler offrit un café à la jeune femme et ils s'assirent à une table. Elle avait les yeux cernés et semblait amaigrie, comme si elle n'avait rien avalé depuis que son mari était tombé malade.

— Est-ce qu'il a repris connaissance une fois ou deux ? Ne serait-ce que pour quelques secondes ? demanda Tyler.

— Non, répondit Haley en secouant la tête. C'est hallucinant. Ils ont tout fait, des radios, des scanners, des IRM… Ils ne comprennent pas. Le médecin dit que c'est comme si une porte s'était tout à coup fermée dans son cerveau. Tout le monde, ici, est très serviable, mais ils commencent déjà à me donner des adresses d'établissements spécialisés… Ils ne savent plus quoi faire.

Tyler murmura quelques paroles de compassion.

Haley Dixon lui agrippa brusquement la main.

— Vous êtes notre seul espoir, vous savez. Vous et Mlle Leigh… Notre seul espoir ! Ne nous laissez pas tomber, je vous en supplie…

— Il n'en est pas question, assura Tyler.

— Souvent, quand Allison vient le voir, j'ai l'impression qu'il se sent un peu mieux, ensuite. Ça paraît absurde, parce qu'il est dans le coma, mais… c'est comme s'il respirait plus facilement. Comme s'il y avait eu un rayon de soleil dans la chambre…

Elle soupira avant d'ajouter :

— Je sais qu'il y a eu d'autres tragédies. J'ai entendu parler de cet affreux carambolage. Ma sœur avait même failli prendre la route, ce jour-là ! Mon Dieu, vous imaginez ! Si elle avait été accidentée avec les enfants ! Oh… Parfois, j'ai l'impression que je perds la tête !

— Dieu merci, ni votre sœur ni vos enfants n'y étaient, dit Tyler d'une voix calme.

— Cette femme qui est morte dans sa voiture… C'était une administratrice du musée Tarleton-Dandridge, n'est-ce pas ? Je l'ai lu dans le journal. Encore un drame lié à cette sinistre bâtisse !

— La maison Tarleton-Dandridge n'a tué personne, madame Dixon.

— Non. Le vrai responsable, c'est le portrait. Le portrait de ce type affreux, ce dénommé « Bradley le Cruel » !

— Voyons, les tableaux non plus ne tuent pas… Il y a malheureusement derrière tout ça un assassin bien vivant, mais je vous jure que nous finirons par le démasquer. En attendant, prenez soin de vous, pour votre mari et vos enfants.

Haley Dixon hocha la tête avec un pâle sourire.

— Vous avez raison. Simplement je… je pense qu'il y a vraiment quelque chose de bizarre dans ce tableau. Il donne la chair de poule rien qu'à le regarder. Todd était terrifié. Artie a sombré dans le coma bien après avoir vu le portrait, bien sûr, mais… je ne peux pas m'empêcher de penser qu'il y a un lien. Artie a dû y repenser et…

— Nous allons de nouveau examiner ce tableau, promit Tyler.

— Merci, dit Haley en exhalant un léger soupir. Ça m'a fait du bien de m'échapper quelques minutes. Je vais remonter, maintenant.

Allison continuait à parler avec Artie Dixon, tout en lui tenant la main. Elle n'avait pas peur. Elle laissait ses pensées s'exprimer à voix haute et, à un moment, se surprit même à chuchoter qu'elle aurait aimé se retrouver seule avec l'agent Montague.

Elle se tut, croyant soudain percevoir un mouvement, et observa Artie avec attention. Il n'avait pas bougé, pourtant. Il restait toujours aussi absent.

Mais elle avait l'impression qu'il parlait.

— Le tableau, souffla-t-il. Il y a quelque chose qui ne va pas, dans ce tableau. Vous devriez le démonter pour voir ce qu'il en est…

Allison eut l'impression que son sang se figeait dans ses veines.

Ces temps derniers, c'étaient les morts qu'elle avait entendus parler.

Artie venait-il de mourir ?

Elle se força à garder sa main dans la sienne et, comme elle avait eu le souffle coupé, prit une profonde inspiration. On voyait toujours le rythme cardiaque du malade s'afficher sur le moniteur.

Elle entendit, dans le hall, Tyler qui revenait avec Mme Dixon.

Elle pressa la main d'Artie en murmurant :

— Je vais demander qu'on examine de nouveau ce tableau, quitte à le démanteler entièrement. Notre spécialiste des effets spéciaux s'en chargera. Vous voyez, je vous ai entendu, Artie. Cela veut dire que vous êtes encore parmi nous. Votre famille a besoin de vous. Reprenez vite connaissance, je vous en supplie !

Quand Haley Dixon et Tyler entrèrent dans la chambre, Allison lâcha la main d'Artie et se redressa.

— Merci de l'avoir veillé, lui dit Haley d'un air reconnaissant.

— Je vous en prie. Cela ne me pèse pas du tout… Vous saluerez les enfants pour moi.

— C'est promis. Todd sera ravi d'apprendre que vous êtes venue.

Ils prirent congé puis, tandis qu'ils remontaient en voiture pour se rendre chez elle, Allison demanda :

— Est-ce que Sean a pu se tromper en disant que le portrait de Bradley n'a rien de particulier ? Quelque chose aurait-il pu lui échapper ?

Tyler lui jeta un coup d'œil.

— C'est curieux, Haley Dixon vient de me faire le même genre de remarque, répondit-il. Elle est convaincue que ce tableau porte malheur.

— Et vous, qu'en pensez-vous ?

Tyler haussa les épaules.

— Je ne lui vois rien de spécial, et Sean est vraiment un expert. S'il n'a rien remarqué…

— Ça n'empêche pas de l'étudier de nouveau, n'est-ce pas ?

— Non, bien sûr.

Ils étaient arrivés devant chez Allison et sortirent de la voiture. Allison fit entrer Tyler. Elle se sentait affreusement embarrassée. Elle mourait d'envie d'être seule avec lui depuis des heures et, maintenant que c'était le cas, elle ne savait plus comment se comporter !

— Je vais prendre une douche, déclara-t-elle. Je n'ai eu que de l'eau froide, ce matin, et comme nous sortons de la morgue… Ça ne vous ennuie pas ?

Elle faisait face à Tyler qui la dévisageait, adossé contre la porte.

Il fit signe que non.

— Si vous voulez prendre une douche aussi…, balbutia-t-elle, se demandant si elle avait l'air convaincante ou simplement taquine.

Un lent sourire étira les lèvres de Tyler.

— Une douche ? Avec vous ?

Elle battit des paupières, cherchant désespérément quoi répondre. Il aurait fallu une réplique légère, sophistiquée… N'importe quoi pour cacher son trouble.

Mais elle ne trouvait rien à dire. Rien !

— Euh… ce serait bien, murmura-t-elle enfin.

— Pardon ? répliqua-t-il en fronçant les sourcils.

La gorge d'Allison se serra. Elle se sentait maladroite, presque ridicule.

— Je… j'aimerais beaucoup prendre une douche avec toi, trouva-t-elle enfin le courage de répondre. Et même… beaucoup plus qu'une douche.

Alors, Tyler fit une grande enjambée et, une seconde plus tard, Allison se retrouvait dans ses bras. Elle tremblait des pieds à la tête : elle avait presque oublié ce qu'on ressentait dans une étreinte. Tyler lui souleva le menton pour l'embrasser, et le seul contact de ses lèvres s'avéra aussitôt profondément érotique. Puis il glissa la langue dans sa bouche…

Elle lui répondit avec fièvre. Quelque chose de dur se pressait contre sa jambe… Elle se rendit compte que ce n'était pas Tyler lui-même, mais son arme de service.

Il s'écarta un instant pour retirer sa veste et son holster.

Puis il s'approcha de nouveau mais, surpris, vit Allison reculer. Il haussa les sourcils, l'air interrogateur.

— Tu ne veux pas passer tout de suite sous la douche ? suggéra-t-elle. Il y a longtemps que je me représente cette scène, mais sans l'odeur de formaldéhyde…

Tyler sourit.

— Tu y pensais donc déjà ?

Elle rougit et hocha la tête.

— Eh bien, moi aussi, avoua-t-il. Est-ce que… nous avons besoin de protection ?

— Je prends la pilule.

Il hocha la tête à son tour. Allison s'engagea dans l'escalier et, se rendant compte que Tyler ne la suivait pas, se retourna. Mais il ramassait simplement sa veste et son holster.

Elle fila vers la salle de bains en se félicitant que la pièce soit d'une propreté immaculée. Est-ce que les hommes remarquaient ce genre de choses ? Puis, sans plus se poser de questions, elle ouvrit le jet de la douche, se retourna et se retrouva de nouveau dans les bras de Tyler.

— Tes lèvres n'ont absolument pas le goût de produit chimique, murmura-t-il. Je sais que ce n'est pas très romantique, comme déclaration…

Elle se serra contre lui en souriant. Sans cesser de s'embrasser, ils commencèrent à se dévêtir l'un l'autre, retirant en hâte leurs chaussures, ôtant prestement les jeans.

Elle ne s'était pas trompée : Tyler avait un corps superbe.

Comme dans un rêve, ils se retrouvèrent sous le jet

brûlant, échangeant fiévreusement des caresses et de nouveaux baisers…

Le corps magnifique de Tyler était couvert de cicatrices, stigmates, sans aucun doute, de son travail de ranger, quand il chassait déjà les criminels. Elle parcourut du doigt une fine cicatrice blanche qui courait sur sa peau bronzée, au bas de son abdomen, puis l'embrassa doucement.

— Un coup de couteau, expliqua Tyler. Je ne me suis pas écarté assez vite face à un dealer, à San Antonio.

— Dieu merci, il ne t'a pas tué !

— Il a pris vingt-cinq ans.

Elle leva les yeux vers lui puis effleura une autre cicatrice, sur son bras. Il l'attira à lui avec un sourire de biais.

— Ça, c'est une balle qui m'a frôlé à Houston, commenta-t-il.

Il avait une autre cicatrice, verticale, sur le ventre. Lovée contre lui, savourant la fermeté de son corps dans le nuage de vapeur qui s'élevait, elle murmura :

— Et celle-ci ?

— Appendicite, répondit-il en riant, avant de l'enlacer pour l'embrasser de nouveau.

Allison n'avait jamais éprouvé un tel désir, un tel sentiment d'urgence. Allaient-ils faire l'amour là, sous la douche ?

Tyler en décida autrement. Il la déposa hors de la douche et l'enveloppa dans un drap de bain pour la sécher, tout en multipliant des caresses qui la faisaient frissonner. Enhardie, elle répondit avec passion, sentit les battements de leurs deux cœurs s'accélérer… et faillit trébucher quand le drap de bain tomba à terre. Ils éclatèrent de rire ensemble, puis Tyler la souleva dans ses bras comme une plume.

Ils s'abattirent sur le lit, encore moites, embaumant légèrement le savon, et se mirent à faire réellement l'amour. Tyler déposa une pluie de baisers tout le long de son corps. Elle frémissait, vibrait, s'arquait de plaisir au moindre contact… Quand il se redressa, les yeux rivés aux siens, puis plongea en elle avec une infinie douceur, elle crut qu'elle allait jouir d'une seconde à l'autre, mais il se retira, revint, et entama un lent mouvement rythmé, sans jamais la quitter du regard. Elle avait beau sentir sur elle la fraîcheur des draps, le moelleux du matelas, elle avait l'impression d'être transportée dans un autre monde. Tous les événements des derniers jours, les drames et les peurs, semblaient se dissoudre, s'envoler, balayés par une vertigineuse sensation d'extase. Elle s'accrocha à Tyler, haletante, emportée par des vagues successives de plaisir, puis crut perdre connaissance un instant avant de revenir enfin à elle, le souffle court.

Ils restèrent immobiles pendant un moment, délicieusement apaisés. Allison caressait les épaisses mèches brunes de Tyler, qui lui retombaient sur le front.

— C'est si merveilleux… et pourtant, je me sens vaguement coupable, murmura-t-elle.

Il sourit en l'attirant contre lui.

— On n'est jamais coupable d'aimer la vie. Surtout quand on finit par trouver ce qu'on cherchait depuis longtemps.

— Mais je… je me sens si triste pour Julian et Sarah ! murmura-t-elle.

Car c'étaient bien ces morts tragiques qui lui avaient permis de connaître Tyler…

Il la serra contre lui.

— Il est normal que nous soyons tristes, Allison, mais nous faisons tout notre possible pour leur rendre justice. Tu n'as aucun reproche à te faire. La vie est précieuse. Précieuse et fragile. Il faut la savourer dès qu'on peut, sans arrière-pensées.

Mais Allison restait troublée. Lovée contre la poitrine de Tyler, elle murmura en frissonnant :

— Tu travailles avec des gens résolus, prêts à affronter n'importe quel combat. Tes collègues féminines sont de véritables héroïnes. Moi, quand tu m'as rencontrée, je n'étais qu'une boule de nerfs harcelée par des policiers. Ensuite, je me suis conduite comme une poule mouillée…

Tyler lui caressa les cheveux avec un sourire attendri.

— Tu ne connais donc pas le proverbe ? « Le vrai courage, ce n'est pas d'ignorer sa peur, c'est de l'affronter. » Tu es l'une des femmes les plus courageuses que j'aie jamais rencontrées !

Ses paroles avaient quelque chose de rassurant, de profondément apaisant. Allison sentit ses muscles se détendre, et se nicha plus étroitement contre lui.

— Je serai franc, reprit Tyler d'un ton taquin. Tout au début, oui, tu avais un côté poule mouillée…

— Tu vois ! s'exclama-t-elle en riant.

Puis elle se redressa en ajoutant :

— On va nous attendre au vernissage !

— Nous serons à l'heure, ne t'en fais pas.

— Alors, il nous reste un petit moment…

— Pour… ? demanda-t-il en l'embrassant de nouveau.

— Pour faire rapidement l'amour, murmura-t-elle contre sa bouche.

— « Rapidement ? » Pas trop. C'est ensuite que nous reprendrons une douche et serons prêts en dix minutes.

Il fit courir lascivement les doigts le long de son dos.

Cherry Addison, debout sur le seuil de la galerie, accueillait les visiteurs comme une reine recevant ses sujets.

Tyler trouvait son attitude à la fois courtoise et très affectée.

Il n'avait pas très envie d'assister à ce vernissage, en fait. Il aurait largement préféré passer la nuit au lit avec Allison. Il aurait aimé continuer à parler avec elle de la vie, de ses joies et de ses souffrances, apprendre à mieux la connaître.

Sauf que des gens étaient morts, et qu'il lui fallait faire son devoir.

Cherry les salua gracieusement. A côté d'elle, son époux George se montrait convivial et chaleureux. Le propriétaire de la galerie, lui, jouait les hôtes empressés, dirigeant les nouveaux venus vers le buffet en leur recommandant d'aller voir les toiles.

Allison et Tyler allèrent prendre un verre de vin et quelques petits-fours, puis arpentèrent la galerie. George Addison était un peintre de talent. Il représentait des scènes de la vie quotidienne : une mère avec son nouveau-né, le regard à la fois las et attendri, un enfant regardant son ballon disparaître dans le ciel, un ouvrier assis sur son échafaudage, dévorant un sandwich d'un air serein… C'étaient des scènes de la vie de tous les jours, mais l'émotion qui s'en dégageait était universelle, et presque intemporelle.

— Je dois dire que ça me plaît beaucoup ! fit la voix de Jane derrière eux.

— Venez donc voir de l'autre côté, suggéra Logan qui venait de les rejoindre.

Tyler posa la main dans le dos d'Allison pour l'entraîner en face. Cette fois, certains tableaux représentaient des scènes historiques que Tyler trouvait encore plus originales que les autres.

Dans l'une, on voyait un soldat nordiste de la guerre de Sécession, appuyé contre un arbre, l'air épuisé, tandis qu'un sudiste gisait au sol, couvert de sang. Un autre tableau représentait un fantassin de la Première Guerre mondiale dans une tranchée, au milieu de soldats et de chevaux morts.

George Addison avait également peint la demeure Tarleton-Dandridge avec, devant, la silhouette d'une femme.

C'était Lucy Tarleton, toute droite, avec une expression à la fois résolue et profondément mélancolique.

Tyler jeta un coup d'œil à Allison. Elle avait le même regard mélancolique, et murmura en rougissant :

— Elle a l'air tellement troublé !

— C'était la guerre, lui rappela-t-il à voix basse. En outre, elle savait probablement déjà qu'elle portait un enfant illégitime !

Ils défilèrent devant les autres tableaux, tous empreints de la même humanité, puis revinrent vers le buffet. Annette Fanning et Jason Lawrence étaient là, l'air un peu perdu. Allison les embrassa sur les deux joues.

— Je vois que le vernissage a été maintenu en dépit des circonstances, fit remarquer Jason.

— Apparemment, répondit Tyler, il était beaucoup trop tard pour tout annuler.

— Et puis, George ne connaissait pas vraiment Sarah, ajouta Annette. C'est un type sympathique, en fait. Je me suis toujours demandé comment Cherry avait réussi à lui mettre le grappin dessus.

Elle mit brusquement la main devant sa bouche en rougissant :

— Oh ! Excusez-moi… Je n'aurais pas dû dire ça !

— En tout cas, déclara Jason en levant son verre, j'aurais mieux aimé que ce soit Cherry qui y reste, au lieu de Sarah !

— Jason ! Comment oses-tu ? s'écria Allison, scandalisée.

— Sarah était bien plus gentille, non ? marmonna Jason.

— Et elle est morte, comme Julian. C'est tellement injuste ! lança Annette.

Allison hocha la tête.

— Oui. Et nous voilà tous les trois, les derniers guides restants, et là-bas, les trois administrateurs survivants…

Elle montra du menton, à l'autre bout de la pièce, Ethan Oxford et Nathan Pierson qui venaient d'arriver et avaient rejoint Cherry.

— Excusez-moi… J'ai quelque chose à demander à Cherry, murmura Tyler.

Il s'éloigna. Ethan le regarda approcher en fronçant les sourcils : il n'avait pas vraiment apprécié leur dernière conversation. Tyler savait qu'Adam lui avait téléphoné entre-temps, mais se demandait comment Ethan allait l'accueillir.

Ethan se montra cependant courtois, tout comme Nathan Pierson, sans doute parce qu'un vernissage n'était pas le lieu où se montrer désagréable. Cherry eut un sourire bienveillant.

— L'époux de Cherry a beaucoup de talent, n'est-ce pas ? lança Nathan.

— Enormément, répondit Tyler. Il me fait penser aux portraits qui se trouvent dans le musée Tarleton-Dandridge. Là aussi, les peintres qui ont représenté lord Bradley étaient très doués.

— George adore ces deux tableaux, dit Cherry. Il sera ravi de savoir que vous le comparez à eux.

— Le garçon dont le père est dans le coma à l'hôpital affirme avoir vu le portrait du rez-de-chaussée s'animer sous ses yeux, reprit Tyler. Vous n'avez jamais rien vu d'inhabituel, dans cette toile ?

— Rien, mis à part l'expression amère du personnage, répondit Ethan. Mais il ne faut pas oublier que le tableau a été peint par Tobias, le beau-frère de Lucy Tarleton, qui avait de sérieuses raisons d'en vouloir à « Bradley le Cruel ». Tobias était un peintre assez connu, avant le conflit. Ce portrait a été sa dernière œuvre, car il a été blessé au bras droit par une balle de mousquet, juste avant la bataille de Yorktown. Il n'a plus jamais repris les pinceaux. On trouve encore quelques-unes de ses œuvres ici ou là, essentiellement à New York.

— Je suis désolée pour ce garçon et pour son père, déclara Cherry, mais ce tableau n'est évidemment pour rien dans cette affaire. Ce jeune Todd est sûrement un adolescent très impressionnable, qui s'est imaginé Dieu sait quelle histoire…

Tyler hocha la tête et changea de sujet : ses interlocuteurs ne voyaient visiblement rien d'anormal dans ce fameux tableau, et avaient l'air sincères.

— Est-ce que vous connaissez Martin Standish, Cherry ? reprit-il.

Cherry s'empourpra légèrement.

— Qui ?

— Martin Standish. Un historien.

— Je ne l'ai jamais rencontré.

— Mais vous lui avez déjà téléphoné ?

Les autres regardaient alternativement Cherry et Tyler, l'air intrigué.

— Oui, je l'ai appelé une fois ou deux, répliqua Cherry d'un air de défi. Il publie régulièrement des articles absurdes sur la demeure Tarleton-Dandridge et sur l'histoire de ma famille. Je lui ai demandé d'arrêter !

— Voyons, Cherry ! s'écria Ethan.

— Ce type est un cinglé, Ethan. Il se prend pour un expert de la révolution américaine et écrit un tas de sottises dépourvues de tout fondement.

Elle se tourna vers Tyler pour ajouter :

— Pourquoi cette question ?

— Oh ! simple curiosité de ma part… J'ai eu l'occasion de lire ses articles.

— Eh bien, ce n'est qu'un tissu de mensonges !

Tyler se tourna vers les autres en lançant à la cantonade :

— Saviez-vous que Sarah avait été tuée par une morsure de serpent, au fait ?

Ethan Oxford hocha gravement la tête. Il était déjà au courant, bien sûr.

— Par une morsure de serpent ? répéta Pierson, l'air sceptique.

— Qu'est-ce que vous racontez ? s'écria Cherry. D'ailleurs, parlez moins fort, je vous en prie… C'est très gênant. Nous aurions dû annuler ce vernissage, mais nous n'avons pas pu.

— Il y avait un serpent dans la voiture de Sarah, répéta calmement Tyler. C'est pour ça qu'elle a perdu le contrôle de son véhicule.

— Mais quel genre de serpent ? murmura Cherry en frissonnant. C'est inconcevable !

— Une vipère cuivrée. Merci de garder ça pour vous, d'ailleurs. La police préfère attendre la fin de l'enquête pour divulguer l'information.

— Des vipères cuivrées, on en trouve partout dans les bois, commenta Nathan Pierson, et même parfois dans les garages. Mais dans une voiture, c'est vraiment inhabituel.

Cherry frémit de nouveau.

— Mon Dieu, pauvre Sarah ! J'ose à peine imaginer… C'est affreux !

Elle prit brièvement congé et s'éloigna.

— Vous êtes-vous déjà trouvés nez à nez avec une vipère cuivrée ? demanda Tyler à Ethan et Nathan, restés près de lui.

— Moi, oui, répondit Ethan, le visage fermé. Je fais de la randonnée, je vous l'ai dit.

— Moi, jamais ! s'exclama Nathan. Si je voyais un serpent, j'appellerais aussitôt les secours !

Puis, plus sobrement, il murmura en regardant Tyler :

— Je suis vraiment désolé pour Sarah. C'était une femme frêle, sensible… C'est affreux d'imaginer ce qu'elle a pu ressentir. Si vous voulez bien m'excuser… Je dois aller saluer quelqu'un.

Il s'éloigna à son tour. Ethan Oxford fixa sur Tyler un regard hostile.

— Aucun d'entre nous n'irait cacher une vipère dans une voiture, vous savez ! lança-t-il.

— Je regrette de vous avoir offensé, monsieur Oxford. C'est vous qui avez demandé à Adam d'intervenir, cela dit. Je fais mon travail…

Ethan soupira. Il s'approcha d'un tableau et Tyler le suivit. Tout en faisant mine d'admirer l'œuvre, Ethan murmura :

— Oui, j'ai fait venir Adam, c'est vrai. Mais je pensais que vous vous en tireriez par… un genre d'exorcisme, je ne sais pas…

Tyler secoua la tête.

— Nous ne pratiquons pas d'exorcismes ! Nous cherchons la vérité, par tous les moyens. Dans le cas du musée, c'est difficile. Il y a eu plusieurs décès suspects, depuis quelques années. Une chute dans l'escalier, un étudiant électrocuté voilà huit ans par une alarme théoriquement sécurisée, une guide retrouvée morte dans le même fauteuil que Julian Mitchell, il y a trois ans… Et maintenant, un touriste qui tombe dans le coma après une visite ! De toute évidence, un fil conducteur relie toutes ces affaires. Si on veut que ça cesse, il faut trouver lequel.

— Ce qui relie tout cela, ce sont les fantômes ! Ne cherchez pas plus loin ! s'écria Oxford.

Tyler haussa les sourcils, surpris par la conviction désespérée de son interlocuteur.

— Les fantômes sont capables de tuer, reprit ce dernier. J'en suis sûr. Ce portrait de Bradley, par exemple… Il porte malheur. Je n'oserais pas le dire devant Nathan et Cherry, ni devant des flics habituels, mais à vous, je peux l'avouer. Parce que vous connaissez les spectres… Et que vous savez comment les chasser.

— S'il y a des spectres dans cette maison, ils sont là pour nous aider, au contraire, répliqua Tyler. Ce n'est pas un fantôme qui est parti chercher une vipère dans les bois pour la glisser dans la voiture de Sarah. Ce n'est pas un fantôme qui a enfoncé la tête de Julian Mitchell sur sa baïonnette. Tous ces actes ont été commis par un individu en chair et en os et, tôt ou tard, il sera démasqué.

Sur ces mots, Tyler s'excusa poliment, puis alla

rejoindre les guides, qui s'étaient mêlés au groupe de ses collègues.

— Je regrette que Sarah ne soit pas là, disait Jason Lawrence. Elle va beaucoup me manquer.

Il souleva son gobelet de plastique empli de champagne en concluant :

— A Sarah !

— A Sarah, répétèrent les autres en l'imitant.

Du coin de l'œil, Tyler vit que Julian, toujours vêtu de son costume d'époque, s'approchait en flânant dans leur direction. Allison le vit aussi et sourit.

— Et à Julian ! dit-elle en portant un nouveau toast.

— A Julian ! reprirent-ils en chœur.

— Il était amusant, même si on ne pouvait vraiment pas lui faire confiance ! lança Jason.

Julian fronça les sourcils et détendit le bras. D'abord, sa main passa au travers du gobelet, mais, à la seconde tentative, il réussit à le renverser. Le champagne inonda la chemise de Jason.

— Flûte ! Quel maladroit je fais ! s'écria Jason.

— Voyons, Julian ! s'exclama Allison.

Julian pouffa. Les autres regardèrent Allison, stupéfaits.

— Je veux dire… euh… Julian était un brave type ! balbutia-t-elle.

— Oui, et en plus, il nous aurait donné des billets pour tout un tas de concerts ! soupira Annette.

— Quand je pense que j'ai quitté le musée juste avant la mort de Julian, et que j'étais en train de servir des bières quand j'ai appris la mort de Sarah à la télé ! murmura Jason. J'ai encore du mal à réaliser. Je veux dire… pendant qu'ils mouraient, j'étais en train de faire des choses tout à fait ordinaires… Ça fait bizarre.

— Moi, j'étais en train de dormir, au moment de l'accident, lança Annette. Ça me déprimait tellement, que le musée ferme quelques semaines !

— C'est un miracle que personne d'autre n'ait été tué dans ce carambolage, fit remarquer Logan.

Adam Harrison venait d'arriver. Tyler remarqua qu'après avoir fait le tour de la galerie, pour serrer aimablement la main de tout le monde, il s'était mis à bavarder avec Ethan.

Tyler réfléchissait à toute allure. C'était donc Cherry qui avait téléphoné à Martin Standish, et Ethan qui avait fait une randonnée dans les bois…

Jason, lui, avait déjà pris son service au pub quand le carambolage s'était produit. Depuis combien de temps ? N'était-il pas arrivé un peu en retard ? Tyler se promit de poser la question, non pas à Jason lui-même, mais à Evan McDooley.

Nathan Pierson, lui, déclarait ne pas s'y connaître en serpents.

Annette n'avait pas vraiment d'alibi, puisqu'elle affirmait avoir dormi.

Une fois le vernissage terminé, Allison et toute l'équipe regagnèrent le musée pour un « débriefing » sur la soirée et les différents suspects.

Quand ce fut enfin l'heure de se coucher, Tyler rappela à Allison de laisser sa porte entrouverte, pour qu'il puisse intervenir si nécessaire.

En l'entendant, Kelsey poussa un soupir exaspéré.

— Vous croyez que nous sommes aveugles ? lui lança-t-elle. Si tu veux *vraiment* qu'Allison soit en sécurité, va donc dormir avec elle ! Nous ne sommes pas idiots. Nous avons bien compris ce qui se passe entre vous !

Tyler regarda Allison, qui se mit à rire.

— Vous n'êtes effectivement ni aveugles ni idiots ! s'exclama-t-elle. Je vais aller chercher mes affaires, Tyler.

Tyler se sentait gêné comme un collégien. Sean était déjà monté, avec un salut de la main, et Jane et Kate avaient regagné la chambre qu'elles partageaient.

— A demain matin, lança Logan en haussant les

épaules, comme pour se dissocier de l'intervention intempestive de sa fiancée.

Tyler monta dans la chambre de Lucy Tarleton. Un moment plus tard, Allison le rejoignit.

Il l'accueillit avec un grand sourire.

15

En descendant prendre sa douche, le lendemain matin, Allison se surprit à chantonner. Tout le monde savait dans quelle chambre elle avait passé la nuit, mais ils avaient tous l'air ravi que Tyler et elle soient ensemble et, pour l'essentiel, considéraient que ce n'étaient pas leurs affaires.

Logan était déjà dans l'office. Il lui tendit une tasse de café en demandant :

— Dites-moi, Allison, que raconte l'article de Martin Standish que vous avez retrouvé ?

— Je l'ai imprimé, je vous le montrerai, répondit-elle. C'est une analyse intéressante sur les conflits de loyauté dans les colonies. Beaucoup de gens exigeaient d'avoir des députés, puisqu'ils payaient des impôts, mais ne souhaitaient pas pour autant rompre les liens avec la couronne britannique. Beaucoup de ces « Loyalistes » sont d'ailleurs partis au Canada ou, parfois, sont même rentrés en Angleterre. On a tendance, aujourd'hui, à voir Philadelphie comme une ville occupée contre son gré, mais de nombreux habitants avaient accueilli les Anglais avec soulagement. Ils ne souhaitaient pas l'indépendance des colonies américaines, loin de là. Angus Tarleton, par exemple, était déjà assez âgé et n'avait pas envie de se compliquer la vie, même si beaucoup de ses amis se montraient favorables à la cause des rebelles, les « Patriotes ». Lucy était d'ailleurs liée à l'un de ces rebelles, Stewart Douglas, qui se battait dans les rangs américains. On ne sait pas si Stewart a combattu à Valley Forge, cela dit. Il jouait probablement les estafettes entre Philadelphie et l'arrière, pour transporter des messages et des provisions. On ne sait pas non plus s'il a revu Lucy avant la mort de cette dernière. L'article suggère d'ailleurs que Lucy était peut-être *réellement* amoureuse de lord Bradley. Certes, elle se servait de lui pour obtenir des informations confidentielles et les transmettre aux rebelles, mais elle aurait fini par s'en éprendre sincèrement. Elle a dû se sentir affreusement déchirée…

— Jusqu'à ce qu'il finisse par la tuer ! lança Tyler depuis le seuil.

Il s'avança pour se servir un café en ajoutant :

— Peux-tu me rappeler à quelle date, exactement, a commencé l'occupation de Philadelphie ?

— Le 26 septembre 1777, répondit Allison. George Washington résistait depuis un bon moment à William Howe, le général britannique, mais Howe a fini par prendre Philadelphie, qui était alors la capitale. Seulement, les rebelles ont continué à se battre, ce à quoi les Anglais ne s'attendaient pas ! Finalement, un autre général britannique, Cornwallis, a fini par se rendre, le 19 octobre 1781, à Yorktown. Il y a encore eu quelques escarmouches, ensuite, mais ce fut la dernière grande bataille. Le traité de Paris, qui mettait définitivement fin à la guerre, a été signé le 3 septembre 1783.

Tyler et Logan échangèrent un sourire.

— C'est ce que j'enseigne ! ajouta Allison. En fait, mon cours porte sur l'histoire des gouvernements américains. Je compare l'époque révolutionnaire avec les politiques contemporaines. On s'aperçoit que les choses ont peu changé, en fait. Il existait déjà une opposition, à l'époque. Tout le monde n'était pas d'accord avec George Washington, loin de là.

— Les Anglais sont donc arrivés ici le 26 septembre 1777, répondit Tyler. Quand sont-ils partis ?

— Le 18 juin 1778. C'est le jour où ils ont évacué Philadelphie.

— Et quel jour Lucy Tarleton est-elle morte ? s'enquit Logan.

— Sans doute très peu de temps auparavant, peut-être le même jour. D'après la tradition orale, « Bradley le Cruel » l'a assassinée ici même, dans le grand salon, quelques heures avant de quitter la ville. Selon Tobias Dandridge — futur époux de Sophia, et auteur du premier portrait de Bradley —, c'est Angus Tarleton, effondré, qui aurait trouvé le corps de sa fille.

Logan et Tyler échangèrent un regard.

— A quoi pensez-vous ? demanda Allison.

— De septembre 1777 à juin 1778… Ça fait plus ou moins neuf mois, répondit Tyler.

— Est-ce que tu suggères que…

— Supposons que les choses se soient passées autrement, coupa Tyler. Si ça se trouve, Lucy est tombée amoureuse de lord Bradley dès qu'il a pris possession de la demeure. Ou alors, elle s'est servie de lui pour avoir accès à certaines informations, quitte à le séduire… En tout cas, elle s'est peut-être retrouvée enceinte de lui, et c'est pour cette raison qu'on l'aurait tuée.

— Et cet enfant serait l'un de mes ancêtres ? protesta Allison, sceptique. Cela supposerait que la liaison entre Lucy et Bradley ait commencé très vite et qu'elle ait accouché juste avant de mourir. Et puis, si on l'a assassinée, pourquoi n'a-t-on pas tué le bébé aussi ?

— Il est sans doute plus facile de tuer une femme qui vous a trahi qu'un nouveau-né, fit valoir Logan. Le meurtrier a sûrement agi sous le coup de la passion. S'il s'agit bien de Bradley, naturellement.

Allison réfléchit durant quelques secondes.

— Ecoutez, dit-elle enfin, si on fait l'hypothèse d'un amour sincère entre Lucy et Bradley, cela signifie que c'est peut-être quelqu'un d'autre qui a tué Lucy. Mais qui ? Angus ? Parce qu'à ses yeux, sa fille aurait trahi la cause des rebelles ? Et il aurait demandé à l'un de mes ancêtres de prendre l'enfant en charge ?

— C'est possible, dit Tyler. C'est d'ailleurs l'une des pistes que nous pourrons explorer à Valley Forge. Je serais curieux de savoir ce que Martin Standish en pensera.

— Est-ce grâce aux lettres de Lucy et de ses proches que Standish en est arrivé à certaines conclusions ? demanda Logan.

— Oui, mais c'est difficile à prouver, parce qu'à l'époque, par précaution, les lettres n'étaient pas toujours signées, ou avec de simples initiales. Elles arrivaient souvent à leur destinataire de manière détournée, cachées dans d'autres courriers de la famille, par exemple.

— Valley Forge ne se trouve qu'à une cinquantaine de kilomètres, dit Tyler, mais comme nous avons rendez-vous avec Standish à 14 heures et que nous ne savons pas combien de temps cela peut durer, je suggère que nous prévoyions d'y passer la nuit, si nécessaire.

— J'avoue que j'aimerais bien passer une nuit hors de Philadelphie ! murmura Allison.

— Ça vous pèse, de séjourner dans le musée ?

— Un peu, mais j'ai surtout le pressentiment que nous pouvons apprendre des choses importantes à Valley Forge. Il nous faudra amadouer Martin Standish, bien sûr. Il était tellement furieux du coup de fil que lui a passé Cherry !

— Et si jamais nous prouvons que vous êtes une descendante de Lucy Tarleton, elle sera encore plus folle de rage ! fit remarquer Logan. Qu'en penses-tu, Tyler ?

— C'est certainement elle qui a le plus à perdre, déclara pensivement Tyler.

— Martin Standish est extrêmement fier de détenir ces lettres, reprit Allison. Même s'il admet qu'on ne peut pas prouver avec une totale certitude qui les a écrites, il affirme dans son article qu'« il s'agissait en tout cas de héros et d'héroïnes dévoués à leur patrie ».

— Comment les a-t-il obtenues ? demanda Tyler.

— Il ne le précise pas. Les familles détiennent souvent des correspondances d'autrefois sans soupçonner leur existence. On les retrouve lors de déménagements, au fond des caves ou des greniers… Elles sont très recherchées par les collectionneurs et il existe un véritable marché, comme pour tous les objets anciens, les armes, les vêtements. Standish a dû les acquérir lors d'une vente.

— Tu penses qu'il va nous laisser fouiller dans ses documents ?

— Peut-être pas « fouiller », répondit-elle en souriant, mais si nous nous montrons diplomates, il nous laissera sûrement les examiner. Sa collection ne sera pas entassée sur son bureau, tu sais… Elle est certainement classée et protégée avec le plus grand soin.

— Bon ! s'exclama Tyler en claquant dans ses mains. Nous n'allons pas tarder à y aller.

Il se tourna vers Logan pour ajouter :

— Je constate que la personnalité de Bradley reste au centre de l'affaire. Les montages de Jane nous donnent sûrement une meilleure idée de l'homme qu'il était, mais il faudrait aller plus loin, surtout après ce que Julian, Ethan Oxford et la famille Dixon nous ont raconté du tableau.

— Je vais remettre Sean là-dessus, promit Logan.

Tyler et Allison se mirent en route pour Valley Forge en prenant leur temps.

Tyler appréciait d'autant plus la compagnie d'Allison qu'elle lui indiquait tous les sites historiques en les commentant. Les Anglais, par exemple, avaient gagné une bataille à Brandywine, obligeant les rebelles à se replier momentanément à Philadelphie. Ces derniers avaient ensuite essuyé une nouvelle défaite à la bataille de Warren.

Ils firent halte sur le site de la bataille de Paoli et

passèrent un long moment à déambuler sur les pelouses immaculées où, le 20 septembre 1777, les troupes anglaises avaient mis en déroute l'armée du général Wayne.

En contemplant le superbe paysage inondé de soleil, balayé par une brise rafraîchissante, Tyler comprit ce qui fascinait tant Allison dans cette période glorieuse de leur nation.

— Tu te souviens de m'avoir dit que le vrai courage, ce n'est pas d'ignorer sa peur, mais de l'affronter ? demanda-t-elle. C'est certainement ce qu'ont fait les combattants qui ont lutté ici. En signant de leur nom la Déclaration d'indépendance, ils savaient qu'ils risquaient leur vie. S'ils étaient faits prisonniers, on les exécutait aussitôt… Et ils n'étaient vraiment pas certains de gagner la guerre. Les Anglais avaient la meilleure armée du monde, alors. Les troupes de Washington manquaient de tout. D'uniformes, d'armes, de nourriture… Pourtant, même s'il y a eu quelques déserteurs, ils ont tenu bon. Après avoir subi de nombreuses déroutes, ils ont fini par gagner.

Elle ajouta avec un petit sourire :

— Ils ont même remporté quelques belles victoires, comme celle des Américains contre le général britannique Burgoyne, à Saratoga… Et puis, quand Lafayette est arrivé et que Casimir Pulaski[1] est venu réorganiser la cavalerie, les choses se sont accélérées.

Tyler l'attira dans ses bras.

— Tu me fais voir le monde sous un autre angle, murmura-t-il.

Elle se serra contre lui. Les rayons du soleil jouaient dans sa chevelure, noire et brillante comme l'aile d'un corbeau. Il en aurait facilement oublié qu'ils étaient en mission, pas en rendez-vous galant…

— Il y a donc eu des combats autour de Philadelphie

1. Casimir Pulaski (1745-1779), général polonais venu au secours des insurgés américains.

même pendant l'occupation britannique, reprit-il d'un air pensif. Et notre Lucy, amie avec les rebelles, s'est très vite mise à flirter avec lord Bradley pour lui soutirer des informations qu'elle partait aussitôt transmettre à cheval… Il est bien dommage qu'elle ne soit jamais venue espionner jusqu'ici. J'ai l'impression que ç'a été un horrible massacre.

— Les rebelles avaient tout de même repoussé les Anglais à Whitemarsh, précisa Allison, et Lucy a pu l'apprendre et le faire savoir.

— C'est en décembre que Washington s'est replié à Valley Forge avec ses troupes, n'est-ce pas ?

— Oui, le 19 décembre 1777. Si tu veux voir au passage quelques-unes des vieilles granges qui servaient de quartier général à l'armée et qui existent encore, nous devrions nous remettre en route. On y a reconstitué les cabanes de bois dans lesquelles les soldats s'abritaient pendant l'hiver. Tu n'es jamais venu dans la région ? En colonie de vacances ou en famille, par exemple ?

— Non, jamais. Mais je peux te raconter la bataille de Fort Alamo en long et en large, avec tous les détails sur la mort de nos vaillants héros texans !

— Ne mélangeons pas tout ! protesta Allison en souriant.

Quand ils arrivèrent enfin à Valley Forge, Tyler fut encore plus impressionné. Les fortifications construites à l'époque étaient restées debout, avec leurs canons, car on ne s'était pas battu dans la ville : les Anglais n'avaient pas poursuivi les patriotes dans leur refuge.

Beaucoup avaient succombé sur place, cependant. Les rigueurs de l'hiver et les maladies avaient décimé les troupes, provoquant la mort de deux mille hommes.

Ils firent une halte pour visiter le quartier général de Washington, entièrement restauré. Tyler regarda avec émotion les cartes militaires et les divers objets qui avaient appartenu au grand homme. Par la fenêtre de la maisonnette, perchée sur une colline, on avait une vue magnifique de la rivière Schuylkill.

A 13 h 45, ils se présentèrent devant la maison de briques rouges qu'occupait Martin Standish. Sur la vitrine du petit musée, une pancarte indiquait :

« Ouvert seulement sur rendez-vous. »

Tyler frappa ; Standish ouvrit aussitôt la porte. C'était un petit homme fripé, avec une bedaine, des cheveux blancs ébouriffés et des lunettes de métal rondes, à la Benjamin Franklin.

D'ailleurs, il ressemblait beaucoup à Benjamin Franklin âgé.

— Entrez, entrez ! dit-il en s'écartant avant de refermer derrière eux. J'espère que personne ne vous a suivis ?

Tyler haussa les sourcils, étonné.

— Personne ne sait que nous sommes ici, monsieur Standish, assura-t-il. Je vous présente Allison Leigh. C'est avec elle que vous avez correspondu, par mail et par téléphone. Je suis l'agent Tyler Montague, du FBI. Pourquoi craignez-vous qu'on nous ait suivis ?

— J'ai reçu plusieurs appels, ce matin. Des gens qui insistaient pour voir mes collections.

— Qui donc ? demanda Allison.

— Si je le savais, jeune dame, je ne m'inquiéterais pas ! Seulement, étant donné les circonstances, je suis méfiant… D'ailleurs, quand vous serez partis, je vais moi-même quitter la ville quelque temps. Toute cette histoire me rend nerveux.

— Vous avez l'impression d'être en danger ? demanda Tyler tout en regardant autour de lui.

Le « musée » de Martin Standish occupait en fait tout le rez-de-chaussée de la maison. Dans les moindres recoins, des vitrines exposaient des uniformes, des casquettes, des ceintures, des poires à poudre, des mousquets à mèche… Les murs étaient couverts de cartes et de portraits des différents généraux, avec des listes de bataillons des armées révolutionnaires.

Standish dévisagea Tyler en poussant un soupir exaspéré.

— Vous êtes peut-être agent du FBI, monsieur, mais vous ne m'avez pas l'air très malin ! lança-t-il rudement. Vous avez toute une série de cadavres, dans votre musée Tarleton-Dandridge, et moi, je reçois des coups de fil de menaces ! Dont trois rien que ce matin ! Et avec chaque fois la même voix, se présentant sous une identité différente, soi-disant pour des recherches… Vous croyez que c'est une coïncidence, cette femme qui meurt dans un accident de voiture après qu'un jeune homme s'est empalé sur sa baïonnette ? Non, monsieur, ce n'est pas une coïncidence ! On ne me la fait pas, à moi, et j'ai bien l'intention de lever le camp vite fait. Seule ma fille saura où je suis !

Tyler jeta un bref coup d'œil à Allison.

— Etait-ce une voix d'homme ou une voix de femme, monsieur ?

— Je ne saurais même pas dire.

— Si vous permettez que nous examinions votre ligne, nous pourrons savoir d'où venaient ces appels, vous savez.

Standish fronça les sourcils.

— Vous pourriez faire ça ? Si c'est possible, je suis d'accord, bien sûr.

— Je n'ai qu'un coup de fil à passer.

A la suite de cette proposition, Standish se détendit nettement.

— Tout ça m'intrigue, avoua-t-il. Apparemment, quelqu'un est troublé par mes hypothèses sur l'histoire de la demeure Tarleton-Dandridge. Mais je ne peux pas changer le résultat de mes recherches ! Ce n'est pas parce que l'Amérique a commis des erreurs qu'elle n'est pas un grand pays. Connaître la vérité sur le passé, c'est indispensable !

Il regarda Allison et reprit :

— Vous-même, vous enseignez l'histoire, n'est-ce pas ? Vous formez de jeunes esprits. Vous êtes bien placée pour savoir qu'il serait idiot de leur faire croire que nos prédécesseurs étaient totalement vertueux. De nos jours, le moindre écart de conduite des hommes politiques s'étale partout, mais ce n'est pas parce qu'on en parlait moins autrefois qu'il ne se passait rien. Les hommes de pouvoir ont toujours cédé à la tentation…

Il eut un rire sarcastique, puis reprit :

— Prenez Thomas Jefferson, par exemple. Tout le monde le vénère, mais il avait une liaison avec son esclave, Sally Hemings, et en a eu des enfants, métis, bien sûr. Les commérages allaient bon train, à l'époque. Seul Jefferson restait coi, évidemment !

Standish agita l'index sous le nez de Tyler en poursuivant :

— Et par-dessus le marché, Sally Hemings était déjà la belle-sœur de Jefferson, puisqu'elle était la demi-sœur de sa femme ! Bref, ce genre de scandale ne date pas d'hier !

— Effectivement, monsieur Standish, il y a toujours eu des scandales, admit Allison. Les hommes politiques sont le plus souvent des gens comme les autres. En général, ce n'est pas ça qui trouble l'opinion : c'est le fait qu'ils puissent mentir et prendre de mauvaises décisions. Car s'ils mentent sur leur vie privée, qui dit qu'ils ne mentiront pas sur autre chose ?

Tyler s'éclaircit la gorge.

— A votre avis, monsieur Standish, où est le mensonge, dans l'histoire de la famille Tarleton-Dandridge ? Si nous nous apercevions que l'histoire a été falsifiée, nous pourrions prouver que quelqu'un refuse que ça se sache… et éviter qu'il y ait de nouvelles victimes.

Tout en parlant, il avait pris son téléphone pour appeler Logan. Il lui donna le numéro de Standish et lui demanda une enquête sur les appels reçus par le vieil homme.

— Votre question concerne essentiellement Lucy Tarleton, répondit ce dernier. Je vais vous montrer…

Il avait tout préparé : ainsi, ils n'auraient pas à fouiller au hasard dans les dossiers.

Standish posa sur la table un petit coffre muni d'un verrou.

— Je fais très attention à mes documents et je garde la pièce à température constante, expliqua-t-il. Ces anciens papiers sont très fragiles. Il faut les manipuler le moins possible, ne pas les tacher, encore moins les agrafer, évidemment. J'ai des copies, bien sûr, mais en votre honneur, mademoiselle, je vous montre les originaux.

Allison le remercia d'un sourire radieux qui lui fit visiblement plaisir.

Standish exhiba également une grosse loupe munie d'une petite lampe.

— Ça permet de lire les écritures cursives, expliqua-t-il, sans exposer les papiers à une lumière trop forte. Ils n'y résistent pas.

Il ouvrit le coffre, sortit une lettre et la posa avec précaution sur une plaque de verre. Allison se garda bien d'y toucher. Standish plaça la loupe devant ses yeux et se mit à lire :

« Mon très cher ami et confident, je prie chaque jour pour votre sécurité. Mon père et ma sœur se portent bien ; je suis moi-même en bonne santé. Nous supportons les difficultés quotidiennes sans nous laisser sombrer dans la détresse. J'assiste, bien sûr, à tous les galas qui s'organisent ; c'est une grande source de plaisir, dans ma position, et cela me redonne du courage. N'ayez pas d'inquiétude pour moi ou ma famille : les émotions du cœur sont une chose, la vérité du moment une autre. Je reste votre fidèle amie. »

Allison regarda Standish et cita en souriant :

— « … une grande source de plaisir, dans ma position… »

— Parce que c'était dans ces soirées qu'elle trouvait des informations ! compléta Tyler.

— Et donc, reprit Allison d'un ton excité, si c'est bien Lucy qui a écrit cela, elle s'adressait à l'un des rebelles. Elle voulait lui faire comprendre qu'elle tenait le coup, et surtout glisser discrètement qu'elle œuvrait pour leur cause. S'il s'agit d'elle, une fois encore.

Standish sourit à son tour. Il s'approcha d'une vitrine et en sortit une commande de volaille, encadrée.

— Ce document est une copie, mais vous constaterez qu'il est signé de Lucy Tarleton. Elle demande la livraison d'une dizaine de poules pondeuses. Regardez bien l'écriture et comparez-la avec celle de la lettre.

Allison et Tyler obéirent. Les deux écritures, effectivement, étaient presque identiques, jusqu'aux arabesques des majuscules.

— De l'autre côté de la lettre se trouve un S, poursuivit Standish. Lucy ne devait pas avoir d'enveloppe. Elle a dû confier cette lettre à un ami, ici, à Valley Forge, à charge pour lui de la remettre à S… Autrement dit, à Stewart Douglas.

— Cela dit, fit remarquer Tyler, même si elle lui fait comprendre qu'elle réunit des informations et se porte bien, ce n'est pas vraiment la lettre d'une femme amoureuse !

— Exactement ! s'écria Standish, qui eut l'air ravi de la remarque.

Tyler s'en félicita discrètement. Il allait un peu remonter dans l'opinion du vieil expert.

— Et maintenant, reprit triomphalement ce dernier, voici une autre lettre…

Il la tira avec soin d'un autre tiroir de son coffre.

Allison la lut à voix haute. Après la même formule d'introduction à « Mon très cher ami et confident », elle disait :

« Vous avez peut-être eu des échos sur mon état de santé. N'y prêtez pas attention, car je vais bien, quoi que l'on puisse dire. Je sais que vous comprendrez.

Sachez que je n'ai jamais trahi et ne trahirai jamais notre cause, et que je ferai toujours ce qui est attendu de moi. Si par malheur vous en doutez, prenez-moi néanmoins en pitié et pardonnez-moi. Nous jouons tous notre rôle dans ce drame, avec nos faiblesses de la chair ou de l'esprit... Tentez de comprendre, je vous en supplie. Je reste pour toujours votre amie, fidèle à tout ce dont nous avons rêvé. Si l'on vous parle de loups qui rôdent et s'en prennent sans pitié à toutes les créatures, hommes ou bêtes, ne vous y trompez pas : on décrit souvent ainsi l'ennemi en temps de guerre, mais il arrive que l'ennemi, lui aussi, soit humain. Je prie pour que les maladies qui se répandent partout vous épargnent. Prenez garde à vous, mon cher ami, et gardez votre poudre bien au sec. »

— Alors ? Qu'est-ce que vous en pensez ? s'exclama Standish.

— Il semble clair, effectivement, que Stewart Douglas *n'était pas* le grand amour de sa vie, répondit Tyler. Elle s'efforce d'expliquer qu'elle a d'abord voulu séduire Bradley pour lui soutirer des informations, puis qu'elle s'est prise au jeu et qu'elle est tombée amoureuse de lui. Et que Bradley n'était pas le monstre qu'on décrivait...

— Voilà ! s'exclama Standish, enchanté. Et je vais vous montrer une troisième lettre qui, elle, est signée « de S. à L. », autrement dit, probablement, de Stewart Douglas à Lucy.

Cette fois, ce fut Tyler qui s'approcha pour lire.

« Ma chère amie, ma petite sœur, je ris parfois en moi-même en songeant au rôle que le monde aurait voulu nous attribuer et à celui que le destin nous a assigné en réalité... Je multiplie les prières pour votre sécurité, car votre position est particulièrement délicate. On me dit qu'on a remarqué l'anxiété sur votre beau

visage... Quoi que l'avenir vous réserve, quelles que puissent être les épreuves, ne laissez pas votre sourire s'éteindre. Nous ne sommes que d'infimes maillons dans les grands desseins du Seigneur. Restez sincère dans vos intentions et n'oubliez pas qu'un jour cette guerre prendra fin. »

— Stewart Douglas n'en voulait pas à Lucy, murmura Allison. Il donne même l'impression de ne jamais avoir été amoureux d'elle.

— C'est vous l'historienne professionnelle, et je ne suis qu'un amateur, déclara plaisamment Standish, mais n'oubliez pas que les mariages étaient fréquemment arrangés, à l'époque.

— C'est vrai. Steward Douglas et Lucy étaient bons amis, et peut-être leurs familles espéraient-elles les marier. Mais visiblement, Stewart n'en voulait pas à Bradley de lui avoir pris sa fiancée. Il savait lire entre les lignes et comprenait Lucy. Cela dit...

Allison poussa un soupir et conclut :

— Cela ne signifie pas pour autant que Bradley n'a pas tué Lucy !

— Tous ces commentaires sur son état de santé pourraient bien faire allusion à une grossesse, dit Tyler.

— Ma foi, c'est bien possible ! acquiesça Standish.

— Mais si Lucy portait l'enfant de Bradley, pourquoi ce dernier l'aurait-il assassinée ?

— Pris d'une rage soudaine, peut-être ? suggéra Standish.

— A mon avis, ce n'est pas lui qui l'a fait, laissa tomber Tyler.

— Mais alors, qui est-ce ? Je ne penche vraiment pas pour Stewart Douglas, répondit Allison. A lire ces lettres, on a plutôt l'impression qu'ils s'entendaient comme frère et sœur.

— Je vous ai préparé des copies de ces trois lettres.

Vous pouvez les emporter, dit Standish en leur tendant les feuillets comme s'il s'était agi des joyaux de la plus grande valeur.

— C'est vraiment très gentil à vous, lui répondit Allison.

— Oui, merci de tout cœur, renchérit Tyler.

Il sentit alors son portable vibrer dans sa poche, et décrocha en murmurant une excuse.

C'était Logan, qui avait déjà reçu les résultats concernant les appels téléphoniques.

— M. Standish a reçu sept appels ce matin, dit-il. Quatre d'entre eux proviennent de Mia Standish, de King of Prussia, en Pennsylvanie.

— Votre fille s'appelle bien Mia ? demanda Tyler à Standish, qui fit signe que oui.

— Et les autres ? reprit Tyler à l'intention de Logan.

— Les trois autres viennent d'une carte prépayée, achetée en liquide samedi matin dans un supermarché, ce qui rend impossible l'identification de l'appelant. Cependant, les satellites ont confirmé que les coups de fil ont été passés depuis Philadelphie.

Tyler remercia Logan en précisant qu'ils prenaient le chemin du retour. Après avoir raccroché, il informa Standish de ce qu'il venait d'apprendre.

— C'est tout ce qu'on peut savoir, conclut-il.

— C'est déjà beaucoup. Je ne vous aurais pas cru capable de faire ça… Vous êtes donc vraiment un agent du FBI ? demanda le vieil homme en le dévisageant.

— Absolument.

— Tant mieux. Vous allez pouvoir m'accompagner jusqu'à ma voiture et me suivre pendant quelques kilomètres. Je pars tout de suite me réfugier dans un petit chalet de chasse que je partage avec quelques amis. Je ne reste pas ici en attendant de me faire étriper !

— C'est surtout à Philadelphie qu'il y a du danger, vous savez, lui dit gentiment Allison.

— Peut-être, mais il y a déjà eu trop de morts dans

ce musée depuis quelques années, assena Standish. Un gosse électrocuté, une crise cardiaque, et maintenant deux nouvelles victimes… Je préfère me mettre à l'abri !

— Vous avez raison, affirma Tyler.

Allison hocha la tête et, serrant contre elle les copies des lettres, remercia de nouveau Standish. Ce dernier les suivit à l'extérieur, verrouilla sa porte, puis sortit sa camionnette de son garage après avoir déposé une carabine sur le siège du passager.

Ils le suivirent pendant une bonne heure puis firent demi-tour. Il y avait un motel sur la route et, comme il se faisait tard, Tyler suggéra qu'ils y passent la nuit.

Dès qu'ils furent entrés dans la chambre, Tyler prit Allison dans ses bras.

Elle réagit avec un baiser passionné, tout en défaisant la boucle de sa ceinture. Tyler se débarrassa de son arme, puis défit en hâte les boutons de sa chemise.

Allison s'écarta un instant pour murmurer, le souffle court :

— L'affaire s'éclaire… Nous devrions peut-être y réfléchir ?

Il la serra de nouveau contre lui avec un gémissement d'aise en sentant son corps nu contre le sien.

— Je m'en occupe, souffla-t-il.

Elle eut un léger rire.

— En ce moment ? Tu es surtout en train de m'embrasser dans le cou !

— Exact. Et si tu continues à me caresser le dos de cette manière…

— Je peux arrêter.

— Surtout pas ! répondit-il d'une voix rauque, en plongeant son regard dans le sien. Quel meilleur moyen de savoir ce qui s'est passé dans la tête de nos amants d'autrefois… qu'en étant amants nous-mêmes ?

— Voilà une logique qui me plaît, murmura-t-elle.

Elle entreprit aussitôt de le lui prouver.

16

Tyler venait à peine d'ouvrir les yeux quand son portable sonna sur la table de nuit. La chaleur du soleil se faisait déjà sentir derrière les rideaux de la chambre.

Il l'attrapa pour répondre. C'était Logan.

— Je te réveille ? demanda ce dernier.

— Non, je ne dormais plus. Il y a du nouveau ?

— Sean pense avoir trouvé une explication, pour le tableau.

— Vraiment ?

Tyler se redressa. A côté de lui, Allison s'ébroua entre les draps. Il lui sourit en posant une main sur sa hanche pour lui faire comprendre que tout allait bien, et qu'il ne s'était pas produit de nouveau drame.

— Alors, qu'est-ce qu'il a de spécial ? demanda-t-il à Logan.

— Le tableau lui-même, rien. Sean l'a vraiment étudié sous toutes les coutures et passé aux rayons X. A part arracher la toile, il ne pouvait pas aller plus loin… Conclusion : quelqu'un a sûrement fait une copie, avec des espaces à la place des yeux et un système de son préenregistré pour faire peur aux gens ou distraire leur attention. A son avis, dès qu'il en a besoin, le meurtrier échange les deux tableaux.

Tyler se frotta les yeux.

— Nous allons nous dépêcher de rentrer.

— Il n'y a pas d'urgence. Ça a été calme, hier. Nous

avons parcouru toutes les archives d'état civil de la famille Leigh — la branche d'Allison — sans repérer la moindre mention de l'adoption d'un bébé. Cela dit, nous avons trouvé l'enregistrement du fils d'une jeune épouse Leigh, en juin 1778, à peu près à l'époque où Lucy Tarleton est morte, juste avant l'évacuation de Philadelphie. Nous pourrions déterrer le corps de Lucy pour faire des analyses ADN, bien sûr, mais je suis prêt à parier que ce bébé était celui de Lucy.

— Mieux vaut ne pas en parler tout de suite à Cherry, murmura Tyler.

Allison le regardait. Il lui sourit de nouveau pour la rassurer.

— Et vous, qu'est-ce que vous avez appris ? demanda Logan.

— Il se confirme qu'il y a pas mal de points obscurs dans l'histoire telle qu'elle a été transmise. Nous n'avons pas encore tous les éléments, mais je pense que Lucy était enceinte et qu'elle l'était de Brian Bradley, pas de Stewart Douglas. En revanche, nous ignorons toujours qui a tué Lucy et qui a emmené le bébé pour le sauver. Il semble absurde que le meurtrier soit Bradley…

— Sauf s'il a eu peur d'être accusé de trahison par les Anglais, objecta Logan.

— Je ne voudrais pas paraître cynique, mais je te rappelle qu'avoir un enfant illégitime était bien pire pour une femme que pour un homme, à l'époque. Surtout pour un homme de l'aristocratie. Un officier britannique ayant un enfant d'une Américaine de Philadelphie devait, au pire, faire hausser quelques sourcils. Et peut-être même susciter des jalousies !

Allison, à présent, le dévisageait intensément.

— C'est vrai, murmura-t-elle, personne n'en aurait voulu à Bradley. Alors que Lucy…

— A mon avis, Bradley n'était pas un « monstre », reprit Tyler. C'était un bon soldat, chargé d'occuper

Philadelphie parce que c'était la guerre, pas le genre d'homme à tuer la femme qu'il aimait et qui venait de lui donner un enfant.

— Et l'amant ? Stewart Douglas ? demanda Logan.

Tyler secoua la tête.

— Je doute qu'ils aient été amants, même s'ils ont peut-être été officiellement fiancés. Vous verrez les copies des lettres. Et je ne crois pas que Stewart ait été le meurtrier, bien qu'on ne sache pas grand-chose sur lui. A propos, Martin Standish est un type plutôt sympathique et, en ce moment, mort de peur. Il est même parti se réfugier en montagne. Il n'a dit à personne où il allait, sauf à sa fille, et nous l'avons suivi un moment, par sécurité. Nous n'avons vu aucune voiture suspecte, mais je ne suis tout de même pas tranquille. Le bureau du musée a été saccagé, Standish a reçu des appels bizarres hier matin... Ils venaient d'une carte prépayée et c'est ça qui l'inquiète. Ça peut se comprendre. Je suggère que nous fassions quelque chose.

— Avez-vous le moyen de le joindre ? Nous pourrions lui proposer de lui envoyer quelques agents, pour surveiller son refuge. Kelsey et Sean, par exemple. Je préfère qu'Allison rentre avec toi. J'ajoute qu'aucun fantôme ne s'est manifesté dans le musée, mis à part Julian Mitchell, évidemment. Il affirme « monter la garde » dans le hall, mais, pour l'essentiel, il somnole sur le sofa, quand il ne suit pas Jane partout comme un caniche.

— Je vais dire à Allison d'appeler Standish, répondit Tyler. Ensuite, nous prendrons le chemin de retour après avoir mangé un morceau.

Il raccrocha, puis regarda Allison, soudain ému. Il se rendait compte, à présent, à quel point il était merveilleux de se réveiller à côté d'elle. La chevelure de la jeune femme, contre la blancheur des draps, luisait d'un noir sombre, presque bleuté. Ses yeux avaient le bleu pur d'un ciel d'été, la profondeur d'une mer calme... Il la trouvait incroyablement excitante, évidemment, mais ses sentiments allaient bien au-delà. Auprès d'elle, il avait l'impression d'avoir trouvé sa vraie place. C'était comme si elle venait combler un manque dont il n'avait pas eu conscience, et que même ses liaisons les plus sérieuses n'avaient pas réussi à combler. Il avait peine, maintenant, à se rappeler ses réveils sans elle. Il savait qu'il ne pourrait plus jamais se passer de sa présence. Il ne supporterait plus un seul matin sans voir ses yeux au sortir de la nuit, sans sentir sa douce chaleur…

Certes, ils se connaissaient depuis très peu de temps, mais la durée n'avait pas d'importance. C'était comme s'il la connaissait depuis toujours… Comme s'il l'avait toujours attendue.

Comme elle le regardait d'un air interrogateur, il lui demanda d'appeler Standish. Elle hocha la tête et se leva pour prendre son portable dans son sac. Elle se mouvait dans sa nudité avec un parfait naturel et une aisance totale.

Rien qu'à la regarder, il sentait le désir l'envahir de nouveau…

Assise au bord du lit, elle composa le numéro de Standish.

— Ça ne répond pas, murmura-t-elle.

Tyler bondit aussitôt hors du lit en attrapant ses vêtements.

— Appelle Logan pour qu'il te trouve le numéro de la fille de Standish. Tu lui demanderas l'adresse du refuge, et tu lui demanderas aussi s'il a des amis avec lui. Ensuite, je filerai là-bas.

Allison s'exécuta tandis que Tyler se passait le visage sous l'eau et se brossait rapidement les dents.

Il venait de finir quand Allison le rejoignit dans la salle de bains.

— Je n'ai pas l'intention de rester ici à t'attendre, tu sais ! s'écria-t-elle.

— Ecoute, il s'agit simplement de vérifier…

— Mais je ne peux pas rester seule ici. Ce ne serait pas sûr, n'est-ce pas ? lança-t-elle.

Tyler fronça les sourcils.

— Je prendrai une douche plus tard, insista-t-elle. Logan est en train d'appeler la fille de Standish. Cela me laisse juste le temps de m'habiller.

Tyler la dévisagea, puis finit par hocher la tête. Elle avait raison : il n'était pas prudent de la laisser seule.

Même si le meurtrier ne pouvait se trouver en deux endroits à la fois, même si Logan était seul à connaître l'adresse du motel…

— O.K., je t'emmène, dit Tyler.

Ils furent prêts en cinq minutes.

Tyler ne put s'empêcher de regretter la grasse matinée intime qu'il avait espérée.

En même temps, son admiration pour Allison redoublait. Quand il y avait une décision à prendre, elle n'hésitait pas une seconde.

Pendant que Logan conduisait, Allison entra les coordonnées du refuge dans le GPS de la voiture. La fille de Standish n'avait pas hésité à leur donner l'adresse. Elle non plus n'avait pas réussi à joindre son père le matin, et l'inquiétude commençait à l'envahir.

Sean avait également pris la route avec Kelsey, même s'il savait que Tyler et Allison arriveraient avant eux. Tyler, tendu, s'en voulait de ne pas avoir compris dès la veille que Standish, lui aussi, constituait une cible pour le tueur, décidément résolu à ce que personne ne divulgue la vérité sur le passé.

Ils traversèrent une campagne magnifique, parsemée de collines boisées et de champs cultivés, puis commencèrent à s'élever dans la montagne. La route devint plus étroite. Le brouillard s'était levé, certes romantique, mais il dissimulait le paysage et cela ne faisait pas du tout l'affaire de Tyler.

La route devint un simple sentier empierré qui faisait grincer les essieux. Ils atteignirent enfin le refuge, une cabane de rondins entourée d'arbres.

— Sa camionnette est là, fit remarquer Allison en montrant la Ford de Standish.

Ils sortirent de la voiture. Tyler prit son Glock en main, tout en murmurant :

— Reste derrière moi.

Ils s'avancèrent lentement vers le refuge. Tyler surveillait les alentours.

Il tambourina à la porte, mais personne ne répondit. Il tourna la poignée… La porte s'ouvrit, et ils entrèrent.

Le chalet, très petit, ne contenait que deux pièces et une salle de douche. Une cafetière, sur le comptoir, était encore chaude.

— Il n'est pas à l'intérieur, fit remarquer Tyler.

— Voilà son portable, lança Allison en montrant une petite table en rondins placée à côté d'un vieux fauteuil d'osier, devant le poêle.

— Donc, il a préparé du café puis il est sorti en laissant son portable. En même temps, il n'a pas l'air du genre à prendre son téléphone en permanence…

— Il est peut-être parti à la pêche, suggéra Allison d'un ton plein d'espoir. Il y a beaucoup de cascades, dans le coin. Ou alors, à la chasse… Sa carabine n'est pas là, et je ne l'ai pas vue non plus dans la camionnette.

— Il n'est ni à la pêche ni à la chasse, répliqua brièvement Tyler. Il est sorti parce qu'il a entendu du bruit dehors et il a emporté son arme.

Il retourna explorer les abords immédiats du chalet. Il avait plu peu de temps auparavant et il trouva près d'un bosquet d'arbres, à l'arrière, des traces de pas qui pouvaient fort bien être celles de Standish.

— Reste bien derrière moi ! intima-t-il à Allison.

Ils s'avancèrent prudemment dans le bosquet. Le brouillard s'était fait plus épais ; le soleil, caché par les frondaisons des sapins, ne parvenait pas jusqu'au sol. Dans la pénombre, on avait l'impression que les branches les plus basses pouvaient soudain s'animer, agripper les bras des passants comme des doigts fantomatiques…

— Allison ?

— Je suis là, répondit-elle en se cognant à Tyler, qui venait de s'arrêter brusquement.

Il hocha la tête et se remit en marche. Le ruissellement d'une cascade se faisait entendre, un peu plus loin, et ils se dirigèrent de ce côté-là. De temps à autre, Tyler faisait une pause pour tendre l'oreille, mais seuls le grondement de la cascade et quelques bruissements d'animaux filant sous les feuilles leur parvenaient. Tyler, cependant, redoublait de précautions. Il était certain, à présent, qu'un inconnu animé de mauvaises intentions était passé par là, peu de temps auparavant. Pressé de s'enfuir ou mû par un autre motif…

Au moment où ils arrivaient en vue du cours d'eau, Allison poussa un cri.

— Tyler, regardez ! Il est là !

Elle passa devant lui en courant. Il se hâta de la suivre, scrutant des yeux les alentours sans voir personne.

Allison s'enfonça dans le ruisseau jusqu'aux genoux. Il vit alors le corps inanimé de Martin Standish, le visage plongé dans l'eau. Allison le retourna.

Elle posa l'oreille contre sa poitrine.

— Il ne respire pas, Tyler !

— Appelle les urgences. Dis-leur de venir le plus vite possible…

Il s'accroupit à son tour pour vérifier si Standish était blessé. Malgré la froideur de l'eau, le corps était toujours chaud. Tyler le hissa sur la rive et commença à pratiquer un massage cardiaque pendant qu'Allison passait son coup de fil.

Quand elle eut terminé, elle s'agenouilla pour aider Tyler. Il lui demanda de pratiquer un bouche-à-bouche en lui indiquant comment bloquer le nez de Standish, tandis que lui-même continuait à masser le cœur.

Cela dura si longtemps qu'il faillit abandonner. Il avait beau ajuster la pression de ses mains, il craignait de finir par briser une côte du malheureux…

Puis, enfin, Standish eut un hoquet, inspira une profonde goulée d'air et se mit à tousser violemment.

Allison leva les yeux vers Tyler.

— Il va s'en sortir… Tu ne crois pas ?

Tyler hocha la tête. Il tâta le pouls de Standish. Il était faible, irrégulier, mais discernable. Tyler retira sa veste pour recouvrir le vieil homme.

Standish battit des paupières, ouvrit les yeux et parut les reconnaître tous les deux.

— J'ai entendu des voix, souffla-t-il d'un ton rauque. Des voix dans les bois… Et c'étaient des fantômes !

Il referma les yeux. Tyler et Allison échangèrent un regard intrigué.

Tyler aurait volontiers fouillé les bois environnants, mais il ne voulait pas laisser Allison et Standish tout seuls.

— Qu'allons-nous faire ? murmura-t-elle.

— Attendre !

Tyler prit son portable et appela d'abord Sean, puis Logan.

Allison fixait sur lui un regard grave. Elle jeta un coup d'œil autour d'eux et murmura :

— Ça vient juste de se produire, Tyler. Si nous n'étions pas arrivés, Standish se serait noyé.

— Il s'en sortira. Il va vivre encore longtemps.

— Pourquoi a-t-il parlé de fantômes ?

— Il y avait quelqu'un dans les bois, mais sûrement pas des fantômes ! répliqua Tyler, les dents serrées.

— Ecoute ! s'exclama soudain Allison.

Tyler tendit l'oreille. Un moteur vrombissait sur le sentier, en contrebas.

— Voilà les secours, grommela-t-il. En tout cas, nous n'aurions jamais dû laisser Standish venir seul ici !

Un bon moment plus tard, ils entendirent enfin Sean les héler. Il émergea le long de la cascade, suivi de Kelsey. Ils avaient tous les deux le visage fermé, et ils étaient armés.

— Par ici ! cria Allison.

Tyler se releva.

— Les urgentistes ne devraient pas tarder. Kelsey, reste avec Allison et Standish. Sean, viens avec moi explorer un peu les bois… Même si je pense que notre agresseur a déjà pris la fuite.

Kelsey s'agenouilla près d'Allison. Tyler et Sean disparurent entre les arbres.

Le brouillard flottait toujours, presque au ras du sol. *Mais quelqu'un était venu ici*, Tyler l'aurait juré. Quelqu'un qui connaissait Standish, qui avait noté ses habitudes, l'adresse de son refuge… Quelqu'un, aussi, qui était au courant de tout ce qui se passait au musée et avait appris — ou deviné — qu'Allison et lui étaient venus rendre visite au vieil homme.

Tyler s'engagea dans les bosquets en appelant Sean qui remontait le sentier, quelque cinquante mètres plus bas. Soudain, il avisa un pin dont une grosse branche était brisée. Il s'accroupit pour examiner le sol : on distinguait des empreintes brouillées dans la boue mêlée d'aiguilles. Juste au-dessous, une pente herbeuse, abrupte, dégringolait jusqu'à la route en contrebas.

L'agresseur avait bel et bien pris la fuite.

Sean apparut entre les arbres.

— Tu as trouvé quelque chose ? demanda-t-il.

— Oui… Quelqu'un est passé par ici il n'y a pas longtemps.

— Standish a vu son agresseur ? Il vous a parlé ?

— Il dit simplement qu'il a entendu des fantômes parler dans les bois.

— Ce type utilise des trucages sophistiqués, commenta Sean. Je suis sûr, par exemple, qu'il a fait faire une copie du portrait de Bradley et qu'il l'installe à la place de l'original quand il veut effrayer quelqu'un. Il diffuse un enregistrement de sa voix, et c'est sûrement comme ça qu'il a attiré Standish vers la cascade, pour ne pas risquer de se retrouver nez à nez avec une carabine ! Avec un peu de chance, il aura laissé tomber quelque chose. Je vais demander à Logan si une unité de scène de crime peut venir fouiller les alentours.

— C'est indispensable, acquiesça Tyler, surtout qu'avec ce brouillard on ne voit presque rien, dans ces sous-bois.

Sean lui posa une main sur l'épaule.

— On ne peut pas protéger *tous* les gens qui ont un lien avec le musée Tarleton-Dandridge, tu sais.

— Oui, mais j'aurais dû me méfier, grommela Tyler. Je m'en veux d'autant plus que son anxiété était palpable. Il a bien dit que seule sa fille savait où il allait, mais notre agresseur connaît bien la région, visiblement. C'est quelqu'un qui lit absolument tout ce qui s'écrit sur l'histoire du musée. Les administrateurs et tous les guides savent qu'Allison préparait un article inspiré des travaux de Standish, par exemple.

— Cesse donc de te tourmenter, Tyler. Nous ne pouvions pas savoir que Standish était en danger. Et puis, vous êtes arrivés à temps !

— Ça a été très juste. Un peu plus et… Je ne sais même pas s'il va s'en sortir, d'ailleurs. C'est un vieil homme.

— Il s'en tirera, assura Sean. J'entends les sirènes.

Les urgentistes sortirent un brancard et du matériel. Allison s'écarta et les regarda examiner Standish, puis lui glisser une perfusion dans le bras.

— Vous avez fait un massage cardiaque ? demanda l'un d'eux.

— Oui. Au début, il ne respirait plus.

— Il vous a parlé ?

— Il a dit quelques mots.

Elle ne précisa pas que Standish pensait avoir entendu des fantômes dans les bois : c'était le cadet de leurs soucis.

— Est-ce qu'il était dans l'eau ? reprit un autre.

— Oui, allongé sur le ventre. Nous ne savons absolument pas comment il est arrivé là, s'il est tombé, si on l'a poussé…

Elle continua à les regarder œuvrer, le cœur serré. Au bout d'un moment, l'un d'eux leva les yeux et lui sourit.

— Je suis infirmier, pas médecin, mais je peux vous garantir qu'il survivra, lança-t-il. Dieu merci, vous êtes arrivés à temps.

Allison sourit faiblement.

Elle n'aurait jamais dû contacter Standish. Sans le vouloir, elle avait mis sa vie en danger.

Sean et Tyler revinrent, le visage sombre, au moment où on étendait Standish sur le brancard. Il fut décidé que Kelsey et Sean accompagneraient le blessé à l'hôpital pour le veiller. Visiblement, Logan préférait qu'Allison reparte avec lui au musée. Il semblait juger important qu'elle soit sur place.

Elle attendit près de Tyler, au bord de la cascade tourbillonnante, tandis que les urgentistes hissaient le brancard dans l'ambulance.

— Tout ça est ma faute, murmura-t-elle.

— Non ! C'est moi le responsable, coupa Tyler d'une voix rauque. J'aurais dû mettre Standish sous protection dès l'instant où nous avons constaté qu'on avait volé son article !

Allison n'était pas d'accord. Dans son affection pour elle, il avait tendance à s'attribuer tous les torts…

— Non, coupa-t-elle à son tour. C'est vraiment ma

faute. Si je ne m'étais pas mis en tête de publier un nouvel article sur l'histoire de la famille Tarleton, rien de tout ça ne serait arrivé.

— En fait, marmonna Tyler, quand il y a un crime, seul le criminel est coupable. C'est lui qui n'accorde aucune valeur à la vie humaine. Et si tu veux mon avis, les meurtres n'ont pas commencé avec ton article… Ils se sont déclenchés bien avant. Dès l'électrocution de ce jeune homme, il y a quelques années, je pense. Sans oublier cette femme victime d'une crise cardiaque dans la bibliothèque. Et si ça se trouve, l'auteur de tous ces méfaits n'est qu'une seule et même personne.

Tyler se tourna brusquement en fronçant les sourcils : on se déplaçait derrière les arbres.

— Ah ! Voilà les techniciens de scène de crime, dit-il.

Il les rejoignit. Allison l'entendit donner de brèves explications.

Debout près de l'eau, elle contemplait pensivement les remous scintillants. A la lumière du soleil, certains galets brillaient comme des diamants… Puis, soudain, elle vit quelque chose d'incongru et poussa un cri.

Tyler fit volte-face.

— La carabine de Standish ! s'écria-t-elle. Elle est là, dans l'eau… Comme si on l'avait frappé par-derrière et qu'il l'avait laissée tomber !

Tyler et les techniciens vinrent se planter sur la rive.

— Vous avez l'œil ! s'exclama l'un des techniciens.

Il pataugea pour aller ramasser l'arme, puis jeta un coup d'œil à Tyler en déclarant :

— Nous allons passer tout ce coin au peigne fin. Nous vous montrerons tout ce que nous trouverons, même les simples emballages de chewing-gums !

Tyler le remercia puis ramena Allison jusqu'à sa voiture, garée devant le chalet.

— On rentre à Philadelphie ! déclara-t-il.

Pendant le trajet, Allison murmura d'un air pensif :

— Je ferais peut-être mieux de m'éloigner, Tyler. Tout le monde semble pâtir de ma présence. Les gens meurent ou se retrouvent à l'hôpital, même si je les connais à peine !

— Et où est-ce que tu iras ? Chez toi ? C'est ridicule, Allison. Ça nous obligerait à patrouiller en permanence pour vérifier que personne n'essaye d'entrer. Et puis, depuis le temps que tu connais tous les suspects, le coupable a sûrement une clé de ta maison.

— Je pensais partir plus loin, changer d'Etat…

— Si ça devait assurer ta sécurité, je te mettrais moi-même dans l'avion. Malheureusement, le meurtrier a un temps d'avance sur nous. Il te retrouverait très vite, tout comme il a retrouvé Standish.

— C'est simplement que…, murmura-t-elle.

Il lui pressa la main.

— Je sais, je comprends, dit-il d'une voix rauque, mais nous avons besoin de toi sur place. Et moi, je te veux près de moi, pour pouvoir te protéger.

Elle esquissa un sourire.

— Et il est bien agréable de se sentir protégée ! répondit-elle. Pourtant, je ne peux m'empêcher de penser que je sers de catalyseur… que d'autres sont blessés à cause de moi, voire tués.

— Tout se résoudra quand nous saurons qui est derrière tout ça. Déjà, nous avons une bonne idée du mobile. Notre tueur le sait et ça le met aux abois. Or un tueur aux abois commet des erreurs.

Allison se laissa aller sur son siège en fermant les yeux.

Ils étaient à mi-chemin quand le portable de Tyler sonna. Il demanda à Allison de décrocher.

C'était Sean : elle mit le haut-parleur pour qu'ils puissent tous deux entendre. Martin Standish allait s'en sortir, annonça Sean.

— Il est conscient et raisonne parfaitement, poursuivit-il, même s'il a reçu un coup violent à la nuque. Si vous n'étiez pas intervenus, il se serait noyé !

— J'en suis tellement soulagée ! dit Allison.

— On va tout de même lui faire encore quelques tests, surtout qu'il prétend avoir entendu des voix provenir du bois. Au début, il a craint que ce ne soit sa fille qui se serait perdue en essayant de venir le voir. Puis les voix se sont mises à venir de toutes les directions… Comme si le bois était empli de fantômes. Ça a mis Standish en colère. Il a décidé de se réfugier près de la cascade avec son fusil, en se disant qu'il y serait plus en sécurité. Il paraît que c'est un très bon tireur.

— Et ensuite ? demanda Tyler.

— Ensuite, il s'est réveillé le nez dans l'eau, en ressentant une violente douleur à la nuque, puis il a perdu connaissance. C'est la dernière chose dont il se souvienne avant d'avoir compris qu'Allison l'« embrassait », pour reprendre ses termes.

Tyler eut un léger rire.

— Ça, c'est sûrement un bon souvenir ! commenta-t-il.

— Oui, ce vieux bougre a un sacré sens de l'humour, en fait. Il a beau être tout endolori, il est ravi qu'on s'occupe enfin de lui et de ses recherches. Il affirme qu'elles vont changer le cours de l'histoire…

— Seulement dans notre petit coin de terre à nous ! fit remarquer Allison.

— En tout cas, pour l'instant, je reste auprès de lui avec Kelsey, reprit Sean. C'est un petit hôpital, et la sécurité laisse à désirer. Comme ça, il y aura toujours quelqu'un dans sa chambre. Vous pouvez essayer de trouver la copie du portrait de Bradley, de votre côté ? Je suis sûr qu'elle existe.

— On s'en occupe, lança Tyler.

Quand ils rentrèrent au musée, on les prévint que Kate était partie à la morgue, afin d'examiner les rapports d'autopsie de tous ceux qui étaient décédés sur place depuis plusieurs années.

Jane et Logan s'étaient installés dans le salon, où une magnifique table ancienne avait été transformée en poste de travail. Julian, à côté d'eux, s'entraînait à déplacer une feuille de papier.

Il leva la tête, soulagé de voir Allison, et tenta de la serrer dans ses bras.

Elle essaya de lui rendre son étreinte, sans grand succès.

Elle alla ensuite prendre une douche rapide. Tyler déclara qu'il l'imiterait dès qu'elle aurait fini.

Logan écouta le rapport de Tyler avec attention, puis annonça qu'il allait poursuivre ses recherches dans les archives.

— Tu devrais appeler Jenson, dit-il ensuite. La police a gardé l'œil sur Oxford, Addison, Pierson, Fanning et Lawrence…

Tyler appela aussitôt Jenson.

— Oxford est parti de chez lui entre deux tournées de la voiture de patrouille, déclara le policier. La voiture de Lawrence, elle, n'a pas bougé. Côté Addison, on n'a vu personne entrer au domicile ou en sortir. Pierson, lui, s'est mis en route il y a vingt minutes pour se rendre à sa banque, où il avait rendez-vous…

Jenson fit une pause puis soupira :

— Je ne sais pas si tout ça vous sera très utile !

— Si, certainement, assura Tyler.

Il raconta ensuite leur visite à Martin Standish et les événements dramatiques qui avaient suivi.

— Je pourrais doubler les patrouilles, fit remarquer Jenson d'un ton dubitatif, mais ce sera difficile. Avec les coupes budgétaires, en ce moment…

— Essayez de faire votre possible.

Il commençait à se faire tard. Logan commanda à dîner. Tyler remplaça Allison sous la douche en se détendant sous le jet. Il n'avait pas mesuré à quel point l'eau glacée de la cascade avait raidi ses muscles. Heureusement, il restait juste ce qu'il fallait d'eau chaude dans le ballon… Il sortit, complètement revigoré.

Il savait qu'Allison se trouvait avec Jane et Logan. Ce dernier l'interrogeait de nouveau sur toutes les personnes avec qui elle avait collaboré dans le musée.

Tyler alla s'installer devant la batterie d'ordinateurs. Il fit rapidement défiler les images pour voir ce qui avait été enregistré en leur absence.

Au milieu de la nuit précédente, le fantôme de Lucy Tarleton était de nouveau apparu. On la voyait jeter un coup d'œil dans la bibliothèque, puis revenir en hâte vers l'arrière de la maison.

Effectuait-elle chaque nuit le même circuit ? Si c'était le cas, cela signifiait qu'elle sortait chaque fois de la demeure, se dirigeait vers les étables, montait Firewalker et filait vers Valley Forge informer l'armée rebelle…

Les écrans ne montraient rien d'autre de notable.

Tyler sentit alors une main sur son épaule.

— Laisse tomber pour aujourd'hui, lui dit Logan. Demain, il fera jour. Standish a survécu, deux de nos agents sont avec lui… Tu as besoin de repos.

— O.K., murmura Tyler. Merci.

Allison était déjà dans la chambre. Il la trouva au lit, en train de l'attendre, l'air un peu hésitant.

— Cela ne t'ennuie pas que je sois là ? demanda-t-elle.

Il sentit toute la tension de la journée, tous les reproches qu'ils s'étaient adressés à eux-mêmes glisser de ses épaules comme un vêtement dont on se débarrasse. Allison avait cet effet-là : elle ne lui faisait pas oublier la réalité, mais l'aidait à y voir plus clair.

— Au contraire, répondit-il. C'est même le seul endroit où je veux te voir.

Il se dévêtit, puis s'allongea à son côté. Le regard rivé sur les prunelles bleu ciel d'Allison, il lui caressa les cheveux en murmurant :

— Parle-moi de ton dernier petit ami. C'est un musicien ? Une future star du rock ?

— Ça remonte à loin, tu sais !

— Comment était-il ?

— Sympathique, gentil… Pendant longtemps, j'ai cru que c'était moi qui avais un problème. Il promettait de passer me prendre et oubliait, par exemple. Je me disais qu'il avait un problème d'alcool… Je ne pensais pas encore à la drogue. Quand j'ai compris, je suis allée me renseigner auprès des Narcotiques Anonymes, mais même par amour pour moi, il n'a jamais voulu reconnaître qu'il était accro. J'ai dû me résoudre à rompre. Je ne sais pas ce qu'il est devenu. J'espère qu'il est toujours vivant.

— La dépendance, c'est une chose terrible, dit Tyler en la serrant contre lui.

Il y eut un moment de silence intime, parfaitement détendu. Tyler embrassa doucement Allison dans les cheveux.

Elle s'étira et il l'embrassa de nouveau, savourant le contact érotique de leurs deux corps nus l'un contre l'autre.

La façon dont il sentait ses soucis s'envoler en présence d'Allison continuait à l'émerveiller, tout comme la capacité qu'elle avait à reprendre pied dans la réalité dès que c'était nécessaire. Il se demanda, soudain, si elle accepterait jamais de quitter sa chère Philadelphie. La Virginie n'était pas très loin, certes, mais…

Puis il oublia toutes ces interrogations, et ils firent l'amour avant de s'endormir paisiblement.

Au milieu de la nuit, il sentit Allison remuer à côté de lui. Il la vit glisser hors du lit et rester debout un moment dans l'obscurité, sa silhouette baignée par la pâle clarté lunaire qui filtrait à travers les rideaux.

Elle fit quelques pas. Il se leva sans bruit et se rendit compte qu'elle n'était pas réveillée et le regardait sans le voir.

Il craignit un moment qu'elle ne sorte toute nue, mais

elle attrapa son peignoir au pied du lit et l'enfila, sans pour autant chausser ses pantoufles. Puis elle s'approcha du mur opposé où, autant qu'il pût en juger, il n'y avait rien de spécial. Elle se pencha, comme pour ramasser quelque chose qu'elle serra contre sa poitrine, et resta immobile, tête baissée, comme en prière. Ensuite, elle se redressa brusquement et fonça vers la porte.

Il enfila en hâte son propre peignoir. Allison ouvrit la porte et sortit sur le palier. Là, elle fit une nouvelle pause, l'oreille aux aguets, puis entreprit de descendre lentement l'escalier. Une fois en bas, elle se planta sur le seuil de la bibliothèque, jeta un œil dans la pièce obscure, puis revint sur ses pas et fila vers l'arrière de la maison. Si elle tentait de sortir, elle allait être retenue par l'alarme… Et elle n'y penserait pas, car elle était momentanément habitée par le souvenir d'une autre femme : Lucy Tarleton.

Il se hâta de passer devant elle et tapa le code juste à temps. Allison ouvrit la porte, puis sortit dans la nuit.

Elle s'avança, puis tendit les bras comme pour remettre à quelqu'un le précieux fardeau qu'elle portait… et revint sur ses pas, les yeux emplis de larmes.

Tyler eut l'impression qu'un vent brutal venait de se lever.

Allison fondit en sanglots et s'effondra sur le sol.

17

Les autres, à présent réveillés, étaient tous descendus. Tyler se pencha pour remettre Allison sur ses pieds en glissant un bras au-dessous d'elle.

— Elle a donné son bébé, murmura Allison. Elle avait rendez-vous avec quelqu'un, en plein milieu de la nuit, et lui a donné son bébé !

— Je sais. J'ai tout vu, répondit Tyler.

Allison semblait abasourdie.

— Tu avais donc raison… Lucy a vraiment confié son enfant à quelqu'un de ma famille, de la famille Leigh. Et pendant plus de deux siècles, nous ne l'avons jamais soupçonné !

— Ce sont toujours les vainqueurs qui écrivent l'histoire, rappela Tyler. La famille de Lucy, fidèle à la cause rebelle, n'avait sûrement pas envie qu'on sache qu'elle avait un enfant illégitime dont le père, par-dessus le marché, était un soldat ennemi. A leurs yeux,l'héroïne qu'elle était a dû devenir une véritable traîtresse.

— Et Bradley ? Il était forcément au courant ! Est-ce pour cette raison qu'il s'est mis dans une rage folle et a fini par la tuer ? demanda Allison.

— Je propose que nous rentrions, coupa Jane. On meurt de froid, dehors.

Kate s'était déjà réfugiée à l'intérieur. Elle lança par la porte entrouverte :

— A votre avis, est-ce à cause de cette histoire qu'il y

a eu tous ces crimes non résolus, depuis des années ? J'ai parcouru les rapports d'autopsie en long et en large. Tous ces décès ont *l'air* accidentels mais… une électrocution dans un bâtiment très contrôlé, une chute dans l'escalier… C'est tout de même bizarre.

— Comment savoir si cette histoire de bébé explique tout ça ? demanda Tyler avec un geste en direction d'Allison. Si oui, nous avons vraiment affaire à un obsédé particulièrement retors. En plus…

Il fit une pause, fronça les sourcils et ajouta, sous le regard des autres :

— Si le mobile, c'est qu'Allison descend directement de Lucy Tarleton, la principale suspecte devient Cherry Addison. Dont le mari, accessoirement, est peintre, et aurait pu faire une copie du portrait de Bradley.

— Alors, nous allons annoncer publiquement dès demain que nous pensons qu'Allison descend des Tarleton, déclara Logan. Nous ferons une conférence de presse et nous attendrons les réactions.

— Cela ne risque pas de pousser le tueur aux abois ? s'inquiéta Jane. Ou de le faire disparaître dans la nature, maintenant que la vérité est connue, sans qu'on sache jamais qui c'était ?

— Peut-être devrions-nous d'abord annoncer la nouvelle aux administrateurs et aux guides, pas tout de suite à la presse, suggéra Kate.

— Bonne idée, dit Tyler.

— Nous nous en occuperons demain soir, conclut Logan. Dans la journée, nous continuerons d'abord à surveiller les allées et venues des suspects. L'inconnu qui a agressé Martin Standish dans les bois va sûrement savoir s'il a survécu ou non. J'ai demandé à l'hôpital de dire simplement que sa situation restait critique. Après les avoir pistés toute la journée, nous les convoquerons tous ici pour prendre un café après le dîner. Nous lâcherons le morceau… Et nous regarderons ce qui se passe.

— Pour ma part, j'ai du mal à croire que cette histoire d'enfant soit le mobile des crimes, dit Allison avec une moue. Il y a peut-être une autre interprétation. Imaginez que le père n'ait pas été Bradley, mais Stewart Douglas, par exemple. Alors, Lucy pouvait craindre que Bradley s'en prenne non seulement à elle, mais aussi au bébé. Tout à l'heure, dans ma crise de somnambulisme, j'ai nettement ressenti qu'elle avait *peur*…

— Quel qu'ait été le père, patriote américain ou ennemi, la principale suspecte reste tout de même Cherry Addison, lança Kate.

— Mais oui ! Sinon, quel serait le mobile ? grommela Tyler.

— Ecoutez, demain, nous annoncerons que nous allons déterrer le cadavre de Lucy pour faire des tests ADN, coupa Logan. Ainsi, tout sera clair, et je serais curieux de voir la réaction de Cherry.

— Nous sommes vraiment obligés d'ouvrir sa tombe ? demanda Allison.

— Je pense que nous n'aurons pas le choix. En quelque sorte, nous agitons une carotte devant le nez des suspects, répondit Logan avec un léger rire. Si vous êtes d'accord pour un test ADN sur vous aussi, évidemment !

— Au point où j'en suis, je suis prête à tout.

Julian, debout à côté de Jane, déclara à voix basse :

— Je te remercie, Allison. J'ai tellement besoin de savoir la vérité ! Je ne veux faire de tort à personne, bien sûr. Mais je sens qu'il me faut vraiment…

— La justice, n'est-ce pas ? coupa Tyler. Nous voulons tous la justice. Pour les vivants comme pour les morts.

Le lendemain matin, Allison se sentait un peu nerveuse, mais appela néanmoins Jason Lawrence et Annette Fanning pour les inviter le soir, tandis que Logan se chargeait de prévenir Cherry, Ethan Oxford et Nathan Pierson. A tous, ils expliquèrent qu'ils mettaient d'abord au courant les proches collaborateurs du musée, et que la presse ne serait avertie qu'ensuite. Annette et Jason se montrèrent un peu étonnés, sans plus.

Tyler proposa d'aller à l'hôpital avec Allison prendre des nouvelles d'Artie Dixon. Pendant ce temps, Jane et Kate iraient voir la police de Valley Forge pour vérifier que rien n'avait été touché dans le petit musée de Martin Standish.

A l'hôpital, Haley Dixon leur parut plus épuisée que jamais. Tyler l'invita de nouveau à venir à la cafétéria, pendant qu'Allison s'asseyait au chevet d'Artie et lui prenait la main.

Une jeune infirmière passa la tête par la porte. Elle indiqua que le nom du médecin de garde était inscrit au tableau, si jamais Allison avait besoin de quelque chose.

— En outre, nous surveillons les écrans de M. Dixon en permanence, poursuivit-elle. Si nécessaire, vous pouvez aussi nous appeler.

Elle leva les yeux au ciel en ajoutant :

— Les contrôles sont devenus très sophistiqués, maintenant, avec des codes « vert » ou « rouge » suivant l'état des patients. Les « verts » sont ceux qui s'agitent. Vous n'imaginez pas le nombre de gens qui viennent demander de l'aide et finissent par s'en prendre aux médecins et aux infirmières !

Allison lui sourit et la remercia. Elle entendit un haut-parleur lancer « code vert », et il y eut des pas précipités d'infirmières et d'aides-soignants dans le couloir.

Allison se mit à parler doucement à Artie Dixon, lui demandant d'essayer de répondre simplement par la pensée. Il finit par le faire, mais restait obsédé par cette histoire de tableau. « Tout ce que nous voyons, ce sont des mensonges, indiqua-t-il. Des mensonges ! »

— D'après nos dernières hypothèses, le tableau d'en bas a été copié et truqué pour hypnotiser l'observateur, monsieur Dixon. Quand c'est nécessaire, le premier tableau est remplacé par l'autre…

— Non, sembla chuchoter Dixon. Le premier tableau est faux. Il dit des mensonges.

Quelqu'un qui était vêtu d'une blouse entra dans la pièce. Concentrée sur Artie Dixon, Allison ne lui accorda tout d'abord aucune attention. Puis, en entendant le nouveau venu tapoter sur une seringue pour en chasser l'air, elle leva les yeux et vit qu'il ou elle portait un bonnet et un grand masque sur le visage.

Soudain troublée, Allison se leva d'un bond. Depuis quand les infirmières entraient-elles dans les chambres vêtues de tenues stériles ?

— Qu'est-ce que vous faites ? s'écria-t-elle.

Alors, la prétendue infirmière se tourna vers elle, seringue brandie, prête à la lui planter dans la poitrine.

Saisie de panique, Allison poussa le lit de toutes ses forces. Il était lourd, mais elle réussit à le projeter dans les cuisses du mystérieux agresseur.

— Au secours ! hurla-t-elle en même temps à tue-tête.

Etrangement, seul le silence lui répondit.

L'agresseur reprenait l'équilibre. Allison s'empara de sa seule arme à disposition — son sac à main —, le frappa violemment au visage, puis se précipita dans le corridor.

Il était vide. Elle entendit l'inconnu sortir de la chambre tandis que les haut-parleurs lançaient des alarmes frénétiques :

« Code rouge, code vert, code rouge, code vert, section neurologique 12… »

S'il n'y avait personne, c'était parce que tout le personnel répondait aux appels. Allison se dit, fugitivement, qu'on avait dû trafiquer les alarmes.

Elle réfléchit à toute allure. Où aller ?

Elle fonça vers les ascenseurs en jetant un bref coup d'œil derrière elle : la prétendue infirmière courait dans sa direction, la seringue toujours brandie dans sa main gantée…

Allison ignorait ce que contenait la seringue, mais il s'agissait certainement d'un produit mortel.

Elle appuya comme une folle sur tous les boutons des ascenseurs. Peu importait qu'ils montent ou descendent ! Il fallait qu'elle se réfugie *quelque part.*

L'agresseur arrivait…

Un ascenseur s'ouvrit enfin.

Et Tyler en sortit. Allison se jeta dans ses bras en expliquant d'une voix hystérique que quelqu'un tentait de l'agresser.

— Où ? cria-t-il. Où est-il ?

— Artie ! s'exclama avec angoisse Mme Dixon, qui sortait de l'ascenseur derrière Tyler.

Allison fit volte-face.

Il n'y avait plus personne derrière elle.

Tyler, convaincu qu'Allison n'avait pas rêvé, alerta aussitôt les gardes. Ils firent contrôler tous les accès, mais il ne fallait pas se faire d'illusions : dans un hôpital, rien n'était plus facile à une personne portant un uniforme médical de se fondre dans la masse.

En outre, Allison pouvait à peine décrire le personnage.

— Quelqu'un d'assez grand, dit-elle. Enfin, au moins aussi grand que moi… Mais je ne saurais même pas dire si c'était un homme ou une femme.

Par bonheur, Artie Dixon n'avait rien. Tyler demanda à Jenson d'envoyer des policiers surveiller en permanence l'entrée de sa chambre. Haley Dixon, totalement paniquée, fit une crise nerveuse et dut recevoir des calmants.

Le personnel de sécurité avait fouillé tout l'établissement, en vain. Personne ne répondant à la description n'avait été retrouvé dans les locaux ou dans les chambres, expliquèrent-ils à Tyler.

A vrai dire, il s'y était un peu attendu. L'inconnu avait réussi à s'enfuir tout de suite, probablement en retirant bonnet et masque pour patienter en blouse dans une pièce et, dès qu'il l'avait pu, avait ôté la blouse et était sorti tranquillement, en tenue de ville, comme n'importe quel visiteur.

Quand ils sortirent enfin, il entendit soudain Allison s'écrier :

— Ça alors !

— Qu'y a-t-il ?

— Annette. C'est Annette qui est là-bas !

Annette Fanning, effectivement, traversait le parking d'un pas vif pour regagner sa voiture. Allison prit Tyler par le bras.

— Rattrapons-la. Je voudrais entendre ce qu'elle va dire… Même si je ne crois pas une seconde qu'Annette puisse être notre meurtrier.

Elle se mit alors à courir. Tyler la suivit d'un pas plus lent, observant la scène avec attention. Quand Allison eut rejoint Annette, cette dernière haussa les sourcils.

— Allison ! Je suis bien contente de te voir, lança-t-elle. Je ne sais pas ce qui se passe, là-dedans. J'étais venue voir ma cousine à la maternité et, tout d'un coup, les sirènes se sont mises à hurler et il y a eu des gardes dans tous les coins !

Tout en écoutant Annette avec attention, Tyler vit qu'elle glissait en même temps la main dans son sac.

Pour attraper quoi ? La seringue qu'elle n'avait pas réussi à ficher dans la poitrine d'Allison un peu plus tôt ?

Il n'allait prendre aucun risque. En trois enjambées, il se jeta sur Annette, roula au sol avec elle, lui arracha son sac puis l'aida à se redresser tandis qu'elle protestait vigoureusement.

— Mais qu'est-ce que vous faites ?

— Tyler ! s'écria à son tour Allison, comme si elle aussi pensait qu'il avait perdu la tête.

Sans répondre, il se mit à fouiller le sac. Il ne contenait rien de plus compromettant qu'une brosse à cheveux et une boîte de tampons.

Il restitua le sac à Annette tout en lui disant :

— Comment s'appelle votre cousine ?

— Judy Hall. Son bébé est né hier soir à 22 h 03. Vous n'avez qu'à vérifier ! s'emporta Annette.

— Ce sera fait, croyez-moi.

— Qu'est-ce qui vous a pris ? répliqua-t-elle.

— On vient d'agresser Allison dans la chambre d'Artie Dixon, expliqua-t-il brièvement.

Annette ouvrit de grands yeux.

— Et vous pensez que j'aurais... Mais c'est absurde ! Ça ne peut pas être moi, voyons !

— Elle a raison, acquiesça Allison.

— Il n'est pas très compliqué de piquer quelqu'un avec une seringue, rétorqua Tyler. Par les temps qui courent, je préfère tout vérifier.

— Ce n'était pas Annette, j'en suis sûre, assura Allison. C'est impossible !

— Nous ne sommes sûrs de rien, affirma Tyler.

— Ce que je veux dire, c'est que cet inconnu était plus grand. Annette est trop petite, précisa Allison.

— Merci tout de même ! grommela Annette.

En rentrant, Allison et Tyler trouvèrent Logan seul dans le musée. Assis devant la batterie d'écrans, il y jetait un coup d'œil de temps à autre, tout en continuant à fouiller avec patience dans ses piles d'archives.

Il avait déjà été prévenu par Tyler, au téléphone, de ce qui s'était passé.

— Kate et Jane sont au bureau de police de Valley Forge, dit-il. Quelqu'un a tenté de pénétrer chez Martin Standish, cette nuit... Standish a autorisé Kate et Jane à placer dans un coffre ses documents les plus précieux.

— Bonne idée, dit Allison. Est-ce que l'invitation de nos suspects, ce soir, tient toujours ?

— Toujours, répondit Logan.

— Y compris Annette, dit Tyler avec une moue.

Il ne s'était excusé auprès d'Annette que du bout des lèvres. Allison s'en voulait d'avoir soupçonné son amie à tort. Certes, Tyler lui avait bien dit qu'on ne pouvait négliger aucune piste, mais tout de même…

Elle regarda alors autour d'elle.

— Où est Julian ?

— Parti avec Kate et Jane. Il s'est dit qu'elles auraient peut-être plus besoin de lui que vous, aujourd'hui, fit remarquer Logan en souriant. Quel dommage qu'il n'ait pas rencontré Jane de son vivant ! Il se montre exquis avec elle et, même si elle prétend que c'est un rustre, elle l'adore.

— Oui, on peut vraiment parler d'un rendez-vous manqué, murmura Allison. Mais, au fait… j'y pense !

Logan et Tyler se tournèrent vers elle.

— Avec tout ça, expliqua-t-elle, j'ai oublié de dire à Tyler ce qu'Artie m'a confié. Il ne nie pas qu'il y ait un autre portrait, mais il persiste à croire que quelque chose ne va pas dans le tableau de la bibliothèque. Il répète sans cesse que c'est un « mensonge ».

— Il parle sûrement de l'expression que l'artiste a donnée à Bradley, fit remarquer Tyler. Nous savons que Tobias Dandridge détestait Bradley. Il devait se sentir un peu inutile de ne pas avoir contribué à chasser les Anglais de Philadelphie, puisqu'ils ont abandonné la ville sans combattre avec les rebelles, et il a peint dans un esprit de vengeance.

— Hypothèse intéressante, déclara Logan. Surtout que tout ce que nous connaissons de Lucy nous vient justement de Tobias Dandridge et de son épouse, Sophia… La sœur de Lucy.

— En somme, Tobias aurait peint Bradley sous les

traits d'un monstre pour ternir sa réputation aux yeux de la postérité ? ajouta Allison. Nous savons que c'était sans doute injuste, maintenant…

— Il va vraiment falloir dénicher cette copie quelque part, suggéra Tyler.

— Tu crois que si elle existe, le meurtrier la laisserait dans le musée ? objecta-t-elle.

— Pas forcément, mais nous trouverons peut-être une preuve de son existence.

Logan consulta sa montre.

— Il vous reste environ une heure avant l'arrivée des autres.

— Allons-y, conclut Tyler.

Pour Allison, il fallait d'abord essayer de comprendre comment on pouvait se faufiler dans le musée et passer d'une pièce à l'autre sans se faire voir, avant de disparaître. Tandis qu'ils passaient de la bibliothèque dans le salon des dames, puis dans le salon de musique, elle s'aperçut qu'il était possible que quelqu'un y passe discrètement sans qu'un guide en train de s'adresser à son groupe s'en rende compte. En outre, l'alarme protégeait les entrées, mais pas le muret d'enceinte de la propriété.

Elle ouvrit toutes les armoires, fouilla les moindres tiroirs à la recherche d'une cachette pour le tableau… En vain. Vers la fin de leur parcours, cependant, elle regarda dans un placard où, autrefois, on avait rangé des instruments de musique, et y trouva deux ou trois fifres, soigneusement posés sur l'étagère du haut.

Elle allait refermer quand Tyler s'écria :

— Attends !

Il passa devant elle, fit courir les doigts sur l'étagère, puis les lui montra. Il avait une légère trace sur l'index.

— C'est de la peinture ? demanda Allison.

— Oui. Nous allons effectuer un prélèvement.

— Mais si jamais le portrait a été caché ici, il n'y est plus !

— Cela nous permettra déjà d'avancer.

— Hé ! lança soudain Logan depuis le seuil du salon de musique.

Ils se retournèrent, l'interrogeant du regard.

— C'est l'heure, reprit-il. Ils arrivent.

Allison et Tyler le suivirent dans le hall. Ethan venait d'entrer, appuyé sur une canne. Cherry était debout à côté de lui et Nathan derrière eux. Allison s'approcha pour les saluer, le cœur battant, tout en s'efforçant d'avoir l'air aussi naturelle que possible.

— Installons-nous dans le grand salon, suggéra Logan, nous pourrons nous asseoir autour de la table.

— La table ! s'écria Cherry d'un air consterné en pénétrant dans la pièce. Qu'est-ce que vous en avez fait ? Elle a deux cents ans, vous savez !

— Ne vous inquiétez pas, répondit Logan. C'est en désordre, mais nous l'avons recouverte d'un plastique. Elle ne risque absolument rien. Prenez place, je vous en prie. Aimeriez-vous du thé ? Un café ?

Au même instant, ils entendirent la porte du hall s'ouvrir.

— Me voilà ! lança Jason.

— Par ici ! dit Tyler.

— Je me demande si tu as eu raison de faire appel au FBI, finalement, déclara Cherry à Ethan. Désolée, vous autres, mais je trouve que vous n'avez pas beaucoup avancé.

— Laisse-leur le temps, ça viendra, lui répondit Ethan d'un air confiant.

— En tout cas, dit gaiement Nathan, si nous sommes convoqués, c'est que vous avez du nouveau. Pour ma part, je meurs d'impatience !

Annette arriva quelques minutes après Jason. Elle

donnait l'impression d'entrer dans le musée avec réticence, arborait un air hostile, et chuchota à l'oreille d'Allison :

— Moi, je ne reviens pas travailler ici. Je n'ai aucune envie de finir comme Julian ou Sarah ! Et encore moins envie qu'on m'accuse de quoi que ce soit !

— Sarah a eu un accident, murmura Cherry.

— Maintenant que vous êtes tous là, déclara Tyler avec autorité, nous allons vous rendre compte d'un certain nombre de résultats…

Il resta debout tandis que tout le monde s'asseyait.

— Tout d'abord, reprit-il en appuyant sur la touche d'un ordinateur posé sur la table, je voudrais vous montrer ces images. Observez bien la ressemblance.

Il fit venir à l'écran les portraits d'Allison et de Lucy Tarleton que Jane avait retravaillés.

Annette poussa un cri étranglé. Elle regarda Allison en ouvrant de grands yeux.

— C'est… c'est incroyable ! s'exclama-t-elle.

— Plus qu'incroyable : nous pensons que cela s'explique par l'hérédité, intervint calmement Logan.

— Ne soyez pas ridicule, rétorqua Cherry d'une voix sifflante. Lucy n'a pas eu d'enfant.

— Nous sommes convaincus du contraire, et nous allons le prouver en demandant des tests ADN, riposta Tyler.

— Quoi ? demanda Cherry, s'étouffant presque.

— Des tests ADN ? Pourquoi pas ? C'est cool ! lança Jason.

— L'idée de déterrer une morte… Je ne sais pas, je préfère en parler d'abord à Adam, déclara Ethan d'un ton hésitant.

— Bien sûr, parlez-en avec lui, monsieur Oxford, répondit Logan. Il a dû rentrer à Washington, hier, mais vous pouvez lui téléphoner, et en outre, il a prévu de revenir. Nous soupçonnons que quelqu'un redoute qu'on ne révèle que Lucy avait eu un enfant illégitime. Comme si la découverte d'une vérité allait altérer sa vision obsessionnelle de l'histoire…

— Ce n'est pas logique, objecta Nathan. Au contraire, si Lucy a eu des descendants, ça rend sa légende encore plus séduisante, non ? Cela signifie que nous avons une réplique en chair et en os de notre splendide héroïne !

— Attendez un peu, grommela Cherry. Le fait que vous ayez transformé Allison en sosie sur ordinateur ne fait pas d'elle une descendante. C'est aller un peu vite en besogne !

— Nous avons d'autres indices que ces images, répondit Tyler. Martin Standish possède certaines lettres qui ont probablement été écrites par Lucy. Si on sait lire entre les lignes, elles indiquent que Lucy n'était sans doute pas du tout amoureuse de Stewart Douglas. Ils étaient bons amis, sans plus. Ni Stewart ni d'ailleurs Brian Bradley n'avait de raison de tuer Lucy.

— Quelqu'un l'a tuée, pourtant, affirma Cherry. Ça ne fait pas de doute !

— Bref, voilà pourquoi nous souhaitons des tests ADN, reprit Logan après s'être éclairci la gorge. Par ailleurs, je ne sais pas si vous êtes au courant, mais Allison a été agressée, aujourd'hui, à l'hôpital. Une personne déguisée en infirmière l'a poursuivie avec une seringue qui contenait certainement un poison mortel. Où étiez-vous dans la journée, les uns et les autres ?

— *Quoi ?* protesta Cherry en se levant d'un bond.

— Vous osez nous accuser, *nous* ? renchérit Nathan en l'imitant.

— C'est forcément l'un de vous, déclara Tyler à l'autre bout de la table. Il n'y a pas d'autre explication possible. Vous êtes les seuls à connaître suffisamment bien le musée. Donc, si vous pouviez nous indiquer vos faits et gestes depuis ce matin…

Jason leva la main.

— Dans mon cas, vous n'avez qu'à appeler Evan McDooley ! J'ai travaillé au pub toute la journée.

— Moi, on m'a déjà soupçonnée, ironisa Annette, mais, apparemment, je n'ai pas la taille requise.

— Tout ceci est grotesque ! s'écria Cherry. Renvoie-les, Ethan. Renvoie-les tout de suite !

— Soyez raisonnable, Cherry, lui conseilla Tyler. Après tout, c'est vous qui avez le plus à perdre. Si nous avons une authentique descendante de Lucy Tarleton, ce n'est plus vous qui êtes sur le devant de la scène…

— Ce n'est pas une raison pour commettre un meurtre !

— Non, effectivement. N'est-ce pas, Cherry ?

— Moi, j'ai besoin d'aller aux toilettes, dit brusquement Annette. Si vous voulez bien m'excuser…

Une fois sur le seuil, elle s'arrêta un instant pour lancer :

— Je peux y aller sans gardien ?

Personne ne répondit. Elle s'éloigna.

— Bon…, reprit Tyler. A qui le tour ?

— J'étais chez moi toute la journée. Ma gouvernante peut en témoigner ! lança Ethan d'un air indigné.

— Je suis allé à ma banque, régler des affaires, dit à son tour Nathan.

— J'étais à la galerie, bien sûr…, maugréa Cherry.

Elle venait à peine de parler qu'ils entendirent un cri perçant. Annette hurlait d'une voix paniquée :

— Au secours… Au secours ! Vite !

Allison bondit, prête à se précipiter, mais Tyler la devança et, Logan sur les talons, fonça vers le local des guides. Tout le monde se mit à courir derrière eux.

Tyler s'arrêta brusquement devant la porte de la salle de bains. Allison faillit se cogner à son dos.

— J'ai été mordue ! cria Annette. J'ai été mordue !

Logan appela aussitôt les urgences. Tyler fit un pas dans la pièce.

Une vipère cuivrée était enroulée derrière la poubelle. A l'instant où elle dressait la tête, prête à frapper de nouveau, Tyler tira son Glock et l'abattit avec précision. Puis il se pencha sur Annette.

Au même moment, Allison sentit soudain quelque chose la piquer à la jambe. Elle ouvrit la bouche, mais aucun son ne sortit. Elle sentit qu'on la tirait vers l'arrière. Sa vision se troublait : elle battit des paupières. Logan et Tyler s'occupaient d'Annette avec Jason, accroupi à côté d'eux. Cherry les regardait, l'air inquiet.

Elle ne vit ni Ethan Oxford ni Nathan Pierson.

C'était pourtant l'un des deux qui, maintenant, l'entraînait, après lui avoir injecté Dieu sait quoi, sans qu'elle puisse réagir… Ce fut sa dernière pensée, avant que tout ne devienne noir.

18

La vipère cuivrée était de petite taille, mais Tyler ne croyait pas une seconde qu'elle ait pu se faufiler toute seule dans la demeure. Pas plus que sa congénère n'était entrée par hasard dans la voiture de Sarah.

Les urgences n'allaient pas tarder. En attendant, il fit rapidement un garrot sous le genou d'Annette avec la cravate de Jason.

Annette sanglotait en poussant des gémissements sonores. Tyler entendait les autres gesticuler derrière lui, aller chercher un verre d'eau, tenter de se rendre utiles.

Une fois le garrot en place, il examina la morsure. Inutile d'aspirer lui-même le venin pour le recracher : les urgentistes le feraient beaucoup mieux que lui, d'autant que les piqûres de vipère étaient fréquentes dans la région.

— Je vais mourir, j'en suis sûre ! se lamentait Annette.

— Bien sûr que non, dit Tyler. Mettez vos bras autour de mon cou, je vais vous installer sur le sofa. Dès que les urgences arriveront, vous aurez un antidote et, ensuite, vous passerez la nuit à l'hôpital.

Cherry Addison le suivit en faisant claquer ses talons. Logan, toujours au téléphone avec l'opérateur des urgences, écoutait les consignes et hochait la tête en direction de Tyler : ils avaient fait ce qu'il fallait.

— Je déteste cette maison..., gémissait Annette. Je la déteste ! Elle porte malheur ! Je vais mourir ici et devenir l'un des fantômes du musée… Je ne veux pas ! Oh ! Mon Dieu !

Jason s'agenouilla devant elle.

— Voyons, Annette, ne dis pas de bêtises. Cette maison ne porte pas malheur !

— Si, et je n'y reviendrai jamais. Jamais !

Tyler entendit enfin les sirènes de l'ambulance. Il se leva, abandonnant Annette aux bons soins de Jason et de Cherry qui se tenait à côté, un verre d'eau à la main.

Il regarda autour de lui. Ethan Oxford, le visage blême, était debout, un peu plus loin.

En revanche, il ne voyait ni Allison ni Nathan Pierson.

— Logan ?

— Oui ?

— Où est Allison ?

Logan regarda lui aussi autour d'eux en fronçant les sourcils.

— Je vais voir là-haut, dit-il d'un ton inquiet.

Tyler se tourna vers Ethan.

— Et Nathan ? Vous savez où il est passé ?

Ethan secoua la tête. Il semblait plus vieux et plus las que jamais.

— Non. Je n'ai pas quitté Annette des yeux, murmura-t-il.

Tyler se précipita dans le hall pour ouvrir aux urgentistes dont les mallettes indiquaient « Centre anti-poison ».

— Par ici, leur dit-il.

Puis il sortit devant la maison, sans rien voir d'anormal. Il appela Jenson pour lui demander d'envoyer des hommes fouiller immédiatement les environs.

Il rentra au pas de course et agrippa Ethan Oxford par l'épaule.

— Est-ce que Nathan Pierson est venu avec sa voiture ?

— Je ne sais pas, répondit Oxford.

— Moi, je sais, lança Annette d'une voix faible. Oui, il a pris sa voiture.

Tyler ressortit à toute allure. D'un seul coup, il sentit une présence derrière lui et se retourna.

C'était Lucy Tarleton, qui lui faisait signe de la suivre vers l'arrière de la bâtisse.

Allison avait parfaitement conscience de l'endroit où elle se trouvait et de ce qui était en train de se passer.

Elle était étendue sur le plancher, dans l'appartement installé au-dessus des écuries. Une odeur de cuir et de foin se faisait encore sentir.

Nathan Pierson, agenouillé à côté d'elle, la dévisageait d'un air à la fois amusé et attristé.

— Oui, lança-t-il, dans quelques minutes, on va commencer à vous chercher. Ils iront d'abord voir dans le cimetière, bien sûr, en se disant qu'on a voulu vous faire mourir sur la tombe de Lucy. Ç'aurait été d'une justice assez poétique, d'ailleurs, mais j'aurais risqué de me faire prendre et je n'en ai aucune envie. En revanche, personne n'aura l'idée de venir fouiller les écuries. Que dites-vous ?

Il feignit d'écouter, tout en sachant très bien qu'Allison n'était pas en état de parler, puis reprit avec un léger rire :

— Vous dites qu'on vous cherchera partout ? Oh ! sûrement ! Tout le monde vous adore. Moi-même, il y a des années que je suis amoureux de vous. Vous ne vous en doutiez pas ? Enfin, disons qu'il s'agit d'une relation d'amour-haine. Si seulement vous n'aviez pas tenté de détruire l'image de Lucy ! Vous qui êtes si jolie, si brillante ! J'ai toujours soupçonné que vous descendiez d'elle, bien sûr, mais par bonheur, rien ne pouvait être prouvé. Oui, je vous ai toujours admirée de loin. Votre passion pour le musée, vos connaissances… Quel puits de science vous faites ! L'intelligence alliée à la beauté !

Allison, si elle avait pu, aurait aimé répondre, demander :

« Pourquoi ? » Elle le voyait assez nettement, mais son corps refusait obstinément de lui obéir.

Oui, *pourquoi* ?

Ce fut comme si Pierson lisait dans ses pensées.

— Vous me demandez pourquoi ? dit-il en lui caressant les cheveux.

Il réfléchit un moment avant de répondre :

— En fait, je n'avais pas l'intention de vous tuer, au début. Malheureusement, vous avez tout gâché... Alors, j'imagine que vous avez droit à une explication. Je suis un Américain, un vrai, Allison. Je me suis toujours passionné pour l'histoire de ce pays. Hélas ! Tant de gens ne la respectent pas ! Ils racontent que Washington était un homme comme les autres, qu'Abraham Lincoln avait des défauts... Ils rappellent sans cesse que les Pères fondateurs avaient des esclaves et qu'ils n'étaient pas d'accord entre eux ! Ça ne va pas du tout. Il faut tuer dans l'œuf ce genre de calomnie. Le musée Tarleton-Dandridge ne doit abriter que des patriotes sincères. Ses premiers habitants ont tous été des héros, qu'il s'agisse de Lucy, de sa sœur, de son beau-frère ou de l'homme qu'elle aurait dû épouser, Stewart Douglas. Pourquoi avez-vous tenté, comme d'autres, d'ailleurs, de briser leur réputation ? Ne vous méprenez pas : je ne suis pas fou. Je suis patriote, c'est tout. Alors, il a bien fallu que j'intervienne... Déjà, voici quelques années, ce stupide étudiant qui s'était fait enfermer ici voulait voler le portrait de Bradley. Vous rendez-vous compte ? Nous avons besoin de ce portrait. Il illustre la seule vérité qui compte : les Anglais étaient nos ennemis. Ils nous ont privés de liberté et ont voulu nous tuer. Voilà pourquoi Tobias Dandridge avait peint ce portrait : parce que Bradley allait détruire leur existence.

Allison réussit à déglutir. Elle fit jouer sa mâchoire, non sans difficulté, puis tenta d'humecter sa bouche desséchée. Elle y parvint à peine, mais s'avéra capable d'émettre quelques mots.

— C'est Tobias Dandridge qui…

— Pardon ?

Pierson eut un sourire.

— Je vois que les effets de la drogue s'atténuent, reprit-il. J'aurais dû vous en donner plus. Ça ne vous aurait pas tuée… Pour ça, j'ai prévu autre chose, j'en ai peur. Je vais devoir vous poignarder, comme cette pauvre Lucy. En toute justice !

Heureusement, Allison songea qu'elle était anesthésiée et ne sentirait pas la douleur. Elle n'en était pas moins accablée par cette idée. Qui viendrait à son secours ? Elle que les autres n'avaient pas quittée d'une semelle pendant des jours, elle se retrouvait complètement seule, à présent. Face à un homme résolu à l'assassiner. Or c'était tout juste si elle avait l'énergie de battre des paupières… Elle s'efforça de ne pas céder à la panique, de rassembler tout son courage.

Mais que faire ? Se laisser tuer sans pouvoir esquisser le moindre geste ?

Elle mourait de peur. Mais le courage, c'était de continuer malgré tout. Même en mourant de peur…

— C'est Tobias Dandridge qui a tué Lucy, chuchota-t-elle d'une voix rauque. Voilà ce que vous ne vouliez pas que je comprenne ! Lucy craignait Tobias, c'est pour cela qu'elle a donné son bébé. Elle se savait en danger. Les Anglais allaient partir. Bradley ne pouvait pas l'emmener et, d'ailleurs, elle ne l'aurait pas suivi, car même amoureuse de lui, c'était une vraie patriote. Vous lui faites énormément de tort, en voulant cacher la vérité. Elle aimait Bradley, oui, mais elle soutenait tout de même les rebelles. Dandridge l'a tuée, puis il a convaincu le père d'Allison que c'était Bradley, le coupable. Et pour mieux imposer sa version, il a peint ce portrait de Bradley sous les traits d'un homme cruel… D'ailleurs, Tobias faisait d'une pierre deux coups, car Lucy une fois morte, c'était sa fiancée, Sophia, qui héritait de la fortune d'Angus Tarleton. Sophia, évidemment, avait des soupçons : voilà pourquoi, sans doute après l'avoir caché tant que Tobias était en vie, elle a fini par accrocher l'autre portrait de Bradley dans la chambre de Lucy. Pour rendre une sorte d'hommage posthume à sa sœur.

— Ce n'est qu'une hypothèse comme une autre, fit remarquer Pierson, agacé.

Elle comprit qu'il l'avait entendue, même si elle pouvait à peine chuchoter. Evidemment, il s'était penché tout près d'elle. Trop près…

— C'est la vérité, j'en suis sûre, reprit-elle. Je suis la preuve vivante que Lucy a eu un enfant. Et qu'elle a veillé à ce qu'il soit sain et sauf, protégé et aimé, même si elle risquait de disparaître. Quel qu'ait été son père.

— Quand je pense que vous auriez publié ces ragots ! s'écria Pierson.

Elle ne répondit pas.

— Ecoutez, reprit-il en levant la tête. Les sirènes ! Voilà les ambulances. Annette sera sauvée ! Vous non, hélas, parce que personne ne sait où vous êtes. Ils vont penser que je vous ai kidnappée et passer toute la ville au peigne fin, sans imaginer que nous sommes ici… Je connais tellement bien cette maison, dans ses moindres recoins ! Et puis, il est juste que vous mouriez dans les écuries, non ? C'est ici qu'était ce brave Firewalker qui conduisait Lucy chez les rebelles, avant qu'elle ne trahisse la cause. Oui, vous allez mourir, comme Lucy. Je ne pourrai pas vous laisser crier comme elle l'a fait, et je le regrette, mais au moins, vous verserez votre sang dans la propriété.

Il glissa la main dans sa poche. Elle comprit qu'il allait sortir la seringue.

— Une fois que je serai morte, ils continueront à vous

chercher jusqu'à ce qu'ils vous trouvent, vous savez ! murmura-t-elle.

— Voyons, ma chère, il y a des années que je me débarrasse de traîtres comme vous sans le moindre problème ! Et puis, j'ai pris mes précautions. Ces derniers jours, quand je n'étais pas occupé à réduire des gêneurs au silence, j'ai passé mon temps à la banque. Tout mon argent est placé à l'étranger, maintenant. Vous n'imaginez pas le nombre de pays qui ne pratiquent pas l'extradition vers les Etats-Unis. Je vais faire profil bas pendant quelques années et, ensuite, je serai tranquille. Ne vous inquiétez pas pour moi. J'apprécie votre sollicitude, cela dit, surtout dans ces circonstances. C'est très aimable à vous.

— Comment avez-vous tué Julian ? demanda Allison, tout en sentant qu'elle commençait à pouvoir remuer les doigts. Et surtout, *pourquoi* ?

— Julian ? Ç'a été un jeu d'enfant. Après être parti, ce jour-là, je suis revenu sur mes pas et me suis faufilé à l'intérieur, juste derrière lui. Un peu plus tôt, en profitant d'une pause dans la réunion, j'étais descendu dans la bibliothèque remplacer le portrait de Bradley par une copie un peu spéciale que j'ai fait faire, il y a quelques années, chez un magicien accessoiriste de San Francisco. Si on me voyait, je ne risquais rien. Qui s'étonne qu'un administrateur redresse un tableau ?

Pierson secoua la tête en soupirant, puis reprit :

— J'avais déjà testé le dispositif sur Angela, il y a trois ans, et… comment dire ? Ça avait très bien marché. Julian, lui, était tellement narcissique qu'il ne s'est pas tout de suite aperçu que le portrait lui parlait. Il était trop occupé à prendre des poses ! Il ne m'a même pas vu me glisser derrière lui. Il ne s'est rendu compte de rien, même quand je lui ai appuyé sur la tête.

— Je sais qu'il ne vous a pas vu. Ça ne me dit pas pourquoi…

— Il avait lu les premiers jets de vos prétendues « recherches » et risquait d'en parler. Il n'était pas fiable. Et puis, je n'aimais pas la façon dont il vous tournait autour.

— Mais…

Pierson l'interrompit en brandissant la seringue.

— Nous n'avons plus le temps de bavarder. Je suis désolé de vous faire ça, sincèrement… Mais c'est le seul moyen de vous empêcher de crier. Comme vos collègues vont s'en vouloir en s'apercevant que vous étiez ici, en train de perdre votre sang, alors qu'ils s'agitaient un peu plus loin !

— On vous voit, Nathan.

— Qui me voit ? Nous sommes seuls. Le temps qu'ils commencent à chercher, vous serez morte, et moi, je serai déjà loin !

— Lucy vous voit.

— Le fantôme de Lucy ? Ce n'est qu'une légende !

— Non. Il existe vraiment et, en cet instant même, il vous regarde.

Machinalement, Pierson se retourna. Il laissa tomber la seringue et se pencha pour la ramasser.

Alors, Allison se rendit compte que Lucy était *réellement* sur place, debout sur le seuil, et que Tyler était juste derrière elle.

Il entra d'un pas vif, son Glock à bout de bras.

En l'entendant, Nathan Pierson se redressa d'un bond, souleva Allison et la serra devant lui. Elle s'affala dans ses bras comme une poupée de son, agitée de tremblements tant elle s'efforçait de retrouver le contrôle de ses muscles.

— Lâchez-la, Pierson, lança calmement Tyler.

— Vous n'oserez pas tirer. Sinon, vous la toucherez, rétorqua Pierson. Vous ne voudriez pas être responsable de sa mort, non ?

— Lucy ne le permettra pas.

— Oh ! Arrêtez avec ces histoires ! Il n'y a jamais

eu de revenants, ici. Vous autres prétendus « chasseurs de fantômes », vous êtes grotesques !

— Détrompez-vous. Lucy est ici et Julian aussi. Et à mon avis, il vous hait encore plus.

— Il n'y a pas de fantômes ! hurla Pierson. Maintenant, reculez et laissez-moi partir avec Allison, ou je vous jure que je lui plante cette seringue en plein cœur. Elle est pleine de Norcuron volé à l'hôpital. Ça la tuera en deux secondes, croyez-moi !

Allison se répéta que le courage, c'était de continuer même si on mourait de peur…

Elle réussit à ouvrir la bouche et à faire jouer sa mâchoire. C'était sa seule chance.

Résolument, elle mordit Pierson au bras, de toutes ses forces.

Il hurla et faillit la laisser tomber.

Cela suffit à Tyler pour se jeter sur eux d'un bond. Ils se retrouvèrent tous trois à terre. La seringue vola plus loin. Pierson tenta désespérément de la rattraper, mais Tyler lui saisit le bras, ramassa lui-même la seringue, et les deux hommes se battirent avec violence en roulant jusqu'à une armoire contre laquelle ils s'écrasèrent.

Tout cela se passait dans le dos d'Allison, allongée par terre. Elle fit des efforts désespérés pour se retourner. Un centimètre, puis un autre…

Un autre encore…

Elle y parvint enfin.

Juste à temps pour voir Pierson brandir la seringue… et Tyler, d'un coup de poing, envoyer son adversaire se fracasser contre le mur. La seringue voltigea de nouveau sur le sol.

Tyler assena un dernier coup dans la mâchoire de Pierson.

Alors, seulement, ce dernier cessa de lutter. Tyler se redressa pour courir vers elle.

Il la prit dans ses bras. De loin, elle vit que Lucy Tarleton s'était approchée de Pierson et le regardait.

Brusquement, elle lui donna un coup de pied. Julian la rejoignit pour l'imiter. Les deux fantômes, maintenant, frappaient l'homme à terre. Nathan ne sentait probablement pas grand-chose, mais Allison aurait parié qu'il devinait la haine qui les agitait.

Puis Lucy posa une main sur le bras de Julian. Il se tourna vers elle, leurs regards se croisèrent… Et Lucy, souriante, prit Julian par la main.

Tyler, Allison dans les bras, sortit de la pièce et se mit à descendre l'escalier sans dire un mot. Logan arriva avec Sean. Ils montèrent, appuyèrent Pierson contre un mur et entreprirent de lui lire les droits de l'accusé, comme c'était la règle.

Cherry était debout sur le seuil des écuries.

— Le salaud ! L'ignoble salaud ! cria-t-elle. Il ne mérite même pas qu'on lui lise ses droits !

— Si, rétorqua Tyler, au contraire. Il finira peut-être par comprendre ce pour quoi les vrais patriotes se sont battus. Pour la liberté de conscience, la liberté d'expression, le rôle fondamental de la vérité et de la justice, tout ce qu'il a piétiné pendant des années.

Sans lâcher Allison, il s'engagea avec elle dans le jardin baigné de lune. Allison savait qu'il l'amenait vers l'ambulance. Elle aurait aimé nouer les bras autour de son cou mais n'en avait pas la force. Des mots qu'elle n'arrivait pas à prononcer se bousculaient sur ses lèvres. *Merci… Merci de m'avoir sauvé la vie. D'être toi-même. Merci d'avoir eu confiance, de m'avoir trouvée…*

Une fois qu'ils furent parvenus à l'ambulance, il la posa doucement sur le brancard.

Puis il sourit, lui prit la main et y déposa un baiser.

— Bravo pour votre courage, chère petite rebelle ! lui dit-il.

— Je crois que je t'aime, chuchota-t-elle.

— Et moi, j'aime une femme remarquable, loyale, tenace… et pourvue d'une solide dentition. Que demander de plus ?

Pendant son interrogatoire, Pierson décida qu'il n'allait pas plonger seul. Il négocia, marchanda, expliqua qu'on l'avait manipulé, obligé à agir contre son gré. Et donna un nom.

En venant chercher Allison à l'hôpital, le lendemain matin, Tyler lui révéla la triste vérité. Ils se rendirent ensemble dans la chambre d'Annette. Toujours aussi mélodramatique, cette dernière harcelait les infirmières.

Jenson arriva à ce moment. Tyler le laissa menotter Annette au montant du lit, puis déclarer :

— Annette Fanning, vous êtes en état d'arrestation…

Il énuméra ensuite les chefs d'inculpation. Nathan Pierson avait commis la plupart des crimes, mais c'était Annette qui avait glissé une vipère dans la voiture de Sarah, elle aussi qui avait volé le Norcuron à l'hôpital, en venant voir sa cousine qui avait réellement accouché. Annette s'était également arrangée pour se faire piquer par une petite vipère, dans le musée, afin de laisser à Nathan le temps d'entraîner Allison. Ils avaient pris tous deux d'énormes risques, et avaient bien failli réussir.

Annette leur permit aussi d'élucider l'aspect le plus énigmatique de l'affaire : le coma d'Artie Dixon. Les médecins auraient sans doute fini par comprendre, mais elle expliqua que c'était elle qui l'avait empoisonné avec de l'ergot de seigle. Elle l'avait placé dans sa nourriture le soir où il avait dîné au restaurant avec sa famille. C'était un établissement où elle travaillait de temps à autre, et elle avait pu entrer sans difficulté dans les cuisines. Elle n'avait jamais vu les Dixon, mais Pierson lui en avait fait une description très précise. Il voulait que la petite famille répande partout des rumeurs affolantes sur les fantômes du musée. Ainsi, le suicide de Julian — ou sa mort accidentelle — serait mis sur le compte de « Bradley le Cruel », cet esprit maléfique qui hantait les lieux.

Ils n'avaient pas pensé que Dixon sombrerait dans le coma, mais cela avait bien arrangé leurs affaires.

Annette était très fière d'elle-même. Qu'attendait-elle de tout cela ? lui demanda-t-on.

— De l'argent, répliqua-t-elle. Beaucoup d'argent !

Puis elle se retourna en lançant :

— Je veux un avocat !

Allison était bouleversée par la trahison de son amie. Tandis qu'Annette, maintenant, criait que lorsqu'on n'avait pas de diplômes, « contrairement à certaines », on était bien obligé de se débrouiller, elle sortit discrètement de la chambre avec Tyler, les larmes aux yeux. Elle aurait éclaté en sanglots s'ils n'avaient vu que Logan les attendait.

— Artie Dixon vient de sortir du coma, annonça-t-il. Il voudrait vous remercier. Il dit que vous avez passé des heures et des nuits entières à son chevet, à lui répéter qu'il s'en sortirait…

Alors, Allison ne s'effondra pas. Elle partit voir les Dixon, avec Todd qui ne cessait de lui prendre la main, répétant qu'elle était la meilleure, la plus merveilleuse, la plus formidable.

Elle regarda Tyler en souriant. Elle était venue voir Artie, certes, mais n'avait pas passé « des nuits entières » auprès de lui. Sans se consulter, ils pensèrent la même chose : c'était Lucy Tarleton qui avait passé de longues heures auprès d'Artie, soucieuse de venir en aide à un époux et un père.

Allison promit à Todd de garder le contact. Haley Dixon la serra dans ses bras et embrassa Tyler sur la joue. En partant, ils laissaient derrière eux une famille au comble du bonheur.

En fouillant le domicile de Pierson, on retrouva la fameuse copie qu'il échangeait avec le portrait de « Bradley le Cruel ». La toile était évidée, à l'emplacement des yeux, pour laisser passer des lasers aveuglants. Des haut-parleurs miniatures amplifiaient le déformateur de voix qui servait à Pierson pour terroriser ses victimes, comme Julian ou Martin Standish, entraîné jusqu'à la cascade.

Ce soir-là, Allison commanda des fleurs et alla les disposer dans le mausolée Tarleton, accompagnée de Tyler. Après les avoir disposées sur toutes les tombes, ils retournèrent vers le musée.

Au passage, ils virent le fantôme de Lucy sortir des étables à pied, avec Firewalker dont elle tenait les rênes. Robert gambadait joyeusement autour d'elle.

Elle fit une pause en les regardant, leur sourit, puis porta les doigts à ses lèvres et leur envoya un baiser.

Tyler se rendit compte que Julian se trouvait avec eux. Il vit Lucy lui faire signe d'approcher : Julian la rejoignit.

Lucy monta sur son cheval, puis tendit la main à Julian.

Il jeta un regard hésitant à Tyler et Allison.

— Une belle femme te demande de l'accompagner… Vas-y, Julian ! dit Allison.

— Mais…

— Je suis sûr qu'il y a des stars du rock, là où elle vous emmène, renchérit Tyler.

Julian sourit de toutes ses dents. Il prit la main de Lucy et se hissa en croupe derrière elle.

Les deux cavaliers s'éloignèrent dans la lumière dorée du couchant qui embrasait l'horizon.

Robert les suivit en jappant, puis tous disparurent dans les derniers rayons.

— Ils sont enfin en paix, murmura Tyler.

— Dieu merci ! répondit Allison avec ferveur.

— Et nous, nous sommes libres !

— Oui, libres de sortir d'ici ! Je connais un hôtel formidable, à Washington, où ils font des prix pour les universitaires. Il y a des Jacuzzi dans toutes les chambres et un bar à l'atmosphère très douillette, avec des fauteuils devant la cheminée.

— Ça ira pour une nuit, dit Tyler en haussant les épaules.

Elle le regarda dans les yeux.

— Pour une nuit ?

— A vrai dire, j'avais en tête une plage de sable blanc, au soleil. Les cabines disposent de tout le confort. Il y a même la wi-fi, si on veut écrire ou travailler. On peut plonger, nager, voir les poissons… Et il n'y a pas de fantômes. Pas le moindre ! C'est à la Jamaïque. Je n'y passerais pas ma vie, mais pour une semaine… C'est mon tour de prendre des congés…

Allison le dévisageait toujours.

— Alors ? poursuivit-il. Tu es partante ?

— Oui !

— Parfait. Et pour la suite… je n'habite pas très loin de Philadelphie. Je pourrai venir facilement, sauf si je suis en mission à l'autre bout du pays, évidemment.

— Tu n'en auras pas besoin, répondit Allison.

Tyler sentit sa gorge se nouer. Il s'efforça de cacher son trouble, la tête bien droite, avec un stoïcisme tout texan.

— Ah bon ?

Allison sourit, puis se hissa sur la pointe des pieds pour poser sur ses lèvres un baiser subtilement prometteur.

— Si tu m'embrasses comme ça, on sera en retard à l'hôtel, dit-il d'une voix rauque, en l'écartant doucement. Maintenant, réponds-moi. Pourquoi est-ce que je n'aurai pas besoin de venir à Philadelphie ?

— Parce qu'il existe de très bonnes universités en Virginie, ou à Washington, juste à côté. Et que je me vois très bien habiter Arlington.

Il l'embrassa avec une passion telle qu'elle frémit entre ses bras.

— Je ne t'ai pas dit que je pensais t'aimer ? demanda-t-elle d'un ton taquin.

— Moi, je ne « pense pas » t'aimer, rétorqua-t-il. J'en suis sûr !

Elle ferma les yeux et se laissa aller contre lui. Ils avaient encore beaucoup de choses à apprendre l'un de l'autre, naturellement.

Mais rien de vraiment fondamental.

Tyler avait enfin trouvé celle qu'il avait recherchée toute sa vie. Et cela, n'était-ce pas l'essentiel ?

A paraître le 1er mai

Best-Sellers n°639 • suspense

L'étau du passé - Karen Harper

Cold Creek. Une petite bourgade perdue au cœur de l'Ohio, où Tess s'était juré de ne jamais remettre les pieds. N'est-ce pas ici, en effet, qu'enfant elle a vécu le pire des cauchemars ? Ici qu'elle a été enlevée, avant d'être retrouvée errant dans un champ après huit mois d'absence, le corps marqué par les nombreux sévices qu'on lui a infligés ? Un crime odieux dont, frappée d'amnésie, elle n'a gardé aucun souvenir, mais qui a changé sa vie à jamais. C'est donc la rage au cœur qu'elle est aujourd'hui de retour en ville, déterminée à vendre au plus vite la demeure familiale qu'elle a héritée afin de pouvoir, enfin, tirer un trait sur son passé. Quand Gabe McCord – son ami d'enfance devenu shérif – se présente à sa porte, porteur d'une terrible nouvelle, Tess comprend cependant que les choses ne vont pas être aussi simples qu'elle l'avait imaginé : vingt ans jour pour jour après son propre enlèvement, une autre fillette a été kidnappée. Et Gabe est convaincu que les souvenirs qu'elle a enfouis en elle sont la seule clé dont il dispose pour retrouver la petite disparue avant qu'il ne soit trop tard...

Best-Sellers n°640 • suspense

Dans l'ombre de la vengeance - Virna DePaul

Sidérée, le Dr Nina Whitaker ne peut détacher le regard de l'inspecteur Simon Granger, qui vient de s'installer en face d'elle dans son cabinet. Va-t-il vraiment falloir qu'elle collabore avec ce rustre, qui non seulement semble la prendre pour une femme hautaine et superficielle, mais lui a également expliqué tout le mal qu'il pensait de son métier de psychiatre ? Pourtant, elle n'a pas le choix, elle le sait. Car l'enquête que Simon mène sur l'assassinat d'un SDF dans l'un des plus grands parcs de San Francisco piétine, et Nina a été désignée comme experte pour le seconder. Et puis, au fond d'elle, elle doit bien s'avouer que Simon est loin de la laisser indifférente, avec ses grands yeux gris et la force rassurante qu'il dégage. Une force dont, sans qu'elle le sache, elle va bientôt avoir le plus grand besoin. Car un inconnu s'est mis à lui envoyer des menaces de mort et attend, dans l'ombre, de pouvoir les mettre à exécution…

Best-Sellers n°641 • suspense

Le soupçon au cœur - B.J. Daniels

Deux ans. Deux longues années passées en prison, pour un vol qu'il n'a pas commis… Désormais libre, Jack n'a plus qu'une obsession : découvrir qui à Beartooth, la ville où il a toujours vécu, a fomenté ce terrible complot contre lui pour le faire injustement condamner. Aussi, lorsqu'il apprend que Kate LaFond – une jeune femme récemment arrivée sur place – est accusée d'un meurtre pour lequel elle clame son innocence, ne peut-il réfréner le puissant instinct protecteur qu'il sent monter en lui. Impossible que cette beauté fière et aussi sauvage que les montagnes du Montana qui les entourent soit coupable… Se pourrait-il que, comme lui, elle soit victime d'une sombre machination ? Résolu à en avoir le cœur net, il décide de mener l'enquête pour démasquer ceux qui, sans qu'il comprenne pourquoi, ont juré leur perte à tous deux…

Best-Sellers n°642 • Erotique
Le choix interdit - Megan Hart

Héberger un inconnu pendant tout un été ? Anne n'est guère enchantée par cette idée, même s'il s'agit de l'ami d'enfance de James, son mari. Et lorsqu'Alex Kennedy s'installe effectivement chez eux, elle mesure soudain à quel point la vie à trois risque d'être difficile, car elle éprouve immédiatement pour cet homme à la présence envahissante un désir brut, dévastateur. Un désir auquel elle craint de ne pouvoir résister très longtemps, d'autant qu'Alex ne cesse de jouer avec elle, la poussant toujours plus loin dans ses retranchements.

Mais un jour tout vacille et elle sent ses derniers repères voler en éclats lorsqu'elle découvre que le pouvoir de séduction d'Alex s'étend jusqu'à James, qui semble lui aussi subjugué par cet être solaire. Est-elle le jouet de ses fantasmes, ou son mari essaye-t-il de lui suggérer qu'il serait prêt à la partager avec son meilleur ami ? Une expérience tentante, mais terriblement périlleuse, qui risque de la confronter à des désirs dont elle ignorait tout…

Best-Sellers n°643 • historique
L'étoile des Highlands - Juliette Miller

Ecosse, XIIIe siècle

La rage au cœur, Stella peine à faire bonne figure. Comment son père, le chef du clan Morrison, a-t-il pu offrir sa main à Kade Mackenzie, une brute que tout le monde décrit comme un guerrier froid, insensible et ambitieux ? Rien de commun avec le doux Caleb, son amour de jeunesse que son père a banni pour l'avoir courtisée… Pourtant, en tant que fille de chef, Stella sait qu'elle n'a d'autre choix que de se soumettre, car une alliance avec les Mackenzie renforcerait la puissance du clan. Et, à sa grande surprise, la nuit de noces qu'elle craignait tant n'a pas lieu. Plutôt que de la contraindre, son nouvel époux lui propose un étrange marché : elle aura un mois pour s'habituer à lui. Passé ce délai, il la fera sienne...

Best-Sellers n°644 • thriller
Tatouée - Pamela Callow

Les secrets ne s'effacent jamais…

Dix-sept ans. C'est le temps qu'il a fallu pour qu'on découvre le corps de Heather Rigby, dissimulé dans une tourbière près d'Halifax. Dix-sept longues années pendant lesquelles le corps, miraculeusement préservé par les eaux marécageuses, a patiemment attendu d'être ramené à l'air libre — si bien préservé qu'on peut encore voir un tatouage sur la peau de la jeune femme. Dix-sept ans. C'est aussi, pour l'avocate Kate Lange, le temps qu'il a fallu pour voir resurgir un passé violent qu'elle a tout fait pour mettre à distance.

Se pourrait-il que ce meurtre commis bien des années plus tôt ait quelque chose à voir avec Kenzie Sloane, celle que Kate tient en partie responsable de la mort de sa sœur, et qui porte le même tatouage que la victime ? Et pourquoi a-t-elle le pressentiment que le tueur, dans l'ombre, l'observe et la menace ? Un tueur obsessionnel, habité par la folie meurtrière de la vengeance, et qui a tracé sa sombre promesse à la même la peau de sa victime…

Composé et édité par HARLEQUIN

Achevé d'imprimer en février 2015

BRODARD & TAUPIN

La Flèche
Dépôt légal : mars 2015

Pour l'éditeur, le principe est d'utiliser des papiers composés de fibres naturelles, renouvelables, recyclables, et fabriquées à partir de bois issus de forêts qui adoptent un système d'aménagement durable. En outre, l'éditeur attend de ses fournisseurs de papier qu'ils s'inscrivent dans une démarche de certification environnementale reconnue.

Imprimé en France